Дина
Рубина

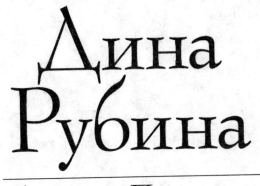

Дина Рубина

Синдром Петрушки

Роман

Москва  2011
ЭКСМО

Оформление переплета *Н. Ярусовой*

Рубина Д.

Р 82   Синдром Петрушки : роман / Дина Рубина. —
М. : Эксмо, 2011. — 432 с.

ISBN 978-5-699-45611-6

Дина Рубина совершила невозможное - соединила три разных
жанра: увлекательный и одновременно почти готический роман о
куклах и кукольниках, стягивающий воедино полюса истории и
искусства; семейный детектив и психологическую драму, просле-
женную от ярких детских и юношеских воспоминаний до зрелых
седых волос.

Страсти и здесь «рвут» героев. Человек и кукла, кукольник и
взбунтовавшаяся кукла, человек как кукла — в руках судьбы, в руках Творца, в подчинении семейной наследственности, — эта глубокая и многомерная метафора повернута автором самыми разными гранями, не снисходя до прямолинейных аналогий.

Мастерство же литературной «живописи» Рубиной, пейзаж-
ной и портретной, как всегда, на высоте: словно ешь ломтями ду-
шистый вкусный воздух и задыхаешься от наслаждения.

ISBN 978-5-699-45611-6

«Однажды, силою своей превращая воздух в воду, а воду в кровь и уплотняя в плоть, создал я человеческое существо — мальчика, тем самым сотворив нечто более возвышенное, чем изделие Создателя. Ибо тот создал человека из земли, а я — из воздуха, что много труднее...»

Тут мы поняли, что он (Симон Волхв) говорил о мальчике, которого убил, а душу его взял к себе на службу.

Псевдоклементины
(II век н.э.)

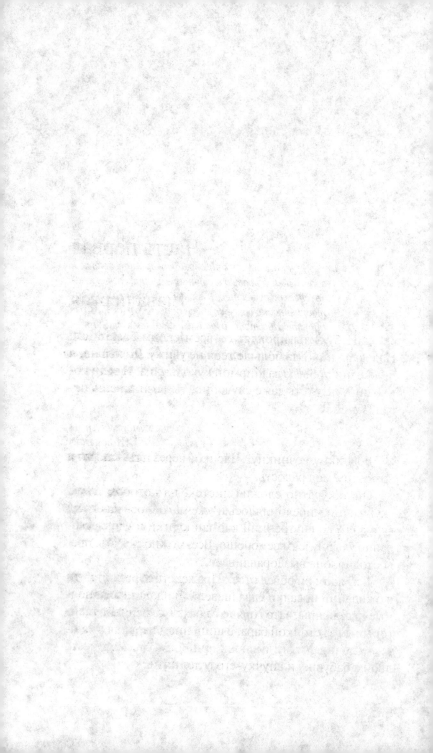

Часть первая

Глава первая

«...И будь ты проклят со всем своим балаганом! Надеюсь, никогда больше тебя не увижу. Довольно, я полжизни провела за ширмой кукольника. И если когда-нибудь, пусть даже случайно, ты возникнешь передо мной...»

Возникну, возникну... Часиков через пять как раз и возникну, моя радость.

Он аккуратно сложил листок, на котором слово «кукольник» преломлялось и уже махрилось на сгибе, сунул его во внутренний карман куртки и удовлетворенно улыбнулся: все хорошо. Все, можно сказать, превосходно, она выздоравливает...

Взглядом он обвел отсек Пражского аэропорта, где в ожидании посадки едва шевелили плавниками ночные пассажиры, зато горячо вздыхал кофейный змей-горыныч за стойкой бара, с шипением изрыгая в чашки молочную пену, и вновь принялся рассматривать двоих: бабушку и внучку-егозу лет пяти.

Несмотря на предрассветное время, девочка была полна отчаянной энергии, чего не скажешь о замордованной ею бабке. Она скакала то на правой, то на левой ноге, взлетала на кресло коленками, опять соскальзывала на пол и, обежав большой круг, устремлялась к старухе с очередным воплем: «Ба! А чем самолет какает, бензином?!»

Та измученно вскрикивала:

— Номи! Номи! Иди же, посиди спокойно рядом, хотя б минутку, о-с-с-с-поди!

Наконец старуха сомлела. Глаза ее затуманились, голова медленно отвалилась на спинку кресла, подбородок безвольно и мягко опустился, рот поехал в зевке да так и застопорился. Едва слышно, потом все громче в нем запузырился клекот.

Девочка остановилась против бабки. Минуты две неподвижно хищно следила за развитием увертюры: по мере того как голова старухи запрокидывалась все дальше, рот открывался все шире, в контрапункте храпа заплескались подголоски, трели, форшлаги, и вскоре торжествующий этот хорал, даже в ровном гуле аэропорта, обрел поистине полифоническую мощь.

Пружиня и пришаркивая, девочка подкралась ближе, ближе... взобралась на соседнее сиденье и, навалившись животом на ручку кресла, медленно приблизила лицо к источнику храпа. Ее остренькая безжалостная мордашка излучала исследовательский интерес. Заглянув бабке прямо в открытый рот, она застыла в благоговейно-отчужденном ужасе: так дикарь заглядывает в жерло рокочущего вулкана...

— Но-ми-и-и! Не беззобраззззь... Бросссссь ш-ш-шалить-ссссссь... Дай бабуш-шшш-ке сссс-покойно похрапеть-ссссс...

Девочка отпрянула. Голос — шипящий свист — раздавался не из бабкиного рта, а откуда-то... Она в панике оглянулась. За ее спиной сидел странный дяденька, похожий на индейца: впалые щеки, орлиный нос, вытянутый подбородок, косичка на воротнике куртки. Самыми странными были глаза: цвета густого тумана. Плотно сжав тонкие губы, он с отсутствующим видом изучал табло над стойкой, машинально постукивая пальцами левой руки по ручке кресла. А там, где должна была быть его правая рука... — ужас!!! — шевелилась, извивалась и поднималась на хвосте змея!

И она шипела человечьим голосом!!!

Змея медленно вырастала из правого, засученного по локоть рукава его куртки, покачивая плоской головой, мигая глазом и выбрасывая жало...

«Он сделал ее из руки!» — поняла девочка, взвизгнула, подпрыгнула и окаменела, не сводя глаз с этой резиново-гибкой, бескостной руки... В окошке, свернутом из указательного и большого пальцев, трепетал мизинец, становясь то моргающим глазом, то мелькающим жалом. А главное, змея говорила сама, сама — дядька молчал, чесслово, молчал! — и рот у него был сжат, как у сурового индейца из американских фильмов.

— Ищо! — хрипло приказала девочка, не сводя глаз со змеи.

Тогда змея опала, стряхнулась с руки, раскрылась большая ладонь с длинными пальцами, мгновенно и неуловимо сложившись в кролика.

— Номи, задира! — пропищал кролик, шевеля ушами и прыгая по острому колену перекинутой дядькиной ноги. — Ты не одна умеешь так скакать!

На этот раз девочка впилась глазами в сжатый рот индейца. Плевать на кролика, но откуда голос идет? Разве так бывает?!

— Ищо! — умоляюще вскрикнула она.

Дядька сбросил кролика под сиденье кресла, раскатал рукав куртки и проговорил нормальным глуховатым голосом:

— Хорош... будь с тебя. Вон уже рейс объявили, расталкай бабку.

И пока пассажиры протискивались мимо бело-синих приталенных стюардесс, запихивали сумки в багажные ящики и пристегивали ремни в своих креслах, девочка все тянула шею, пытаясь глазами отыскать чудно́го индейца с косичкой и такой восхитительной волшебной рукой, умеющей говорить на разные голоса...

А он уселся у окна, завернулся в тонкий плед и мгновенно уснул, еще до того, как самолет разогнался и взмыл, — он всегда засыпал в полете. Эпизод со змеей и кроликом был всего лишь возможностью проверить на свежем зрителе некую идею.

Он никогда не заискивал перед детьми и вообще мало обращал на них внимания. В своей жизни он любил только одного ребенка — ту, уже взрослую девочку, что выздоравливала сейчас в иерусалимской клинике. Именно в состоянии начальной ремиссии она имела обыкновение строчить ему гневные *окончательные* письма.

* * *

Привычно минуя гулкую толкотню зала прибытия, он выбрался наружу, в царство шершавого белого камня, все обнявшего — все, кроме разве что неба, вокруг обставшего: стены, ступени, тротуары, бордюры вкруг волосато-лакированных стволов могучих пальм — в шумливую теплынь приморской полосы.

Всегда неожиданным — особенно после сырых европейских небес — был именно этот горячий свет, эти синие ломти слепящего неба меж бетонными перекрытиями огромного нового терминала.

Водитель первой из вереницы маршруток на Иерусалим что-то крикнул ему, кивнув туда, где, оттопырив фалды задних дверец, стоял белый мини-автобус в ожидании багажа пассажиров. Но он лишь молча поднял ладонь: не сейчас, друг.

Выйдя на открытое пространство, откуда просматривались хвосты самолетов, гривки взъерошенных пальм и дельфиньи взмывы автострад, он достал из кармана куртки мобильный телефон, футляр с очками и клочок важнейшей бумаги. Нацепив на орлиный нос круглую металлическую оправу, что сразу придало его облику нарочитое сходство с каким-то кукольным персонажем, он ребром ногтя натыкал на клавиатуре номер с бумажки и замер с припаянным к уху мобильником, хищно вытянув подбородок, устремив бледно-серые, неизвестно кого и о чем умоляющие глаза в неразличимую отсюда инстанцию...

...где возникли и томительно поплыли гудки...

Теперь надо внимательно читать записанные русскими буквами смешные слова, не споткнуться бы. Ага: вот кудрявый женский голосок, служебное сочетание безразличия с предупредительностью.

— *Бокер тов*! — старательно прочитал он по бумажке, щурясь. — *Левакеш доктор Горелик, бвакаша*[1]...

Голос приветливо обронил картавое словцо и отпал. Ну и язык: *бок в каше, рыгал Кеша, ква-ква*...

Что ж он там телепается-то, господи!.. Наконец трубку взяли.

— Борька, я тут... — глухо проговорил он: мобильник у виска, локоть отставлен — банкрот в ожидании

---

1 Доброе утро! Попросить доктора Горелика, пожалуйста (*иврит*).

12 последней вести, после которой спускают курок. И — горло захлестнуло, закашлялся...

Тот молчал, выжидая. Ну да, недоволен доктор Горелик, недоволен. И предупреждал... А иди ты к черту!

— Рановато, — буркнул знакомый до печенок голос.

— Не могу больше, — отозвался он. — Нет сил.

Оба умолкли. Доктор вздохнул и повторил, словно бы размышляя:

—Ранова-а-то... — и спохватился: — Ладно. Чего уж сейчас-то... Поезжай ко мне, ключ — где обычно. Пошуруй насчет жратвы, а я вернусь ближе к вечеру, и мы все обмозгу...

— Нет! — раздраженно перебил тот. — Я сейчас же еду за ней!

Сердце спотыкалось каждые два-три шага, словно бы нащупывая, куда ступить, и тяжело, с оттяжкой било в оба виска.

— Подготовь ее к выписке, пожалуйста.

...Маршрутка на крутом повороте слегка накренилась, на две-три секунды пугающе замешкалась над кипарисовыми пиками лесистого ущелья и стала взбираться все выше, в Иерусалимские горы. День сегодня выходил мглисто-солнечным, голубым, акварельным. На дальних холмах разлилось кисельное опаловое озеро, в беспокойном движении которого то обнажался каскад черепичных крыш, то, бликуя окнами, выныривала кукольно-белая группка домов на хвойном темени горы, то разверзалась меж двух туманных склонов извилисто-синяя рана глубокой долины, торопливо затягиваясь таким же длинным жемчужным облаком...

Как обычно, это напомнило ему сахалинские сопки, в окружении которых притулился на берегу Татарского пролива его родной городок Томари, Томариора по-японски.

Так он назвал одну из лучших своих тростевых ку-
*кол — **Томариора**: нежное бледное лицо, плавный жест,*
слишком длинные по отношению к маске, тонкие пальцы
и фантастическая подвижность узких черных глаз — за
счет игры света при скупых поворотах головы. Хороший
номер: розовый дым лепестков облетающей сакуры; изя-
щество и завершенность пластической мысли...

Вдруг он подумал: вероятно, в этих горах, с их бо-
жественной игрой ближних и дальних планов, с их
обетованием вечного света, никогда не прискучит
жить. Видит ли *она* эти горы из окна своей палаты, или
окно выходит на здешнюю белокаменную стену, в какой-нибудь кошачий двор с мусорными баками?..

От автобусной станции он взял такси, также старательно зачитав водителю адрес по бумажке. Никак
не мог запомнить ни слова из этого махристого и шершавого и одновременно петлей скользящего языка,
хотя Борька уверял, что язык простой, математически
логичный. Впрочем, он вообще был не способен к
языкам, а те фразы на псевдоиностранных наречиях,
что вылетали у него по ходу представлений, были ре-
зультатом таинственной утробной способности, которую *она* считала *бесовской*.

На проходной пропустили немедленно, лишь только
он буркнул имя Бориса, — видимо, тот распорядился.

Потом пережидал в коридоре, увешанном пенистыми водопадами и росистыми склонами, на которых произрастали положительные эмоции в виде желто-лиловых ирисов, бурный разговор за дверью кабинета. Внутри, похоже, отчаянно ругались на повышенных тонах, но, когда дверь распахнулась, оттуда вывалились двое в халатах, с улыбками на бородатых разбойничьих лицах. Он опять подумал: ну и ну, вот язык, вот децибелы...

— Я думал, тут драка ... — сказал он, входя в кабинет.

— Да нет, — отозвался блаженно-заплаканный доктор Горелик, поднимаясь из кресла во весь свой кавалергардский рост. — Тут Давид смешную историю рассказывал...

Он опять всхлипнул от смеха, взметнув свои роскошные чернобурковые брови и отирая огромными ладонями слезы на усах. В детстве у смешливого Борьки от хохота просто текло из глаз и носа, как при сильной простуде, и бабушка специально вкладывала в карман его школьной курточки не один, а два наглаженных платка.

— Они с женой вчера вернулись из отпуска, в Ницце отдыхали. Ну, в субботу вышли пройтись по бульвару... Люди религиозные, субботу блюдут строго: выходя из дому, вынимают из карманов деньги и все мирское, дабы не осквернить святость дня. Гуляли себе по верхней Ницце — благодать, тишина, богатые особняки. Потом — черт дернул — спустились вниз, на Английскую набережную... — И снова доктор зашелся нежным голубиным смехом, и опять слеза покатилась к усам. Он достал платок из кармана халата, протрубил великолепную руладу, дирижируя бровями.

— Ох, прости, Петька, тебе не до этого... но жутко смешно! Короче: там то ли демонстрация, то ли карнавал — что-то кипучее. Какие-то полуголые люди в желтых и синих париках, машины с разноцветными флажками. Толпа, музыка, вопли... Минут через пять только доперли, что это гей-парад. И тут с крыши какой-то машины спрыгивает дикое существо неизвестного пола, бросается к Давиду и сует ему что-то в руку. Когда тот очнулся и глянул — оказалось, презерватив...

Большое веснушчатое лицо доктора расплылось в извиняющейся улыбке:

— Это дико смешно, понимаешь: святая суббота... и возвышенный Давид с презервативом в руке.

— Да. Смешно... — Тот криво усмехнулся, глядя куда-то в окно, где из будки охранника по пояс высунулся черно-глянцевый парень в оранжевой кепке, пластикой разговорчивых рук похожий на куклу Балтасара, последнего из тройки рождественских волхвов, тоже — черного и в оранжевой чалме. Он *водил* его в театре «Ангелы и куклы» в первые месяцы жизни в Праге.

Волхв-охранник возбужденно переговаривался с водителем легковушки за решетчатыми воротами, и невозможно опять-таки было понять — ругаются они или просто обмениваются новостями.

— Ты распорядился? Ее сейчас приведут?

Борис вздохнул и сказал:

— Сядь, зануда... Можешь ты присесть на пять минут?

Когда тот послушно и неловко примостился боком на широкий кожаный борт массивного кресла, Борис зашел ему за спину, обхватил ручищами жесткие плечи и принялся месить их, разминать, приговаривая:

— Сиди... сиди! Зажатый весь, не мышцы, а гаечный ключ. Сам давно психом стал... Примчался, гад, кто тебя звал? Я тебя предупреждал, а? Я доктор или кто? Сиди, не дергайся! Вот вызову полицию, скажу —

в моем же кабинете на меня маньяк напал, законную мою супругу увозит...

— Но ты правда распорядился? — беспокойно спросил тот, оглядываясь через плечо.

Доктор Горелик обошел стол, сел в свое кресло. С минуту молча без улыбки смотрел на друга.

— Петруша... — наконец проговорил он мягко (и в этот момент ужасно напомнил даже не отца своего, на которого был чрезвычайно похож, а бабушку Веру Леопольдовну, великого гинеколога, легенду роддома на улице Щорса в городе Львове. Та тоже основательно усаживалась, когда приступала к «толковой беседе» с внуком. В этом что-то от ее профессии было: словно вот сейчас, с минуты на минуту покажется головка ребенка, и только от врача зависит, каким образом та появится на свет божий — естественным путем или щипцами придется тащить). — Ну что ты, что? В первый раз, что ли? Все ж идет хорошо, она так уверенно выходит из обострения...

— Знаю! — перебил тот и передернул плечами. — Уже получил от нее три письма, все — проклинающие.

— Ну, видишь. Еще каких-нибудь три, ну, четыре недели... Понимаю, ты до ручки дошел, но сам вспомни: последняя ее ремиссия длилась года два, верно? Срок приличный...

— Слушай, — нетерпеливо произнес тот, хмурясь и явно перемогаясь, как в болезни. — Пусть уже ее приведут, а? У нас днем рейс в Эйлат, я снял на две ночи номер в «Голден-бич».

— Ишь ты! — одобрение бровями, чуть озадаченное: — «Голден бич». Ни больше ни меньше!

— Там сезонные скидки...

— Ну, а дальше что? Прага?

— Нет, Самара... — И заторопился: — Понимаешь, тетка у нас померла. Единственная ее родственница, сестра матери. Бездетная... То есть была дочь, но на мотоцикле разбилась, вместе с кавалером, давно уже... Теперь вот Вися померла. Там квартира, вот что. Ее же можно продать?

— Наверное, — Борис пожал плечами. — Я уже совсем не понимаю, что там у них можно, чего нельзя.

— Это бы нас здорово поддержало.

Доктор потянулся к телефону, снял трубку и что-то в нее проговорил...

— Пересядь вон туда, в угол, — распорядился он, — не сразу увидит... — И вздохнул: — Каждый раз это наблюдать, можно самому рехнуться.

Второе кресло стояло в углу под вешалкой, и, распахнувшись, дверь становилась ширмой для того, кто в кресле сидел. А если еще укрыться гигантским уютным плащом доктора Горелика, закутаться в него, закуклиться... забыть вдруг и навсегда — зачем приехал: *ее забыть.* Вот радость-то, вот свобода... Черта с два! Все последние мучительные недели он мечтал об этих вот минутах: как ее приведут и, еще не замеченный, он увидит трогательную и будто неуверенную фигурку в двух шагах от себя.

Из-за этой субтильности никто никогда не давал ей ее возраста.

Шаги в коридоре... На слух-то идет кто-то один, и грузный, но его это с толку не собьет: она с детства ступала бесшумно — такими воробьиными шажками шествуют по сцене марионетки.

И разом дверь отпахнулась, и под гортанный приветственный рокот заглянувшей и тут же восвояси потопавшей по коридору медсестры в контражуре окна вспыхнул горячей медью куст воздушных волос: *неопалимая купина моя...* С рюкзаком на плече, в джинсах и

18 тонком бежевом свитерке — в том, в чем он привез ее сюда в августе, — она стояла к нему спиной: ювелирная работа небесного механика, вся, от затылка до кроссовок, свершенная единым движением гениальной руки.

Как всегда после долгой разлуки, он был потрясен удивительно малым — метр сорок восемь — ростом: как ты хрупка, моя любовь... И тут как тут — услужливым детским кошмаром, из-под шершавой ладони Глупой Баси, которая пыталась закрыть ему глаза, заслонить мальчика от картины смерти, — взметнулась в памяти синяя простыня над телом, ничком лежащим на «брукивке» мостовой. И две живые, длинные пурпурные пряди, словно отбившись от медного стада волос, весело струились в весеннем ручейке вдоль тротуара...

— Ну, привет, Лиза! — воскликнул доктор Горелик с ненатуральным энтузиазмом. — Я смотрю, ты молодцом, м-м-м? Премного тобой доволен...

Как ты хрупка, моя любовь... Скинь же рюкзак, он оттянул плечико.

Она скинула рюкзак на пол, подалась к столу и, опершись о него обеими ладонями, оживленно заговорила:

— Да, Боря, знаешь, я совершенно уже здорова. И даю тебе слово, что... видишь ли, я чувствую, я просто уверена, что смогу жить одна... Ты ведь сам говорил, что у меня абсолютно самостоятельное мышление...

— Лиза... — бормотнул доктор, вдруг заинтересованно подавшись к экрану компьютера, вздыхая и поводя своими, отдельно и широко живущими на лице бровями (никогда не умел притворяться, как не умел в школе списывать на контрольных). — Лиза ты моя, Лизонька...

— И ты был прав! — с каким-то веселым напором продолжала она, поминутно касаясь беспокойными пальцами предметов на полированной столешнице — бронзовой плошки со скрепками, степлера, сувенирного плясуна-хасида с приподнятой коленкой, — то выстраивая их в ровную линию, то движением указательного пальца опять расталкивая порознь. — Прав был, что начинать надо с места в карьер, все отрезав! Я все отсекла в своей жизни, Боря, не оглядываясь назад, ничего не боясь. Я теперь внутренне свободна, полностью от него свободна! Я уже не марионетка, которую можно...

И тут, перехватив беспомощный взгляд Бориса, направленный поверх ее головы в дальний угол комнаты, мгновенно обернулась.

Засим последовала бурная, рывками произведенная мизансцена: двое мужчин, как по команде, вскочили, и только сачков не хватало в их руках, чтобы прихлопнуть заметавшуюся пунктиром бабочку. Впрочем, все продолжалось не более пяти секунд.

Она молча опустилась на стул, закрыла лицо ладонями и так застыла.

— Лиза... — Доктор Горелик, пунцовый, несчастный, обошел стол и осторожно тронул ее сведенные судорогой, детские по виду плечи. — Ты же умница и все сама понимаешь... Ну-ну, Лиза, пожалуйста, не стынь так ужасно! Ты сама знаешь, что необходим период э-м-м... адаптации. Есть же и бытовые обстоятельства, Лиза! С ними надо считаться. Человек не может жить вне социума, в воздухе, нигде... Ты уже выздоровела, это правда, и... все хорошо, и все, поверь мне, будет просто отлично... Но пока, сама понимаешь... ты же умница... Петя только временно — вдумайся, — времен-но... ну, просто в качестве э-м-м... дружеского плеча...

20   Тот, в *качестве дружеского плеча*, с помертвевшим костистым лицом, с пульсирующей ямой под ребрами, пустыми глазами глядел в окно, где под управлением *дары приносящей* руки черного волхва-охранника медленно пятилась в сторону решетка автоматических ворот, пропуская на территорию больницы машину-амбуланс...

Он знал, что эти первые минуты будут именно такими: ее оголенная беспомощная ненависть; его, как ни крути, оголенное беспомощное насилие. Всегда готовился к этим проклятым минутам — и никогда не бывал к ним готов.

* * *

Всю дорогу до Эйлата он внешне оставался невозмутим, меланхолично посвистывал, иногда обращался к ней с каким-нибудь незначимым вопросом:

— Ты хочешь у окна или?..

Она, само собой, не отвечала.

Это нормально, твердил он себе, все как в прошлый раз. Надеялся на Эйлат — прогнозы обещали там райскую синь и румяные горы — и уповал на отель, за который, при всех их сезонных благодеяниях, выложил ослепительные деньги.

Пока долетели, пока вселились в роскошный до оторопи номер на девятом этаже, с балконом на колыхание длинных огней в воде залива, на желто-голубое электрическое марево такой близкой Акабы, — уже стемнело...

Они спустились и молча поужинали в китайском ресторане в двух шагах от моря, среди губасто ощеренных, в лакированной чешуе, комнатных драконов, расставленных по всему периметру зала. Она долго штудировала меню и затем минут пятнадцать пытала официанта — коренастого, вполне натурального с виду китайца (вероятно, все же таиландца) — на предмет состава соусов. Она всегда неплохо щебетала и по-французски и по-английски: отцово наследие.

В конце концов заказала себе неудобопроизносимое нечто. Он же под учтивым взглядом непроницаемых глаз буркнул «ай ту», после чего пытался вилкой совладать с кисло-сладкими стручками, смешанными с кусочками острого куриного мяса. Есть совсем не хотелось, хотя в последний раз он ел — вернее, выпил водки из пластикового стаканчика — ночью, в самолете. И знал, что есть не сможет до тех пор, пока...

После ужина прошлись — она впереди, он следом — по веселой, бестолково и тесно заставленной лотками и лавками торговой части набережной, где ветер приценивался к развешанным повсюду цветастым шароварам, блескучим шарфикам и длинным нитям лукаво тренькающих колокольцев. Прошествовали по холке голландского мостка над каналом, в черной воде которого огненным зигзагом качалась вереница огней ближайшего отеля; потолкались меж стеллажами книжного магазина «Стемацкий», куда она неожиданно устремилась (хороший признак!) и минут десять, склонив к плечу свой полыхающий сноп кудрей, читала, шевеля губами, названия книг в русском отделе (три полки завезенной сюда мелкой пестрой плотвы российского развода). Он поторопился спросить: «Ты бы хотела какую-ни?..» — ошибка, ошибка! — она молча повернулась и направилась к выходу; он за ней...

В отдалении гигантская вышка какого-то увеселительного аттракциона швыряла в черное небо огненный шар, истекающий упоительным девичьим визгом.

Она все молчала, но, украдкой бросая взгляд на ее озаренный светом витрин и фонарей профиль витражного ангела, он с надеждой подмечал, как чуть поддаются губы, углубляя крошечный шрам в левом углу рта, как слегка округляется подбородок, оживленней блестят ее горчично-медовые глаза... А когда приблизились к аттракциону и внутри освещенного шара увидели смешно задравшую обе ноги девушку в солдатской форме, она оглянулась на него, не сдержав улыбки, и он посмел улыбнуться ей в ответ...

В отель вернулись к десяти, и еще выпили в гостиничном баре какой-то тягучий ликер (как же здесь, черт подери, все дорого!); наконец вошли в стеклянный цилиндр бесшумного лифта и поплыли вверх, стремительно, будто во сне, нанизывая прозрачные этажи один на другой. Затем по бесконечной ковровой тиши коридора, вдоль дрожащего — на черных горах — хрустального облака огней дошли до нужной двери, и — вот он, в подводном свете полусонных торшеров, их огромный аквариум с *заливистой* стеной во всю ширь балкона, с великолепной, хирургически белой ванной комнатой. Браво, Петрушка!

Пока она плескалась в душе (сложная полифония тугого напора воды, шепотливо журчащих струй, последних вздохов замирающей капели, наконец, жужжания фена; на мгновение даже почудилось легкое мурлыкание?.. нет, ошибся, не торопись, это за стенкой или с соседнего балкона), он распеленал белейшую арктическую постель с двумя огромными айсбергами подушек, разделся, расплел косичку, взбодрив пятерней густые черные с яркой проседью патлы, и тем самым преобразился в совершенного уже индейца, тем более что, полуобнаженный, в старой советской майке и трусах, он странным образом утратил жилистую щуплость, обнаружив неожиданно развитые мышцы подбористого хищного тела.

Присев на кровать, достал из рюкзака свой вечный планшет с эскизами и чертежами, на минуту задумавшись, стоит ли сейчас вытаскивать перед ней все это хозяйство. И решил: ничего страшного, не думает же она, что он сменил ремесло. Пусть все будет как обычно. Доктор Горелик сказал: пусть все как обычно. Кстати, разыскивая карандаш в неисчислимых карманах рюкзака, он наткнулся на пять свернутых трубочкой стодолларовых бумажек, которые Борька умудрился втиснуть в коробку с ее таблетками лития. Ах, Борька...

Он вспомнил, как тот суетился, провожая их до ворот: добрый доктор Айболит, великан, не знающий, куда деть самого себя; похлопывал Петю по спине мягким кулачищем, как бы стараясь выправить его сутулость, и возмущенно дурашливо бубнил:

— Увозят! Законную мою супругу умыкают, а?! — и Лиза ни разу не обернулась.

...Наконец вышла — в этом огромном махровом халате (а ей любой был бы велик), с белой чалмой на голове. Подобрав полы обеими руками и все же косолапо на них наступая, она — привет, Маленький Мук! — прошлепала на балкон и долго неподвижно там стояла, сложив тонкие, в широченных рукавах, руки на перилах, как старательная школьница за партой. Разглядывала черную ширь воды с дымчато-гранатовыми созвездьями яхт и кораблей и безалаберно кружащую толпу на променаде. Там веселье только начиналось.

24 Они же оба, невольники гастрольных галер, всю жизнь привыкли укладываться не позже одиннадцати.

Вернувшись в номер, она остановилась перед ним — он уже лежал в постели, нацепив на острый нос нелепые круглые очки и сосредоточенно чиркая что-то на листе в планшете, — стянула с головы полотенце, мгновенно пыхнув карминным жаром в топке ошалелого торшера, и с чеканной ненавистью произнесла, впервые к нему обращаясь:

— Только посмей до меня дотронуться!

Молчание. Он смахнул резиновые крошки с листа на котором в поисках лучшей двигательной функции разрабатывал принципиально новую механику локтевого узла марионетки, и ответил несколько даже рассеянно:

— Ну что ты, детка... Ляг, а то озябнешь.

В обоих висках по-прежнему бухал изнурительный молот. И, кажется, черт побери, он забыл свои таблетки от давления. Ничего, ничего... Собственно, сегодня он ни на что и не надеялся. И вообще, все так прекрасно, что даже верится с трудом.

Минут сорок он еще пытался работать, впервые за много недель ощущая слева блаженное присутствие туго завернутого махрового кокона с огнисто мерцавшей при любом повороте головы копной волос и тонким, выставленным наружу коленом. Замерзнет, простудится... Молчать! Лежи, лежи, Петрушка, лежи смирно, и когда-нибудь тебе воздастся, старый олух.

Наконец потянулся к выключателю — как все удобно здесь устроено! — и разом погасил комнату, высветлив черненое серебро залива за балконом...

В пульсирующем сумраке из глубин отеля, откуда-то с нижней палубы, текла прерывистая — сквозь шумы набережной, звон посуды в ресторане и поминутные всплески женского смеха — струйка музыки, едва достигая их створенного балкона.

Вальяжными шажками прошелся туда-сюда контрабас, будто некий толстяк, смешно приседая, непременно хотел кого-то рассмешить. Ему скороговоркой уличной шпаны монотонно поддакивало банджо, а толстяк все пыжился, отдувался и пытался острить, откалывая кренделя потешными синкопами; банджо смешливо прыскало густыми пучками аккордов, и, вперебивку с истомно флиртующей гитарой и голосисто взмывающей скрипкой, все сливалось в простодушный старый фокстротик и уносилось в море, к невидимым отсюда яхтам...

Он лежал, заложив за голову руки, прислушиваясь к миру за балконом, к неслышному утробному шороху залива, понемногу внутренне стихая, хотя и продолжая длить в себе настороженное, тревожно-мучительное счастье... Лежал, поблескивая в лунной полутьме литыми мускулами, — привычно отдельный, как вышелушенный плод каштана, — и не двинулся, когда она зашевелилась, высвобождаясь из халата — во сне? нет, он ни минуты не сомневался, что она бодрствует, — и юркнула под одеяло, перекатилась там, обдав его накопленным теплом, оказавшись вдруг совсем рядом (лежать, пес!), — хотя по просторам этой величественной кровати можно было кататься на велосипеде...

Все его мышцы, все мысли и несчастные нервы натянулись до того предела, когда впору надсадным блаженным воплем выдавить из себя фонтан накопленной боли... И в эту как раз минуту он почувствовал ее горячую ладонь на своем напряженном бедре. Эта ладонь, словно бы удивляясь странной находке, решила основательней прощупать границы предмета...

«Соскучилась, подумал он, соскучилась, но ты не шевелись, не шевелись... не ше...» — и не вынес пытки, подался к ней всем телом, робко встретил ее руку, переплел пальцы...

В следующий миг хлесткая оплеуха, довольно грандиозная для столь маленькой руки, сотрясла его звонкую голову.

— Не сметь!!! — крикнула она. — Белоглазая сволочь!!! — и зарыдала так отчаянно и страшно, что если б соседи не коротали этот час в кабачках и барах набережной, кто-то из них обязательно позвонил бы в полицию. И, между прочим, такое уже бывало...

Он вскочил и первым делом затворил балконную дверь; и пока она исходила безутешными горестными рыданиями, молча метался по номеру, пережидая этот непременный этап *возвращения*, который вообще-то ожидал не сегодня, но, видно, уж она так соскучилась, так соскучилась, моя бедная! Да и слишком многое сегодня на нее навалилось, слишком быстрая смена декораций — из больничной палаты в эти дворцовые покои... Может, это его очередная ошибка, может, стоило снять скромную комнату в недорогом пансионе? И почему он, идиот собачий, никогда не чувствует ее настроения?!

Когда наконец она стихла, забившись под одеяло, он подкрался, присел рядом с ней на кровать и долго так сидел, задумчиво сутулясь, зажав ладони между колен, все еще не решаясь прилечь по другую сторону от сбитого хребтом одеяла...

Внизу по-прежнему наяривал квартет; ребята честно отбывали свою халтуру до глубокой ночи. Играли хорошо, со вкусом и некоторым даже изыском составив программу из джазовой музыки тридцатых-сороковых, и звучала, все-таки звучала в этих мелодиях теплая, наивная и грустная надежда: еще немного, еще чуток перетерпеть, и все наладится! Завтра все будет иначе... Солнце, ветерок, море-лодочки... купальник купим... какое-нибудь колечко, что там еще?

Вдруг — после долгой паузы, когда он решил, что музыканты уже получили расчет на сегодня и, присев к крайнему столику, накладывают в тарелки салаты, — вспыхнул, улыбнулся и поплыл родной мотивчик «Минорного свинга» Джанго Рейнхардта, вбитый, вбуравленный в каждую клеточку его тела... Еще бы: он сотни раз протанцевал под него свой номер с Эллис... Да-да: эти несколько ритмичных и задорных тактов вступления, в продолжение которых — во фраке, в бальных лаковых туфлях — он успевал выскользнуть на сцену и подхватить ее, одиноко сидящую в кресле.

И тогда начиналось: под марципановые ужимки скрипочки и суховатые удары банджо вступает основная мелодия: тара-рара-рура-рира-а-а... и — умп-умп-умп-умп! — отдувается контрабас, и до самой перебивки, до терпкого скрипичного взмыва: джу-диду-джи-джа-джу-джи-джа-а-а-а! — Эллис двигается вот тут, под его правой рукою, багряный сноп ее кудрей щекочет его щеку... оп! — перехват — четыре шага влево — перехват и — оп! — снова перехват — четыре вправо, и пошли-пошли-пошли, моя крошка, синхронно: нога к ноге, вправо-влево, вправо-влево, резко всем корпусом — резче, резче! Оп! Тара-рара-рури-рира-а-а... А теперь ты как томный шелковый лоскут на моей руке: плыви под меланхоличный проигрыш гитары и скрипки, плыви, плыви... только огненные кудри, свесившись с локтя, колышутся и вьются, и змеятся, как по течению ручья...

Он не обратил внимания, как сам уже взмыл с постели, и плывет, и колышется в полнотелом сумраке ночи — правая рука, обнимая тонкую спину невидимой партнерши, согнута в локте, левая умоляюще протянута — и плывет, и плывет сквозь насмешливо-чувственный лабиринт «Минорного свинга»...

Он протанцовывал сложный контрапункт мельчайших движений; искусные его пальцы наизусть перебирали все рычажки и кнопки, при помощи которых извлекались томные жесты отсутствующей сейчас малютки Эллис, — так вызывают духов из царства тьмы. Его позвоночник, шея, чуткие плечи, кисти рук и ступни ног знали назубок каждый сантиметр ритмического рисунка этого сложного и упоительного танца, которому аплодировала публика во многих залах мира; он кружился и перехватывал, и, выпятив подбородок, бросал на левый локоть невесомую хрупкую тень, то устремляясь вперед, то останавливаясь как вкопанный, то хищно склоняясь над ней, то прижимая ее к груди... И все это совершал абсолютно автоматически, как если б, задумавшись, шел по знакомой улице, не отдавая отчета в направлении и цели пути, не слыша даже собственных шагов. Если бы движения его оставляли в воздухе след, то перед зрителем постепенно выткался бы сложнейший узор: изысканное, сокрытое плетение кружев, тайнопись ковра...

За перилами балкона, высоко над струящими свои лохмотья пальмами, крепко была ввинчена в звездное небо отлично сработанная, хотя и преувеличенных размеров медная луна, надраенная до наглого блеска (осветители перестарались). Она заполонила не только весь залив, со всеми его берегами, корабликами и лодками у причалов; она вторглась настырным парафиновым свечением в комнату, выдав каждому предмету по цельному куску черной тени, оставляя на стенах размашистые росчерки, замысловатые вензеля и заковыристые монограммы, без конца запуская и запуская по занавесям кружевную карусель теней...

И если б хоть кто-нибудь мог стать свидетелем этой странной картины: миниатюрная женщина в глубоком забытьи и мужчина с лунным лицом, с действительно очень светлыми даже в полумраке глазами, что сновал вокруг нее в стремительном, изломанном распутном танце, горячей ладонью оглаживая пустоту, привлекая эту пустоту к себе на грудь и застывая в мгновенной судороге страсти, — такой свидетель вполне мог принять эту сцену за натужную находку модного режиссера.

Настоящего удивления (даже, пожалуй, восхищения) заслуживало только одно: остроносый и несуразный, сутулый человек в смешных семейных трусах и дешевой майке в танце был так завораживающе пластичен, так иронически печален и так влюблен в драгоценную пустоту под правым локтем...

С последним чеканным поворотом его головы музыка смолкла. Карусель теней в последний раз проволокла по стенам все свои призрачные экипажи и стала.

Две-три минуты он не шевелился, пережидая беззвучные аплодисменты зала; затем качнулся, уронив руки, будто сбрасывая невидимую ношу, сделал шаг-другой к балкону и медленно отворил дверь, впуская внутрь тугое дыхание ночного залива...

Лицо его сияло... Так же бесшумно, как танцевал, он подкрался к постели, на которой недвижным кулем застыла его возлюбленная. Глубоко выдохнув, опустился на колени у изголовья, щекой прижался к одеялу над ее плечом и прошептал:

— Не торопись... Не торопись, мое счастье...

30 Глава вторая

«...Да будет трепыхаться тебе, доктор! Пора бы и в себя прийти: часа три как они отбыли, а ты все пятый угол ищешь...

Нет, как вспомню этот конвой: впереди она — призрак женщины, огненноволосый эльф с шизо-аффективным расстройством, — и позади он: с жесткими, как вага[1], сутулыми плечами и скованной походкой, смахивающий на марионетку больше, чем все его куклы, вместе взятые. Ну просто — Синяя Борода со своей невинной жертвой...

Собственно, зачем я это пишу? Неужели спустя столько лет во мне еще живы какие-то графоманские амбиции? Да вроде нет... Давно уже, случайно натыкаясь в папках на публикации стихотворений и рассказов некоего Бориса Горелика, этого пылкого болвана, я не испытываю ровным счетом ничего: видимо, эмиграция отбивает какие-то душевные печенки; тем более удачная эмиграция, вроде моей, — если, конечно, считать развод с Майей удачей.

Нет, возвышенные позывы тут ни при чем. Просто внезапное желание записать кое-какие мысли приоткрыло в памяти шлюзы, из которых сначала ручейком, а затем потоком хлынуло прошлое, задним числом объясняя события наших жизней — спаянных, как выяснилось, более тесно, чем когда-то мог предположить каждый из нас троих.

А изо дня в день исписывая по нескольку страниц, ты поневоле сооружаешь какую-никакую — пусть ос-

---

1 Вага — своеобразная панель управления марионеткой, куда сходятся все нити куклы. Вага бывает горизонтальной, вертикальной, двойной.

колочную, скороговорочную и хроменькую, — но свою картину мира. Хуже, когда пытаешься найти в этой картине свое место, задумываешься над ним и... обнаруживаешь импозантное усатое ничтожество под собственным именем.

А я всегда чувствую себя ничтожеством, когда присутствую при встрече этих двоих после разлуки.

Самое нелепое, что официально она действительно приходится мне женой. Как еще я смог бы устроить ее к нам в клинику, если она не имеет ни малейшего основания на репатриацию в Израиль?

Когда в девяносто шестом мне впервые позвонил из Праги ополоумевший Петька (они оказались там на очередном фестивале кукольных театров, не имея ни жилья, ни гражданства, ни медицинской страховки; да еще только что умер — и слава богу! — этот их несчастный ребенок), когда он позвонил мне, абсолютно невменяемый, так что сначала я не мог толком понять, кто из них двоих рехнулся, и вопил: «Сделай что-нибудь, спаси ее, Борька!!!» — вот тут-то мне и пришлось вспомнить, что я полгода как благополучно разведен и вполне готов к новым идиотским свершениям.

Не знаю, что в тот момент стряслось с моими мозгами, но только сердце мое разрывалось от жалости к ним обоим.

Главное, в ту минуту я почему-то — как ударило меня! — вспомнил пророческие слова незабвенной моей бабуси Веры Леопольдовны в день, когда Петька объявил, что они с Лизой решили...

— Боба... — сказала она, войдя ко мне в комнату и плотно прикрыв дверь своей широкой спиной. — Ты будешь не друг, а настоящая го́вна, если не отговоришь Петрушу от этого гибельного шага.

Незабвенная бабуся говорила на четырех языках и на всех решительно и живописно, как изъясняются обычно хорошие гинекологи, но на русском излагала мысли особенно непринужденно и веско, с терпким вкраплением матерка — когда считала это эмоционально необходимым. Бывало, в детстве войдет в мою комнату в самый разгар игры, с неизменной сигаретой во рту, да как рявкнет своим неподражаемым басом: «Ой, Петлюра ж! Шо ж так но́срано кругом, люди добры?!»

— Останови эту сумасшедшую телегу, Боба, она его раздавит, — сказала бабуся.

— Почему? — озадаченно спросил я.

— Потому, что эта крошка не из доброго лукошка...

И когда я вскинулся и забурлил, осадила меня так, как только она это умела: презрительным холодным взглядом. (Мой отец, ее единственный сын, в таких случаях говорил, усмехаясь: «вскроем проблему скальпелем».)

— Дурак, — обронила она тихо и властно. — Я — медик. Плевать мне на нравственность всей той семейки. Плевать мне, какую из жен проигрывал в карты ее папаша, и с какой радости выбросилась из окна спальни прямо в ночной рубашке ее несчастная мать. Я сейчас о другом: там нехороший ген в роду, а это не шутки.

— Какой еще ген... — пробормотал я, чувствуя за ее словами муть и холод глубокого омута.

— А такой, что ее мать до Лизы родила двоих мальчиков, одного за другим, и оба — с синдромом. Хорошо, что не жильцами оказались.

— Что за синдром? Дауна?

— Нет, другой. Какая разница?

— Нет, ты говори уж, говори! — взвился я.

— Ну... есть такой, — сказала она. — Называется

«синдром Ангельмана» или «синдром смеющейся куклы», а еще — «синдром Петрушки». Не учили еще? Маска такая на лице, вроде как застывший смех, взрывы внезапного хохота и... слабоумие, само собой. Неважно! Поговори с ним по-мужски, если не хочешь, чтобы я вмешалась.

— Только попробуй! — крикнул я ей вслед и со злости запустил в закрытую дверь вышитой думкой. Но с Петькой все-таки пытался говорить — такое впечатление на меня произвели бабусины слова. Особенно это название...

...Тут ведь надо всю Петькину жизнь рассказывать: и про его сахалинское детство, и про нескладную его семью — а что я, собственно, знаю? Он с малых лет был дьявольски скрытен, вернее, просто герметичен в своих чувствах; во Львове проводил только летние месяцы, когда мать отправляла его на каникулы к своей любимой Глупой Басе. А та, за неведомые мне в то время заслуги перед нашей семьей, приходила к нам каждое воскресенье «столоваться» — выражение бабуси.

Помню ее почему-то в одном лишь облике: высокую, с плоскими седыми волосами и длинными плоскими ступнями, одетую в старый плащ моего отца — мужчины корпулентного — с огромными надставными плечами. На шее болтался детский шарфик с розовыми бомбошками на концах.

Кажется, она даже носила и туфли моего отца, у них размер совпадал. А тот — насмешник и балагур — говорил ей с благоговейно-озабоченным лицом:

— Берегите эти вещи, Бася, они почти новые. До меня их носили только трое: мой дед — изящный харьковский извозчик, актриса Вера Холодная и Феликс Эдмундович Дзержинский.

Глупая Бася все принимала на веру.

Иногда, если уж совсем бывала сама занята, бабуся посылала ее на рынок. Бася брала большую корзину, на дно ее клала кошелек и страшно удивлялась, когда его крали. Не могла понять: ведь она всегда так делала «за Польски». Отец говорил ей, смеясь:

— Бася, идите, вас уже ждут на рынке.

Кажется, она служила дворничихой в одном из домов на Саксаганского...

Когда-нибудь напишу эссе о львовских дворниках, об этих ныне вымерших динозаврах, — хотя они заслуживают не эссе, а целой поэмы, трилогии, эпопеи!

В те годы все «брамы» — то есть ворота в длинную, как бинокль, арку каретного въезда — на центральных улицах Львова бывали непременно заперты. Жильцы и гости давили на кнопочки звонков на панели с номерами квартир и ждали, пока выйдет... дворник, ибо он не только подметал двор, натирал мастикой паркет, надраивал до огневого блеска — чтоб горели на солнце! — медные ручки на дверях, но и исполнял обязанности консьержа.

Обитали они обычно в подвальных квартирках или в бельэтаже, не выше.

Дворника нашего дома звали пан Лущ. Именно он выходил на звонки в квартиры и чинно сообщал: «Никого нема в дому, до зобаченя», или «Прошэ бардзо», — что означало: он о госте предупрежден, и хозяева ждут. Ему и записки оставляли определенного сердечного свойства — «до востребования», и сейчас я думаю, что пан Лущ мог сколотить неплохой капиталец, прислуживая на побегушках вездесущей богине тайной любви: пожилой амур с редкими желтыми зубами и щучьим прикусом ощеренного рта.

Главным украшением его «кавалерки» — маленькой комнаты с туалетом (ванной не было), куда я однажды заглянул без спросу, — была великолепно исполненная довоенная реклама польских презервативов, на мой нынешний взгляд, гениально простая: один только фирменный знак «Ultra Gum», с надписью под ним: «Predzej ci serce peknie!» — «Скорее сердце у тебя лопнет!»

Всегда предупредительно вежливый со взрослыми (еще бы: возвращаясь домой поздним вечером, жильцы — так было принято — совали монетку-другую поднятому с постели дворнику), он остервенело гонял нас, детей. И его можно понять: мы ежедневно донимали его одной и той же мерзкой выходкой: звонили сразу в несколько квартир и убегали, чтобы спрятаться за углом дома.

Пан Лущ выскакивал, дико матерясь по-польски, потрясая кулаками, обещая невинным прохожим страшные муки... чтобы уже через минуту, после очередного ликующего аккорда по пяти кнопкам, непременно выбежать вновь, как китайский болванчик. Так могло продолжаться бесконечно долго, особенно на каникулах: мы проверяли пана Луща на прочность. А он (вышколенная косточка!) все продолжал выбегать на звонки, и вовсе не потому, что хотел нас поймать, а потому, что боялся пропустить посетителя или жильца — то есть не выполнить, *не дай боже*, свой долг.

Правда, на какой-нибудь сотый издевательский залп звонков он мог выбежать с мокрой тряпкой и, размахивая ею, как раненный в бою знаменосец, с вытаращенными глазами орать: *«Пся крев! Курва! Шляг бы те трафил! Жэбы те кров заляла!»*[1]

---

[1]   Шляг бы те трафил! Жэбы те кров заляла! — Чтоб тебя удар хватил! Чтоб ты кровью залился! (*польск.*)

Ах, какой у нас был дом... Такие дома во Львове называли «австрийскими»; а еще этот стиль носил имя «сецессия», и ни в одной другой европейской стране я больше не встречал подобного названия.

Улицы Ивана Франко, Зеленая и Шота Руставели образовали треугольник, внутри которого, в свою очередь, поместился треугольник домов, а уж внутри этого треугольника жил двор: разноуровневый и многокастовый.

Наш двор, мощенный мелкой плиткой, по периметру был обсажен итальянскими тополями. Каждый год их стригли, придавая форму, и тогда вся улица терпко и волнующе пахла срезанными тополиными ветвями.

Во дворе и груша росла, добрая старая груша, плодоносящая раз в два года. И когда созревали плоды лимонно-золотистого цвета, живущий в бельэтаже известный писатель Станислав Кобрыньский снимал урожай и разносил его по квартирам. (Странно, что я никогда не пытался прочитать ничего из написанного Кобрыньским — нелюбопытная юность? А между тем этот пан был весьма забавен; бабуся уверяла, что он сорочки меняет пять раз на дню, а в опере садится на те места, что с краю: боится рокового падения люстры.)

Опять-таки странно, что никто из других жильцов на грушу не посягал. Например, ее ветви поднимались к самым окнам нашей кухни, и в урожайный год можно было распахнуть окно и сорвать плод. Однако никому не приходило это в голову. Все ждали, когда пан Станислав чинно поделит урожай. Между прочим, когда старый писатель умер, дерево, как в хорошей притче, перестало плодоносить.

Подвал и чердак нашего дома — два континента противоположных миров — заслуживают отдельного упоминания. В подвале держали овощи на зиму и хранили старый хлам, а вот чердак — тот был светлым, чистым, хорошо проветривался; в иных домах жильцы разводили там голубей... У нас соседи вывешивали белье на просушку; чистые, крахмальные, подсиненные простыни парусами каравелл перегораживали чердак в ширину, и это был еще один волнующий — *морской* в центре Львова — запах моего детства. Очередность стирки соблюдалась строго, у каждого по чердаку были протянуты свои веревки — у пани Стефы, у Гали, у Берты Ефимовны, у незабвенной бабуси...

— У меня сегодня большая стирка, — озабоченно говорила одна.

— А у меня — не так чтобы очень...

Парадная нашего дома... Пол ее был выложен отлично сохранившейся мелкой плиткой с густым ковровым узором: синие лилии сплетались по кремовому полю. Знаменитая фабрика Левинского: керамическая плитка, печные изразцы... Зайдите и сейчас в какую-нибудь браму в центре старого Львова и посмотрите под ноги: эта плитка не-сно-си-мая! — если, конечно, железным ломом ее не крушить.

Винтом взлетала вверх широченная лестница — чугунные кружевные перила с деревянными поручнями, отполированными сотнями рук; ковров уже нет, но еще сохранились между ступенями бронзовые ушки для ковровых штанг. В детстве наш подъезд напоминал мне протестанский храм, разве что без алтаря, зато с высокими — сквозь все этажи дома — окнами, не с прозрачным, а желтоватым звездчатым стеклом, отчего по всем пролетам разливался неяркий, но благостный теплый свет.

Дважды в год — на Пасху и на 7 ноября — пан Лущ натирал мастикой дубовый паркет, а перила лестницы покрывал олифой. С тех пор, стоит мне войти в магазин красок и лаков — где бы это ни было, — я втягиваю носом воздух, чтобы приманить воспоминания о запахе парадной нашего дома.

* * *

...Интересно, что я помню день нашей с Петькой первой встречи абсолютно отчетливо.

Сквозь блаженный утренний сон, сквозь густую вязь звуков: бряканье бидона с молоком у входной двери, натужный скрип тросов грузового лифта со двора (кто-то поднимает дрова или мешок с картошкой), гулкие оплеухи выбивалки о ковер на «заднем» балконе, уютное треньканье трамвая с улицы и тягучий рык сборщика бутылок: «Фля-а-ажка-бутылка!», — привычно сплетаясь с вездесущими запахами утреннего города: кофе из *кавярни* напротив, выпечки из ближайшей *цукерни*, — доносится (дверь приоткрыта) голос бабуси:

— Не понимаю, как его мать может доверять мальчика этой дурынде...

Неразборчивый мамин отклик на ее слова, затем *бабусины звуки*: чирканье спичкой о коробок и астматическое придыхание, с каким она затягивается дымом (а то, что сигарета уже во рту, слышно по шепелявому выговору согласных):

— Оставь, она не помнит, как ее зовут! Слушай, надо бы как-то обогреть пацана, а? Скажи ей, пусть в воскресенье приходят вместе, тарелки супа мне не жалко. И пусть тогда Боба...

Она удаляется по коридору в кухню, где сразу оживают чугунные и кафельные звуки: там огромная печь на четыре конфорки, духовка для выпечки хлеба, чугунные, с резными оленями, поддоны под выпавший вдруг из печки уголек... — где они с мамой бубнят родственными озабоченными голосами: «боба-боб-для-бобы...».

И в воскресенье Глупая Бася приходит не одна, а с мальчиком: щуплым, носатым, молчаливым; очень, очень странным...

Так я о том, что с детства он был замкнут и скрытен — во всем, что не касалось главного: его зачарованности куклами, какой-то обезумелой погруженности, безжалостной — и я сказал бы, тиранической — влюбленности в ирреальное пространство кукольного мира.

Сейчас думаю: не была ли его тяга к выражению себя через куклу преодолением частичного аутизма, способом как-то обратиться к миру? Недаром он и сейчас совершенно преображается, когда берет куклу в руки; и если работает не за ширмой, а на сцене, в открытую, то — при своем-то небольшом росте, сутулости и отнюдь не классической фигуре — кажется более высоким, необъяснимо более *значительным* и — да что там! — становится по-настоящему неотразим.

Главным анекдотом его детства была кража маленькой Лизы, неосторожно оставленной возле магазина без присмотра — «на хвилечку!» — ее нянькой-русинкой. Петька, восьмилетний пацан, утащил младенца прямо из коляски только из-за того, что своими томными глазищами и пунцовыми, как ягода-калина, кудряшками эта лялька была ужасно похожа на ожившую куклу!

А может быть, наша первая встреча запомнилась мне потому, что как раз в тот день всю улицу перепо-

40 лошило ужасное событие: из окна своей спальни выбросилась молодая жена адвоката Вильковского.

Глупая Бася ввалилась в нашу прихожую, пыхтя, как паровоз; топала отцовыми ботинками и, мешая польские и украинские слова, несла какую-то бурную околесицу. Когда наконец ее раздели, переобули и вытолкнули в залу, выяснилось, что в прихожей кто-то остался и стоит под вешалкой. Го-о-о-споди, проговорила бабуся густым протяжным своим басом, он же ростом с мой зонт, этот ребенок...

(Зонт у бабуси, правда, был царским: фиалковый, с блестящей пикой. Отец почему-то называл его «Фрейлина императрицы», — он давал прозвища всем вокруг, и людям, и вещам. Приземистый секретер в его кабинете назывался «Присяжный поверенный», а васильковый мамин халат с вечно расстегнутой на груди золотой пуговицей носил непонятное мне имя «Здрасьте-пожалста!».)

У пацана, что привела Глупая Бася, оказался отсутствующий взгляд прозрачно-серых, седых каких-то глаз. И диковатая раскосина в них была, будто глядел он не прямо, а сквозь тебя или куда-то над твоей головой... Позже я понял, что в квартиру он вошел как раз после того, как «скорая» увезла тело самоубийцы; оказывается, та выбросилась из окна прямо у него на глазах, — вполне объяснимый шок для восьмилетнего ребенка. Но в тот момент он мне ужасно не понравился: остолоп какой-то, вдобавок немой. А меня-то мама уговорила выстроить для «нового друга» парк своих машин. Они тянулись цветной сверкающей колонной по комнате, заруливали под кресло и под стол, а в поставленной на попа картонной коробке из-под набора перчаточных кукол я устроил стоянку маленьких коллекционных моделей.

Но этот будто замороженный тип едва бросил

взгляд на мои богатства. Зато, приметив в углу горку вываленных из коробки глиняных голов на грязноватых балахончиках, буквально остолбенел.

— Мо... можно? — тихо спросил он, неловко тыча пальцем в эту свалку.

— Па-ажал-ста, — ответил я, пожав плечами. Не показал виду, что обиделся.

Перчаточных кукол отец привез из Москвы, куда время от времени ездил в командировки. Коробка вмещала сразу три набора: «Незнайка на Луне», «Русские народные сказки», «Сказка о попе и работнике его Балде». Дня три я ими играл, показывая бабусе и маме «спектакли» на спинке стула; и поскольку главным постановочным элементом у меня были драки, и куклы бились, как петушки, нос об нос, то вскоре их глиняные физиономии облупились. Вид у «артистов» был довольно жалкий, и я потерял интерес к этим убожествам. Они умели только кланяться и хлопать в ладоши. И вообще, я всегда любил точное подобие *настоящих* вещей — то есть, как теперь понимаю, рос ребенком без воображения.

Никогда не забуду, как мой гость плюхнулся на коленки возле этой кучи тряпья и стал разбирать, раскладывать кукол на ковре, бережно расправляя мятые балахоны...

И вновь, подняв на меня светлые, какие-то сквозистые глаза, спросил: можно?

— Да это же барахло собачье! — в сердцах проговорил я, нажимая на пульт управления великолепной заграничной машинки.

Тогда он молча крутанулся на коленках, показав мне спину, ссутулился, копошась там, а когда обернулся с воздетыми, как для молитвы, руками — и на каждой сидела кукла, — у него уже было другое лицо, он вообще стал *другим*.

42 И вот на край стола тяжело взобрался надменный и глупый, брюхастый Поп. Суетливо крестясь, как-то страшно живо шевеля боками и смешно отклячивая зад, он пятился и повторял басом: «Осподи-сусе-христе-осподи-суси»... А навстречу ему пошла, колыхая косой, Красавица из совсем другой сказки. Напевала визгливым голоском стыдные уличные куплеты, предлагая Попу показать... Словом, пацан отлично знал все эти слова, проговаривал их смачно, с жеманным девичьим смешком, подпихивая изнутри подол платья. Красавица завлекала Попа, набивала себе цену, и в этом была холодящая пружина спектакля. Величала она Попа «старым хреном», «собачьим хвостом» и «вонючей колбасой»; отплясывала перед ним какой-то непристойный канкан, а тот заваливался на спину, отдувался, скулил, просил пощады... «Не уходи, ягодка моя сладка-росиста! Проси, шо хошь, токо дай хрудя пошшупать!». А та ему: «Нетушки, стар-пузатый, ты прирежь сперва свою жирну попадью!» Одним словом, ничего похожего на сказку Пушкина...

Не помню уже всех перипетий этого спектакля, помню только впечатление восторженной оторопи, я бы сказал, разносторонней: от смелости его, глубокой осведомленности в таинственной сфере взрослых отношений, от того, как старые тряпки с болванками голов вдруг стали живыми существами, от завораживающей разноголосицы: Балда залихватски растягивал слова хриплым пивным голосом, посвистывал сквозь зубы и страшно матерился; Незнайка фистулой частил хулиганскую абракадабру и разок громко пукнул в патетическом месте песни «Взвейтесь кострами, синие ночи!». Главное, в сюжете не возникало ни единой заминки: кто-то кого-то догонял, бил или танцевал с ним, тот вопил, убегал или улещивал; голоса переплетались, сшибались, дразнились и — как мне тогда показалось — все время что-то распевали, чуть ли не дуэтом; обволакивали, увлекали за собой действо на двух руках.

Никогда в жизни мне еще не было так интересно. Я был покорен, взят в плен, порабощен им раз и навсегда... Боюсь, все это продолжается по сей день, хотя кукольный театр и вообще сам мир кукол так и не стал моим.

Когда нас позвали в столовую, он идти не захотел, — не хотел снимать кукол с рук. Залез под стол и молча зыркал оттуда своими волчьими глазами. Но его дружелюбно выволокли, и за обедом он — возможно, потому, что взрослые намеками, глухо и обрывочно, косясь на детей, раза три упоминали об утренней трагедии, — сидел угрюмый и замкнутый, в точности такой, каким пришел. В мою сторону даже не глядел, ковырял вилкой скатерть. А я-то думал, мы уже друзья...

Мне и сейчас при каждой встрече хочется сразу всучить ему в руки какую-нибудь куклу, чтобы вместо отчужденной маски увидеть его настоящее лицо. Кстати, в юности довольно долго он и таскал повсюду с собой одну из тех кукол, величиной с ладонь, которые с поразительной ловкостью мастерил сам «на подарки». Если правильно помню, это делалось так: на проволочный крест накручивался синтепон и обклеивался материей, после чего оставалось только рожицу расписать. И он действительно их раздаривал — раздаривал прямо на улицах, первым встречным людям, не обязательно детям.

Одним словом, тем первым летом Петька увлек всю дворовую ребятню — нас было человек восемь. Я выпросил у мамы розовый лак для ногтей, разбитые носы кукол были тщательно реставрированы и блестели на солнце. Все лето, — а в тот год удивительное лето выпало Львову: ясное, синеглазое, с воздушными облачками над Высоким Замком, — наш дворовый театр с утра до вечера с энтузиазмом репетировал и представлял комедии и сказки собственного сочинения. И как подумаю сегодня: нелюдимый, явно «проблемный» восьмилетний мальчик стал одновременно основателем, режиссером, художником и артистом пусть небольшого, но творческого коллектива, с поистине моцартовским даром сочиняя тексты и мизансцены, терпеливо натаскивая тех, кому поручал куклу, заставляя безалаберных артистов снова и снова повторять движения и слова роли или «делать оркестр»: дудеть в жестяные дудки и губные гармошки, греметь погремушками и бить в бубен.

Эта всеобщая увлеченность произвела такое впечатление на взрослых, что отец Гульки дядя Рустам, милиционер, отправился в слесарно-столярную мастерскую, за начальством которой числился какой-то грешок, и, то ли путем шантажа, то ли как-то еще воздействовав на директора, заставил сделать ширму для нашего театра. Роскошную раскладную ширму с настоящими дверными петлями! Все четыре ее створки мама обтянула сизой подкладочной тканью из дедовых портновских запасов, а из старой гобеленовой скатерти был сшит настоящий *фартук* — тот, что вешается на ширму перед зрителем: по зеленому полю пузырились бокастые желтые груши, будто минуту назад снятые с дерева бережной рукою пана Станислава.

А ведь где-то она валяется в сарае — там, во дворе нашего давно покинутого львовского дома...

* * *

Словом, я все же затеял с ним тот тяжелый разговор, пытаясь что-то промямлить о «нехорошем гене»; даже название выдавил...

Мы сидели в кавярне на Армянской, где кофе варили в турках на раскаленном песке. Над узкими горлышками вспухала пенка, пузырясь по бокам турки, если сбегала, так что в крошечном помещении витал божественный аромат. За окном хлестал дождь; по блестящей кубической, волнистой от рытвин «брукивке» мостовой, сливаясь по обочинам, бежали ручьи, а над пупырчатыми лужами плыли, покручиваясь в руках у прохожих, цветные зонты.

На этой узкой и ободранной, но живой и прекрасной улице, видавшей и аппетитные драки, и надрывные страсти, всегда ошивалась львовская художественная богема. Я и сам однажды отбивал там кулаками у художника Трофименки свою Майю, тогда еще даже не невесту; в те годы оленьи бои мне казались действенным средством завоевания женского сердца.

И вот, сидя за обшарпанным столиком, в ожидании своей «филижанки кавы»...

Нет, все же о кавярне на Армянской надо подробнее! Надо бы найти особенные слова, — ведь в пряно-охристом воздухе этого неприглядного помещения остался витать лохматый призрак нашей юности, наше кофейное братство.

Не знаю, кем и когда рождена была легенда, что кофе на Армянской — это лучший кофе в мире. Чужим там вполне могли подать порядочное пойло. Просто чужие-то почти и не забредали — не слишком очарова-

46 тельное было место: сесть практически негде, десерта никакого... Да и сама эта улочка, со своим, замечательных, конечно, пропорций, но таким облупленным храмом... Почему же Армянская у нас котировалась выше всех прочих мест в городе?

Здесь можно было застать того, чей адрес и телефон давно потерял, здесь оставляли друг для друга передачки, документы и записки. «Я оставлю для тебя на Армянской», — привычная фраза, оброненная на бегу, выкрикнутая из окна трамвая, шепотом сказанная в «читалке» института...

Там посменно работали две женщины: Лариса и Надя. Надя — этакая мамашка в теле, с плавными сдержанными движениями, — никогда не варила плохого кофе: вероятно, рука не поднималась. Она мало кого привечала, но кофе, который готовила, назывался «как всегда», — тетка понимала в ритуале. Вторая, Лариса, — та была королева: крахмальный фартучек, макияж, манеры — залюбуешься! Королева могла заварить кофейку и по второму разу, «на второй воде» — если кто не приглянулся.

В процедуре приготовления кофе был момент соучастия: тебе готовили турочку, показывали — где твоя, и ты уже был при деле: вскакивал из-за столика и двигал ее в песке, следя за тем, чтоб пеночка поднялась, но не перелилась: она должна была подняться раза три-четыре.

И, глядя, как плавно по песку жаровни двигает Надежда упряжки металлических турок в своих полных руках, напоминая этим церковного органиста, Петька задумчиво переспросил:

— «Синдром... Петрушки», ты сказал?.. — и вдруг рассмеялся: — Так это мне и подходит. Я ж и сам — Петрушка!

В то время он был увлечен историей русского уличного балагана, много читал о нем, разыскивал воспоминания стариков о представлявших «по дворам» бродячих кукольниках начала века, сам вытачивал пищики и даже писал скабрезные тексты — ужасно смешные и острые — для каких-то будущих «дворовых сцен», которые надеялся поставить.

Часами он мог рассказывать, какие сорта дерева идут на ту или другую деталь куклы, и как по виду древесины можно определить, откуда кукла родом, и какое значение имеет направление среза дерева, не говоря уже о значении таких *сезонных кондиций*, как влажность, например. Я прилежно выслушивал всю эту муру и скукотищу, потому что самым интересным в эти моменты были его лицо и руки.

Во Львов он приезжал уже из Питера, где учился в ЛГИТМиКе; приезжал часто — ради Лизы, конечно, — но и не только: либеральный директор центрального Дворца пионеров дал ему возможность поставить первый его спектакль по известной сказке «Журавль и цапля».

Помню и сейчас этот спектакль довольно подробно.

Он работал на столе с тремя парами кукол, которых сделал сам по собственным эскизам. Первая пара кукол — совсем юные и трогательные журавль и очаровательная цапля, — влюбившись, ходили друг к другу через болото свататься, да никак не могли поладить... Вторая пара была уже «в возрасте»: поседелый журавль в пенсне, с решительным намерением устроить семейную жизнь, по-прежнему наведывался к моложавой кокетке-цапле... и опять они ссорились и никак не могли уступить друг другу. И, наконец, третья пара кукол: неузнаваемый, с толстенным, будто разбухшим клювом старик-журавль и глупая подслеповатая

48 старуха-цапля, которые все предъявляли друг другу вздорные претензии, от слабости едва держась на ногах...

Ноги кукол, через которые он решил весь спектакль, были удивительными: сложно-суставчатые, какие-то бесконечные, они потрясающе работали на образ — складывались, шаркали, жестикулировали, пританцовывали... Признаваясь в любви, долговязый журавль становился на одно колено... Ноги пребывали в бесконечном движении, они были ошеломляюще живыми, они были — главными. Петька ни на секунду не бросал их, перебегая от одной куклы к другой, паря над столом, нависая и в то же время умудряясь оставаться почти невидимым в полутьме. В финале спектакля обе куклы просто тихо опускались на стол, опираясь друг о дружку поникшими головами... Тогда он уходил в темноту, покидал их. А на столе, в освещенном круге, оставались два поникших в тишине старика: ожидание конца в безнадежном отсутствии создателя.

То был единственный случай (помимо детских дворовых спектаклей), когда он пытался запрячь меня в дело — меня, в то время здоровенного лося, студента Львовского мединститута, истекающего всеми соками в страстной мечте о красотке Майе.

Отказать ему я не смог, я никогда не мог противиться его деспотическому нажиму; и хотя был погребен под завалами очередной сессии, а также писал любовную новеллу в письмах (которая, кстати, год спустя была опубликована в альманахе «Звездная россыпь»), я покорно притаскивался на репетиции и старательно подавал густым басом вой ветра и карканье ворон, на фоне которых должны были звучать голоса двух кукол.

Музыкальное сопровождение — вальс «Амурские волны» — предоставляла нам концертмейстер Дворца пионеров Алевтина Юрьевна. До сих пор перед глазами: слегка осев на левый бок, она упоенно разваливает щедрый аккордеон с мечтательной улыбкой на размазанных губах...

Драма, весьма для меня поучительная, стряслась как раз на премьере.

Свалив накануне тяжелый экзамен, я пошел с ребятами отметить благополучное отпущение грехов и прилично накачался холодным пивом. С утра еще как-то хрипел, к началу спектакля явился вовремя, откашливался, отхаркивался, готовился *прозвучать*... но едва заструилась лирическая музыка аккордеона, едва слабый рассветный луч стал ощупывать стол, то есть болото с камышами... едва только на столе возникли Журавль и Цапля, — я ощутил, что у меня совершенно пропал голос. Напрасно я пасть разевал: оттуда могла появиться лишь пивная пена.

Звукооператор Слава примчался за кулису с микрофоном, который я судорожно схватил, но и микрофон не помог. Опытная Алевтина Юрьевна приналегла, развернула амурскую волну-мурлыку... Короче, Петька выкрутился, конечно; я вообще не понимал, зачем ему нужны какие-то спецэффекты за кадром, если по тексту и по действию пьесы и так все ясно. Но, чувствуя себя ужасно виноватым, — как только зритель стал расходиться, а Петька принялся складывать реквизит, — я приполз к нему, как побитая собака.

— Петруха... — прошипел я. — Ну прости... Я ж не нарочно... В следующий раз, вот увидишь...

Он резко поднял голову, ошпарив меня ненавидящим взглядом, и проговорил холодно, спокойно, с диким презрением:

— Идиот... Спектакль бывает только один раз.

Перечитал написанное... Как пунктирно, как бестолково я пишу — будто петляющий заяц в поле. Между тем так ясно помню металлический круглый стол, «филижаночку кавы» на нем, неяркий дневной свет на бурых кирпичах стены и эту магазинную куклу в его руке: матерчатое тело, резиновые ноги-руки, лысая голова...

Он нашел ее на помойке, отмыл, вылечил, вставил в пустые глазницы карие стеклянные глаза и повсюду с собой таскал. Называл «Сироткой». Посадив на колено или на стол, осторожно держа за шейку указательным и большим пальцами, поводил ее головой туда и сюда, и резиновые ножки-ручки тоже совершали какие-то мелкие, очень естественные трогательные движения. Младенец двигался под его пальцами, с любопытством заглядывая в чашку; оборачивался, доверчиво ища одобрительный взгляд «отца», и при этом постоянно менялся в лице. Магазинная штамповка становилась волшебно живой в его гениальной руке, даже когда оставалась неподвижной, — это и было самым поразительным.

Впрочем, точно так же оживлял он и разные предметы: мою кепку, Лизину перчатку, забытую на стуле шаль пани Дрыбци-маленькой, даже электрический шнур от настольной лампы, — каким-то сумасшедшим чутьем извлекая из них «настроение». Это всегда была импровизация: лирическая или гротесковая. Он уверял, что искусство оживления кукол по природе своей может быть только трагикомичным.

Из движения рождается история, говорил он; из жеста рождается жизнь...

— Я и сам — Петрушка, — повторил он, и магазинная кукла смешно поднялась с его колена, потянулась вверх и прильнула щекой к его сердцу, будто соглашалась...

Черт сидел тогда на его остром плече и неслышно посмеивался!

* * *

Странно: поймал себя на желании описывать наши встречи, разговоры и всю нашу жизнь в прошедшем времени — а ведь дурная, поди, примета? Да и к чему? Не знаю: пронзительная невозвратность глаголов прошедшего времени чрезвычайно к нему идет, — к его искусству, его страсти, его странности, к его сумрачной и ожесточенной преданности Лизе, да и вообще — ко всей его, едва ли не пограничной, личности.

Несуразный во всем, он не однажды меня огорошивал: например, я знал, что его обычное косноязычие исчезает с первым же появлением в разговоре кукольной темы.

Тут с ним происходил ряд поразительных, чуть ли не физиологических превращений: язык начинал иначе двигаться во рту, будто некто разом снимал с него заклятие. Его скованные руки обретали невозможную до того, летучую и лукавую свободу, хотя за столом в гостях он мог не удержать тонкой чашки в пальцах — в тех же пальцах, которые творили чудеса, когда становились *частью куклы*. К этому я, пожалуй, привык еще с детства, с нашего дворового театра. Но как же я был потрясен, получив — впервые и единственный раз в жизни, лет пять назад, — письмо от него с Сахалина, куда он уехал хоронить маму.

В ту зиму на остров то и дело обрушивались небывалые метели, и аэропорт по нескольку дней стоял закрытым... Видимо, его одолевала там особенная тоска, если вдруг он принялся за это письмо. Мое же потрясение, когда я приступил к чтению этих страниц (он накатал их двенадцать, мелко, от руки), передать трудно. Натужный и кокетливый графоман во мне вспыхнул, ахнул и поник в самом начале описания метели...

Где-то я храню эти исписанные листки, в одном из картонных ящиков, разобрать которые после переезда от Майи нет сил.

Здорово там, в письме, — о синих всплесках молнии на страницах раскрытой книги и о сыне, что *родился со смехом на лице и отказался носить его всю жизнь*...

Нет, уже не помню наизусть. А стоило бы его перечесть, чтоб окончательно увериться в тотальной талантливости художника, если уж при рождении ему выдан небесами алмаз с зачарованными гранями, в каждую из которых можно смотреться до бесконечности... Вот тогда я впервые ощутил масштаб его личности и его воображения, могучую волю к постоянному созиданию своего магического мира.

В самом деле: надо бы раскопать это письмо, и жаль, что нельзя показать его Лизе; там о ней несколько страниц — душераздирающих... Впрочем, вряд ли это изменило бы главное: ту вражду и надлом, ту ненавистническую ее привязанность к нему, которые на фоне его несокрушимой безнадежной любви пылают только ярче и больнее.

* * *

В начале ее болезни мне хотелось разобраться в причинах, в истоках несчастья. Да, смерть единственного, пусть и больного ребенка, конечно, может повлиять на психику женщины. Однако в тот раз она довольно быстро пошла на поправку, и весь фон болезни был так понятен по-человечески. Выздоравливая, волновалась: как там Петя один, что будет с их знаменитым номером, стремилась скорее вернуться... И когда он приехал ее забирать в тот первый раз, она была в абсолютном порядке. Так и влетела в его раскрытые объятия, а он, сжимая ее, как-то странно ощупывая ее плечи и спину, воскликнул:

— Точно! Как я все точно наизусть сосканировал! Лиза, ты увидишь, что я сделал — это гениально!

А через полгода я оказался у них в Праге; приехал в сентябре, как раз на день его рождения.

Однажды я спросил его:

— Почему — Прага?

Он посмотрел на меня с недоумением: мол, как же можно не понимать таких очевидных вещей? Сказал:

— Потому что Прага — самый грандиозный в мире кукольный театр. Здесь по три привидения на каждый дом. Один только серебряный нос Тихо Браге чего стоит.

— Или всерекламный Голем? — подхватил я.

— Голема не тронь, — возразил он. — Голем — чистая правда... Но главное: ты обратил внимание, что дома здесь выстроены по принципу расставленной ширмы, многоплоскостной? Каждая плоскость — фасад дома, только цвет иной и другие куклы развешаны. И все готово к началу действия в ожидании Кукольника...

Незадолго до моего приезда они перебрались в свое симпатичное, хотя и несуразное жилье на Малой Стране, прямо под Градчанами, на улице Вальдштейнской — напротив станции метро «Малостранская».

Это были две комнаты на первом этаже очень старого, милого и неухоженного дома. Дверь выходила пря-

54 мо в общий двор — прямоугольный, ладный, уютно-сельский, замощенный сланцевой щебенкой, сквозь которую весной и летом пробивалась острая зеленая трава. Петька уверял, что исстари в здании размещались дворцовые конюшни. Впрочем, как и полагается истинно пражскому дому, этот имел над деревянными воротами свой знак: расписанный медальон, где тонконогий барашек — отрешенный агнец с человеческим лицом, — подвернув тонкую ножку, лежал посреди лужка. Потому и дом назывался «У чернехо беранка». Петька предлагал сравнить их «портреты» и убедиться в чрезвычайном сходстве «хозяина и жильца». И если вглядеться, приходилось признать, что кое-какое сходство — в отрешенных глазах и мосластых скулах — имеется.

И сама квартира была забавной. Одна из комнат, очень большая, служила им и кухней, и столовой, и мастерской: просторное, чуть не во всю стену, окно-дверь выходило в их персональный — узкой ленточкой — дворик, прямо на монастырскую стену буро-красного кирпича, охваченную той осенью пунцовым гофрированным плющом, цветом в точности повторяющим волосы Лизы. Из-за этого двойного пожара — по обеим сторонам забранного решеткой окна — скудно обставленная беленая комната с развешанной по стенам армией кукол выглядела нарядно, *голосисто* и весело...

Вот только в хозяевах я не чувствовал никакого веселья.

Это было весьма странное застолье. Из подвала неизвестно какого замка Петька извлек старый циклопический — как взлетно-посадочная полоса — деревянный стол. Он занимал едва ли не половину мастерской и был почти целиком завален инструментами и материалами для работы, коробками с частями кукол, заготовками...

Для праздничного застолья была расчищена на нем небольшая поляна, вокруг которой сгрудились мы трое, а также — тут я пытаюсь подобрать правильные слова — этот *андроид*: гениально сработанная им, очаровательная, ужасная кукла Эллис, копия Лизы. Копия точная до оторопи; настолько точная, что делалось страшно.

Вероятно, я должен сначала описать тот, старый их номер, который покорял всех, едва на сцену выходил Петька с большим ящиком на спине. Он сгружал его на пол, торжественно снимал крышку и вынимал негнущуюся Лизу. Та играла куклу, и играла удивительно: глядя на застывшую улыбку, неподвижные глаза и прямые, как палки, руки и ноги, невозможно было поверить, что это — теплое, очень гибкое женское тело...

Далее начиналось: Петька пытался с «куклой» танцевать, та падала — валилась на бок, оставаясь прямой, как трость; он подхватывал ее в последнюю секунду и крутил, и «случайно» ронял на голову, и носил, как бревно, под мышкой... — там был целый каскад остроумных мизансцен...Наконец, прислонив Лизу к стенке, он пускался в шаманский танец вокруг нее, пытаясь «расколдовать» куклу: по очереди вытаскивал из коробки несколько своих созданий — причудливых, мгновенно оживающих, едва он брался за вагу или продевал руку в балахон, — и те приглашали новую куклу очнуться, растаять, тоже *начать жить*... Марионетки взбирались к ней на плечи, совершая невероятные трюки, на которые он такой мастер...

В общем, это был ослепительный каскадный номер, в конце которого «кукла Лиза» вдруг «оживала» под изумленные аплодисменты: видимо, изрядная часть публики до конца не была уверена, что та — живая актриса. И тогда... вступали первые аккорды «Минорного свинга» Джанго Рейнхардта, и Петька с Лизой танцевали тот завораживающий, поставленный им самим, пленительно-эротичный танец — нечто среднее между танго, ламбадой и чем-то еще, — который приводил публику в исступление.

Они танцевали не просто изумительно чисто, не просто филигранно-отточенно. Их танец имел грандиозный успех потому, что зритель остро чувствовал в нем ту потаенную интимную синхронность, ту отзывчивость движений двоих, которую невозможно достичь никакими репетициями и которая возникает лишь у многолетней пары.

Но тогда, — думаю я, — как же он достиг подобной синхронности с Эллис, с бездушной куклой? И не к этой ли изощренной отзывчивости партнеров в «танце-перевертыше» ревновала его, так страшно страдая, Лиза?

Словом, это был номер высокого класса, который, кстати, их прилично кормил.

Они постоянно выступали, Петька даже ушел из театра, из которого, впрочем, давно порывался уйти: у них гастроли были расписаны на три года вперед. Забеременев, Лиза утягивалась и продолжала выступать, и выступала чуть ли не до самых родов... Ну а потом им стало не до выступлений.

Моя незабвенная бабуся слов на ветер не бросала никогда.

И пока я лечил Лизу в клинике «Кфар-Шауль», Петька метался, как безумный, в поисках кого-то, кто мог заменить ее на сцене.

Ничего не выходило: номер был сделан для Лизы и на Лизу, на ее миниатюрный рост и нереально малый вес. Девочки-подростки из детских танцевальных ансамблей, куда он немедленно кинулся, справиться с ролью не могли; среди взрослых артисток таких, кто поместился бы в коробку, просто не было...

И тогда в его голову — в недобрый час! — пришла идея «создать другую Лизу»: сделать перевертыш, номер — наоборот, одушевить куклу до такой степени, чтобы ни у кого из зрителей не возникло сомнения в ее человеческой природе.

Не знаю подробностей изготовления этого чуда — я был слишком далеко, а когда он звонил, его интересовала только Лиза и ее здоровье. Но из скупо оброненных слов я понял, что в основном он делал куклу сам, с помощью знакомого механика, из какого-то, выписанного из Америки, новейшего, удобного в обработке материала, по текстуре похожего на дерево, но гораздо более легкого. Главное, там была уникальная смешанная механика, которую они разрабатывали много недель.

Честно говоря, я представлял себе нечто подобное всем его куклам — смешным, теплым, причудливым созданиям (да он и не любил механических приспособлений, считая, что куклу оживляет мастерство артиста), — поэтому так обалдел в аэропорту, куда он не поленился приволочь для меня этот... сюрприз. Я увидел их двоих возле колонны в зале прилета, увидел, как *Лиза* машет мне приветственно рукой, устремился к ним и... да, это был изрядный шок! А Петька хохотал, как дьявол, не отпуская куклу, прижимая ее к себе: у той под мышкой был один из множества рычажков —

или бог знает чего еще, — ответственный за горизон-
тальные и вертикальные движения головы, отчего она
поводила туда-сюда головой на стройной шейке и кивала с Лизиным выражением лица, будто внимательно
прислушивалась к нашим репликам...

* * *

И вот мы сидели за накрытым столом в новом их,
очень пражском пристанище...

По комнатам ковылял, стуча деревянным протезом, Карагёз[1] — замечательно ласковый, лохматый песик, трехлапый инвалид, которого Петька спас и вылечил, и смастерил ему недостающую конечность. (И
это тоже было причиной раздора: Лиза считала, что
Карагёз отлично бегает и так; Петька настаивал, что
если собаке положено иметь четыре точки опоры, то
отсутствующую четвертую необходимо соорудить.)

Мы никак не могли поднять первый тост, на столе
все время чего-то недоставало: что-то забылось в холодильнике, куда-то запропастился штопор... и только кукла Эллис невозмутимо сидела, улыбаясь совершенно Лизиной зачарованной улыбкой.

Я уже тогда подумал: что за идиотские шутки? Зачем сажать куклу с нами за стол? Но Петька был так
горд своим творением (он совсем недавно поставил с
ней и вправду потрясающий номер, о котором впоследствии с восторгом писала пресса во многих странах), посматривал на куклу, явно любуясь работой, и
раза три, забывая, что уже спрашивал меня, восклицал:

— Ну, правда, она прелесть?

Ему хотелось, чтобы все смотрели на Эллис, все ею

1 Карагёз — традиционный герой турецкого теневого театра.

любовались. Он говорил и говорил, не умолкая, о куклах японского театра Бунраку, которые, с точки зрения европейца, грубо натуралистичны, зато на сцене демонстрируют невероятное напряжение действия, какого европейский театр кукол достичь не в состоянии. Вспоминал какого-то Антиоха III Великого, царя Селевкидов, при дворе которого куклы правили бал, и это, мол, были сложнейшие механизмы, сделанные так искусно, что создавалась иллюзия полного жизнеподобия; причем этот самый Антиох даже брал у комедиантов уроки кукловождения, пока не достиг в профессии необычайных высот, и сам переодевал своих огромных кукол, украшая их золотом и драгоценными камнями... короче, наверняка был законченным моим пациентом.

Время от времени, как бы случайно наклонившись за упавшим ножом или невзначай пройдя мимо Эллис, Петька незаметно нажимал какой-то там рычажок или кнопку, и проклятая кукла издавала благостный причмокивающий звук или томно поводила головой... Я, честно говоря, вздрагивал от неожиданности, мне было просто очень неуютно, но вот Лиза...

Уже тогда надо было обратить внимание на ее состояние: болезненно блестящие глаза и тихая отчаянная улыбка.

Вдруг она спросила:

— Боря, тебе тоже нравится это чудесное раздвоение?

Я замялся и горячо стал восхвалять мастерство, с которым кукла сделана.

— Но ведь я — лучше, правда? — перебила она, чуть ли не умоляюще. — Я ведь живая. Что он в ней нашел?

И Петька — видно было, что тема уже не раз обсуждалась, так как аргументы не подбирались, а выпаливались горячо обоими, — сказал:

— Сравнивать может только идиот, понимаешь? Тут речь об искусстве, об оживлении неживого. Ты хоть в состоянии понять, чего я достиг? В Бунраку одну куклу водят три актера, я же совершил невероятное, я...

— А знаешь, Боря, — проговорила она совершенно серьезно, не глядя на мужа и не слушая его, — я чувствую, что он позаимствовал для нее не только мою внешность, но и кое-что поважнее.

Петька, страдальчески морщась, воскликнул:

— Что?! Печенку?!

— Нет, — сказала она, кротко и лихорадочно улыбаясь. — Душу...

— Лиза, ну что за бред!!! — вспыхнул он.

Я уехал тогда от них с тяжелым сердцем... ну а месяца через полтора он уже звонил мне в Иерусалим совершенно убитый.

С того времени он удалил Эллис из дому — я потребовал этого, прежде чем отпустить Лизу назад, в Прагу. И долгое время не знал, где он хранит эту куклу, пока однажды не встретил ее — в неожиданном для меня месте...

* * *

И все же что меня сегодня так расстроило? Да, плохо, плохо он выглядит, и уже прилично поседел. Это не прежний Петька — клоун, буффон, злокудесный трикстер, с вездесущими руками, как бы живущими отдельно от остального тела, и с такими пальцами-затейниками, будто в каждом не три, а четыре фаланги, и последняя бескостна и всепроникающа; с этой фантастической способностью чревовещать, причем любыми голосами, особенно томно — женскими, и так, словно источник звука расположен где-то за его спиною, в углу комнаты или даже за окном.

Однажды ночью, возвращаясь от Лизы по Академической, он разогнал целую шайку окруживших его придурков, заверещав милицейской трелью.

В другой раз, прискучив какой-то никчемной встречей, на которую я потащил его в «Шоколадный бар», он половину вечера развлекался тем, что уныло и упорно распевался — сидя тут же на стуле, но звуча где-то в отдалении колоратурным сопрано, — сначала на «а-а-а-а», потом на остальные гласные... пока наш собеседник не потерял терпения и не воскликнул:

— Я придушил бы эту студентку вокала!

Когда он приезжает за ней — заранее отвергнутый униженный палач, — нам даже и поговорить с ним толком не удается. Уж такое место для него больное — Иерусалим. Означает разлуку, ее болезнь, ее вражду и бесконечную его тоску... Ей-богу, для нормального общения с ним необходимо в Прагу лететь. И надо бы... Говорят, в этом году в Европе зачарованно-снежная зима. Вот взять у психов пару дней отпуска и махнуть. Сколько я не был в Праге? Года два, пожалуй.

...Ну, хорош на сегодня, доктор. Сворачивай свой манускрипт, выключай компьютер, вали домой. Да прими снотворное, чтоб не крутить перед закрытыми глазами один и тот же кадр: как идут они к воротам, эти двое, — она впереди, он за ней; ни дать ни взять трепетная жертва под конвоем Синей Бороды.

И только я один все пытаюсь понять, кто из этих двоих — жертва».

Глава третья

— Вон Сильва, — сказала Лиза. — В ушанке. У транспортера.

Ничего здесь не изменилось за последние полтора десятка лет: в зале прилета неторопливой речкой текла багажная лента, тут же леваки сновали, приглашали добраться с ветерком хоть до Самары, хоть до Тольятти.

В плотном сизом воздухе, сбитом из табачного дыма и выхлопов самолетных двигателей, стоял высокий нездешний Сильва — оперной красоты мужик — и через головы кричал им:

— Что?! Цвэт! Какой чемоданный цвэт, говорю?! — и руками размахивал, точно собирался сгрести с багажной ленты все чемоданы рейса, на всякий случай. И мог бы: в нем клокотала необоримая порывистая энергия всеобъемлющего распорядителя.

— Ты погоди, Сильва, — сказал Петя, подходя. — Не гони волну. Там один рюкзак только. А Лизин вот, у меня.

Сильва тут же переключился на Лизу, сграбастал ее, для чего даже присел, и заплакал мгновенно и легко, как-то по-женски, не стесняясь. Послал же бог такое бурное сердце...

— Все, Лиза, все... бросила нас Висенька...

Сильва Жузеппович Морелли (именно так) был сыном черноглазой вертихвостки из итальянской дипмиссии, эвакуированной в Куйбышев в годы Великой Отечественной войны.

Родив здесь Сильву от повара миссии, та вскоре, совершив немыслимый карьерный кульбит, выскочила замуж за помощника консула и укатила с новым мужем в Милан, забыв прихватить сына с собой. Красавец пар-

нишка был пристроен в местный детский дом, вскоре
начисто забыл итальянский, окончил школу и всю
жизнь проработал в стройтресте. Он считал себя настоящим русским, хотя, случалось — жизнь-то, она вся-
кая, — страдал и за армян, и за жидов, и даже за цыган;
и хотя Лизина тетка все гнала его в Москву, в посоль-
ство — искать правду на склоне лет, — тот упирался и
никаких шагов по розыску итальянских родственников не предпринимал. С теткой они крепко дружили,
так что эти слезы были и искренни, и трогательны.

— Вот так, — приговаривал он, утирая голубым
платком свежевыбритое лицо оперного тенора. — Вот
так-то... В один присест, Лизонька, твоя тетя скончалась... Говорила по телефону да так с телефоном и
упала. А я...

— Рюкзак приехал, — сказала Лиза, и Сильва, расталкивая пассажиров, ринулся к ленте сволакивать пузатый высокий Петин рюкзак, из тех, с каким матерые
туристы ходят в многодневные походы.

На развилке Московского шоссе Сильва притормозил и спросил с внезапным азартом:

— Поехали старой дорогой, а? Чехоньки вяленой
купим... Я там у Виси пивка в холодильник забил, а как
с чехонькой, будет самое то!

— Езжай как знаешь, — сказал Петя.

— Старой, старой! — энергично закивал Сильва.
Он снял ушанку, и забубенные эстрадные кудри рас-
сыпались по воротнику старого драпового полупальто.

— Намотаем еще с десяток кэмэ, зато берег Волги
увидите, церквушка там красавица на Царевщине, ну и
чехоньку на рынке прихватим... Ты в прошлый раз-то
видал — у нас на Царевом кургане памятный крест установили? Лиза, слышь? Памятный крест щас увидим...

Лиза сидела за его спиной, молча разглядывая уны-
лые, заваленные снегом поля, и дачные массивы, да рекламные щиты вдоль дороги, предлагавшие совершенно
ненужные в человеческом быту вещи: какой-то пропи-
лен, минеральные удобрения, асфальтоукладочные
катки...

— Я говорю, слышь... — Сильва поднял глаза, пытаясь в зеркальце заднего обзора отыскать ответный
Лизин взгляд. — Вот смерть, да? Она ж тютелька в тю-
тельку в день рождения своего померла. Гостей назвала! Два дня у плиты варила-жарила... А тут хотела с
подружкой поболтать, два слова буквально сказала...
брык — и аминь! Холодильник был забит жратвой —
ореха некуда вкатить. И студень, и винегрет, и мясо ту-
шеное, и куры жареные... Не поверишь: мы ее же студ-
нем ее и поминали!

Слезы опять заструились по его крупному носу римского сенатора; он их смахивал рукой в вязаной черной
перчатке с дырочкой на указательном пальце.

— Все, все... — повторял, всхлипывая. — Больше не
буду. Не привык еще...

Петя отвернулся к окну. Там, под глухим белесым
небом гипсовыми заготовками тянулись головы, плечи,
груди, прочие окружности и части гигантских продол-
говатых тел — пространства навеки застывшего снега.
Отвернулся, чтобы Сильва не увидел его лица. Ничего
с этим лицом не мог поделать: он был совершенно и
беззащитно счастлив...

...и сейчас продолжал лелеять в себе их утреннее
пробуждение — там, в Эйлате. Это было вчера, сто лет
назад, и много воды утекло с той минуты, как его разбудил хрипловатый заспанный ее голос:

— Что там, солнце? 65

Он открыл глаза и обнаружил, что ее голова лежит у него на груди, и сквозь багряный взрыв ее волос гардины цвета абрикоса кажутся бледно-розовыми... Пульсирующим чутьем понял, что она *вернулась, вернулась...* и несколько минут не шевелился, плавясь в истоме невыразимого счастья. Она тоже лежала тихо, помыкивая какой-то смурной мотивчик, то и дело прокашливаясь, — тогда тяжесть ее головы мягко пружинила у него на груди.

Снизу доносились шлепки по воде в бассейне, вскипал восторженный детский визг, взрывалась глухими пулеметными очередями газонокосилка на травяном склоне, а в паузах всхлипывала с набережной плаксивая восточная мелодия.

Для начала он осторожно проиграл пальцами нежный матчиш по ее спине в пижамной куртке. Пижама была им куплена перед самым отъездом в детском отделе «C&A» на Вацлавской площади: красные улыбчивые рыбки по нежно-бирюзовому полю (значит, поднималась ночью? она всегда так бесшумна, всегда умеет на ощупь вытянуть из сумки, рюкзака, чемодана обновку и главное — чувствует ее, как разведчик с лозой чувствует близкую воду)... Затем предпринял вылазку посмелей: соорудил из ладони большую влюбленную рыбину, и та довольно долго опасливо плескалась в районе пижамной курточки, пугливо взлетая и зависая при малейшем движении; наконец, нырнула в глубину под одеяло, обожглась там о горячее тело (пижамный низ, видимо, ночью не был найден), вздрогнула и прикинулась дохлой.

Лиза лежала якобы безучастно, прикрыв глаза, едва заметно елозя щекой по его груди. Вдруг, отшвырнув одеяло, вскочила на колени, открывшись сразу вся, в распахнутой стае красных рыбок, с одной, скользнувшей вниз, заветной огненной рыбкой, что ослепляла его всегда, даже в полутьме; больно уперлась обоими кулаками в его грудь, и дальше они уже поплыли вместе... согласными подводными толчками и плавными поворотами, и взмывами, и медленными зависаниями; и внезапной бурной погоней друг за другом в бесконечном лабиринте кораллового света, в шатре ее волос, задыхаясь, захлебываясь, вновь погружаясь в темную влажную глубину и всплывая к поверхности, проплывая друг над другом в тяжелом литье медленных волн, и его слепые губы все не верили, и доказывали себе, и не верили, что это ее плечи, ее плечи, ее шея, ее губы, ее плечи... пока наконец их не вынесло на берег, и они очнулись в луже абрикосового солнца, бурлящего свои потоки сквозь занавеси прямо на огромную, истерзанную штормом кровать...

...Слава богу, на сей раз обошлось без этих ужасных: «Иди, трахай свою мертвячку!», или того похуже: «А ты за нитку потяни, может, я ноги и раздвину...»

Она четко проговорила:

— Все равно я тебя ненавижу, я тебя брошу, купальник купим?

Он ответил:

— Всё. Купим всё вокруг, мое безумное счастье, счастье...

— Вот только без этих штучек, зараза! — Она сморщилась, поднесла к его носу указательный палец, словно целилась: — Ты мне никто, понял, никто! Как там Карагёз?

— Шкандыбает помаленьку. — Он лежал и улыбался в потолок. — Тонде его оставил. Как обычно.

... — И хотя он называется Волжским, этот поселок, — у Сильвы был звучный тенор красивого мягко-
го тембра; он сообщал дополнительную странность
мертво-восковым полям за окнами несущейся по кол-
добинам битой «Волги», — но в народе до сих пор —
Царевщина. А почему? Да потому, что Петр Великий
во время Азовского похода собственными руками воз-
двиг на кургане крест. А церквуха — Петь, глянь, вон,
правее... — Вися говорила: провинциальный ренес-
санс, — там похоронен декабрист Веденяпин...

...Нет, никак не получалось переключиться на
волжские просторы, несмотря на непрерывный монолог Сильвы. Сердцем и всем упирающимся нутром
он еще не вынырнул из солнечного декабрьского при-
морья, застрял, как мошка в янтаре, в кристалле про-
зрачного света, перебирая в памяти розовые, темно-
лиловые, горчичные складки гор под леденцовым
небом, искрящуюся рыбьей чешуей гладь залива, чугунные утюги пограничных эсминцев, которые за день
совершали медленный круг, будто невидимая рука гигантской прачки старательно выглаживала все мор-
щинки на блескучей синей скатерти.

Ленивая, блаженно-праздная приморская жизнь,
продутая ветерком... Нежнейшие прикосновения зим-
него солнца, чьи блики трепещут в гривах высоких
пальм и ласкают белые полотняные тенты на просторной террасе отеля, где они с Лизой завтракают уже
после, после... и ему уже можно смотреть на нее во все
глаза: вот ее рука достает из корзинки поджаристый
хлебец, вскрывает крошечную упаковку с медом, в точности повторяющим цвет радужки ее глаз, взгляд которых скользит над его головой и так безмятежен, и
влажен, и текуч, что дрожь окатывает его поминутно...

Отсюда как-то особенно невесомо выглядят сигнальные флажки парусов таких маленьких — рядом с эсминцами — яхт и корабликов. Будто бабочки на мгновение сложили крылья и присели на синюю гладь воды.

Здешние обитатели — таксисты, официанты, обслуга в отеле — абсолютно раскрепощены: все разговорчивы, приветливы, даже фамильярны. Кофе по террасе разносит молодой официант: спортивная сутулость прекрасно развитых плеч, «кукиш» на высоком затылке японского самурая, изысканная — какой-то сложный иероглиф — татуировка на сильной загорелой шее. С кофейником в руке он маневрирует между столиками, пританцовывая от переполняющей его упругой силы. Охотно, не жалея времени, на приличном английском рассказывает постояльцам об ингредиентах салатов и прочих блюд, советует, не советует, возражает, щурит глаза, сочно хохочет, парируя Лизины реплики, роняет два-три слова о своей маме: та называет его «перекати-полем» — он, понимаете, увлекается виндсерфингом, для того и переехал в Эйлат из Иерусалима.

...А Лиза еще не решила — едут они в знаменитый местный Аквариум или...

«Первым делом — купальник!» — напоминает он, сначала мечтая, чтобы завтрак длился бесконечно, затем мечтая, чтобы он скорее закончился и они опять поднялись бы в номер. И они поднимаются — за портмоне с банковской карточкой, которое он предусмотрительно забыл в рюкзаке. Их номер, глянь-ка, уже убрали, уже вновь непорочна постель и своим штилем перекликается с туго натянутым синим полотном моря за балконом.

«Да не копошись ты сто лет!» — говорит в сердцах Лиза.

Она стоит в открытой двери и полна нетерпения, извечного нетерпения женщины в предвкушении покупок.

Он же, присев на корточки, то роется в карманах рюкзака с озабоченным лицом, то заглядывает зачем-то под кровать. Подманить ее, а там разберемся...

«Ух ты, смотри, кто здесь! — восклицает он, испуганно улыбаясь: — Кошка...» — И в самом деле из-под кровати доносится зазывное мяуканье.

«Врешь!» — отзывается она, щуря глаза и вглядываясь в его плотно сжатый рот, но почему-то входя и запирая дверь. Нет уж, пусть не надеется, она и близко не подойдет к нему! Со всеми его мерзкими трюками она давно знакома... и если он сейчас же не!.. если сейчас же!.. сию же минуту... если он, дурак, шут и мерзавец, немедленно не отпустит ее руку и не перестанет — ай! — лизать ее ногу, как какой-то собачий идиот!!!

...И через полчаса от благонадежности их высоконравственной постели не остается и следа. Подушки валяются на полу, а махровый гостиничный тапок почему-то оказывается у Пети на груди...

Остаться бы так лежать навсегда — с этим тапком; с этим чудным восхитительным тапком, которым она лупцевала его, заставляя подняться и выйти куда-то, хотя б на часок, на минуту, — *скотина клоун урод зачем надо было ехать сюда чтобы трахаться весь день в этой комнате хотя бы табличку на дверь повесь!!!*

Да, чтобы.

Весь день.

В этой комнате.

Уже повесил.

Мое счастье...

...Длинный прилавок с навесом, за которым выстроились чугунные бабки с эмалированными ведрами, мисками и бидонами (квашеная капустка, «иички», картошка, чехонька и прочая снедь), — вот и весь придорожный рынок в Царевщине.

Сильва оставил их в машине и вернулся минут через пять с пакетом крупной и прозрачной, как янтарь, вяленой чехоньки.

— Глянь, какая жирная, — сказал он, подсовывая бумажный пакет Пете под нос, — аромат какой! У нее такие косточки мелкие, слышь, можно жевать-не-выплевывать.

Остальная часть пути была посвящена истории появления данной, вообще-то морской рыбки в Волге: перегородили реку, понимаешь, настроили разных ГЭС... экология — к черту, конечно, зато — мировая закусь.

То, что рыбка эта — мировая закусь, видать было по тому, как обочины дороги в радиусе нескольких километров от Царевщины были усеяны рыбьими скелетиками: голова-хребет-хвост.

Видимо, местные власти любили играть в «города»: Ташкентская, Киевская, Пензенская, Владимирская... А вот еще, Стара-Загора, в честь болгарского города-побратима — наследие советского интернационализма. Во времена оны болгары сажали здесь множество розовых кустов. Какой запах стоял летними вечерами...

Наконец показались своды павильона Троицкого рынка — значит, почти приехали.

Тетка жила на Ленинградской, одной из центральных улиц старой Самары; ее домик был как раз в том квартале, что отделял собой местную пешеходную зону от Запанской.

Вися говорила, что когда-то Ленинградская называлась Панско́й — на ней купцы селились, в лавках торговали пански́м товаром: текстилем. А уже за Панской обитала в немыслимых трущобах не самая порядочная часть *обчества*. Прогуливать там девушек в темноте и вообще — совать туда нос, особенно за железнодорожные пути, — не рекомендовалось никому. Но сама тетка Запанских трущоб не боялась: она много лет преподавала в школе домоводство, а кое-кто из ее учениц в ухажерах держал запанских громил.

«Волга» остановилась у арки старого многоквартирного дома.

— Ключ возьми, — сказал Сильва, доставая из кармана пальто связку и протягивая Пете. — Вот этот, с зазубринами. Старый какой, видал? Не спутаешь. А я в гараж и мигом назад. Лиза, ставь уже чайник на плиту, горячего охота. Помните хоть, куда идти?

— Не хлопочи, — отозвался Петя, забирая связку.

Широкая и низкая арка вела в небольшой, засыпанный снегом уютный двор, дальней границей которого был палисадник теткиного дома. Голые прутья сиреневых кустов, два вишневых деревца в снегу — весной и летом тут бывало красиво.

Вдвоем с Лизой они были здесь раза два, после того, как внезапно возникла много лет назад пропавшая Вися: знакомиться приезжали, пытались сроднить оборванную семейную ниточку — не удалось. Лизина тетка была тогда уже пожилой, но моложавой, ярко-огненной женщиной, и он про себя удивлялся семейному их с Лизой сходству во внешности и такому несходству во всем остальном. Давно это было, лет двенадцать назад.

А потом еще дважды Петя оказывался в Самаре на гастролях и тоже Висю навещал, вновь ощущая с ее стороны приветливую натянутость, говорливое стремление поведать обо всех соседях, знакомых, ученицах — обо всем, кроме главного: где ты была, Вися, пока сиротка-племянница вырастала?

Вообще ему нравилась Самара. В отличие от линейного, очень мужского и жесткого Питера, в котором ему довелось прожить несколько лет, купеческая Самара казалась мягкой и извилисто-женственной: тянулась, как кошка, вдоль реки, привалясь к ее боку.

Ему нравились крутые спуски к Волге, такой широкой в этих местах, что дальний берег казался голубым, расплывался и туманно зависал на границе с небом; нравились широкие тротуары, обсаженные деревьями, симпатичные бабульки с петрушкой и укропом на газетке и яблоками особых волжских сортов в ведрах и тазах; нравились ротонды с шипучими напитками на набережной и сохранившиеся в центре миллионного города домики в три окошка, с водопроводными колонками у ворот и фруктовыми садиками за забором, откуда разносился бодрый собачий лай.

Главное, ему, выросшему на берегу Татарского пролива, так нравился летний вездесущий гул катеров, напоминавший о вечном присутствии в пространстве великой реки...

Одно время он даже подумывал — не перебраться ли в Самару, вот и тетка тут. Лиза никогда эти разговоры не поддерживала. Но теткин дом ей нравился.

Собственно, это только говорилось так: «теткин дом», — на самом деле та занимала одну из трех квартир, на которую дом когда-то был поделен. Сам особняк с мансардой пережил несколько эпох — судя по бронзовой, привинченной к верхней раме крайнего справа окна табличке «Сей дом застрахованъ». То, что когда-то дом принадлежал одному владельцу, видно было по разномастным входным дверям, прорубленным в самых неподходящих местах фасада. И только дверь теткиной квартиры — очень высокая и массивная, с благородной резьбой, с годами почти исчезнувшей под слоями краски, — была та самая, с прошлого времени; такой и надлежало быть парадной двери особняка конца XIX века.

Звонок тоже был старый, Петя отлично его помнил: черная кнопка — сколько жмешь, столько и длится непрерывный пронзительный трезвон. Гости пугались и советовали поменять — есть же нежные мелодии, «Подмосковные вечера», например. Тетка отвечала: «Чего его менять, он никогда не ломался».

И дверь открылась легко, привычно, в натопленное и чистое — Сильва, душа-человек, постарался — жилье.

— Как тепло... — проговорила Лиза, переступая порог и осматриваясь в прихожей; и он впервые подумал: интересно, переживает ли его жена, хотя б чуть-чуть, внезапную теткину кончину? Когда сегодня в аэропорту он сообщил ей наконец эту новость, аккуратно подбирая слова (надо было объяснить, почему они летят не домой, а в Самару) и тревожно следя за ее лицом — какой будет реакция, — Лиза отмолчалась. Спросила только: от чего?

— Наверное, инсульт или что-нибудь такое, — с облегчением ответил он, радуясь ее безразличию. Сейчас подумал — а ведь они были едва знакомы, тетя и племянница. Может быть, Лиза так и не смогла принять и простить странного — на многие годы — отсутствия Виси? Та ведь и исчезла странно, прямо с похорон ее родной единственной сестры, Лизиной матери. И возразил себе: нет, вряд ли. Тогда Лиза была совсем крошкой. А вновь тетка возникла в их жизни только после смерти Лизиного отца. Будто ждала-дожидалась, издалека сторожила момент. Раздался звонок, Лиза подошла к телефону, и в ответ на нежно пропетое в трубке: «Ля-алька моя!» побелевшими губами проговорила: «Мама!»

Это бывает, когда у сестер похожие голоса...

— А запах тот же: апельсинные корки, — заметила Лиза, и он увидел, что глаза ее полны и вот-вот прольются. И уже привычно — испуганно — стал вспоминать, приняла ли она с утра свое лекарство. Приняла, сам наливал в стакан яблочного сока, чтоб запила таблетки.

— Ты замерзла, вот что, — сказал он с тревогой. — Ты просто замерзла, детка!

Постоянная его мания: ему всегда казалось, что она слишком мала, что малый ее вес не может обеспечить нормальной температуры тела, и прежде, когда они оба еще много шутили, она советовала обернуть ее ватой и держать на печи, как бабы в деревнях доращивают недоношенных младенцев.

— Эх, надо было в Эйлате купить тебе новую куртку. Дай сюда лапки...

Она молча оттолкнула его руку и вошла в гостиную.

Официально считалось, что у тетки две комнаты. На самом деле их было три и даже четыре. Большую когда-то залу она перегородила, выкроив гостиную-пятистенку (пятая короткая стена встала на месте голландки, разобранной, когда провели паровое отопление) и так называемый кабинет: проходную комнатку с оттоманкой и полутора десятками чешских книжных полок, поставленных одна на другую, набитых нарядными классиками и золоченым миром приключений.

Вторая дверь из прихожей вела в приличных размеров спальню, со скромным гарнитуром производства Минской мебельной фабрики. Тут все всегда пылало, даже в пасмурный день: покрывало, подушки и гардины тетка сшила из материи какого-то особо знойного алого цвета, с золотыми тюльпанами — ну просто сказка Шехерезады. (Она и сама была уместной деталью этого великолепия, когда возлежала тут, среди подушек, такая же золотая-медноволосая, в алом шелковом халате, странным образом напоминая Пете почему-то Лизиного отца, а вовсе не свою, столь на нее похожую, трагически погибшую сестру.)

Посреди этого персидского рая, между двумя прибитыми на стену испанскими веерами, висели две фотографии в одинаковых рамочках: с одной прямо в объектив преданно и осмысленно, будто позировал, уставился любимый теткин пудель Маркуша, проживший мафусаилов век в 23 года (с ним успели свести знакомство). А с другой фотографии глядела... Лиза, только выше и крупнее, рядом с мотоциклом «Ява»: теткина покойная дочь Ирэна, погибшая совсем юной вот на этом самом мотоцикле, — и охота ж была Висе каждый день им любоваться, уму непостижимо!

Помимо этих хором, в квартире еще была комнатка-антресоль-мансарда — когда-то, видимо, конура для прислуги. Потолки в ней были низкие, ниже положенных нормативов, поэтому комнатка считалась непригодной для жилья и в полезную площадь не входила. Путь в антресоль-мансарду вел через ванную комнату: огромную, барскую, с полукруглыми окнами, со сливочного цвета кафельными плитками и с патрицианского великолепия чугунной ванной на ножках, старинные медные краны которой тетка обожала начищать до блеска. Антресоль служила кладовой — именно там хранились пустые бутылки, банные веники, коробки-коробочки со всякой полезной всячиной, а заодно и топчан, куда укладывали гостей двух рангов:

либо случайных и неважных, либо совсем уж близких — свои, мол, люди... Петя дважды на этом топчане ночевал, когда оказывался в Самаре на гастролях. Он был и своим, и неважным.

За минувшие годы здесь ничего не изменилось. Главное, остались те же запахи, и каждая комната пахла по-своему. Гостиная благоухала душистым советским мылом: еще с тех времен, когда принято было делать запасы практически всего, тетка хранила коробку с земляничным мылом под диваном, так что тот пропах навеки. В спальне витал устойчивый аромат заморских плантаций: хозяйка перекладывала вещи апельсинными корками, полагая это идеальным средством от моли. А в кабинете пахло кожей... Подумать только, неужели все эти годы?.. Много лет шефом школы, в которой Вися преподавала, была кожгалантерейная фабрика. Тетке давали там подработать — она вгоняла гвоздики в кожаные лоскуты овальной формы, которые затем вправлялись в массажные щетки. Сидя за телевизором, можно было за час напихать гвоздочков в пять щеток. Платили, помнится, копейки, но тетка была не жадной, просто очень запасливой. Почему, говорила, не заработать, когда само в руки идет?

Обожала она всевозможные кухонные штучки — шкафы были заставлены устройствами и приспособлениями, которые обычному человеку могут понадобиться раз в жизни или не понадобиться совсем: формами для выпечки, таймерами для варки яиц, сковородами для глазуньи, вафельницами, утятницами, сотейниками, прессами для жарки цыплят-табака, корзиночками для выпекания кексов, ножом для снятия лимонной цедры... Падение железного занавеса открыло тетке новые горизонты и позволило развернуться во всю ширь — она покупала все, что могла: вакуумные пакеты для хранения продуктов, посуду «Цептер», тефлоновые кастрюльки, нарядные баночки для хранения приправ... При этом на праздничном столе у нее всегда стоял обычный набор блюд русской хозяйки, без каких-либо изысков: винегрет, холодец, салат оливье, курник... Словом, теткин дом представлял собой ту самую полную чашу, разгребать которую пришлось бы месяца три, кабы не верный и поможливый Сильва. Жил он в том же дворе, в однокомнатной квартирке на пятом этаже, и когда на призыв очередной соседки: «Си-и-и-льва!» из окна показывалась его львиная грива и массивный торс римского легионера, не местные люди задерживали шаг и озадаченно переглядывались. Что стряслось в эндокринной чащобе его внешне безупречного организма, почему этот пылкий красавец так боязливо уклонялся всю жизнь от радостей и горестей любви — этого никто не знал, и, как деликатно-сурово говорила тетка, нам того касаться не след.

Он примчался минут через десять со своей чехонькой. Чайник уже пыхтел и горячо сердился, чашки были расставлены, хлеб нарезан; Лиза отыскала в жестяной коробке, опоясанной розовым китайским рассветом, зеленый чай, в холодильнике нашлись сыр, колбаса, ватрушки...

— Сначала налей мне горячего, — велел из прихожей Сильва. — Задубел, как с-с-собака!

Он и тут ни минуты не молчал, всем раздавал указания и сам же немедленно бросался их выполнять. Едва переступил порог кухни, тут же всем разлил чаю и, рухнув на стул, оторвал кусок от ватрушки и стал энергично жевать. Кухня была маленькой, и он занимал собой всю ее, особенно когда жестикулировал, а без этого разговаривать не мог.

— Хотела стенку вот эту убрать, — гоняя за щекой крупный кусок ватрушки и поколачивая кулаком о стенку, говорил он. — Американская чтоб кухня была. Я только не могу понять — при чем к нам американская? Да и стенки тут — можно только ставить, а не ломать. Тут знаете какая толщинища? — два с половиной кирпича! Вон печку разбирала, ка-ак намучилась... Это ж дом какой — Челышова дом! Не архитектора, а застройщика, купца...

Продолжая говорить, Сильва нарезал булку на ломти и стал равномерно и ловко, как штукатур мастерком, намазывать на них масло ровным слоем. Причем делал это на всех, возражений не слушал. Был вдохновенным и неостановимым распорядителем.

— Он деньги вкладывал в доходные дома, так это были — дома! А как проверял качество оконных конструкций, знаешь? Бери булку, Лиз, что-т ты уж больно изящная... так же тож нельзя, чтоб взрослая женщина прям-таки тела не имела...

— Сильва! Так что там оконные конструкции? — перебил Петя.

— Да... привозят ему рамы, он с воза хвать одну, и велит сбросить ее со второго этажа. И если та лопается, он всю партию взад вертает! У него деревянные детали не просто олифой покрывали, а варили в олифе, в огромных чанах, много часов. А кирпич как обжигали, а как его проверяли: погружали в воду, и не дай бог, треснет — опять всю партию вертает. Кирпичи — красавцы! Три оттенка было — железняк, красный и алый. Вот этот дом... — он ласково провел ладонью по стене, — из красного кирпича. Но оштукатурен... Петь, а что это у тебя серьга такая мощная, смотри, ухо как оттянулось. Ты прям как эти чурбаны... ну, с острова Пасхи.

Петя усмехнулся, тронул мочку и впрямь оттянутого уха, пояснил:

— Вешаю еще одну нить марионетки. Дополнительные двигательные возможности, понимаешь? Пальцев-то всего десять...

После второй чашки чая Сильва решил, что все уже согрелись и пора переходить на пиво с чехонькой.

Вскочил, пошел за пивом — за неимением места на кухне холодильник стоял в зале...

Петя глянул в окно: там уже загустел сизый сумрак и, как старый алкоголик, очнулся мутный дворовый фонарь, время от времени вновь засыпая. Одно за другим в стылом воздухе темного двора стали оживать желтые, голубоватые, оранжевые окна...

Подобрав под себя ноги, Лиза притулилась в углу кухонного диванчика и, кажется, задремала.

— Детка, — позвал он с тихой нежностью. — Ты бы пошла, легла... Боюсь, это застолье на века.

Она не ответила, не шелохнулась, но через минуту спустила с диванчика ноги, нащупала тапки и вяло поплелась в спальню. Утомилась за день, подумал он с беспокойством: полет с пересадкой, потом дорога из Курумоча, ну и Сильва на радостях молотит и молотит, как подорванный... И вдруг опять вспомнил — будто внутрь ему плеснули огня, — как вчера метались над ним красные рыбки на пижамной куртке, и как потом за завтраком она сидела напротив него на террасе, и ее длинные задумчивые брови струились, как атласные ленточки. Эти брови были самым живым и прекрасным, самым точно угаданным, что получилось в Эллис. Конечно, идеальным было бы использовать настоящие волосы Лизы, но... В общем, он славно выкрутился: подстриг Карагёза и долго экспериментировал с красками, подбирая точный оттенок.

— Во! От это — пиво! — Сильва появился с гроздью бутылок в каждой лапе. — Я тебе скажу: ваше чешское отдыхает. Смотри и запомни, серьга: «Фон Вакано тем-

80 ное»! А есть еще «Фон Вакано светлое». Ты какое предпочитаешь?

— Неважно... Я не большой пивец.

— Да ладно, рассказывай, ба-агема! Ты попробуй: это ж знаешь в честь кого названо? Думаешь — это стеб такой, иностранное имя, то-се... как мадам Помпадур?

Он разлил пиво в высокие пивные бокалы (все, все у тетки в буфете было, эх, Вися-Вися...) и разорвал бумажный пакет с рыбой, вываливая ее на клеенку.

— Альфред Филиппыч фон Вакано, потомственный дворянин, хотя и австрияк, он был... а где Лиза-то? Скопытилась? Слабенькая она у тебя, а?.. Так вот, был Альфред Филиппыч мужик серьезный.

Сильва сделал торжественное лицо оперного тенора, плечи развернул, поднял бокал:

— Ну, хоть и пивом, помянем Висю, друга моего незабываемого.

Сейчас опять будет плакать, скучно подумал Петя, но ошибся: видимо, Сильва был как раз человеком ночным, поздним и часам к десяти вечера только в силу входил. Как бы арии не принялся петь.

Они одновременно подняли бокалы и молча выпили. Но молчать долее минуты Сильве было никак невозможно.

— Бери чехоньку... умеешь разделать? Вот, смотри и учись, и помни мою добрость...

Чехоньку Сильва разделывал виртуозно: привычным движением откручивал рыбью голову, тянул ее вниз, а та тянула за собой позвоночник и внутренности, и целая рыба распадалась на шницель из двух половин, соединенных верхним плавником.

— Кожа — на любителя, — сказал Сильва, откусывая и мощно двигая челюстями. — Вялят ее уже без чешуи, лично я лопаю с кожей. Получай, сирота... Так что говорю: этот австро-венгерский дворянин фон Вакано как раз и разработал рецепт нашего «Жигулевского». То есть «Жигулевским» его потом Микоян назвал, а сначала оно было «Венским»...

Петя глянул на часы: завтра с самого утра надо ехать к нотариусу, успеть до самолета справить Сильве доверенность на продажу квартиры. Но вечер, это становилось все более очевидным, только разворачивался и грозил еще многими поучительными историями. Сильва Жузеппович был патриотом родного города, а обижать его не с руки было, да и незачем.

— Так вот, основал Альфред Филиппович пивоваренный завод на паях в одна тысяча восемьсот восьмидесятом аж году... Постой, пора налить по второй... Сейчас мы знаешь за что выпьем? Чтоб у вас с Лизой еще все было хорошо и чтоб у вас еще ребеночек...

— Ладно, — жестко оборвал Петя. — Умерься, она там засыпает.

— Точно! — озабоченно спохватился Сильва и перешел на шепот: — Извини дурака... Ну, давай я тебе дорасскажу про фон Вакано, а? Ведь принял человек российское подданство, на такой вот рыск пошел культурный иностранный человек! А как Самару любил, каким был благотворителем... и членом Самарской думы, и всякое разное. А какую коллекцию картин и всяких драгоценностей собрал — она сейчас в «Эрмитаже», ты что, наследникам хрен чего досталось... И вот представь: в пятнадцатом году уважаемого гражданина Самары, столпа общества, можно сказать!.. Петь, а как правильно — столпа или столба? — серьезно осведомился он.

— Один черт, — так же серьезно отозвался Петя.

— ...обвиняют в шпионаже, — горячо подхватил зарумянившийся от интересного для него разговора Сильва. — И высылают в Бузулук! Это при царе еще, да? И кати после этого бочку на советскую власть! Цари эти, знаешь, тоже были гуси. Я вот этого терпеть не могу: вчера ты коммунист, а сегодня ты, блядь, царист! Терпеть не могу!

— Наливай...

— О! Правильно! Вот эт ты молодец... Сейчас мы выпьем за... знаешь, за что?

— Не надо. Просто налей, и выпьем.

— Точно... Эх, Петь... ну чего б вам не остаться у нас! Хули ж тебе там околачиваться, ты ж русский человек. Родина-то здесь, не там. Дом есть, работу найдем — что ж мы тебя, не пристроим, что ли! У тебя вон руки золотые, я твоих кукол видал. Ты тут мог бы труд преподавать в школе или, скажем, рисование. А летом какие просторы, а? Волга — это ж какая грандиозность! У меня сосед, Палыч, после туберкулеза с одним легким ее переплывает, несмотря что течение и водовороты...

— Жузепыч...

— Нет, ты постой! Я тебе скажу: разве ж такой исторический дом продают, а? Дураки будете! Ты хоть знаешь, кто здесь обитал давным-давно, а? Женщина одна одинокая, полька по нации, по имени Леокадия. Клянусь. Бери чехоньку, ну! Очень добрая милая дама, полный ридикюль конфет, — это я про польку. Ее поэтому соседские детишки жутко любили, звали «пани Леля». Я это откуда знаю: от соседки же. Старушечке девяносто три, в полном разуме, прикинь? И вот она ее помнит — пани Лелю добрую. Ту вроде бы сначала выписали из Варшавы — гувернанткой для детей семьи фон Вакано, а как те выросли, она все равно тут осталась, у нас в Самаре. И Альфред Филиппович, говорят, к ней сюда за-ха-жи-вал... Но никаких реальных фактов о любовной их связи не осталось. Одни догадки. Особа была интересная, жила невесть на что, ничем не занималась, но не эта... не *стерлядь с Волги*, как у нас говорят. Скончалась годах в двадцатых. Тайна, понимаешь?

— Слушай, Сильва. Нам ведь завтра вставать рано.

— Да брось ты. Тоже мне — рано. Будильник на шесть накрутил, и порядок. Вот когда мы с Дебилом на рыбалку в три поднимаемся, это да, рано... Постой! Я ж тебе про польку... Про Леокадию. Эт прям детектив! У нее — важная деталь — были драгоценности. Ну, погоди ты, дай рассказать! Вся самарская знать с нетерпением ждала, в чем Леля будет блистать; ее на все балы приглашали. И вот сколько раз к этой Леле подступались жены самарских богатеев — мол, продай то-другое, у тебя ж много... — всегда отказывала. На все расспросы отвечала, что драгоценности достались по наследству от бабушки. Та якобы знатной была — не то графиня, не то баронесса...

— Жузепыч, после доскажешь. У меня глаза слипаются.

— А ты их протри, — сказал вдруг Сильва многозначительно, навалился грудью на стол, где лежал уже целый курган рыбьих голов и хвостов, приблизил к Пете крупный блестящий нос: ах, хороша бы кукла Лепорелло для «Дона Джованни». — Протри их и вдумайся: ведь вы с Лизой и есть теперь — наследники этого богатства.

— Вот и чудно. — Петя поднялся из-за стола, собрал грязные бокалы и составил их в раковину. Насмешливо оглянулся на Сильву. — А где богатство-то? В серванте?

— Не ве-еришь... — тот усмехнулся. — А между прочим, все всегда знали, что в домике есть сокровища. Тут они, тут! Сколько раз Вися отбивалась от разных кладоискателей, причем официальных — из милиции там, из горсовета. И искали, искали! Ничего не нашли.

— Поищем завтра, — мирно предложил Петя. — Тебя проводить или сам дойдешь?

— Чего мне тут — два шага... — пробормотал Сильва, грузно поднимаясь. — Лизин паспорт не забудь... Я за вами зайду.

Минуя гостиную, он вдруг остановился напротив пятой — короткой — стены, завешенной большим ковром, затейливо-узорным, и проговорил, раскинув руки, как рыбак, демонстрирующий величину пойманной рыбы. — Вот здесь. Здесь печка была... Думаю, тут она и нашла.

— Кто? — нетерпеливо спросил Петя, уже не чаявший спровадить душевного верзилу.

— Вися, кто! — серьезно отозвался Сильва. — Когда печку разбирала. Уверен. Она ведь сначала рабочих наняла... и вдруг отослала их, прямо среди дня, и долго потом — кирпичи да кафель — сама разбирала. И меня не звала. Долго — все сама. Думаю, где-то тут она и... наткнулась. Может, сейфик, может, еще какой тайник.

Петя засмеялся, сказал:

— Остров сокровищ! Был такой спектакль в Тюменском театре, я водил капитана Сильвера. У него попугай на плече сидел, разевал клюв и кричал: «Пиастры! Пиастры! Пиа-а-а-стры!!!».

Сильва вздрогнул и отшатнулся от Пети — так мгновенно и зловеще тот преобразился в пиратского попугая.

— Смейся, смейся, — проговорил он с обидой. — Давай, издевайся, артист. Если хочешь знать: Татьяна, соседка, однажды в ювелирной комиссионке наткнулась на Висю, та что-то сдавала. Танька, ясно дело, сразу смылась, но потом вернулась — интересно же! Прикинь: Вися жила достойно, но скромно, побрякушек никаких никогда не носила. У ней и дырок в ушах не было. И вдруг — камушки... Танька к продавщице — а что, мол, сейчас было принято на комиссию? Оказалось — кольцо старинное, тонкой работы, массивное такое, с сапфиром. И продавщица сказала — мол, эта женщина иногда приносит старинные драгоценности. А было это знаешь что за время? Начало девяностых... Тогда еще Ирэнкин жених Славик — оба покойные, бедняги, — попал в долговые разборки с бандитами. Ну — страхи, волнения... квартира под угрозой... И вдруг все как рукой сняло, и все забыто. С чего это? Бандюки разве что прощают? Говорю тебе — Вися нащупала богатство Леокадии. Поверь: у ней до того больших денег не водилось.

— Ну почему же, — возразил Петя, впервые вовлекаясь в этот дурацкий и никчемный разговор с поддатым Сильвой. — У нее ведь муж был военным. А у подполковников очень приличная...

Сильва так и остался стоять с приоткрытым ртом.

— Муж? — бормотнул он. — Что за... муж? Ты с какого бодуна? У Виси-то? Никакого мужа у ней отродясь не было. Я Висю с первого дня здесь помню. Я ж ее на вокзале-то и увидел — она и с поезда сошла, в чем стояла, как в войну — с небольшой только сумкой. Вижу — девушка стоит, сирота сиротой, прямо не в себе, ну, я и подошел. С тех пор у нас и дружба. Я-то ее и пристроил в школу, на домоводство. А то, что она беременная приехала, — это да, но это уж гораздо позже обнаружилось. И что там у нее в личном стряслось, какая такая история... никому она не докладывала. И правильно, я считаю. Кому какое дело?

— Понятно, — проговорил Петя, которому как раз все вдруг стало совершенно непонятно, ибо теткина история, рассказанная ею самой, выглядела совсем иначе. — Ладно, Сильва. Поздно, в самом деле. Давай расходиться...

Когда наконец Сильва, сойдя с крыльца, крепко ступил на снег и, постояв так несколько мгновений для уверенности, валко пошел по двору, Петя закрыл дверь, провернул ключ в замке и глубоко вздохнул. Зря он так накачался... Фон Вакано, благотворитель и шпион; Челышов — подрядчик, швыряющий рамы со второго этажа; драгоценности Леокадии, якобы найденные теткой... а главное — теткин, как выяснилось, никогда не существовавший муж, подполковник Коля (фотографии которого в доме не было «от обиды» — с тех пор, как тот якобы *поменял Висю на молоденькую*), — вся эта дурацкая муть разлилась в его мозгу, как яичный желток. Хотя, подумал он, все было забавным и *очень кукольным...*

И надо бы скорее улечься, заспать этот вечер и, если получится, выспаться как следует: завтра предстоит трудный день, возвращение домой. И хотя он там *обо всем позаботился*, первые минуты дома были едва ли не такими же трудными, как первые минуты встречи.

Лиза спала на широкой теткиной кровати, свернувшись, как кошка, прямо поверх алого покрывала. Так она могла проспать до утра, ни разу не поменяв позы, — очевидно, в ее лекарствах содержалось и снотворное. Он постоял над ней, размышляя — будить, чтобы разделась и легла по-человечески, или не стоит. Сам тихонько раздеть не осмелился — вдруг проснется? — он всегда побаивался ее, спящую: никогда не угадаешь, в каком настроении она откроет глаза.

Отыскав в платяном шкафу толстый шерстяной плед, он укрыл им жену, стал и сам раздеваться, уже стянул через голову свитер... но зачем-то вернулся в гостиную.

Тут стояла обычная мебель шестидесятых — сервант, диван, два кресла, журнальный столик на пету-

шиных ногах врастопырку, обеденный круглый стол с
дружиной тесно сдвинутых стульев.

Он подошел к пятой стенке, постоял перед ней, откинул уголок ковра и озадаченно постучал по обоям
костяшками пальцев. Усмехнулся: болван ты старый,
кукольный ты человек... иди-ка спать. Сокровище —
оно, конечно, существует; вот эта квартира и есть —
сокровище для вас с Лизой, возможность немного
вздохнуть, хотя б на время ощутить себя обеспечен-
ными людьми, может, и квартирку купить где-нибудь
под Прагой — например, в Кладно.

И все же странно: тетка...Тетка, исчезнувшая внезапно, как провалилась, прямо с похорон Лизиной матери...

Уже много лет, как он устал гнать от себя самый
страшный эпизод своего детства, и тот превратился в
беззвучный, сопутствующий всей его жизни текучий
кадр необычайной, страшной яркости: весенний вет-
реный день под синим небом.

Он шел с Басей по тротуару, как всегда, задирая голову и разглядывая фасады «австрийских» домов:
скульптурки святых в нишах, чугунные узоры балкон-
ных решеток, пунцовую герань на подоконниках высоких окон. За окнами происходила потрясающая бурная жизнь, которую он безостановочно придумывал в
подробнейших сценах, под нос себе бормоча реплики
всех героев, то понижая голос, то повышая, выбурки-
вая их баском или тонко взвизгивая...

Жаль только, окна все были еще закрыты, и лишь
одно, на четвертом этаже, распахнуто настежь. Там,
будто вызванная фантазией мальчика, в длинной голубой сорочке неподвижно стояла на подоконнике
живая кукла с удивительными волосами: как пылаю-

щий костер. За ее спиною бликовало солнце в распахнутых, дрожащих на ветру оконных створах; они радужно переливались, они были словно крылья! И в то мгновение, как Петя ее увидел, кукла сделала странное движение — рывок вверх! — словно сама себя вздергивала в небо. Но полетела-то она вниз, громко, как деревянная, ударившись о мостовую.

Они с Басей окаменели оба! Старуха больно сжала Петину руку, пытаясь оттеснить его назад, себе за спину. Схватила его голову, прижала к своему животу...

Но он вырвался и с восторженным ужасом глядел на неподвижную фигурку, застывшую на камнях в той же позе, как летела, — будто распятая. Рыжеволосая кукла — она оказалась миниатюрной женщиной — лежала на булыжной мостовой, и голубая сорочка так воздушно обволакивала ее хрупкое изломанное тело, и у нее... у нее были такие чудесно сделанные ножки и миниатюрные босые ступни.

Тут из брамы с беззвучным воплем выбежала другая рыжая девушка, очень бледная, с неестественно белым, даже прозрачным лицом...

Из ближних домов высыпали соседи, многие окна распахнулись, из них по пояс — как из театральных лож — свешивались люди, перекрикиваясь и пытаясь получше разглядеть самоубийцу на мостовой. А самыми театральными, *самыми кукольными* были зрители-скульптуры между окнами — мужские фигуры: они как бы вырастали из стены и внимательно смотрели вниз, на тротуар. Именно эти мужские пары, чередуясь по фасаду с окнами на последнем этаже дома, провожали полет куклы-самоубийцы заинтересованными взглядами.

Быстро приехала «скорая помощь», затем милиция, и женщину накрыли ярко-синей, синей, как небо, простыней, из-под которой золотым пожаром полы-

хали две пряди рыжих кудрей и подтекала небольшая
лужица очень яркой лаковой крови.

Позже он бесконечно *пускал по черной искристой
ширме* закрытых век изображение этого страшного *кукольного* действа: на какое-то мгновение был уверен,
что видел нити, шедшие от куклы. Что невидимый кукловод самую краткую долю секунды не мог решить —
то ли воздеть ее к небу, обратив в ангела, то ли сбросить
вниз, пусть ломается... Может, поэтому сначала мальчику показалось, что она слегка взлетела?

Он очнулся от голосов во дворе и обнаружил себя
на табурете в прихожей; сидел, опершись затылком о
стену. Как он здесь оказался? Ах да: прибрел выклю-
чить свет и вырубился. Перед ним на симпатичных
оленьих рогах одиноко повисла синяя косынка, и круглой ручкой зацепился большой черный похоронного
вида зонт.

Где-то во дворе, в снежной меховой темени раска-
тился молодой кокетливый смех, что-то неразборчиво
произнес высокий женский голос, ему в ответ громко
ответил мужчина: «Да что ты понимаешь *в кобласных
обрезках*!» — и затем, просеиваясь сквозь невнятные
смешки, морозный скрип и обращенное к кому-то при-
ветливое «Драс-сь!», — голоса удалились под арку и
там были затоптаны тишиной...

...которую вдруг резко и коротко пробил звонок
входной двери.

Петя вздрогнул от неожиданности так, что его под-
бросило с табурета. Подкравшись к двери (даже в глазок
смотреть не стал, все равно ни черта не различишь!),
приглушенно и резко он спросил, склонив к замку свое
длинное ухо:

— Кто это?

Голос Сильвы торопливо произнес:

— Петь, на минутку открой, а то забуду.

— Сильва, потом, завтра! — раздраженно отозвался он. — Не колобродь, Лизу разбудишь. Спать давай, я уж тоже лег.

— Нет, погоди, Романыч, ты что, это ж по твоей части! — забубнил тот под дверью. — Я сразу забыл сказать. Я ж там у Виси в подвале нашел кое-чего за мешком картошки. Не поверишь: куклу.

Чертыхнувшись, Петя повернул ключ, открывая дверь, и гранитным столбом в эту щель рухнул морозный воздух. На крыльце, смущенно и торжественно улыбаясь, заведя за спину обе руки, стоял уже совершенно пьяный — видимо, развезло его, несмотря на мороз, а может, и добавил дома, — Сильва Жузеппович Морелли.

— Ну?! — нетерпеливо рыкнул мгновенно заледеневший полуголый Петя. — Чего ты угомониться не можешь?

— Хочь глянуть? — переступая порог прихожей и по-прежнему держа руки за спиною, спросил Сильва, продолжая загадочно улыбаться. — Не поверишь. Прямо тебе сюрприз. Не знаю — пригодится, нет, однако и в комиссионный тут можно... есть же любители...

И достал из-за спины.

Петя не двинулся с места, не потянулся — схватить, только мышцы груди и живота свело, как в ожидании удара. Из трех чешских бра в прихожей горело только одно, но и того было довольно, чтоб безошибочно узнать...

— Вот! — проговорил счастливый Сильва. — Я соседкиным внучкам давал поиграть, потому и забыл. Такие девочки славные... А щас вдруг вспомнил: ё-моё, куклу-то Петьке надо отдать. Она ведь старинная, правда? Лет, скажем, восемьсят, или даже сто? И заметь, большая, чуть не метр, а? Наверняка еще от пани Лели осталась. Я, знаешь, что уверен? Что это фон Вакано собственной персоной. Как думаешь? Смотри, какой мужик серьезный... пу-у-зо-то какое! Точно — фон Вакано!

Петя молча стоял в полумраке прихожей и, не отрывая взгляда, смотрел на куклу в руках у Сильвы. За спиной у того, в приоткрытой дверной щели, словно просачиваясь из преисподней, курился морозный дым.

Никакой это был не фон Вакано. Это был не кто иной, как давным-давно украденный, оплаканный и полузабытый, но всю жизнь им разыскиваемый Корчмарь.

* * *

Из аэропорта они, как обычно, доехали на автобусе до метро «Дейвицы», оттуда взяли такси, и когда спускались серпантином от Градчан, под Ходковыми Садами, на Малую Страну, Прага внизу возникла в новом нереальном обличье: Прага была в снегу, и вся вихрилась, вздымалась на ветру; все ее купола и шпили, высокие скаты черепичных крыш, все церковные шлемы и флюгера, все ее святые, мадонны и архангелы, тяжелые навесные фонари в кривых и тесных ущельях улиц — все таяло в стремительно синеющем морозном дыму.

Вальдштейнска — приехали, слава богу!

— Приехали, слава богу, — сказал он, расплачиваясь с таксистом, стараясь удержать в голосе ироническую улыбку, очень стараясь не смотреть на Лизу, не следить за ее лицом, шутить, шутить, затоптать тревогу...

— Карагёза поедем завтра забирать, да? — легко спросил он, взваливая оба рюкзака на плечи и даже не пытаясь помочь Лизе выбраться из такси, — чувствовал, насколько взрывоопасно сейчас любое прикосновение. — Устали, замерзли, намаялись...

Вот они, деревянные полукруглые ворота в каменной арке старого дома, а в них — маленькая калитка с прелестной, длинным листом изогнутой медной ручкой, привычно податливой под его рукой.

Над воротами, в традиционном лепном медальоне, наш покровитель — в любую погоду на цветущем лужку: черный барашек с печальным человечьим лицом.

Ну... с богом!

Он молча шагнул внутрь и пошел, не оглядываясь, под низким глубоким сводом темной арки, выходящей в замкнутый со всех сторон аквариум двора, где густым бестолковым роем метались пленные снежинки и где в углу темнела дверь их жилья, словно бы в ожидании, когда наконец ее отопрут эти молчаливые двое.

Возле двери он обернулся. Лиза стояла в арке двора, не двигаясь с места. Невозможное, невозможное лицо потерянного ребенка... Прав был доктор Горелик: рановато. Ради ее здоровья надо было еще ждать, еще терпеть, еще кормить своим сердцем ежеутреннюю бобылью тоску...

Он сглотнул комок в горле и крикнул ей:

— Девушка! Вы надолго там застряли? Здесь вам чаю нальют, алё!

Отпер дверь, оббивая от снега ботинки, и вошел, разом включая свет в коридоре, кухне-мастерской, в их крошечной спаленке и даже в ванной, даже в ванной, чтоб было светло и весело всюду. Эта квартира на первом этаже, в бывших конюшнях, вообще-то была сумрачной, поэтому он сразу же, когда въехали, добавил несколько электрических точек и вкрутил сильные лампочки.

Рюкзак он осторожно сгрузил в углу мастерской, возле шкафа. С рюкзаком надо было еще *разобраться* — потом, когда Лиза уснет. Надо еще понять — куда спрятать сокровенного идола, пока не появится возможность незаметно вынести его из дома. Надо вообще решить — должен ли тот воскреснуть. Надо, надо, надо... Главное, надо опять учиться тут жить вдвоем, среди множества марионеток, развешанных по стенам, среди множества кукол, меж которыми нет лишь одной.

О боже, да где ж она, где она там?! Торчит по-прежнему в арке? Стой, не рвись, дурак! Никуда не ходи, она появится. Там холодно, она замерзла, она сейчас появится. Вот опять же — ошибка: не попросил Тонду привезти Карагёза. Тот заласкался бы, лизал бы ей руки, стучал бы всюду своей деревяшкой — все ж веселее...

Быстро двигаясь, он набрал в чайник воды и включил его. Кинулся к холодильнику, вынул из морозилки хлеб, тут же опустил два кусочка в тостер. Так... что еще сохранилось в нашей пещере? Баночка с клубничным джемом, отлично, почти полная... масло... сыр... Желтый огурец и мятый помидор — к черту. Ах, у нас еще целых пять яиц, совсем забыл, это крупная удача. Сейчас подвергнем их всесожжению на сковороде.

Скрипнула входная дверь, и он перевел дух.

— Лиза! — позвал самым обыденным своим вечерним голосом. — Тебе яичницу или сварить?

Она молчала. Как была, в куртке, молча стояла на пороге мастерской, будто собиралась немедленно повернуться и уйти, и полубезумными лихорадочными глазами обшаривала стены, углы и поверхность стола, почти полностью заваленную материалами, коробками и инструментами, огромное зарешеченное окно — дверь во дворик, — словно там, снаружи, можно было спрятать...

И вдруг сорвалась с места, ринулась к шкафу, распахнула его и стала сметать на пол все, что было на полках. Оттуда вываливались папки с чертежами, какие-то заготовки масок из папье-маше, пластиковые коробки с гвоздочками... Все гремело, стучало, шлепалось, шелестело...

Несколько секунд она стояла посреди этого разгрома, потом, так же молча, летучим шорохом обежала весь дом, срывая покрывало с кровати, вытягивая и выворачивая старые чемоданы, выволакивая из кладовки и вытряхивая на пол пластиковые мешки со старыми тряпками.

Петя в это время сидел за столом в мастерской, опустив голову на сложенные руки.

Почему он каждый раз приходит в такое безнадежное отчаяние? И ни черта не рано, не рановато, и все твои таблетки, Борька, тут ни при чем. То же самое было и в прошлый раз. И с самого начала он мысленно готовился к этому разгрому. Вот в чем горькая ирония: единственное, чему не угрожает ее «парадный смотр», это его взрывоопасный рюкзак: она ведь считает, что знает каждую вещь в его утробе.

И вдруг погас свет.

И разом оглоушила их глубокая, полная зимних шорохов тишина, в которой она заметалась летучей мышью, натыкаясь на мебель, но по-прежнему не издавая ни звука.

Он вскочил и бросился туда, где она бесшумно билась, как бабочка в банке; они столкнулись в коридоре, она нырнула под его рукой, выскользнула в мастерскую... и там он нагнал ее, схватил, сорвал ненавистную куртку и стиснул, прижал Лизу к себе, запеленал собой...

— Ну что, ну что, ну что ты... — быстро зашептал он, — что ты... что ты...

Шепот его обрывался, возникал опять, замирал, затихая; почти бессмысленно, нежно, робко выстанывал он ей в ухо какие-то успокоительные междометия... и постепенно она затихла и перестала дрожать, приникла к нему, обвисла на его руках...

— Ее тут нет, — наконец прошептал он.

Никогда в жизни и никому — и даже себе — не признался бы он, что именно эти минуты — эти, а не сладкая боль первого после разлуки проникновения друг в друга, — были самыми горько-счастливыми в его жизни. Она — дома. Он привез ее, привез, она опять в его тисках.

Они стояли так бесконечно долго: слитный силуэт на фоне просторного окна, за елочной решеткой которого в медленной тишине летел стремительный снег, заваливая дворик...

Недалеко отсюда, с собора Святого Микулаша, гулко ахнул и потек, окатывая снежные крыши, округлый и густой колокольный бо-ом, потом замельтешили теноровые колокола тремя восходящими, как бы друг друга перегоняющими тень-тень-перетреньками.

И когда все умолкло, где-то в огромной пустоте оборвался и по водосточному желобу мягким шорохом прокатился снежный ком...

Его сердце в этой тишине стучало больно и сильно; светлые, даже в темноте, глаза смотрели туда, где на холодильнике угадывалась, прижатая двумя сувенирными магнитиками, старая фотография, еще черно-белая, а иначе сияние трех медноволосых голов на ней было бы нестерпимым: две сестры, младшая из которых — он теперь знал это — была воровкой, и младе-

96 нец-Лиза между ними, толстощекая, важная и страшно забавная, ростом меньше, чем сидящий рядом с ней
семейный идол, *залог удачи*: пузатый и пейсатый, в
ермолке, в поддевке и в жилете, смеющийся в усы —
Корчмарь.

Часть вторая

Глава четвертая

Первой куклой был отец, причем поломанной куклой: у всех пап были две руки, у Ромки — одна, точнее, одна с четвертинкой: когда жестикулировал — а свое легкое заикание он компенсировал жестикуляцией, — четвертинка тоже вступала в разговор, этакая *группа поддержки* левой.

До несчастья Ромка все свободное время проводил в бильярдных, поэтому рука сохранила пластичность и невероятную ловкость. Левой он подбрасывал луковицу, а остатком правой ловил ее где-то под мышкой — когда не бывал пьяным, само собой. А карты, карты! Как он сдавал их, тасовал и разбрасывал — двурукий позавидует! Огрызком правой мог размешивать, подвигать по столу... Аттракцион был жутковатым, но впечатляющим.

Он, между прочим, и плавал прекрасно: малой *ручкой* (Петя ненавидел слово «культя» и никогда его не произносил в отличие от издерганной и несдержанной на язык матери) загребал быстро-быстро, как маленьким моторчиком.

Но отец был и первым кукольником. Дело не в том, что он умел смастерить игрушку из пустяка — он умел ее оживить. Вынимал из кармана несвежий и просторный, как поле, носовой платок, расстилал его на приподнятом к подбородку колене, удивительно ловко скатывал в колбаску и, придерживая то четвертинкой руки, то подбородком, то носом, ловко вытаскивал, завязывал концы. С одной стороны получался хвост, с другой — два круглых ушка.

И вот уже грязно-белая, с синей полосой на спинке мышь юрко взбегает вверх по его руке, незаметно подгоняемая согнутыми пальцами. Набегавшись по его плечам, мышь распадалась, из нее, как бабочка из гусеницы, вылупливалась муха с двумя грустно обвисшими крыльями, которая надевалась на указательный палец и летала вокруг Петиной макушки, напевая задумчивым навозным басом: «Вот кабы мне валенки, полуш-шу-у-бчик маленький да теплые ш-ш-ш-таны, то ж-ж-жила б я до весны!»

Руку он потерял так же нелепо, как и жил, так же нелепо, как из благодатного Львова попал на Сахалин, — через драку: зима, метель, видимость — ноль, машина (военный бортовой ЗИЛ с тентом) застряла в снегу, и вдвоем с сослуживцем они пытались ее откопать. Сослуживец не слишком усердствовал, предпочитая давать советы, Ромка полез того учить «по-нашенски»: дал раза в морду, потерял равновесие, рухнул в снег... и тут болван-солдатик за рулем резко сдал назад.

А дальше по извечным полозьям беды покатилось: сложная операция в Хабаровске, высокая ампутация, комиссование, и — финита, как сам он любил повторять, Кончита: малогабаритка в одной из пятиэтажек «верхнего» города и должность охранника на проходной «бумзавода» (почитаемая, впрочем, большой удачей: бумажный комбинат, построенный еще японцами, был ядром, вокруг которого роился городок Томари — тысяч восемь населения, две школы, больница, пирс, горнолыжная трасса и небольшой лиственничный парк с искусственным озером).

На территории комбината, между прочим, были и бассейн, и комнаты отдыха, и даже бильярд. Тот самый проклятый бильярд, который стал последним средством его самоутверждения.

Золотые ребристые звездочки с капитанских погон еще долго валялись в хрустальной салатнице на серванте вместе с пуговицами, нитками и памятными медалями городов Кострома и Псков. Но, уходя в загул дня на три, отец непременно цеплял на любую одежду, даже на спортивную куртку, памятный знак ВЧК-КГБ, искренне веря, что литой золотой кортик на щите поднимает его авторитет в среде игроков.

Вообще, бывший капитан погранвойск Роман Петрович Уксусов был глумливо азартен, вспыльчив и невероятно драчлив. Русским был лишь наполовину: новгородские древние родники благородных кровей помалкивали, проявляясь в проникновенном взгляде синих глаз, который он в конце концов и пропил. Зато вторая, взрывоопасная половина вмещала в себя бог знает какую экзотику: были там и пленный итальянец, и тихая осетинка, привезенная дедом невесть откуда и прожившая рядом с ним бессловесную жизнь; бушевал у него в крови заядлый западэнец и выпить-не-дурак, дядька по матери Петро Галицкий, да и мало ли кого еще могло занести в то мутное русло загульной, разливанной материнской его родни. Вот от них-то, от этих смутьянов, кровь не давала покоя ни семье, ни самому капитану Уксусову. Жизнь его, как горько повторяла жена Катя, стояла на трех китах, на трех «б» — бутылка, бляди, бильярд.

Еще малышом Петя смутно помнил какой-то прокуренный, загустевший от мата подвал и зевак, глазеющих, как Ромка одной левой вгоняет в лузу шар: левой, с кием, прицеливался, а правой *ручкой* поддерживал левую, чтоб не дрожала.

Ну и женщины, самые разные, липли к нему целым роем, частенько скрашивая его ночные дежурства.

— На васильки, — повторяла мать с непередаваемой усталостью в голосе, — на васильки его летят, как пчелки. Он только глянет, подлец, — ему и подмигивать не нужно.

Проиграв в битве с этим его триумвиратом «трех б», мать с Ромкой развелась и вышла замуж за Мишу, интеллигентного редактора местной газеты «Заря коммунизма». Отец смириться не смог. Раза три в неделю являлся, бил окна, бил Мишу (мать, правда, не трогал никогда; коронное восклицание его, шута горохового: «Будь проклят тот, кто на женщину руку поднимет!»); одним словом — комедия, чистый фарс, *кукольный театр какой-то* и притом натуральное хулиганство.

Однажды Ромка выкрал пятилетнего сына из детского сада, и в компании каких-то каторжного вида бродяг они три дня болтались в окрестностях Томари.

В памяти мальчика остались оранжевые в травяном ковре вдоль берега всполохи «саранок» — местных приморских лилий, — ночное черное, с кинжальным блеском от багровой луны, море, костер на берегу, сумка с древесным углем, полосы морской капусты и ракушки на мокром песке, белесо-перламутровые с испо́ду.

Еще запомнился осу́жденный за убийство Серега: мужичок лет сорока, с детским неподвижным лицом, пригвожденным ножевым ранением в шею к кряжистому, очень мужскому и грозному телу, который учил отца, как быстро засаливать огромную кету, а вечером у костра рассказывал, как после отсидки шел зимой до рыбного стана километров тридцать по безлюдному берегу моря — без денег, без крошки съестного, с одним ножом за голенищем валенка.

Затем милиция их нашла, мальчика вернули матери, Ромку продержали в кутузке, но в конце концов выпустили со строгим предупреждением не приближаться к дому бывшей супруги ближе чем на километр.

Через двадцать минут после того, как подписал *какую-то ихнюю бумагу*, он уже гонял явившегося с работы редактора по двору, с ревнивой отчаянной страстью настигая его и сшибая с ног кулаком левой.

Травмированный этими оленьими боями, отчим Миша исчез на следующее утро, обойдясь без объяснительных записок. По слухам, уехал в Хабаровск, да и странно еще, что не в Самарканд какой-нибудь.

Ромка же пролежал на пороге ровно трое суток: явился трезвым, чисто выбритым, сурово-покаянным; лег навзничь и сказал: не встану. Так и лежал, проникновенно глядя со дна своей проклятой щербатой души несусветными синими глазами. И на четвертый день Катя сдалась — то ли переступать через эти глаза не смогла, то ли всерьез была польщена: ну, а что прикажете с ним делать? — и жизнь потекла ровно такая, какой была до их развода: Ромка был неисправим, и хотя с бабами чуток притормозил, от белой головки спасения не ожидалось.

Кстати, о белой головке. Завидя ее, он по-доброму веселел, остроумно и галантно шутил, синие его глаза приобретали еще более нежное выражение, а рука, рука — та вообще становилась говорящей. Открывал он бутылку одной левой виртуозно. У Пети в памяти осталась только «Московская». В «Столичной» крышка закручивалась, одному ее открывать несподручно было, а металлическую крышечку «Московской» стоило лишь потянуть за хвостик. Ромка водружал бутылку на стол, обнимал ее *ручкой*, как маленькую изящную женщину... Затем левой — указательным сверху, большим снизу — разом нажимал, крышечка с сухим звуком улетала под диван, и воцарялась любимая его музыка: буль-буль-буль-буль...

Сына он любил светлой своей половиной — самозабвенно и драматично. Раз в жизни лишь отлупил, в шестом уже классе, и за настоящую провинность: тот стащил его руку.

О! Вот тут надо подробней — *о руке*.

Протез у Ромки, само собой, был, его справили еще в Южно-Сахалинске, после ампутации. Назывался он «Смерть инвалиду!», весил килограммов пять, цвета был мертво-воскового, у плеча — дерматиновые ремешки. Носить его Ромка отказывался даже по праздникам. Раза два только надел: например, для фотографии с Катей на годовщину свадьбы, в фотоателье-пятиминутке. Вот для пятиминутки, говорил, протез годится. Однако слова этого — «протез» — не выносил, не произносил, обходился эвфемизмом, в котором сквозило даже некоторое почтение: страшное мертвое приспособление носило гордое имя «руки». Хранилась она в диване, и если забывчивый человек невзначай открывал диван — вытащить, к примеру, ватное одеяло на зиму, — в первое мгновение можно было рехнуться от ужаса. В детстве Петя *руки* боялся, до шестого класса примерно боялся, пока не понял, что она тоже — кукла.

Сначала он привыкал к ней: рывком подняв диванное ложе, вперялся взглядом в ампутированную на вид конечность и, не отводя глаз, смотрел и смотрел... В конце концов страх ушел совершенно, и однажды он приволок ее, укутав в пальто, на контрольную по геометрии. Когда в конце урока математичка, скособоченная детским полиомиелитом, с выпуклыми линзами в очках, спросила: «Кто готов, поднимите руку?» — Петя вытащил из-под парты и поднял *это мертво-восковое, ужасное...*

Реакция зрителей вознаградила артиста сполна: визг девчонок, багровое лицо учительницы в ореоле вздыбленных седых кудрей, затем — карцер. Так называлась темная кладовка за кабинетом директора, страшная для кого угодно, только не для Пети: было там уютно и славно, ибо хранились, вернее, валялись как попало на полках устаревшие или негодные приборы из кабинетов физики, анатомии и географии; Ромка, например, с любой из этих грязных колб, сломанных весов, черепа с повисшей на одном винте челюстью и прочего упоительного барахла мог бы показать настоящий класс: все бы ожило, двигалось, танцевало и пело.

Жалко, думал Петя, что отца тут нет.

Однако отец как раз и явился и выволок его из карцера. Оказывается, заперев Петю, директор послал к нему домой *хорошего ученика*, и тот уныло поплелся — с черной меткой. Минут сорок топтался он у подъезда в страшной тоске, выбирая меж гневом директора и всем известным характером Петькиного отца. Тот, разбуженный после ночной смены, не успевший *принять лекарства*, примчался в школу, бледный от бешенства. Между прочим, потом признался, что всю дорогу серьезно размышлял, кому врезать — сыну или директору, и, лишь завидев здание школы, решил сей мучительный вопрос в пользу директора.

Путь из школы и последующая экстравагантная экзекуция запомнились мальчику навсегда: вцепившись левой в воротник школьной курточки, отец волок сына за шиворот, зажав под мышкой огрызка правой свою гордую бледную *руку*. Этим же предметом он и отдубасил Петю дома, роняя протез, поднимая его с пола и снова швыряя в сына. Тот орал не от боли, а скорее от восторженного ужаса: вид летающей по комнате мертвой руки завораживал — рука сама дралась!

Его исключили из школы на неделю, и он был абсолютно счастлив.

Учился он плохо, точнее, совсем не учился. С первого же класса выяснилось, что никакими силами его невозможно вытащить к доске. Он немел, глядел тусклыми рыбьими глазами и на вопросы учительницы не отвечал. Как будто кто-то там, сидящий внутри, законопачивал глаза прозрачными, но плотными шторами, запирал язык на крепкие запоры и на стук извне не откликался.

Катю вызвали в школу. Завуч и учительница младших классов долго беседовали с ней, уговаривая показать проблемного мальчика детскому психиатру и рекомендуя определить его в специнтернат в Южно-Сахалинске.

— Он же практически не разговаривает, — мягко внушала учительница. — Он с трудом объясняется междометиями.

Потрясенная Катя слушала их с ужасом, порываясь горячо возразить, что дома не знает, куда деваться от неостановимой болтовни сына, но, сраженная дружным свидетельством обеих женщин, сникла. Не договорились же они между собой сжить со света ее мальчика!

Уже по пути из школы, немного успокоившись, она задумчиво припомнила, что язык развязывается у Пети тогда, когда он лепит из пластилина своих человечков: порою за несколько дней налепливал на широком кухонном подоконнике если не целый город, то уж большое село — множество маленьких людей, собак, котов, козочек, коров и лошадей, велосипедистов на велосипедах, трактористов на тракторах, старух с ведрами, полными крошечных яблок или груш. Уверял, что по ночам все они оживают и до утра живут настоящей жизнью: разъезжают по подоконнику, ссорятся, дерутся, женятся, торгуют яблоками...

По сути дела, припомнила она, дома у Пети всегда в руках был ком пластилина, которого вечно не хватало, несмотря на то что на праздники и дни рождения покупалось по нескольку коробок. Он постоянно мял этот ком, быстро-быстро вылепливая фигурки и снова их сминая и опять вытягивая из плотного пластичного месива чью-то руку, ногу или голову. С большим скандалом Катя гнала его в ванную — мыть руки перед едой, после чего, быстро, молча и равнодушно съедая все, что перед ним ставили, он немедленно устремлялся к коробке с пластилином. А еще вспомнила она — да! — еще ее сын выдавал длиннейшие цветистые тирады, с выражением и на разные голоса, когда «показывал театр»: надевал на указательный палец пинг-понговый шарик с нарисованной рожицей на нем (отец понаделал ему целую дюжину таких, с разным выражением лица), меняя грустного человечка на веселого, затем на бандита с насупленными бровями и орущим ртом, а того — на улыбчивую красотку, — и каждый получал текст, соответствующий роли.

Ей никогда не казалось чем-то особенным его неукротимое стремление ежеминутно лепить или рисовать, или вот так «представлять» шариками; она считала, что тут слились в нем и шебутные отцовы, и ее, Катины, гены: все ж она закончила прикладное отделение Львовского художественного училища, а в Томари вела изостудию в Доме детского творчества.

Словом, промаялась ночь тяжелыми мыслями, а наутро, отправляя мальчика в школу, выдала ему смешанный из разных пластилиновых пастилок радужный ком, который велела всегда держать в руке, особенно когда к доске вызывают.

После чего Петина учеба если и не выправилась так, как о том Кате мечталось, то все же постепенно пошла на лад — во всяком случае, ужасные разговоры о спецшколе для дураков больше не возобновлялись.

Дом детского творчества, где работала Катя, стоял на самом берегу бухты, недалеко от старинного, возведенного еще японцами моста. Хмурые и мордатые, широкогрудые гранитные львы сторожили подножия четырех его колонн. И само здание Дома творчества тоже было японским, столь непохожим на коробки советских построек: деревянное, со сводчатым потолком и арочными окнами второго этажа, из которых открывалась широкая дуга бухты, корабли у пирса и облака, что без конца стремились стечь за ширму горизонта.

Для своих маленьких студийцев Катя придумывала интересные занятия, «развивающие воображение»: дети выкладывали на фотобумаге октябрятские звездочки, после чего бумагу засвечивали лампой при

красном свете: яркая вспышка! — и вот уже перед вами
звездное небо.

Странно это было: мать, с ее профессиональным дипломом, умением рисовать и *придумывать красоту*, в отличие от отца не способна была оживлять неживое, да и сама — *куклой* быть не могла. Она была настоящим человеком — крепкой, доброй, с широкими сильными запястьями, с бледным веснушчатым лицом, которое, когда бывала огорчена или обижена Ромкой, опускала в ладони и подолгу тяжело сидела так на кухне.

Нет, из матери ни за что не получилась бы кукла. Не то что из Ромки...

*После смерти отца, преследуемый сумбурными требовательными снами, Петя решился **оживить** его, и с тех пор Ромка, будто вырвавшись на свободу, участвовал во многих представлениях: играл в бильярд, отбивал чечетку и дрался одной левой (драки марионеток вообще были у Пети постановочным коньком); и, случалось, кое-кто из зрителей подходил и вежливо интересовался — отчего не починить такую замечательную марионетку?*

* * *

А настоящий Кукольник появился в конце первого класса.

Это называлось: «Кукольный театр, сдайте по тридцать копеек!» После уроков первоклашек строем повели в актовый зал и рассадили на первых рядах. Сидеть было низко, приходилось задирать голову туда, где на сцене установили ширму из какой-то зеленой тряпки в мелкий темный цветочек, вроде той, что Петя с отцом брали, когда шли на пляж. И едва звуковик Семеныч

108 врубил музыку, из-за кулисы вышел, подволакивая ногу, неинтересный сутулый дяденька в коричневом пиджаке, с унылым мясистым носом и крахмальной сединой над морщинистым лбом.

Он нырнул за ширму — невысокую, ему по пояс, — и почти сразу выпрямился. На обеих руках сидело по матерчатой кукле, которые... Которые вдруг ожили и во все лопатки пустились разговаривать, бегать, смеяться, дразниться и петь — в точности как Петины пластилиновые человечки с кухонного подоконника, только не во сне и не в фантазии, а по-настоящему!

Петя оцепенел... Слов он почти не слышал, не понимал, только зрение как-то странно раздвинулось, вмещая одновременно и сцену целиком, и каждое движение кукол и артиста, и что-то еще, что за всем этим маячило и пульсировало, чего назвать он еще не мог, хотя это и бурлило у него внутри так, что несколько раз он нечаянно вскрикнул. Его поразило ощущение нереальности происходящего, лукавого волшебства, что притворяется спектаклем для детей. Куклы — их три было — балансировали на ширме, как на проволоке, что придавало всему оттенок опасного приключения.

Сюжет действа, судя по визгливым выкрикам кукол и ответному смеху в зале, был веселый и назидательный, но Петя видел, что куклы прикидываются и что сами они, их тайная жизнь гораздо значительнее того, что на ширме происходит. Тут был заговор кукол и артиста, чьи руки извлекали тайну теплой, смешной и трогательной жизни из мертвого молчания бездушных изделий. И все вокруг — школа, учителя, ребята, городок с его бумкомбинатом, сопки и морская пустыня за Домом детского творчества — существовали отдельно и определенно, а эти заговорщики — артист и куклы — пребывали в другом, недостижимом мире, вход в который был заказан всем обычным людям.

На артиста он смотрел даже больше, чем на кукол. Тот не прятался, напротив — нависал над действом, бормоча на разные голоса, качая головой, подпрыгивая вместе с куклами и удивительно точно попадая в такт. И хохолок его — голубиное крыло над морщинистым лбом — тоже подпрыгивал, мясистый нос был устремлен вниз, но время от времени кукольник бросал меткие взгляды в зал (Петя был уверен, что прямо на него), — и вот это было по-настоящему страшным.

Когда спектакль закончился, все с воплями повалили из зала, но несколько человек, и Петя тоже, остались поглазеть, что дядька будет делать дальше. Артист быстро смёл, запихнул своих героев в дорожную сумку, плотно их утрамбовывая и уминая. Удивительно, но все, включая пляжную тряпку-ширму, в ней уместилось. Вблизи дядька оказался старым и еще более странным: он продолжал ритмично подергивать головой и тихонько что-то бормотать, словно бы разговаривал сам с собою. На ребят не смотрел, но, проходя к выходу из зала, вдруг лихо Пете подмигнул, что испугало мальчика еще больше.

Артист шел к дверям, в которых стояла мама... Иногда, если ей бывало по пути, она забирала Петю из школы и, прикупив на углу пирожков с повидлом, они шли гулять «куда глаза позовут». Чаще всего те звали на берег, к рогатым воротам мертвого синтоистского храма на сопке — двум сиротливым столбам и перекладине, ведущим в другой, уже не существующий мир; с этой точки видна была вся бухта.

И вот, когда артист приблизился к дверям, мама вдруг вскричала: «Казимир Матвеевич!», и он остановился, будто споткнулся, еще сильнее затряс головой, опустил сумку на пол и сказал:

— Кася?! О боже, Кася! Катажынка! — и они обнялись...

И странный кукольник вместе со своей сумкой оказался у них дома.

Мама приготовила ужин на скорую руку, нажарила картошки с морскими гребешками, достала из холодильника любимую Ромкину закуску — острый корейский салат «ким-чи». И, радуясь друг другу взахлеб, они с кукольником перебирали какие-то незнакомые имена, ахали, вскрикивали, кивали один другому сквозь воспоминания — и все это относилось к далекому райскому острову маминого детства и юности под названием «Львов».

— А Пиню ты помнишь, Пиню-дурачка?

— Того, что по всему городу таскал сумки с кирпичами и всем рассказывал, что это золотые слитки?

— Между прочим, он говорил, что когда-то был очень богатым человеком, и знаешь, вполне возможно, была у него какая-нибудь лавочка: Советы разорили и свели с ума многих...

(И на эти его слова — мгновенная траектория маминого опасливого взгляда с гостя на Петю и на дверь, откуда в любой момент мог появиться «капитан советских погранвойск!», бильярдист и проходимец Ромка.)

— Казимир Матвеевич, а помните, какой Пиня был галантный, он вслед женщинам свистел, но только тем, кого считал обворожительными.

— И я тебе скажу, — подхватил гость, — у него таки был неплохой вкус. Я лично на Галицком базаре слышал, как одна торговка говорила другой: ты, мол, все молодишься, старая. А та в ответ: «Какая ж я старая, если мне еще Пиня свистит!»

— А помните, после выгодного заказа папа всегда выпивал рюмочку и пел:

О пулноци се зьявили яцысь двай цивиле,
Морды подрапане, влосы як бадыли,

Ниц никому не мувили, тылько в мордэ били,
Тылько в мордэ били — таюсь-та-ёй!..[1]

— Кася, знай, что твуй ойтец не быв краснодерев-щик, як сто львовских краснодеревщиков. Он быв ху-дожник!

Город Львов в Петином воображении — от мами-ных рассказов, а главное, от милых рисунков пером в ее зашорканном блокнотике — всегда возникал в гу-стой узорчатой гриве не сахалинских, а других, пыш-нокронных деревьев, в кружении куполов, колоколен, балкончиков с коваными решетками, каменных львов с пожилыми пропитыми лицами, что сидят на задних лапах, передними обхватив щиты гербов. Там трень-кающие трамваи плавно огибали статуи на цветочных клумбах; там счастливо обитали грациозные пани в шляпках с вуалями, молочники, дворники, шоколад-ницы, зеленщики; там с круглой высокой колонны слетал к бронзовому Мицкевичу пернатый вестник небес; там в водовороте забавных персонажей сияло в кротком простодушии лицо маминой *любимой Баси,* виденное им только на фотографии...

— А как там Бася? — морщась в улыбке, спрашивал артист (его длинное имя-отчество обрело для Пети развернутую чеканность гораздо позже). — Помнишь, у нее была привычка повторять: «Никому-сабе!», что означало: мол, некого винить, кроме себя самой, — при этом она была уверена, что говорит по-русски...

И мама, поминутно всхлипывая и улыбаясь, не-вольно перешла на польский, из которого они с гостем

1   В полночь явились какие-то двое в штатском,
      Морды поцарапанные, волосы как солома.
      Ничего никому не говорили, только в морду били,
      Только в морду били, да крепко так! (*польск.*)

вынырнули, будто очнулись, только когда в беседу
вклинился явившийся Ромка. Тот, как обычно, все ис-
паскудил: суетился, острил невпопад, пытаясь склонить гостя к *разговору*, — к тому разговору, который он
только и понимал, — а артист сухо и вежливо отвечал:
«Нет, я не пью. Нет, спасибо, не пью...» А отец все напирал и вышучивал трезвенника, вкрадчиво уточняя:
или язвенника? — словом, задирался.

Ближе к ночи он напился до той вершины, или
той ямы обычного своего самочувствия, когда, еще
держась на ногах и даже с какой-то особенной граци-
ей огибая стол и стулья, чудом их не задевая, он гарцевал по крошечной кухне с колодой карт в руке (ах,
вы арти-и-ист? Да здесь у нас артистов до хрена!) —
предлагая показать Казимиру Матвеевичу некий обал-
денный фокус с четырьмя тузами...

И мама глядела на него горящими глазами, с давней бессильной ненавистью.

А у гостя были все основания отказываться от пьяных бесед с человеком, на пиджаке которого красо-
вался памятный знак ВЧК-КГБ. Отсидев изрядный
срок по пятьдесят восьмой, он до сих пор не очень
разбирался в тонкостях различий родов советских
войск, но предпочитал держаться подальше от любого,
даже бывшего, даже комиссованного по инвалидности
советского офицера. Одному такому офицеру он однажды шутя показал некий номер с куклой усатого,
польского воеводы, со смешными и вольными ком-
ментариями. Но тому кукла напомнила совсем другого,
хотя и тоже усатого, человека. (Это случается, фило-
софски объяснял потом Казимир Матвеевич соседям
по бараку, один из которых оказался профессором знаменитой львовской математической школы, это нор-

мально, ведь кукольный театр жив ассоциациями.) Так что прямиком после забавного спектакля кукольник угодил в печально известный во Львове дом на улице Дзержинского — длинный, в форме корабля; его построил когда-то известный банкир в память о сыне, погибшем на флоте.

Освободившись из лагеря, старый кукольник предпочел переехать в Южно-Сахалинск: хамелеону, говорил, лучше слиться с окружающей средой. Впрочем, он не бедствовал. Состоял при Народном театре кем-то вроде разъездной *артистической единицы*. И постепенно обжился тут, хотя и любил повторять, что над Сахалином и посейчас витает дух каторги. Образовались у него некоторые связи, добротная репутация опытного артиста; на него присылали заявки школы и детские сады — на прокорм хватало. Так и разъезжал по всему острову, как говорил он, «сам собою», — с кукольным театром в дорожной сумке: «Знаешь, Кася, дети — они везде дети»...

Лукавил, привычно таился: какие там дети, тем более эти местные дети, многие из которых — жестокие и несчастные отпрыски неблагополучия, бедности, уголовщины и пьянства, не восприимчивые ни к искусству, ни к внушению добром, ни к игре воображения...

Лишь много лет спустя Петя понял, что их роднило с Казимиром Матвеевичем. Тот тоже был и охотником, и ищейкой, чей нюх натаскан на тусклый чарующий запах инобытия; следопытом был в пожизненной экспедиции, в вечных поисках прорехи в нездешний мир...

Пете было позволено весь вечер возиться с куклами из сумки Казимира Матвеевича. И он сидел на полу, осторожно и жадно рассматривал, прикасался,

ощупывал и перебирал их, бормоча себе под нос бур-
ливые потоки освобожденных слов, бессмысленных и
бессвязных — если б прислушался кто из взрослых, —
но полных вихревого распирающего, безостановоч-
ного действа: «*Привет привет ты чего рукой размахал-
ся давай давай отсюда нет это ты мерзавец первым не
воображай да я тебя попробуй только му му му ну чего
ты плакса сам виноват полез первым а вот я тебя тэкс
и вот тэкс одной левой так отделаю ну давай давай попробуй мальчики не деритесь...*».

Одна из кукол сильно отличалась от двух других,
простых, *детских* — как он мысленно их назвал. Те
были просто — мальчик и девочка, с доверчивыми,
плосковато-задорными *школьными* лицами, сделанными из поролона, обшитого раскрашенной материей. Но
вот третья кукла, та, что в спектакле называлась Хули-
ганом... Тряпичная, но с деревянной головой в красном
колпачке, она скалила в ухмылке зубы и на все стороны
кивала и поводила хищным горбатым носом. На спине
у нее был подшит пухлый горб, а к подолу длинной
красной рубахи приделаны спереди непропорциональ-
но маленькие набивные тряпичные ножки, которые
как-то глумливо и похабно болтались... Вот этот зали-
хватский, смешной и зловещий урод и пугал, и притягивал к себе, не отпуская Петю весь вечер ни на минуту. Невозможно было с ним расстаться! От каждого
поворота его головы в Петиных руках менялось выражение его лица: от хитрого до ехидного, от веселого до
пьяно-забубенного. Чем-то он похож был на Ромку,
хотя — странно! — ведь тот был красив, а этот — урод. Но
пугающе быстрая перемена в лице от малейшего поворота руки — да, это в точности напоминало перепады
настроений у отца.

Когда гостя уложили в кухне на раскладушке, и все улеглись, и даже Ромка перестал колобродить, Петя дождался, пока домашняя тишина приобретет протяжное равновесие ночных полузвуков, шуршаний, похрапывания, шевеления тюлевых теней на лунном подоконнике, — и скользнул со своего топчана. Босиком подкравшись к сумке, он тихонько приподнял ее, пробуя — далеко ли сможет унести. У него уже составился отличный толковый план, куда спрятать сумку: в сарайчик в углу двора, — был такой, для нужд всех соседей. А когда утром гость хватится, сказать, что в квартиру воры забрались, сам их видел: двое, уголовные, бритые... такие бандюки, что от страха он онемел и обездвижел.

Но гость вдруг повернул к нему бессонную голову с такими же острыми, как в зале у него были, глазами, быстро сел — раскладуха крякнула и длинно затрещала — и шепотом спросил:

— Ты чего, сынок? Пить хчешь?

И Пете ничего не оставалось, как молча кивнуть и подставить кружку под кран.

— Лялек-то моих рассмотрел как следует? — спросил гость.

Опять кивок. От волнения и стыда, что хотел унести и спрятать кукол, а старик, вот бедняга, не знает и так ласково с ним разговаривает, мальчик не мог выговорить ни слова.

— Ну, и ктура ж тебе боле понравилась?

Странно, что Казимир Матвеевич, так хорошо, быстро и без акцента говоривший по-русски на сцене, столь чопорно-вежливо отвечавший по-русски на Ромкины наскоки, в разговоре с Петей то и дело вставлял польские слова, но только те слова, которые, считал он, мальчиком будут поняты. И в этом смешении и кружении слов Петя учуял ту же подспудную игру, магическую тягу к смешению и кружению смыслов, попытку завлечь, которую смутно чувствовал весь вечер, перебирая кукол, вглядываясь в их лица...

Старик сидел на раскладушке, в широких цветастых трусах, расставив острые лысые колени. В кухне, отданной голому свету бездомной луны, он, со своим чудовищным багровым — словно глину кучкой набросали — шрамом от левого соска через весь дряблый бок, казался то ли ожившим мертвецом, то ли большой потрепанной куклой.

— Ты что, пшестрашился меня? — вдруг мягко спросил он. — Чего ж меня страшиться... Естэм просто одинокий старик. Мне вот приятно, что ты цалы вечур рассматривал моих детишек. Давай вместе их посмотрим, и я тебе что-то повем?

Петя мигом бросился к сумке, подтащил ее к артисту, потянул за язычок длинной «молнии».

— Вот, — волнуясь, проговорил он. — Тот, который с носом. Который Хулиган.

Кукольник издал довольный смешок, запустил в сумку руку и на ощупь достал того самого, в красном колпачке на деревянной голове, со зловредно оскаленной рожей.

— Млодец, — проговорил он тихо. — Сразу увидел настоящего. Те-то я сам сделал, уже здесь, те — так, на школьные представления. Я-то майстэр невеликий... А вот он, — Петрушка, — он настоящий. Тезка твой, между прочим. Я не ошибся ведь, тебя мама Петрушей звала, да? Выходит, Пётр... Ну вот. Ты удивишься, Пётрэк, а ведь голову и руки этого хулигана мне вырезал на заказ твой дзядэк, Катажынки ойтец. Ох, какой же был майстэр! Он, видишь, из липы ее выстругал, как я просил. Липа — самое веселое, самое теплое для лялек дерево.

— А почему у него ноги такие... маленькие?

— Хе! Так они ж просто для натуральности. Он на ширме верхом сидит, свесил их наружу и скачет: то орет, то дерется, то свишче. А раньше бывало, что и бранился несусветными словами, не дай боже тебе знать их. Верхом на ширме гарцует — потому и кукла называется «верховая», она же есть — «перчаточная», потому ее на рэньку как перчатку надевают. Вот постой-ка, сам попробуй. Надевают на «родную», то ест на праву рэньку. Ты ведь не левша, нет? Дай-ка сюда...

Старик терпеливо вправил руку мальчика в куклу, бормоча: «Указательный и средний в голове, большой и четвертый — по сторонам, вот так...»

Едва Петина рука оказалась внутри куклы и от движения указательного пальца носатый слегка склонил голову набок, будто насмешливо прислушивался — что там, внутри, происходит и чего теперь ждать, — мальчик неожиданно ощутил горячую сквозную волну, что прокатилась от самого его плеча и до деревянной головы Петрушки, словно они были связаны единой веной, по которой бежала общая кровь.

А артист продолжал приговаривать:

— Ничего, Пётрусю, у тебя рука, вижу, гибкая, очень гибкая, быстро с куклой срастется... Тут главное — характер понять, сдружиться с ней, хотя вот с этим дружить не бардзо хочется. Он ведь самовольная сволочь, холера ясна! Видишь, яка рожа? Это, братец, та-акой характер!

— А почему он — Петрушка? — шепотом спросил мальчик. Боялся, что проснется мама и погонит его в постель, чтобы сын не «морочил человеку голову». — Он же играл Хулигана, а того вообще никак не звали...

— О, нет, у этого типа много имен: Панч, Гансвурст, Кашпарек, Полишинель, Пульчинелла... В какой стране он появляется, шут гороховый, пакостник, — там у него обязательно свое имя. У него даже фамилий несколько. Вот у тебя одна, верно? Твоя какая фамилия?

— Уксусов, — хрипло пробормотал мальчик.

Тут случилось нечто удивительное. Кукольник застыл с приоткрытым ртом, откинулся на всхрапнувшей раскладушке и придушенно выкрикнул:

— Як?! Як?! Ты цо, ты цо?! — сильно этим Петю озадачив, словно его простая, хотя и не особо вкусная фамилия (да, пацаны в школе дразнились: кривили физиономии, сплевывали на пол — кислятина, мол, уксусная!) бог весть что означала.

А старик цапнул его за руку и горячо зашипел:

— Так это ж и есть его исконная фамилия... Слушай, слодкий муй, если не шутишь: ты-то и есть он самый, Петрушка, Петр Уксусов! — и беззвучно захохотал, откинув голову: — Але совпадение, вельки Боже ж, але *збег!*

От непонятного восторга он даже как будто всплакнул — все же странный дяденька — и, отирая глаза, все качал головой, повторяя:

— Вот это да! Ну, тебе сам бог указал, кем быть... Але ж фокус! Але *збег околичности!*

Петя глянул на свою руку, с которой злобно и криво ухмылялся его неприятный тезка, опустил ее и сказал:

— Не хочу я им быть, он противный.

И опять старик схватил его за плечо и, сдавленно захлебываясь, горячо и совсем уже непонятно забормотал:

— Не, не, он не плохой и не хороший. Не ест живы и не ест мартвы! Он такой персонаж... Мораль и честь — это не про него. Понимаешь, он — ТРИКСТЕР! Это такое вечное существо из подземного мира. Он плут, разрушитель... Все ему дозволено: и с неба, и из-под жеми. И ему много тысёнц лят. Он был у индейцев племени виннибаго, и в Индии был, и в Персии... Им движут другие силы, нелюдске. Потому он и говорит не людским голосом. Вот приезжай ко мне в гости в Южный, я тебе штуку покажу: пищик. Берешь его под язык, и Петрушка завывает таким сиплым воем, как сквозняк из самой преисподней... Ты услышишь!

Кукольник почему-то волновался, и в этом зыбком, мертвом, «нелюдском» свете луны сам казался мальчику зачарованным Петрушкой, ожившим трикстером, встретившим родную душу. Петя опустился рядом с ним на раскладушку, поднял к самому лицу руку с горбатым забиякой в красном колпачке. Его улыбка завораживала, было в нем что-то и страшно притягательное, и отталкивающее. Тайна была. Застывший гогот. И власть.

— До Южного далеко, — вздохнул мальчик, — сто восемьсят кэмэ.

Артист вскинулся:

— Да что — дале́ко, чего там дале́ко! Посадит матка на поезд, а я там встречу, большое дело!

Петя еще раз вгляделся в узкие черные, смеющиеся глаза носатого на своей руке, задумчиво спросил:

— А в жизни... такие бывают в жизни? Такие... ну, трик...стеры? Которые не под своей волей, которые... из преисподней?

Склонив набок голову с седым хохолком, кукольник смотрел на мальчика, как бы раздумывая — говорить или нет.

— Бывают, — наконец серьезно проговорил он. — Очень даже встречаются. Натуральный трикстер — твуй ойтец.

* * *

Недели через две, в первый же день каникул, мама решилась отправить его в Южно-Сахалинск к Казимиру Матвеевичу. Не одного, конечно, а с соседом по лестничной клетке, дядей Сашей, — у того как раз подвернулась командировка.

Дядя Саша, любитель горных лыж, коротышка-мушкетер лет шестидесяти пяти, обещал за парнем присмотреть. А чего там смотреть, не младенца же в корзинке посылают.

И когда Петя взобрался на деревянное, обитое дерматином сиденье с высокой спинкой, повернутое так, что колени сидящего напротив дяди Саши упирались в его колени, он первым делом глубоко вдохнул до самого дна живота, запасаясь на всю дорогу плотным, распирающим его изнутри пузырем счастья. Узкий и старенький японский вагон дернулся и пополз, волоча за собой шипенье, и свист, и ленивый перестук-тук-тук, а потом вдруг заржал, весело задребезжал всеми стеклами и зацокал на стыках рельс.

И потек слева берег моря, а справа развернулась и поехала зеленая равнина с заводью, уходящая вдаль к голубовато млеющим сопкам, и в вагон плеснуло настоем запахов: и морем, и травой, и лиственницей; в просветах меж гулкой тьмой тоннелей вспыхивали оранжевым светом то речка, то лесок из худосочных березок и елей, то хвостатая комета ослепительного облака.

— Если бы поезд проезжал тут несколько столетий назад, — проговорил дядя Саша, поднимая голову от газеты и снимая очки «для близи», — мы из окна могли бы увидеть паруса корабля Лаперуза...

И снова — сопки, и лес, и сутулые полустанки, и змеистая дорога в еловом лесу, и ручей с мшистыми опорами давным-давно разобранного моста, и скучные заросли низкорослого бамбука... Давно проехали Ильинск, пересекли остров в самом узком его месте, миновали Взморье — небольшой рыбацкий поселок из частных домишек и грязно-розовых сталинских двухэтажек... И опять уже слева через шоссе волнуется высокая трава с веселыми фиолетовыми искрами дикого шиповника и оранжевыми саранками, и за ней — полоса песка вдоль темно-синего Охотского моря. Справа, подскакивая на пригорках, ныряя в лохматую тень оврагов и выплывая к поезду грудастой волною лиственниц и елей, бежит бесконечная тайга, а вдалеке за тайгой вздымаются складчатые зелено-замшевые хребты под чубатыми облаками.

Позади мальчика сидели две тетки, всю дорогу не закрывавшие рта, очень мешая стремительному бегу всего мира, ревущему бегу — сквозь густое, сине-зеленое пространство, что текло и подскакивало по обеим сторонам Петиных глаз.

— Доци, делаим седни салат з петрушки, дюже вкусный, — говорила одна. — Бирем девьять иичек, банку кукурузы, цибулю, кавбаски, сасысочек и харошку зеленого чуток з маинезиком...

— А петрушка-то хде? — с интересом поддевала вторая.

— Як хде? Трошки посыпаем сверху...

Вдруг поезд нырнул в полосу холодного тумана, да так и поплыл в нем, болтаясь, как пьяный Ромка, точно как тот, задиристыми гудками окликая неизвестно кого на путях.

Дядя Саша встряхнулся, закрыл «молнию» кожаной папки с документами, над которой клевал носом остаток пути, будто принюхивался — свежая ли; вложил очки в твердо клацнувший футляр и сказал:

— Скоро Долинск... Ты не устал? Ты чего сонный такой, не вижу мимики.

— Что это — мимика? — хрипло отозвался Петя. У него тихо гудело в голове блаженное облако бормочущих мыслей. За длинную дорогу он успел придумать и мысленно сыграть с тремя куклами Казимира Матвеевича несколько страшенных историй, в которых главным, конечно же, был Петрушка — то веселый, то злобный, то разбойник, то освободитель — Смелый Трикстер... Всю дорогу мальчик сидел прямо, подтянув коленки, отказавшись даже идти в туалет, хотя очень хотелось. Не мог отвлекаться от действия.

— Ну... чувства, — пояснил дядя Саша. — Восторг, ужас, удивление, счастье. Ты в счастье или в ужасе?

Мальчик честно прислушался к себе и честно ответил после значительной паузы:

— В обоёх...

Казимир Матвеевич жил за железной дорогой, в одноэтажном деревянном доме, в районе, негласно именуемом «Шанхай»: это глинобитные косые развалюхи с синяками отбитой штукатурки, обтянутые целлофаном окна, загулявшие заборы, не находящие опоры в болотистой почве, грязные разводы шлаковой насыпи, угольная пыль, ветви прошлогоднего репейника в глубоких канавах и повсеместная пьянь.

Но большая его комната, крепко запертая от соседей на три замка, была изумительно чисто прибрана. В центре ее, ничем не застланный, стоял большой круглый стол из лиственницы, лучисто сияя в сумраке дома столешницей, на которой, напружинив дымчатый пушистый горб и сонно спрятав голову в плечи, сидела большая кошка. («Ты где сидишь у меня, холера ясна!!!» — гаркнул Казимир Матвеевич, а когда та не спрыгнула и даже не шевельнулась, подошел, нежно взял ее на руки и зарылся лицом в голубоватую шерстку, на минуту смешав с ней свою крахмальную седину.)

Но главное, главное, от чего мальчик молча застыл на пороге и часто задышал, будто не ехал, а бежал всю дорогу за поездом: по стенам висели куклы! И не такие, какими артист показывал представление в школе, не «верховые», перчаточные, а совсем другие — на нитях. Каждая нить от крестом сбитой полочки вела к голове, рукам и ногам этих существ (господи, кого тут только не было!), которых старик называл «мои ляльки».

— Нет, — сказал Казимир Матвеевич, снимая с него, остолбенелого, курточку. — Дорога долгая. Сначала обедать.

Но мальчик продолжал стоять, молча сглатывая и сухими глазами обводя стены.

— Я... — наконец виновато выдавил он... и вдруг расплакался: — Я описался...

*　*　*

...С тех пор он часто ездил к старику, ездил уже один, мама покорно отпускала его на все каникулы, и это был их с мамой секрет, а скандальному Ромке все труднее было проследить таинственные исчезновения сына. С приездами Пети Казимир Матвеевич оживал, снимал со стен и доставал из узлов, с какими переселенцы ездят по свету, кукол, и они часами *занимались*. И вот тут, в бесконечных разговорах о ремесле, старый кукольник — будто запретил себе — никогда не переходил на польский язык, видимо, считая, что *наша профессия* (а он ни минуты не сомневался, что Петя обречен на кукольное дело), — профессия должна подчиняться диктату главного языка *страны и детей*.

Первым делом он заставлял Петю учиться терпеть: бесконечно долго держать куклу на поднятой руке. Это сначала бывало легко, минут через пять — трудно, а еще через десять — невыносимо. Плечо и рука наливались тягучей жалобой, которая уползала за спину, вгрызалась под лопатки, ввинчивалась в шею...

124   — Ничего-ничего, — говорил Казимир Матвеевич, поглядывая на ходики. — Вот еще мину-у-у-та, а там будет легче... А скоро станет совсем легко, и появится свобода жестов. Легкость придет с привычкой к тяжести. Пока тебе больно, ты ни о чем и думать не можешь. У кукольника, сыну, должны быть руки сильные, как у борца. Знаешь, сколько весит сицилийская марионетка? Ого-го! Потому у нее вместо «золотой нити» в голове — главной нити марионетки — ест железный прут... Ну что, пощады просим? Ладне, перерыв! — И Петя с размаху опускал руку с куклой...

Старик умело и экономно хозяйствовал. В трижды перекупленном у кого-то стареньком холодильнике «Саратов» всегда водились сосиски, рыба и до отвалу наваренных макарон. Иногда покупал он готовую гречку в кулинарии, что возле клуба «Строитель», на Сахалинской. Есть надо сытно, повторял; голодный артист — явление поэтычноэ, но огорчительное и бесполезное.

Он и за столом продолжал говорить о «ремесле», и в его произношении это слово обретало веский самодовлеющий смысл, совсем как слово «почва» в речи какого-нибудь агронома.

— Кукла... — начинал он, и атласный стеклярусный ангел, душа и страж потешного мира, взмывал и, тараща зеркальные глаза, повисал над двумя тарелками с горкой наваленных в них макарон. — Кукла по природе беззащитна. Она в твоей, только в твоей власти. Только от тебя зависит — будет ли она дышать, жить... Бери вот огурец. У нас тут вдоль полотна бабы продают такие вкусные огурчики. Лопай, лопай шибче, худышка, пан Уксусов... Да... каждую минуту чувствовать пульс куклы. Ты должен слышать его — если понимаешь, что я имею в виду?

Петя кивал, дожевывая макароны. Казимир Матвеевич вздыхал, клал на его тарелку еще один огурец и говорил:

— Куклу следует любить за ее одиночество.

По сути дела, старик ни на минуту не прекращал своего монолога. Проснувшись утром, Петя заставал его перед зеркалом, низко висящим над раковиной, — сгорбленного, с помазком в руке и белой пушистой щекой, как у недолепленного снеговика. Он отрывисто бормотал:

— Зеркало, хм! Глупство, они готовы часами стоять перед зеркалом с куклой и смотреть на нее — туда... Но я говорю: «там», это и есть — «там», а не «здесь». Когда ты работаешь с куклой, она должна быть «здесь» — у плеча, у сердца... — Замечал взгляд мальчика, внимательно следящий за ним из раскладного кресла под окном, и восклицал: — А! добры ранэк! Ты тихонько слушаешь, лисья мордочка, что я говорю, а? Так вот я скажу и тебе: когда они говорят мне — работать перед зеркалом, я отвечаю: ты смотришь в зеркало и видишь ее «там», значит, водишь в это время «ту» куклу, а не эту, что в твоих руках. Они ничего не понимают в консепции кукловождения!

«Они» — это молодежь недавно созданного Областного кукольного театра, а точнее, два вдохновенных ковбоя — оба выпускники ЛГИТМиКа, — решивших своими спектаклями «перевернуть кукольный мир Сахалина». Казимир Матвеевич среди *той компании* имел кличку «Карабас» и считался оппозиционером, ретроградом, сторонником «закоснелого натурализма в кукольном театре». Петя сам слышал, как в бутафорской молодой главреж Руслан Сергеевич говорил художнику Юре Проничеву, что «Карабас» наверняка еще до революции разъезжал со своими куклами в телеге по деревням и «представлял под гармошку». Но это было

126 вранье, вранье! — мама рассказывала, что давно, в ее детстве, у Казимира Матвеевича был во Львове небольшой семейный театр «Фотин» — по имени дерзкого древнегреческого кукольника, который не боялся высмеивать даже римских богов! — и в этом театре кукол водили жена, сын и невестка Казимира Матвеевича, впоследствии неизвестно куда пропавшие (и не дай тебе боже, сынок, спрашивать у него — куда).

Через год Петя уже многое знал об устройстве разных кукол — тех, что составляли труппу театра, и тех, что висели по стенам у Казимира Матвеевича.

О, это были совсем непохожие персонажи.

— Я не большой майстэр, — сокрушенно повторял старик. — Никогда не умел рисовать. Эскизы у меня делал Хэнрык, потом я относил их на Пекарскую, к Якову Самойловичу, твоему дзядэку, и тот вырезывал заготовки. Улица Пекарская, между прочим, ведет прямиком на Лычаковское кладбище, и раньше во Львове, знаешь, Пётрэк, хоронили по-человечески, пешком: катафалк, лошади с траурными плюмажами, за катафалком — медленная горестная процессия; люди тогда стремились осознать смысл смерти, а не мчались в грузовике — скорее покойника закопать и немедленно выпить... Но это я к слову, не слушай меня. Так я о том, что твой дзядэк Яков Самойлович, он и с механикой помогал, он и гапит делал, — вот этот остов внутри верховой куклы, на ктурэй голова насажена. Видишь, вот в этом Петрушке гапит простой, а бывает, на нем вся механизация крепится. Благодаря гапиту кукла может поворачивать, опускать, поднимать голову, и даже открывать рот, и даже двигать ушами! Гапит — наш большой помощник, Пётрэк... Яков Самойлович — у-у-у, он был король гапита. Он мне до войны сделал одну куклу, короля Ягелло, так у того открывались глаза и даже брови двигались, и все сидело на гапите, хотя он небольшой — вот, с человеческий кулак. А уж расписывал куклу тоже Хэнрык, под моим присмотром...

Старик оглядывал стены, с которых приветливо или грозно, печально или ласково глядели расписанные Хенриком куклы, глубоко вздыхал и продолжал:

— Это что касается верховых... Марионетка — там другое, другие отношения с человеком. Это ведь древнейшая модель человека, знаешь? Был в Древней Греции философ Платон. У него тысяча учеников была. Ты у меня один, а у Платона — тысяча! Так вот, Платон называл человека божьей марионеткой и говорил, что у него тоже много нитей — добрые побуждения, дурные побуждения... Но подчиняться стоит только «золотой нити» разума... Марионетку водить сложно: там все — в ваге и в твоих пальцах. И не забывай про седьмой позвонок: в этом месте талия, и сюда вставляется шарик, а на нем — все настроение верхней половины куклы. Попа — неподвижна. Попа — это так, она душу не выражает, потому к контролю не подсоединяется... Марионеток, Пётрусю, — их видимо-невидимо. Это как земные нации: есть китайцы, есть негры, есть индийцы и есть англичаны... И каждый живет на свой лад. Вот в Индии, к примеру, есть такие куклы: от них нити идут к обручу на шее кукловода, а вниз, к рукам, идут трости.

А есть, скажем, планшетные марионетки; это что значит? Они пронизаны горизонтальным шнуром, а тот одним концом крепится к твоей ноге, а другим — к палке, ктура в землю воткнута. Все представление — на доске, на земле. И ты куклой управляешь — не рукою, а ногой! А руками в то же время — пожалуйста, играй на гармошке. Тогда тебе и шарманщик не нужен.

128 Вот у меня в театре и шарманка была, и механический
орган...

За кулисами самого театра, утрамбованного в нескольких комнатах Клуба строителей, Петя бывал теперь часто, и, хотя в то время ему еще ничего не поручали, он уже знал наперечет всех кукол и обожал сидеть в бутафорской, наблюдая за тем, как работает художник Юра Проничев: как из скульптурного пластилина тот лепит форму вокруг деревянного штифта, большими пальцами вдавливает выемки для глаз, добавляет еще комок для носа, подбородка или бровей и потом долго колдует скальпелем, ножом и специальной металлической лопаткой, подбирая, насаживая нашлепку, затем, размазывая, пробегая всеми пальцами сразу ласковым и точным попаданием, как пианист по клавиатуре... Мальчик жадно следил, как зависают руки художника над болванкой, и вдруг — походя, ногтем мизинца — тот снимает еле заметную липкую стружку на толстом носу будущего Карабаса, подозрительно похожего на Казимира Матвеевича; и от этого едва заметного движения угрюмый нос старика вдруг становится грозным и значительным.

— Каков носяра победоносный, а?! — кивал Юра на болванку. — Нос, старичок, — это характер, это лирика... Ведь кукла в зал «смотрит» носом. Обрати внимание: у всех моих кукол крупные носы.

— А... глаза? — спрашивал Петя.

— А у глаз, наоборот, не должно быть подробностей: ни зрачков, ни ресниц. Подробности разбивают цельность впечатления. Зритель воспринимает что? Глаза целиком, дробить их негоже. — Он растопыривал пальцы, измазанные скульптурным пластилином, и, охватывая ими невидимый шар, подмигивал: — Обобщай, старичок! У обобщения сильнее «волна доброса» до зрителя, — и мягким толчком баскетболиста перебрасывал рожденный в воздухе мяч в умозрительный зал.

Петя и вправду часами сидел подле него тихо, как старичок. Молча и быстро подавал ножницы, клок наждака, тюбик с клеем. Боялся пропустить малейший этап работы. Любил следить за отливкой.

Вот Юра засучивает рукава своей заляпанной краской ковбойки, притаскивает из уборной тазик, наполненный водой, размешивает алебастр. И пока Петя следит за тем, чтобы смесь прекратила пузыриться, покрывает готовую болванку слоем вазелина...

— Ну, пузырится еще? — спрашивал он не оглядываясь. — Стой на стреме, не отвлекайся: мне нужен раствор, как сметана.

Вскоре он уже доверял мальчику рвать на мелкие кусочки бумагу, погружать ее в воду, отжимать, смешивать с клеем — готовить, говорил, «кашу — папье-Ма́шу»... И потом, когда шесть, семь слоев этой, выложенной в форме липкой каши, проклеивались марлей и просыхали «как следует быть», Юра проверял твердость и прочность заготовки на просвет.

Был художник Юра экстравагантным ленинградцем, носил широкие клетчатые брюки, суженные к щиколоткам, курил трубку, как Шерлок Холмс, и брил голову чисто-чисто (великолепной формы череп у него был, настоящий — кукольный, полированный; хотелось гладить его, цокать по нему ногтями; вспоминались бильярдные шары, которые Ромка гонял по зеленому полю своей единственной левой).

Они вдвоем приехали — Юра и молодой режиссер Руслан Сергеевич, — тот тоже был в своем роде щеголь, но на манер иной: он отрастил бакенбарды под Пушкина и действительно немного на него походил, во всяком случае, вспыльчивым нравом. В отличие от добряка и симпатяги Юры изъяснялся он нервно, на репетициях пугающе быстро впадал в неистовство от непонимания актерами творческих задач.

Труппа — шестеро пожилых женщин, «Карабас» Казимир Матвеевич и студент текстильного техникума, страстный любитель театра Владик — казалась ему сущим наказанием, *инертной массой*. Петя же хорошо понимал только про «творожную массу с изюмом»; яростные выкрики режиссера ему, тихонько сидящему за кулисой, были непонятны и пугали его больше, чем выкрутасы пьяного Ромки. Тем более что режиссер приходил на репетиции с перочинным ножиком, утверждая, что тот его «внутренне рассвобождает» (будто готовился вскрыть какие-то свои внутренние нарывы). Входя в раж, грозился, что сейчас порежет всех кукол, и однажды одну таки порезал, отчего все, кроме Казимира Матвеевича, притихли и задумались об искусстве, а старик спокойно сказал режиссеру:

— Я пережил Гитлера, лагерных вертухаев и целую банду уголовной шпаны. Все они убивали живых людей, но никто не резал ножом невинных кукол. Я, проше пана, срать на вас намерен, Руслан Сергеевич!

Словом, в театре было упоительно весело, тем более что после премьеры все обычно мирились.

Кроме актеров, в коллективе трудились портниха Тамара и механик по куклам Мирон Петрович, для всех — Мироша. До пенсии он был горным инженером. Однажды сильный ливень загнал его в клуб — больше негде было пересидеть, — и от нечего делать Мироша купил билет на спектакль. После чего явился за кулисы и сказал:

— Ребята, возьмите меня кем угодно. К вам хочу...

Оказался Мироша гениальным механиком, изобретателем волшебных превращений. Марионетка Принцесса Фу-Фу в считаные секунды оборачивалась ведьмой: томные глаза с нежным разрезом закатывались внутрь, показывая изнанку шарика — вытаращенные бельма с точками злющих зрачков; изящный ротик распахивался в пасть, в которой на глазах у изумленной публики вырастали клыки... И всю механику Мироша умудрялся закладывать в гапит.

За ширмой во время спектаклей кипела своя жизнь: выяснялись отношения, отмщались обиды, строились козни. В одном из спектаклей минуты две звучал вальс, и свободные актеры обязательно танцевали вальс за ширмой. Толстая Танька обычно подшучивала над юным и застенчивым Владиком, расстегивая ему ширинку как раз в тот момент, когда Ежик на его руке втолковывал Кролику: «Ты мне тут ушами не шевели, ты о своих манерах подумай!» В одной сцене все всегда смеялись как безумные и не помнили даже, с чего это началось: просто несколько странных мгновений куклы сотрясались в конвульсиях в недоуменной тишине зала.

Попавшему за кулисы постороннему человеку эти странноватые люди за ширмой вполне могли показаться горсткой безумцев. А если еще послушать за дверью комнаты главрежа обсуждение новой, только что принесенной художником куклы, которую каждый осматривает, ощупывает и комментирует, то случайный человек вполне мог подумать, что попал в сумасшедший дом:

— У нее глаз выпадает...

— И ухо отваливается...

Петю все закулисные разговоры и события волновали до полной потери сна, его завораживали нерусские чарующие имена: их приносил в театр Юра, который раз в полгода вырывался к родителям в Питер и там, бывало, попадал на какие-нибудь замечательные гастрольные спектакли. Например, побывав на кукольном ревю француза Филиппа Жанти, месяца два только о нем и говорил. Очень зримо показывал руками, носом, подбородком — всеми частями собственного тела — номера знаменитого концерта: танцующих страусов, извивы капризного боа, что кокетничает с гармошкой старинного фотоаппарата, и главное, бунтаря Пьеро.

— Вот из тьмы возникает Филипп Жанти с куклой! — Рассказывая, Юра вышагивал на середину комнаты, изображал попеременно то кукловода, то марионетку. — И Пьеро вдруг обнаруживает, что им управляют. А он-то думал, что сам себе хозяин! И вот он начинает фордыбачить, не хочет подчиняться. Не хочет признать над собой власти. Мол, я и сам самостоятельный, проживу своим умом. И когда между ним и артистом конфликт доходит до крайней точки, Пьеро начинает по одной обрывать нити, постепенно провисая. Одна... другая... третья... вот левая рука повисла... колени, ступни... и так все, буквально все нити! Наконец остается одна «золотая нить», и, ребята, вот с этой одной нитью Жанти вытворяет с марионеткой черт-те что! — не отпускает ее, вынуждает жить и действовать, а она продолжает бунтовать! Тогда Властелин тихо опускает куклу на пол: ты выбираешь смерть? пожалуйста! — и уходит. Он покидает сцену — бесстрастный бог, — а марионетка лежит опустошенная, безжизненная... но! — и Юра поднимал палец: — но не покорившаяся!

Сидя на низком табурете в бутафорской, Петя во все глаза глядел на Юру, изображавшего изломанную марионетку Пьеро, и думал об отце: все было точно про него. Как по одной обрывал он все жизненные нити, все нити любви в семье, что связывали его с женой и сыном, оставаясь болтаться лишь на «золотой», на последней своей тонкой нити...

На спектаклях мальчик с первой и до последней минуты стоял в кулисе, шевеля в темноте губами и пальцами, подаваясь вперед, откачиваясь назад, уже не замечая, что может стоять с поднятыми руками бесконечно долго.

— Стоишь? — шепотом спрашивал пробегающий мимо студент Владик. — Правильно, стой. В театре Бунраку новички первые пять лет не водят, а только смотрят из-за кулис, как работают мастера...

Мальчик уже знал, что мир кукол так же необъятен, разнообразен, густонаселен, как и целый земной шар, с его странами, народами, цветами и деревьями, животными и птицами, облаками, снегом и дождем. Что в нем есть тайна жизни, какой-то *другой жизни*, что эту тайну следует неустанно искать и извлекать, и что открывается она далеко не всем, отнюдь не всем даже профессионалам, а только избранным, зачарованным, себя забывшим людям...

Однажды Казимир Матвеевич, распахнув обе створки шкафа (обычно это означало особенные археологические раскопки в многочисленных узлах), минут пятнадцать демонстрировал один лишь тощий ревматический зад в серых спортивных штанах, пока наконец не извлек даму в шляпке: неподвижную, не игровую куклу.

Петя уже знал, что такие называются *интерьерными* или *комнатными* и, хотя тоже приписаны к кукольному ведомству, имеют гражданство и все в нем права, все же не способны жить, как живут театральные куклы. Петя оставался равнодушным к этой части народонаселения и, честно говоря, даже удивился, что Казимир Матвеевич держит у себя *такое баловство*.

— Глянь на эту дамочку, — сказал Казимир Матвеевич, разгибаясь и тяжело дыша, но с загадочной улыбкой на багровом лице. — Только не торопись. Присмотрись к ней, как следует быть. По-твоему, что это?

— Ну... ясно что, — отозвался мальчик.

— Нет, не ясно! — крикнул старик, все еще багровый и потому очень гневный на вид. — Никогда не говори, что тебе ясно! Только дураки — главные инструкторы во всяком деле...

Он твердо поставил даму на стол и молча подозвал Петю движением руки.

Петя взял куклу, внимательно осмотрел... Старая... очень искусно сделана: лицо и кисти рук из фарфора нежного сливочного цвета, все в паутинках-трещинках; ступни ног обуты в изящные лайковые ботиночки, отделанные бисером. В одной руке — сложенный веер, в другой, полусогнутой, — крошечная, но настоящая сумочка в форме закрытой книжки, с золотой застежкой в виде бабочки. Мама такие называет «ридикюль». И лисица на плечах, совсем как настоящая, с черными бисеринками мертвых глаз, и дивно вышитая цветным шелком блузка на высокой груди — все было необыкновенного, пленительного изящества. Вот только скандальное лицо с распяленным бранчливым ртом и задранным башмаком-носом да нелепая шляпа, слишком громоздкая для такого размера куклы...

— Это «укладка», — тихо проговорил Казимир Матвеевич над его головой. — Запомни, пригодится: укладка. Чем отличается от обычной куклы? Секретом. Странностью в какой-нибудь детали. Не нарочитой странностью, что всем бросается в глаза, раздражает и возбуждает интерес, нет — логичной странностью. Смотри: эта дама, в сущности, гротеск. Ты знаешь, что такое — гротеск? Это когда все слишком забавно, когда все так смешно и нелепо, что это уже издевательство. Некая деталь гардероба... вот эта шляпа, например. Спрашиваем себя: может ли быть у куклы такая большая шляпа? И отвечаем: конечно, ведь это гротесковый образ: взгляни на ее нос, на ее огромный рот. Это не пани, даром что ридикюль в руке, это — хабалка. Такие оденут все самое модное и дорогое, и все же что-нибудь у них да будет не так. Например, вот эта подозрительная шляпа. «Ах, это ваша кукла? — спрашивают тебя на границе. — А что там у нее внутри?» — «Ничего, пане офицеже, — отвечаешь ты, — ничего, товарищ офицер, можете проверить сами». И он проверяет. Он даже вспарывает ее бедный матерчатый животик и находит там опилки, и остается с носом, и даже извиняется, хотя он и быдло. Но ты-то понимаешь, что дело — в шляпе? Проверь еще раз. Попытайся разгадать ее секрет.

И Петя снова осматривает куклу самым въедливым образом: прощупывает тряпичные руки, ноги, туловище... внимательно изучает шляпу, бордовую ленту, обвитую вокруг тульи, с крохотными фарфоровыми цветочками: красным, желтым, лиловым... Нет, шляпа, безусловно, цельная, скорее всего — тоже фарфоровая, обклеенная парчой.

— Ничего, — озадаченно говорит он. И уверенно повторяет: — Точно, ничего!

— А теперь жми на лиловый цветок дважды, но не подряд, а солидно, с перерывом, как участковый в дверь звонит.

И в ту же секунду щелкает невидимый, но надежный замочек — и высокая тулья вдруг откинулась, как крышка шкатулки! Ой, здорово! — да это и есть маленькая шкатулка, в которой лежит... перламутровая пуговица.

— Во-от, — с хитрющим видом протянул Казимир Матвеевич. Щеки, лоб и толстый нос его лоснились от удовольствия. — Вот. Но тут может быть спрятано и бриллиантовое колье, и важный документ, и — увы — наркотик...

Всех кукол старика Петя знал наизусть, на ощупь, но когда пытался какую-то оживить, быстро приходил в отчаяние — ничего не получалось. Минуту назад совершенно живая на руке старика кукла, перекочевав на Петину руку, отказывалась дышать, прикидывалась тряпкой с деревяшкой вместо головы...

— Не хлопочи руками! — покрикивал Казимир Матвеевич. — Только плохие актеры трепыхают куклой. Не мельтеши, вырабатывай стиль. Зритель следит за движениями, как кот за воробьем в луже. Его внимание — твоя власть. Держи его в руке, как гроздь сладкого винограда, и ме-е-едленно выжимай по капле... Скупее... скупее... Остановись! Чу-у-уть-чуть пусть поведет головой туда-сюда... Вспомни Машку, как она двигается: у нее только лопатки под шкуркой так мя-аконько ходят. Кошачьих, кошачьих почаще вспоминай: ни одного лишнего движения! Паузы! Перенимай у них паузы.

У старика были свои предпочтения: он обожал верховых кукол; марионеток любил меньше, хотя и называл их «высшим светом, аристократией кукольного мира». А тростевых кукол в театре было мало, одна, две, и обчелся. Трость, говорил он, используем только тогда, когда нужен широкий жест.

— Казимир Матвеевич, — добродушно замечал Юра Проничев, когда после репетиций бывал нечаянным свидетелем очередного мастер-класса. — Оставьте ребенка в покое, не лишайте счастливого детства. Ну что вы его муштруете, в самом деле. Он и половины этих слов не понимает. Правда, Петруха? Может, он космонавтом хочет стать...

Но это он иронизировал, подтрунивал над старым чудаком. Видел, видел в мальчике *своего*, своего от рождения, своего — со всеми *кукольными потрохами*.

Когда в бутафорской Петя часами сидел рядом с ним, работающим, молча прослеживая каждое его движение, тот — может, от скуки, а может, польщенный хищным вниманием ребенка, — тоже пускался в рассуждения, да еще такие закатывал лекции, что высказывания старика казались мальчику просто октябрятской песней.

— Драматический театр образом не владеет, старичок, в отличие от кукольного, — говорил Юра. — Ему до нас не дотянуться. Почему? Потому что кукла — это способ постижения жизни, духовного состояния. Следи за мыслью, старичок... Чем кукольное дело отличается от драмы? Через кукол можно передать ме-та-фо-ру. Греческое слово. Что это — знаешь? А вот что: «Ах, — говорит кукла, — у меня сносит крышу!» — и голова ее отрывается и улетает. Или, когда в «Чертовой мельнице» черт произносит: «Это называется — черта с два!» — и раздваивается на две одинаковых куклы. Так вот: почему, спросим мы, драматические актеры не приспособлены для работы с куклами? Потому что они кипят, пылают и «играют!»... кукла же остается сама по себе, она у них не живет.

А надо играть *точно в куклу*, попадая в маску. И чтобы голос был точно положен на куклу... Опять же — пластика кукловождения ближе к балету, чем к драматическому искусству. Что такое пластика — знаешь? Череда передачи сос-то-я-ний — это наше все: кукла сама тебя ведет, сама подсказывает, чего она хочет...

138 Кукла въедается в твои руки, тело, походку. Это — наивысший момент близости... Помню, на фестивале в Ташкенте один актер местного драмтеатра выглянул в окно гостиницы, заметил группку людей, что направлялись в ближайший винно-водочный, и сказал: «Вон кукольники пошли...». По чему понял? Да по жестам, по походке было видать — по плас-ти-ке!

— Не мути пацана, — из-за низкой, ни черта не прикрывавшей ширмы замечала толстая Танька, сноровисто поддевая рейтузы под юбку. — Не по пластике было видать, а по винно-водочному...

— Цыц, Красная Шапочка! — не поворачивая головы, отзывался художник. — Первые бродячие кукловоды были первыми диссидентами... — рассуждая, Юра незаметно увлекался сам, поэтому нимало не заботился о том, чтобы хоть что-то мальчику объяснить. — Спросишь — почему? Отвечаю: самый древний жанр. Актер прячется за ширму, за куклу прячется. Понимаешь? И оттуда уже говори *куклой* что хошь: царя брани, правительство, попов. Матерись сколько влезет! Кукла смелее, ярче, мощнее человека. Поэтому: если ты, старичок, хочешь заниматься куклами, ты должен спятить, перевернуть мозги, научиться *инако* мыслить. Кукольным делом должны заниматься фанатики, понял?

— Да! — твердо отвечал бледный черноволосый мальчик, глядя на художника прозрачными глазами. Многих слов он не понимал, но вот это самое — да, спятить, да, фанатиком — понимал прекрасно. *Фанатиком пьянки, бильярда и блядок* мать называла отца, особенно когда по ночам тот слонялся, мучимый болями в ампутированной руке, и вымаливал спрятанную ею заначку.

— Да, да... — передразнивал Юра. — Что б ты понимал, гриб! На вот рубль, принеси беляшей из кулинарии, лады?

Запах беляшей и прогорклого масла из соседней кулинарии сливался с производственными запахами красок, клея и древесины, с запахами лака и анилина, с затхлой пылью ширмы и кулис и свивался в едкую спираль, в упоительный специфический «дух театра», что пробивал нос и преследовал Петю даже дома, даже по ночам... И тогда снилось, что стоит он на *высокой тропе кукловодов*: в руке — вага, средний палец продет под «золотой нитью», сердце в груди вспухает от клокотливого счастья, которое — он знает, знает! — уже на пути к нему; ведь у него в руках — его *главная кукла*. Она затаилась, она пока притворяется неживой, она ожидает мгновения, когда по его руке побежит, соединяя их, общая кровь.

И вдруг все волшебно случается: кукла ожила! Она двигается, она совершенно послушна его мыслям и той горячей волне, что бежит к ней, бежит по его руке... Вот она доверчиво поднимает к нему лицо, прижимает к сердцу узкую ладонь с тонкими подвижными пальцами... Он чувствует, как бьется у нее сердце! Еще мгновение — и она что-то произнесет!

Но Казимир Матвеевич сердится и кричит:

— Не отвлекайся! Играй по моим интонациям. Ходи, ходи, а не летай! Не чувствуешь пола!..

* * *

До середины девяностых годов посадочная полоса Южно-Сахалинского аэропорта не была приспособлена для приема больших реактивных самолетов. До Хабаровска летали два Ил-18, оттуда — с дозаправкой в Новосибирске или Красноярске — добирались до Москвы. А там — лети куда хочешь. Хоть и во Львов.

Возвращение после летних отпусков в конце августа было мучительным: в случае непогоды пассажиры застревали в Хабаровске на несколько суток; ночевали в аэропорту, вповалку на чемоданах и узлах... Но другого пути «на просторы» — как говорил дядя Саша, — великой державы», увы, не было.

Именно дядя Саша, время от времени летавший в Хабаровск на какие-то свои конференции, согласился прихватить Петю с собой и даже посадить его в тамошнем аэропорту на московский рейс, пристроив к какой-нибудь душевной попутчице до Львова. И руками развел: «Ну а далее я бессилен...»

Ну, а далее Петю должна была встретить любимая Бася, могучая и великая Бася, которая, собственно, и прислала денег на билет (шутка ли: Катиному «хвопчику» девятый год, а она его только на карточках и видала!). Бася, которая мало что соображала в нормальной советской жизни, у которой то и дело крали на базаре кошелек, сама должна была приехать встретить «своего мальчика», при этом не перепутав аэропорт с вокзалом, не перепутав рейсы и не перепутав мальчика.

Мама от радости плакала, будто именно ей предстояла встреча с родным городом и родной душой, к которой так хотелось припасть, разрыдаться, как в детстве, и рассказать наконец все, о чем молчала в посторонних шумах междугородних звонков.

Пятилетней Катя осталась без матери, и отец — хозяин мебельной фабрички, мужчина видный, серьезный, «краснодеревщик с репутацией» (так и на вывеске указывалось) — вдруг удивил и шокировал соседей своим выбором: не то что в дом взял для хозяйственных и прочих нужд, а прямо-таки женился на Глупой Басе, нелепой оглобле, слишком простой, слишком доброй, чуть ли не юродивой. И не прогадал: оказалась привязчивая детская душа, исполненная такой благодарности к своему внезапному мужу и такой истовой нежности к девочке, что и обшивала, и обстирывала, и выкармливала ее самым вкусненьким, и до пятнадцати лет самолично купала Катю в ванне.

Вот только счастливая Басина жизнь продолжалась недолго, совсем как в сказке: три года. Сначала мебельная фабричка, а по сути, мастерская Якова Желеньского была прибрана к рукам новой расторопной властью, и хотя и предложено ему было остаться в ней рядовым столяром, и он как будто и смирился, но с сердечным отчаянием, видимо, не совладал: на третье утро новой рабочей карьеры умер в своем бывшем кабинете, обставленном собственноручно сделанной мебелью; мгновенно умер, не успев сменить сюртук на рабочий халат. Только руку со шляпой занес — повесить на вешалку — и упал во весь свой немалый рост.

А затем их большая квартира на Пекарской тоже пригодилась какому-то новому начальству, так что Бася, прихватив девочку, вернулась к себе в дворницкую, в дом на Саксаганского, совсем недолго пробыв пани Желеньской.

...Подарки Катя копила месяца два, хотела бы с сыном прислать Басе весь дефицит, что получилось достать через знакомую продавщицу, но удерживал вес: самолет — он-то взлетит, а вот ребенок как потащит на всех этих пересадках? И все же, увидев очередную «чу-у-удную» скатерку, она загоралась, бежала одалживать десятку у соседей, бежала очередь занимать и только потом покаянно спрашивала сына:

— Петруша... вот еще скатерка, а? Грамм триста, четыреста... Все ж и это вес. Потянешь?

Он отвечал:

— Да ты что, я сильный, вот, смотри, — и закатывал рукав рубашки: на руке-палочке и вправду нарос твердый желвачок мышцы.

И все сложилось, несмотря на попутные драмы: накануне похода за билетом в кассу Аэрофлота выяснилось, что Ромка, бес, умудрился унюхать заветный тайник с Басиной передачкой (в уголке старого пододеяльника, в баке с грязным бельем), которую он и просадил с кем попало дней за пять, в «Пивбаре» да «Чарочной».

И если б не семья все того же дяди Саши...

Тем же вечером, как обнаружилась пропажа, в дверь аккуратно постучали, затем постучали сильнее — Катино горе оглушало ее самое, — наконец просто толкнули дверь и вошли: маленький мушкетер с бородкой и усами и его дородная жена Тамара. Сели рядком на диване в столовой, и тетя Тамара — она задолго раздувала пары — горячо воскликнула:

— Катя, ваших рыданий слышно в Хабаровске, а не только что из окна кухни! Да что ж это такое! Посмотрите на себя! Вы были красавица, что он с вами сделал?

Тогда дядя Саша повел рукой, деликатно, но решительно отстраняя жену с ее восклицаниями, и мягко проговорил:

— Вот тут деньги, Катя. Будете отдавать частями, с получек... как удастся.

* * *

Тот первый полет Петя помнил смутно, уж очень волновался: мелькнула далеко внизу полоска суши, лепестки корабликов, и затем иллюминатор заволокло ледяным на вид, но кипящим туманом, вынырнув из которого мальчик увидел бесконечную равнину пенистых облаков, похожих на штормовое море... А потом уже был только бумажный пакет с кошмарным запахом, куда его выворачивало и выворачивало до дна, так что дядя Саша, бегающий с этими пакетами в туалет и обратно, с тревогой глядел на белое лицо мальчика, бормоча: «И куда ж это ты, милый, дальше эдак полетишь?»

Но — ничего, ничего, долетел в конце концов... Красивая кудрявая тетенька с яркими губами, — «душевная попутчица», которую дядя Саша умолил проследить за ребенком, — вывела измученного Петю в зал прилета Львовского аэропорта, и едва он отпрянул от вида толпы за металлическим барьером, как из нее, топая ногами в мужских штиблетах и всех расталкивая, с криками: «Пётрэк, Пётрусю!!!» — высокая, костистая, седая, с байковым одеялом, как с солдатской скаткой на плече, — вылетела Бася.

Ничего не поняв в объяснениях насмешливого зятя Веры Леопольдовны, она для надежности приехала в аэропорт еще вчера, с этим байковым одеялом, на котором и проспала на полу всю ночь, очень даже неплохо, с утра уже встречая и встречая пассажиров всех рейсов, пока огнедышащим сердцем не углядела «своего»...

Жила она в однокомнатной полуподвальной квартире на Саксаганского, в доме, какие называли здесь «польский люкс». Когда-то это была дворницкая — довольно большая комната, в которой еще Катя выросла. Потом жилищная контора потеснила комнату, ужав ее до квартирки, встроив туалет и ванну, и даже кухонную плиту. В квартирке всегда было полутемно, но не из-за маленьких окон вверху, а из-за множества кадок, горшков и горшочков с самыми невообразимыми цветами, фикусами, плющами и карликовыми пальмами. Растения свешивались с потолка и с комода, стояли вдоль стен на полу, теснились на шкафу, ветвились в изголовье могучей двурогой кровати (единственного творения Якова Желеньского, которое Басе удалось спасти из квартиры на Пекарской) и примостились даже на краешке ванны. Они вытягивались, кудрявились и расцветали под «зеленой» Басиной рукой, творящей всему живому, занявшему чуть не всю площадь квартиры, любовь и ласку с поистине божьей мощью первых дней творения.

Оттого и дух в квартирке был, как в теплице — сыроватый и душный, сладко одуряющий. А когда еще к нему присоединялись запахи пышек с маком или котлет!

А когда еще на плите курился дымок над баком с вываркой — ведь основным Басиным хлебом была не нищенская пенсия, а стирка и глажка по людям (Бася дешево брала и неистово честно стирала), — тут уж впору было ощутить себя на берегу какой-нибудь Амазонки и впасть в тропический транс, в котором, глядишь, можно узреть и пятнистого питона, укрытого среди цветов и лиан...

И вообще, вся Басина квартирка оказалась напичканной забавными *иностранными* вещами, с которыми можно было придумывать бесконечные истории: фаянсовый старинный рукомойник влюбился в чугунный утюжок, а стеклянная, с женственными бедрами, керосиновая лампа ревновала и мучилась... Главное же: в углу комнаты царственно сияла в полумраке изразцовая темно-зеленая печь, с короной и бронзовой дверцей. Вот этот заколдованный замок, который Петя окружал пальмами и увивал лианами, да поднимал мост навесной — от ночных врагов, — этот замок стал резиденцией старинной ветви испанских герцогов, и целыми днями Петя разыгрывал страшенные драмы в том семействе, которому недоставало лишь наследника, уж какого-нибудь завалящего плевого наследника... И вот однажды но-очью некая фея оставила на туалетном столике бездетной герцогини ма-а-аленький позолоченный орешек...

Они своеобразно объяснялись: Бася понимала, но не говорила по-русски, мальчик немного понимал, но не говорил по-польски, — хотя вполне польским Басин язык назвать было никак нельзя; так и шла беседа, иногда обоюдно-бестолковая, но всегда обоюдно-душевная. Сама Бася осталась жить в прежнем мире «за Польски»: все улицы именовала по-старому, ходила в костел, проезжая в трамвае мимо собора, крестилась; разговаривала смешно: хулиганов именовала «батярами», лужи — «баюрами», чай жидкой заварки презрительно называла: «сики свентей Вероники», и вообще чуть не каждую фразу начинала с типичного зачина певучей «львовской гвары» — «та ё-ой»...

Берегла Бася не только старые вещи, но и какие-то старые объявления и рекламные листки: на стене над комодом была прикноплена листовка основанного в 1782 году ликеро-водочного предприятия Бачевского, «цесаря и короля придворного поставщика».

И только несколько лет спустя Петя смог по-польски прочитать и с грустью вздохнуть по «первостатейным деликатнейшим ликерам и настоящим польским водкам, а также наливкам на утонченнейших фруктах, недостижимым по части качества».

* * *

Всю первую неделю каждый день они с Басей ходили гулять в огромный Стрыйский парк, где в лакированном пруду картинно отражались белые лебеди, а в оранжереях цвели диковинные цветы; где вечерами, под вальсы Штрауса, нежно-победно выдыхаемые духовым оркестром, под липами и каштанами летали сумасшедшие майские жуки, и чинно прогуливались целые семьи, и бегали в салочки, звонко окликая друг друга, *как в театр одетые* девочки, в белых гольфах с бомбошками и клетчатых юбочках...

Еще они с Басей ездили на гору *Высоки замэк*, и панорама, та, что открывалась с первой террасы, оставила Пете предпочтения на всю жизнь: настоящий Город — волшебный *кукольный* город — должен стоять на холмах, вздуваясь куполами, щетинясь остриями и шпилями церквей и соборов, вскипая округлыми кронами деревьев и вспухая лиловыми и белыми волнами всюду цветущей сирени, в россыпях трамвайных трелей, в цоканье каблучков по ухабистой булыжной мостовой...

И всю жизнь потом ему снилась плавная, как развернутый свиток, трамвайная дуга: мимо площади Мицкевича, мимо кафедрального собора и дальше, дальше, все вверх и вверх, — в сторону Русской улицы, где вдали возникает острый силуэт Костела кармелитов.

Через неделю после приезда Петя совсем прижился и даже, со связкой деревянных прищепок на шее, помогал Басе вывешивать на чердаке белье. Бася брала простыню за два конца, Петя за два других, они расходились, как в менуэте, и вытягивали полотно ровненько, уголок к уголку, — это было залогом последующей легкой глажки.

Наконец Бася позволила ему «спацеровать самému», с настоящим рублем в кармане. «Купуй то, на цо сэрцэ почёнгнэ», — сказала она, и это было счастьем, потому что «сердце потянуло» на длинную и просторную площадь под названием Рынок, где и провел он целый день, забредая на соседние улицы, совершая круги вокруг фонтана, над которым — в какую бы сторону ты ни подался — висела, вспыхивая под разными углами в разных местах, короткая веерная радуга.

Лики и фигуры — *эти куклы* — были тут везде: на фасадах домов, над брамами и окнами, в основании круглых, как бокал, узорных балкончиков, в нишах, на портиках... Это взволновало его и даже потрясло: театр вырвался на улицу и правил бал, незаметно затягивая в волшебную игру целый город.

Он подолгу застревал перед каким-нибудь каменным львом с насупленными бровями и растрепанными патлами или перед четой ангельских ликов, подпертых тесной парой распушенных крылышек, как на старинных картинах подпирают подбородки маркиз и графинь крахмальные жабо.

Мальчик был очарован, покорён, счастлив: наконец-то он оказался там, где и должно жить людям. Таким и должен быть настоящий *кукольный* город. Такой — *кукольной* — и должна была оказаться добрая волшебная Бася.

А на рубль он купил два «тошнотика» по четыре копейки — так называли здесь пирожки с требухой, очень вкусные, а вовсе не тошнотные; и еще купил в магазине «Забавки» сразу две коробки пластилина, чтоб надолго хватило. И весь вечер лепил, что ему особенно днем приглянулось: бородатого мужика, волокущего на каменном плече огромную секиру. У того так выра-

148 зительно была отставлена могучая нога в ботфорте, так напружинился бицепс на правой руке, поднявшей секиру, и он так ощерился — будто от души заматерился.

Сидя на кушетке меж двух раскидистых фикусов, Бася подрубала простыню и поглядывала на мальчика с умиленной любовью: вон как славно он играет сам с собою, *яке милэ, не капришнэ, не роспэсчонэ дзецко...* Легкий ребенок. Вылитая Катажынка в детстве.

А на другой день с этим «легким ребенком» стряслась та самая история.

Утром мальчик ушел гулять, а Бася приступила к стирке рубашек пана Станислава Кобрыньского. Их надо было отнести уже завтра утром, накрахмаленными и выглаженными, а она всю неделю проволынила, прогуляла с Пётрэком. Так пора и честь знать.

Стирка шла полным ходом, вода лилась, полураздетая взопревшая Бася полоскала-выкручивала в ванне рубашки пана Станислава. Производственный процесс, как обычно, сопровождался фальшивым исполнением двух любимых мелодий: милого довоенного танго «*Тылько едно слово, кохам...*» и другой, известной песни, какой она помнила ее в исполнении Щепка и Тонька, популярных радиосатириков с довоенной «Веселой львовской фали». Те под гармошку пели, задушевно так: «*Бо гдыбым се кедысь уродзич мял знув — то ты-илько вэ Львове*»[1]. Бася, говорившая с ярко выраженным, тягучим львовским акцентом, произносила «вэ Львови»... — «И если б я где-то еще мог родиться — так то-о-лько во Львове...»

---

1   Какой милый, не капризный, не избалованный ребенок (*польск.*)

Часа через полтора в дверь заколотили ногами.

Бася накинула рубаху зятя Веры Леопольдовны, которую всегда носила дома, — та не липла к телу, в ней хорошо продувало запаренную грудь, — и побежала отпереть. Она всегда открывала дверь на любой стук, в любое время суток, никогда не спрашивая, кто и зачем пожаловал. А чего там спрашивать: отворяй, и узнаешь — кто.

На пороге, запыхавшись от волнения и восторга, багровый и потный, стоял Петя, держа в охапке годовалого младенца — девочку с кудряшками цвета красного золота. Видимо, он долго с нею бежал и здорово устал, но девчонку держал отчаянно крепко, обхватив поперек живота, как щенка. Та терпеливо и деятельно, но молча сучила толстыми ножками, извиваясь, пытаясь отделаться от назойливой опеки и сползти на пол.

— Бася! — выпалил мальчик тревожно-счастливо. — Смотри! Смотри, какая чудесная, какие кудряшки у ней веселые! Она настоящая! И теперь будет моя!

Подпихивая коленкой сползавшую с рук девочку, он потащил ее в комнату, мимо помертвевшей Баси, сгрузил на диван и плюхнулся рядом. Но, испугавшись, что его добыча может скатиться с дивана и куда-нибудь уползти, снова схватил ее в охапку.

— Ее бросили возле магазина, чтобы кто-то забрал... — выглядывая из-за пунцовых кудрей, торопливо объяснил он ошалевшему Басиному лицу и зачастил, в попытке пресечь ее нарастающий, как вопль, ужас: — Она, конечно же, никому не нужна, я заберу ее в Томари, и она теперь всегда, всю жизнь будет со мной!

— Ма-а-атка Боска! — наконец провыла Бася, бессознательно обшаривая влажными руками воздух вокруг, будто пытаясь нащупать опору... — Цось ты нароби́леш?!! То ж мала адвоката Вильковского... Тебе забийом, Пётрэк!

Схватила тяжеленькую малышку на руки и побежала, как была — в полурасстегнутой мужской рубахе, на ходу пытаясь выяснить у мальчика, трусящего, как побитая собачонка следом, где именно тот ребенка стащил.

И вот уж повезло так повезло: зареванная нянька до сих пор металась от дверей магазина до угла улицы, хватая за рукава прохожих и вымаливая хоть слово: не видал ли кто... От страха девица даже не успела ни домой побежать, ни до милиции дойти — умирала, задыхалась, ревела белугой, обреченно уверенная в душе, что девочку украли цыгане. Но настоящая истерика началась у нее, когда она увидела малышку живую-здоровую, хотя и трижды мокрую, на руках у Баси. Ее затрясло, заколотило и она так громко зарыдала от счастья и облегчения, крестясь и поминая Йезуса, Матку Боску и всех святых, пришедших на память, что еще какое-то время Бася держала малышку на руках, опасаясь, что дура-девка от потрясения опрокинет коляску или еще как-нибудь попортит ребенка.

Затем состоялись короткие переговоры, в которых взаимозаинтересованные стороны (одна — визгливо, другая — ласково) условились происшествие замять: Бася объяснила, что заботливый «хвопчик» как раз и обеспокоился, что ребенок брошен, «як дворовый щенок», как раз и захотел ее уберечь... от кого? От цыган, само собой.

На обратном пути добрая Бася крепко держала Петю за руку, уговаривая его опамятоваться и понять, что живых детей, да еще таких пригожих (видал, какое платьице на ней, — не копеечку небось стоит!), да еще из такой семьи... — их не бросают, не-ет... И чтоб сыну не огорчался: вот завтра они пойдут в гости в такой прекрасный дом, к таким прекрасным людям, где есть такой прекрасный мальчик Боренька, у которого столько наилучших машин, что нет таких ни в одном магазине... Она вздыхала и время от времени переходила на русский, видимо, полагая, что это убедительней для мальчика звучит: «никому-сабе... никому-сабе...» — сам, мол, сам виноват, некого винить.

Петя молча шел рядом... Не плакал. А чего плакать, он уже взрослый. Но видно было, что его занимает какая-то настойчивая мысль.

— А можно иногда с ней гулять? — вдруг спросил он, остановившись.

Остановилась и Бася, вдруг осознав огорченным сердцем, что легкий мальчик не так уж и легок, что внутри его детской души спрессована тяжелая властная сердцевина, никому не подотчетная.

— Нет, — сказала она твердо. — И чего там с ней гулять, с этой крохой, какой тебе интерес с ней гулять, она еще и разговаривать не умеет. Вот завтра Боря, он твой ровесник... и он... и у него...

Внимательно заглянула в отчужденные прозрачные глаза, в которых ничего ей не удалось прочесть, и сочувственно улыбнулась:

— Сыну, тысь мышлял, же о́на бендзе для те́бе сёстшичка?[1]

— Нет, — ответил он без улыбки, все продолжая думать о своем, — нет, она будет моей главной куклой.

...И простодушная Бася ужасно бы удивилась, узнав, что ни почти настоящий кукольный театр, который организовал в Борином дворе Пётрэк, вдохновив на спектакли всю ребятню, ни его многочасовые труды по вылепливанию встреченных днем людей — труды, поражавшие ее своим взрослым упорством, — ничто не вышибло из его головы неудачно украденной

[1] Сынок, ты думал, она будет тебе сестричкой? (*польск.*)

им малышки. Наоборот: если Бася присмотрелась бы внимательней, она бы разглядела в слепленных фигурах и саму девочку, и изломанную, ничком застывшую фигурку ее матери, прыгнувшей из окна в небо, но до него не долетевшей. Наверняка Бася онемела бы от удивления, узнав, что каждое утро ее мальчик отправляется к тому дому, на углу улиц Ивана Франко и Зеленой, где недавно произошла трагедия, и молча ждет в тени брамы, когда девочка выйдет на прогулку с новой няней — пожилой, полной коротконогой женщиной, крупная голова которой едва возвышалась над капюшоном коляски. Он следовал за ними до парка Костюшко и там, сидя на скамейке напротив, примерно с час терпеливо следил за ними, неспешно извлекая из комка пластилина и снова легко сминая, удивительных, не совсем реальных зверей. Девочка в это время обычно спала. Но иногда она просыпалась, и тогда няня брала ее на руки и даже спускала на землю, по которой та делала несколько пьяненьких шажков, радуясь, приплясывая на толстых поролоновых ножках и оглашая узорный от солнца и теней воздух сквера ликующим визгом.

Наконец он своего часа дождался: няне, видимо, приспичило в туалет. Озабоченно поглядывая вокруг и толкая перед собой коляску со спящей девочкой, она направилась мимо Пети в конец аллеи, где усмотрела какую-то молодую мамашу — кому ж и поручить на пять минут ребенка, если не такой вот матери.

Петя вскочил со скамейки и вежливо сказал ей в спину:

— Я могу присмотреть за Лизой!

— Ты знаешь Лизу? — удивилась женщина, повернув свою крупную кудрявую голову циркового борца.

— Конечно, — торопливо ответил примерный мальчик. — Я ваш сосед. Я внук пани Баси.

Та еще колебалась, но видно было, что поход в конец аллеи, а оттуда к уборной, в другом конце парка, ее уже сильно заботит.

— Ну ладно, — наконец решилась она. — Ты просто рядом посиди, хорошо? Она спит, смотри не разбуди ее. Она, когда недоспит, сильно скандалит. Но если проснется, дай вот игрушку. А я мигом!

Когда минут через десять няня возвратилась, она застала абсолютную идиллию. Девочка спала, ее добровольный страж сидел на скамейке, продолжая что-то лепить.

— О, как красиво у тебя выходит, — похвалила няня, садясь рядом. — Ты просто настоящий талант.

Мальчик поднял от лепки бледное лицо с очень взрослым выражением очень светлых глаз и сказал, глядя куда-то на верхушку дерева:

— Я сделаю Лизе обезьяна и привезу его следующим летом. Он будет ей другом, пока меня тут нет.

— Да-а? — умилилась женщина. — Ну какой же ты славный мальчик... — Она хотела потрепать его по щечке, но, подняв руку, отчего-то сразу ее опустила. И вздохнула: — Жалко Лизу. Она ведь теперь сирота. Да еще и тетя ее куда-то пропала... Несчастная семья, несчастный ребенок... — спохватилась, что постороннему мальчику все это совершенно необязательно знать, и одобрительно покивала: — Конечно, она обрадуется подарку. Только, понимаешь... Лиза ведь еще маленькая и глупенькая. Тебе с ней будет скучно.

— Нет, — спокойно возразил странный мальчик. — Я подожду, пока она вырастет. А потом я ее увезу.

Няня расхохоталась красивым *кукольным* смехом, проговорила:

— Ну надо же! Ни больше ни меньше... — И пока Петя шел по аллее к воротам, за его спиной все вспыхивал и обрывался ее переливчатый смех...

154   Зато теперь каждое утро он появлялся на дорожке парка, и ему вручалась коляска со спящей Лизой, которую он, осторожно налегая грудью на ручку, возил туда и обратно, пока довольная няня читала какую-то книгу. Коляска плыла в кипящем потоке зеленых и оранжевых солнц, мимо вольера с павлинами, мимо павильона, где вечерами толстощекие дяденьки выдували из труб пузато пыхающие польки. В густых кудрях спящей девочки вспыхивали огненные кольца, а медные ленточки очень взрослых и выразительных бровей и удлиненные полукружья смеженных ресниц проблескивали, когда на лицо падал солнечный луч...

Она была чудесной: живой волшебной куклой, той самой, из его сна. Оставалось только дождаться, когда она заговорит, когда поднимет к нему лицо и скажет, скажет...

...А через год уже другая женщина (в этой семье няни долго не задерживались), одним глазом поглядывая на играющего в песочнице ребенка, а другим сосчитывая набранные на спицах петли, вдруг отвлеклась и подняла голову: мелькая в пятнах солнца и теней, по аллее в их сторону бежал мальчик лет десяти с каким-то свертком в руках. Бежал он явно к песочнице, где, издалека сияя огненной гривкой, ковырялась с совком и ведерком двухлетняя девочка.

— Лиза!!! — подбегая, крикнул мальчик. Перемахнул через борт песочницы, рухнул коленями в песок и, торопливо освободив от бумаги какую-то хвостатую розовую игрушку, выдохнул:

— Лиза, это Мартын!

Приподнявшись со скамьи, няня увидела, как лопоухая обезьяна с карими стеклянными глазами... — нет, это был именно обезьян: долговязый галантный мужчина в добротной фетровой шляпе, при абсолютном отсутствии остальной одежды, с босыми *человеческими* ступнями. Он живо и ласково протянул обе лапы девочке, поклонился и проговорил культурным баском:

— Здравствуй, Лиза, я — твой лучший друг Мартын.

Уронив совок и ведерко, онемевшая девочка секунды две смотрела на обезьяна, что покручивал хвостом и обаятельно перетаптывался на колене у мальчишки.

— Матын! — крикнула она в неистовом восторге. Протянула испачканные песком руки и нежно-требовательно позвала: — Маты-ы-ы-ин!

* * *

С годами он все больше отдалялся от отца; в старших классах, бывало, месяцами с ним не разговаривал, хотя теперь понимал его лучше, чем когда бы то ни было. Иногда настолько предугадывал реакцию того на слова или действия мамы, что ему казалось: сейчас он наденет Ромку на руку и продолжит... или — по своей воле — прекратит этот спектакль. Иногда его преследовало ощущение странной и гибельной власти над отцом, над всей его жизнью... А когда после окончания школы уехал учиться в Питер и там метался между учебой, театром и поездками к Лизе во Львов, его — случалось это в дороге, в поезде или в самолете — вдруг с мыслью об отце прихватывала острая, почти физическая боль. И вслед за болью неотступно, вкрадчиво являлось предчувствие окончательной беды.

Поэтому, когда однажды ночью заголосила междугородка, Петя, еще не проснувшись, панически обшаривая закоулки ускользающего сна, уже знал, что́ это. И обреченно поднял трубку.

Будничным тоном Катя произнесла: «Сынок...» — и после обрубленной паузы, словно ее кто-то внезапно схватил за горло и столь же внезапно отпустил, завыла усталым тусклым воем, от которого он окаменел.

— Убили, — проговорил он утвердительно, и она воскликнула, чуть ли не радостно, от того, как точно он угадал:

— Ага, убили, убили его, Петя, убили, наконец доигрался он!

И все повторяла как заведенная: «Доигрался, доигрался, уби-и-и-ли-и-и!» — разгоняясь голосом все выше и выше, в тщетной попытке оглушить себя собственным криком, чтобы выскочить, вылететь из этого кошмара — в забытье...

И не в эту, а в другую ночь, когда после похорон они сидели в кухне, не зажигая света, Катя, как ни крепилась, как ни решила скрывать от сына «гнусные подробности», все ж рассказала ему, что отца убили двое: муж Зинки, последней его шалавы, и ее брательник. Явились с ножами прямо на проходную — говорят, пугануть хотели. Но Ромка якобы стал глумиться и выкрикивать обидное, а главное, чечетку отбивать. А помнишь, как он красиво танцевал, Петруша? Гибкий, как угорь, и ноги такие звонкие, переборчивые...

Вот он и отчебучивал, и в рифму что-то им откалывал, и все не просто так, а с оттяжечкой, с издевочкой, с харкотинкой... ну ты его знаешь... Тогда один из них (оба друг на дружку валят, мерзавцы) кинулся на эту вихлявую спину и всадил нож, — плача, рассказывала мама. — И вроде сперва он как ни в чем не бывало все отжигал и отплясывал, с ножом-то в спине, и смеялся, и кричал: «Финита, Кончита!» И уже весь в крови, а все отплясывал, как эти твои... на ниточках.

Кошмар такой, сынок. Всюду вон теперь рассказывают, как мертвец плясал...

И опять луна полировала подоконник меловым своим вкрадчивым блеском — как в ту ночь, когда в этой кухне на скрипучей раскладухе сидел старик, приоткрывший перед мальчиком золотую щель в очарованный рай. Черным крабом посреди этого блеска лежала отцова кепка, которую кто-то из пришедших его помянуть снял с вешалки, да так и не вернул назад. Страшно живая, она лежала, покорно ожидая возвращения своего заполошного хозяина, будто, спохватившись, что голова непокрыта, он непременно вернется, схватит и нахлобучит ее на глаза, да еще и подмигнет-полоснет своими, пропитыми до дна, васильками...

— Трикстер, — проговорил сын еле слышно. И после паузы повторил с тяжелой безадресной тоскою: — Трикстер...

Глава пятая

Чайник вздохнул, будто вспомнил что-то свое, стариковское, пригорюнился на две-три секунды и вдруг встрепенулся и басовито забормотал, все горячее и убедительней, кипятясь, то и дело срываясь на сиплый вой, пока не заголосил во всю ивановскую... но тут-то его, скандалиста, и прикрутили.

Надо было выйти затемно, пока Лиза спит. Несмотря на то что в такие периоды спала она подолгу и крепко, он все же не рисковал извлечь Корчмаря на свет божий. Трудно вообразить, что бы с ней стало, обнаружь она пропавшего фамильного идола на собственной кухне.

Его не покидало настойчивое желание поскорее вынести из дому рюкзак с многозначительной начинкой — как, бывает, даже самые близкие, самые родные люди подсознательно стремятся вынести из дома дорогого покойника и поскорей предать его земле. Чувство это возникло еще там, в Самаре, когда он увидел куклу в руках простодушного Сильвы. Поразительно!

Поразительно, что, едва за Сильвой захлопнулась дверь, он с поспешностью убийцы или его пособника, вытянув рюкзак на середину комнаты и вывалив на ковер свитера и майки, быстро, не разглядывая, сунул Корчмаря внутрь и забросал вещами — как забрасывают мертвеца землей. Его даже трясло, будто он внезапно занемог, а наутро чудилось, что Сильва с куклой приснились в мутно-ухмылчатом сне, так что он даже, тайком от Лизы, унес рюкзак в ванную и там нащупал схороненного Корчмаря. Да... Но сейчас, как ни оттягивай момент, пришло время эксгумации. В том, что Корчмарь не просто кукла, он был уверен.

«Знаешь, что такое — гротеск, сыну? Это когда все слишком забавно, когда все так смешно и нелепо, что это уже издевательство». Издевательски огромное брюхо куклы распирало поддевку и жилет, усеянный длинным рядом костяных пуговиц. Скальпель мне!

Он снял с ребра столешницы одну из маленьких ламп-прищепок, которыми был напичкан дом (любил их за неяркий задушевный огонек), перенес ее в дальний угол комнаты, как монах — одинокую свечу в келье, и прицепил к полке над кухонной плитой; в плавной дуге скользящего света возникали и гасли на стенах лица и фигуры его кукол, смиренно повисших на нитях... Все будет хорошо, детки... Все уже хорошо.

Круг уютного света с его руки переполз на стеклянные банки с сахаром, кофейными зернами, корицей и кардамоном, погасив безмолвное братство марионеток за его спиной.

Его работа над куклой... над *своей*, само собой, куклой, а не над бравыми коммерческими ребятами для галереи Прохазок (которые, впрочем, — грех жаловаться — неплохо продавались, подкармливая в тощие зимние месяцы), всегда была как любовь, как вкрадчивая страсть, что исподволь точит сердце и нарастает гулом струнных в финале симфонии...

Сначала ты долго носишь *ее* в себе, не приступая к эскизам. Зарождение личности куклы похоже на зарождение ребенка — все еще смутно, вы еще незнакомы; внезапно тебе открывается пол твоей куклы, и вдруг возникают отдельные черты образа: суетливость, например, желание встрять в любой разговор, кроткие ручки с загребущими кистями или огромные ступни беззащитных тощих ног...

Иногда всему предшествовало имя. Например, **Фаюмочка** появился во сне, просто влез без всякого спроса в сон своей длинной клистирной трубкой вместо носа, подмигнул близко поставленными глазками, улыбнулся мечтательной улыбкой до ушей и спросил: «А нюхнуть Фаюмочке здесь дадут?» И Петя проснулся с этой самой улыбкой до ушей и побежал в мастерскую — скорее зарисовать его, прохвоста.

Скелетик — тот, наоборот, мерцал: то появится, то исчезнет. Пугливым был, но очень кокетливым, даже жеманным. Поначалу вообще перед глазами возникали только забавно отклеченные тазовые кости, которые принимались крутить хула-хуп. Петя долго не мог придумать ему выражение лица, которого, понятно, не должно было быть — ведь вместо лица имеем дело с голым черепом. И вдруг в один миг (это случилось, прости меня, Господи, в одну из самых истерзанных их с Лизой ночей, после ссоры, примирения и вновь ужасной ссоры, после которой — уже под утро — она, подвывая, как ушибленный ребенок, вползла на него и

160 бессильно распростерлась, запорошив его лицо волосами, и так они лежали, обнявшись, и ничего лучшего
в их жизни еще не было...) — именно в эту минуту он
придумал, что крышка черепа откидывается и Скелетик
(а тот еще и вороватым оказался), весь свой неправед-
но добытый трофей складывает в шкатулку-череп. При
этом у него блаженно отвисала нижняя челюсть — это
решило дело. Публика помирала со смеху, когда Скелетик, бесстыдно вихляя бедрами и вращая глазными
яблоками с пронзительно синими точками зрачков, вытягивал из кармана какого-нибудь господина носовой
платок или портмоне и складировал к себе в черепушку с выражением полного кайфа. При этом за-
хлопнутая челюсть и грустно опущенная голова мгновенно преображали его в застыдившегося парнишу.
Покручивая задницей (не забываем, конечно, про
седьмой позвонок, но попа — она подвижна, Казимир
Матвеевич, тут вы были не правы; попа — она таки выражает движения души!), пристыженный Скелетик
подваливал к господину и покорно склонял башку, откидывая крышку черепа, безмолвно предлагая поко-
паться в складе наворованного. Тогда умиленная публика бросала ему денежки прямо в его копилку —
Скелетик приносил неплохой доход своему создателю.

Бесшумно двигаясь по мастерской, Петя засыпал
кофе в турку, налил воды из чайника и поставил на
огонь.

Да... А **Биндюжник** — вон висит, полуотвернувшись
(мой дорогой, мой самый душевный, — ты прав, давненько мы тебя не проветривали), — тот возник в старой чешской пивной, после второй кружки пива. Во-

шел в двери: широкий и могучий в грудной клетке, но на коротких ножках. Подкатился к стойке бара, ловко взобрался на высокий табурет и выдул своим роскошным басом: «Большую-сам-знаешь-что-Пепичку...»

Не успел бармен поставить перед ним литровую кружку пльзеньского темного, как Петя увидел, что это — кукла, что на самом деле к нему пришла его новая кукла. Мягкая перчаточная голова на грудной клетке, огромное самоуважение, огромные амбиции, доверчивость цыпленка... Вытащил блокнот и принялся работать прямо там, за столиком пивнухи.

Совсем другое дело — **Пипа Австралийская**. Та с самого начала знала, чего хотела, настаивая на лягушачьей голове. Это было драматическим решением, он долго мучился, сделал множество эскизов, выбирая голову для грациозного тела. Даже наперекор интуиции сделал из заготовки женскую голову... Нет, Пипа, тогда еще безымянная, просила, даже требовала голову лягушки. И он сдался. И когда немыслимая жабья башка была посажена на это восхитительное тело, вдруг родилась какая-то новая Пифия. И — боже ж мой — как она танцевала! Как шаманила и что она несла этим квакающим мерзким голосом!

Она пользовалась небывалым успехом именно на корпоративных вечеринках. Ей задавали вопросы, она предсказывала будущее — в основном в отношении служебных романов. Разевала широкий рот, задумывалась и принималась меленько хихикать, постепенно заражаясь сама от какой-то своей мысли, рассеивая вокруг семена этого скабрезного подозрительного смешка... и вдруг, прикрыв большие выпуклые жабьи глаза с длиннющими ресницами, изрекала нечто такое, после чего наступала смущенная тишина в рабочем коллективе. Ну просто гром среди ясного служебного неба...

Всю ночь валил оглушительный снегопад, и сейчас за глубоким черным окном во дворике простерся дракон с цепью пухлых горбов, желтоватый от тихого света из комнаты. Там, за стеклом, в мельтешении снежных слепней, в хороводе призрачных кукол двигался призрачный Петя с туркой в руке.

Нет, это даже смешно: он и спиною чувствует пузатого типа в рюкзаке — там, в темном углу комнаты!

Сегодня я намерен развязать тебе язык, приятель.

Сейчас он старался не думать о тетке и о том, что болтал о ней пьяненький Сильва. В конце концов, каждый сам в меру сил сражается со своими призраками или предпочитает их ублажать. Спи спокойно, Вися, Вися... Никто не станет раскапывать родословную твоей давно погибшей дочери, как и разгадывать, почему ты украла Корчмаря и помчалась на вокзал к ближайшему поезду в тот момент, когда гроб с телом твоей несчастной сестры опускали в нишу старого семейного склепа на Лычаковском кладбище. Спи спокойно, Вися, достойная дочь библейской Рахили, выкравшей идолов из дома отца своего Лавана (и тоже похороненная вдали от родовой усыпальницы)...

В детстве в каждый его приезд они с Басей обязательно шли на Лычаковское — проведывать деда. Втайне Петя считал Лычаковское, с его мраморными склепами, похожими на маленькие замки, с его скорбящими девами, витыми колоннами, лирами, раскрытыми книгами и как бы случайно слетевшими на плиты ангелочками, самым кукольным кладбищем на свете. Был уверен, что ночами обитатели этих домиков выходят на темные извилистые аллеи и играют меж высоченных буков, каштанов и лип какие-то свои захватывающие спектакли. Одно время он предлагал Басе наведаться сюда ночью — интересно же! Но Бася так глянула, так от него отшатнулась и столь трепетно перекрестилась, что Пётрэк решил больше старуху не донимать...

Сегодня он совсем не ложился. Вернее, с вечера, не раздеваясь, прилег на полчаса рядом с Лизой — так укладывают набегавшихся детей, — сторожа миг, когда, сморенная дорогой и таблетками, измученная возвращением, она утихнет и можно будет прибрать после учиненного ею грандиозного разгрома. И затем всю ночь подбирал с пола и ссыпал в коробки мелкие детали. Двигаясь как сомнамбула, расставлял, раскладывал по полкам вещи и предметы, с усмешкой повторяя себе, что это даже кстати: когда еще вот так соберешься навести порядок!

Наконец дождался, когда настенные часы прокряхтят своего «милого Августина».

Его гордость — откопанные на блошином рынке в Брюсселе, в рваной картонной коробке с невообразимым разноплеменным хламом, эти старинные немецкие ходики, которые Тонде удалось возродить не без изрядных мучений, не только шли, но и вполне регулярно высылали в мир простуженную пастушку с ее сиплой песенкой.

Он снял телефонную трубку и набрал номер.

— Тонда, — прошептал, — я выхожу и буду минут через сорок.

— О-о-о, Йежиш Марие! — хрипло простонали в трубке. — Ты цвоку, идиотэ, настоящий нéспанный псих...

Да, Тонда — он ведь поздно ложится, иногда работает до рассвета. Свинство, конечно, но...

— Покажу кое-что интересное, — примирительно сказал он.

— Óккупант посранэй, — отозвались там и повесили трубку.

Перед тем как уйти, он заглянул в их крошечную спальню и минут пять неподвижно стоял в дверях, рассматривая спящую жену: Лиза лежала в той же позе, в какой уснула — на спине, закинув за голову обе руки со сжатыми, как у младенца, кулаками. И рот плотно сомкнутый, трагический... — *грозящая небесам...*

...На Вальдштейнской сияли головастые шестигранные фонари, в театральном свете которых снежная ночь казалась мглисто-солнечной. Вот новенький трамвай с сомьей мордой, обитатель глубоководного мира подледного города, выполз из-за угла, что-то вынюхивая на рельсах... Непривычная, ошалелая и оглохшая от пушистых пелен Прага присела под летящим снегом, кренясь в мятежной турбулентности воздушных потоков.

Впрочем, говорят, нынешняя зима наметает сугробы по всей Европе.

Он повернул направо, в сторону Кампы, и двинулся мимо белой, с тяжелыми навесными фонарями, стены Вожановских садов, мимо кафе «Гламур» и отеля «У павы», мимо закрытых стекольных и сувенирных лавок, мимо старого ресторанчика богемской кухни, чьи расписанные застольно-бражными картинами двери днем бывали гостеприимно распахнуты. Вышел к небольшой площади с чугунными скамейками, опухшими от сугробов...

(Здесь, на углу, в глубокой кирпичной нише поживали-жили два его дружка, два больших и богатых мусорных контейнера, к которым состоятельные жильцы окрестных домов и обслуга ресторанов и лавочек сносили полезные *кукольные* вещи: шмотки, поломанные домашние механизмы, из которых можно добыть пригодные для работы детали, а главное, поролоновые матрасы — *хлеб наш насущный,* — дивные поролоновые матрасы, сырье *для тел и дел.* И обходить окрестные помойки надо было именно ночью, утром и днем на них совершали налет деловитые цыгане с тачками.)

Площадь наклонно стекала в узкую улицу, которая на перекрестке разлилась на два рукава...

Поверх напластования разновысоких, вздыбленных мансардами, заваленных снегом крыш, отрываясь от них, вытягиваясь и целясь вверх всеми остриями и дротиками, улетала в мглистое, крупитчато-желтое небо тесная стража башен Пражского града, волшебно подсвеченного.

Обычный, чуть не ежедневный путь — он часто работал в мастерской у Тонды и всегда выходил из дому об эту пору — сегодня, из-за снега наверное, выглядел незнакомым и небезопасным. Поэтому, когда из-за угла прямо на него бесшумно выехал конный полицейский дозор, он отпрянул к стене с бьющимся сердцем.

Две огромные тонконогие, отрешенные в снежном безмолвии лошади — белая и черная — плавно и грозно выступали под седоками голова к голове посреди заваленной снегом улицы. Поземка вьется вокруг копыт, кажется, что кони плывут над мостовой...

Он долго смотрел им вслед, приходя в себя и невольно любуясь устрашающим величием этой поистине *кукольной* картины, пока всадники не свернули к Вожановским садам, исчезнув так же внезапно, как появились...

...Пройдя под аркой Малостранских мостовых башен, он по Мостецкой дошел до собора Святого Микулаша и, свернув налево, оказался на Кармелитской, довольно широкой улице с трамвайной линией. Здесь, в соборе Девы Марии-победительницы, находилась кукла младенца Иисуса, на редкость искусно сработанная — иногда он заходил на нее взглянуть.

Он вообще любил прокопченный и обветренный желтоватый камень пражских соборов и башен, высокие острые скаты сланцевых крыш, каменные складки одежд бородатых королей и каноников, сверкающее золото их узорных жезлов и тиар, вознесенных над шахматной, черно-белой брусчаткой тротуаров.

А уж как любил, какой родней считал все скульптурное народонаселение пражских зданий — все, что обитало вверху, над головами прохожих: эти тысячи, тысячи ликов — святые и черти, фавны, русалки и кикиморы; *львы, орлы и куропатки*; драконы, барашки и кони, крокодилы и змеи, рыбы, медузы и морские раковины; и целый народ во всех его сословиях и общинах: купцы с толстыми кошельками, мушкетеры со шпагами, мещане и чопорная знать; барышни, вдевающие гребень в высокие прически, подбоченившиеся служанки, галантные кавалеры...

Он застревал вдруг перед каким-нибудь давно знакомым ему балконом, где под тремя опорами таинственно улыбались три разных лика: мужской в центре и два женских по краям. Казалось, что лепили их с реальных людей, и каждый нес свою улыбку, свои характерные ямочки на щеках, выпяченный подбородок или обиженно поджатые губы...

Вся эта несметная рать, облепившая каменным вихрем окна и двери, балконы и портики, эркеры и навершия колонн, вся эта живность и нечисть, что притаилась в складках и нишах, под карнизами, под козырьками, под крышами зданий, порой незаметно для прохожего скалясь и дразнясь острыми высунутыми язычками, могла веселить его часами. Лепные медальоны, развившиеся локоны, змеящиеся ленты под ладошками черепичных козырьков — и все это ради иллюминаторов каких-нибудь мансардных окон, на плохо различимом седьмом этаже... Щедра и избыточна ты, Прага, неуемным своим, карнавальным весельем!

Мимо темно-серого дома, балкон которого вечно несли куда-то с окаменелой одержимостью два остроносых и широкоскулых мужика на своих согбенных плечах, он вышел на перекресток, где на торце углового здания, под третьим слева окном жил себе и никогда не умер... Словом, это было лицо ребенка, с раскрытыми в смехе губами и безмятежно смеженными глазами, — лицо ребенка, рожденного для вечного смеха.

Он всегда с ним здоровался, даже если бывал не один. Не поднимая головы, буркал: «Привет, сынок!», отмалчиваясь на вопрос попутчика, если тот думал, что обратились к нему.

* * *

Мастерская семьи Прохазка занимала большую трехкомнатную квартиру на последнем, четвертом этаже старого дома по Кармелитской улице — такие дома называют здесь «чинжак», «чинжовни дум» — доходный то есть... Постоянно жил в ней один лишь Тонда, «по молодому холостому делу» — уточняла приятельским тоном мамаша его, Магда. И это было враньем:

168 нелепо долговязый, в вечно коротковатых штанах на широких красных подтяжках, рано облысевший, с рыжеватым клинышком запущенной щетины на почти отсутствующем подбородке — Тонда женщин презирал, даже сестер, и замыкался в их присутствии, с угрюмым нетерпением давая понять, что не сильно бы и расстроился, вновь обнаружив себя в полном одиночестве.

На звонок он открыл по пояс голый, со спущенными красными подтяжками, с вурдалачьим выражением лица: изо рта торчала зубная щетка. Что-то промычал и скрылся в ванной, зато из комнат, неистово стуча деревяшкой, с визгом выскочил обезумелый от счастья инвалид, герой всех дворовых сражений.

Быстро скинув на пол рюкзак и приговаривая: «Карагё-оз! Ма-а-льчик мой, мальчик хороший...» — Петя опустился на корточки, чтобы тому было удобней достать до лица. Вот кто с энтузиазмом намыливал щеки вездесущим своим языком, хоть сейчас бери да брейся. Этот черно-белый, с острыми ушками, лохматый песик нес в себе такой заряд оголтелой любви, что лишь недавно научился смиренно оставаться с Тондой и не рыдать от радости, когда хозяева за ним возвращались.

Петя подобрал его на рельсах трамвая — окровавленного, бесчувственного — чуть ли не в первую неделю жизни в Праге и все наличные деньги отдал ветеринару за операцию и лечение, да и тех не хватило, так как у пса началось заражение крови и его выхаживали в клинике целый месяц. И хотя Карагёз довольно быстро приспособился шкандыбать на трех лапах, Петя выточил ему протез — тот хитрыми ремешками застегивался крест-накрест через грудь, как портупея ветерана Николаевской армии. Если пса брали на руки, деревяшка торчала, как ствол мушкета, и казалось, что

Карагёз прицеливается, особенно если склонял голову набок.

— Затем, что ты есть наглец из наглецов, — крикнул Тонда из ванной, под шум воды, — ты приговорен сварить мне кафэ.

— Он прав, — негромко сказал Петя, поднимаясь. — Пошли, Карагёз, умилостивим тирана.

Вся эта старая, неухоженная, очень *кукольная* квартира — три большие, с двумя полукруглыми эркерами, комнаты, коридоры и даже часть кухни — была отдана куклам. Неисчислимой, веселой и ужасной оравой они висели по стенам, свисали с крючьев, с металлических и деревянных решетчатых стеллажей — частью готовые, уже расписанные краской и покрытые лаком, частью еще обнаженно-древесные. Они лежали, разобранные и пронумерованные, в коробках, корзинках и ящиках; высились штабелями, упакованные и готовые к отправке в любую страну: уже лет пять как ими успешно торговал интернет-магазин. Там и тут были навалены курганы цветастых тюков, набитых тряпками. Иногда какой-нибудь тюк или мешок вдруг мягко и бесшумно — возможно, от содроганий трамвая на стыках рельс — валился с самой высокой полки, и тогда Петя или Тонда взбирались по стремянке и, матерясь и орудуя кулаками, впихивали беглеца обратно. Все столы и полки вдоль стен были уставлены банками и баночками с клеем и красками; тощими колючими букетами в нескольких вазах ощетинились пучки разномастных кисточек. В центральной комнате, где притерся к стене и Петин стол с верстачком и прочим слесарным хозяйством и где оба они с Тондой работали, иногда часами не перебрасываясь ни единым словом, высокий потолок был заклеен огромной картой мира, копией со знаменитой венецианской карты XVI века, из Дворца дожей.

Тонда был старшим отпрыском большой кукольной семьи Прохазка, владевшей в Праге двумя самыми лучшими магазинами, которые Тонда гордо именовал «галереями». Все они — и отец, Зденек Прохазка, и обе младших сестры Тонды, Марушка и Тереза, и их мамаша Магда, и даже бабка Хана — были кукловодами и художниками.

Это была империя, возникшая лет двадцать назад, выросшая из жалкой лавочки. В начале девяностых Зденек и Магда сумели объединить шестьдесят пражских мастеров-кукольников; с ними сотрудничали охотно, так как Прохазки не были рвачами, с мастерами рассчитывались честно и вовремя, торговали бойко и умно. Чтобы подкормить мастеров, они организовывали «воркшопы» и мастер-классы для богатых туристов, даже в тяжелые годы умудряясь держаться на плаву.

И все неплохо говорили по-русски, так как русской, вернее, еврейкой из Киева была их бабка Хана — личность, до известной степени легендарная. Моло- денькой актрисой Киевского театра кукол Хана за мгновение до выстрела догадалась прыгнуть в ров Бабьего Яра. И впоследствии, когда, облепленная глиной и кровью, она пробиралась, сама не понимая — куда, по оккупированным украинским селам, Господь Бог наш, Вседержитель, хозяин Вселенной и прочего немереного космического барахла, Властитель наш, столь легко допустивший убийство миллионов людей, почему-то именно за этой своей обезумевшей овечкой неплохо присматривал и еще не раз уберег ее от гибели. Чего не скажешь о русском муже Ханы, которого в первые же дни оккупации Киева расстреляли в гестапо за укрывательство еврейки-жены.

Вернувшись после войны в свой театр, Хана продолжала водить и озвучивать все тех же Белоснежек, лисичек и зайчиков. Она не была выдающимся кукловодом, но обладала хрустальным детским голоском, очень ценным в кукольном деле, а когда выпивала рюмочку и слегка затуманивалась, охотно рассказывала про самое страшное в своей жизни этим голоском радостного зайчика, так что у тех, кто слушал, кровь стыла в жилах.

В Праге Хана очутилась в конце шестидесятых, вслед за единственной дочерью Магдой, актрисой все того же театра. Та, приехав сюда на гастроли в шестьдесят втором, втюрилась в обаятельного Зденека Прохазку, художника Национального Пражского театра кукол. С детства привыкшая решать все вопросы и за себя, и за свою девочку-мать, Магда взялась за дело самым решительным образом: за две недели оперативно забеременела старшеньким, Тондой, преодолев сразу две преграды: оторопь несерьезного Зденека и бдительность человека в штатском, сопровождавшего нашу труппу. Кстати, все плодотворные торговые идеи, что работали на процветание фирмы Прохазка и прикармливали чуть не сотню человек вокруг, принадлежали именно этой неугомонной, дерзкой и доброй бабе.

А Хана и сейчас, в свои восемьдесят девять, не только успешно торговала в семейном магазинчике на Кампе, склоняя туристов к покупкам ничуть не треснувшим хрустальным голоском, но и кое-что шила и выполняла разную мелкую кукольную работу — например, вставляла в готовые отверстия деревянные носы всевозможным кашпарекам, гурвинекам и спейблам...

— Негодяй, — примирительно обронил Тонда, застегивая рубашку и закатывая рукава на длинных руках. — Ублюдок, но кафэ варит гениально. Я заснул в четыре!

— Ну а я совсем не спал, — отозвался тот. — Пей скорее, ты мне нужен.

И не выдержал — ушел в прихожую в сопровождении весело цокающего Карагёза и вернулся с рюкзаком, из которого принялся немедленно выкидывать на пол майки и трусы.

— Что то значит? — спросил невозмутимый Тонда. — То есть уход от жены?

Петя молча погрузил в утробу рюкзака обе руки, осторожно вытягивая куклу. Показались черная ермолка, развившиеся рыжие пейсы из настоящего волоса, облупленное лицо. Впервые он видел куклу при естественном освещении, если таковым можно назвать стылый зимний свет, запорошенный снежной кутерьмой в высоком окне кухни.

Тонда отставил чашку с кофе и принялся вытирать руки полотенцем.

— Включи верхний свет, — буркнул он без выражения, что всегда означало у него высшую степень интереса.

Петя щелкнул выключателем и, не удовлетворившись люминесцентным освещением, сбегал в комнату за мощной рабочей лампой. Освободив кухонный стол от прочих предметов, оба молча склонились над куклой...

В сильном свете лампы пивное брюхо Корчмаря выглядело нарочито вздутым, сам же он оказался изрядно попорченным: краска на носу и щеках облупилась, ермолка засалена до тусклого блеска, правая пейса держится на честном слове, одна бровь отсутствует. Посреди ухмыляющихся губ зияла дыра, словно какой-то злой проказник вбил туда крупный гвоздь, а потом вынул. Наверняка когда-то еще был черный лапсердак, да только нынче он отсутствовал. На жилете, на поддевке и коротких штанах ниже колен темнеют пятна плесени... Печальный вид. Итак, драгоценного семейного идола Вися держала в подвале, в полнейшей заброшенности. Что ж он, выходит, разочаровал ее, огорчил?.. Или, наоборот, так крепко надо было его скрывать, чтобы никто не увидел, никто не догадался. Только о чем?

Деревянные голова и кисти узловатых рук сработаны великолепно. В правой руке Корчмарь зажал курительную трубку с длинным медным мундштуком. На ногах — отменно сшитые из кожи, подбитые подковками башмаки с бронзовыми позеленевшими пряжками. Тело таким куклам обычно строили из крепкой материи и туго набивали опилками. Однако тут и корпус был твердым на ощупь, тяжелым, с наглухо приклеенной к нему одеждой.

— Старая кукла, — наконец одобрительно проговорил Тонда. — Очень старая. Добрже. Где взял?

— Длинная история, — неохотно отозвался Петя. — Мне, знаешь, хотелось бы его... вскрыть.

— Блазниш? — удивился мастер. — Тут корпус из дерева. Пилить его, что ли, станешь? Угробишь куклу. Его подлечить надо, и все дела. Снять краску, заново грунтовать, заново расписать... Можно хорошо продать на антикварном салоне.

Он вернулся к изрядно остывшему кофе, а Петя унес Корчмаря к себе на стол, с минуту посидел над ним, не прикасаясь, поглядывая со стороны, даже руки сложив на груди, будто стремился разуверить того в своем прикладном интересе.

На самом деле он пытался угомонить толчки нетерпеливого сердца... («Это ваша кукла? — спрашивают тебя на границе. — А что там у нее внутри?» — «Ничего, пане офицеже, — отвечаешь ты, — ничего, товарищ офицер, можете проверить сами».)

Ну что ж, проверим. Приступим к настоящему знакомству.

Первым делом он легонько, как по клавишам рояля, пробежался пальцами по костяным выпуклым пуговицам жилетки. Затем принялся нажимать сильнее на каждую... по одному разу... по два... Склонив ухо, пытался выловить легчайший звук из запечатанного корпуса куклы. Два коротких, два длинных... Один короткий и два длинных... два-один-два... Чертова азбука Морзе — так можно сидеть месяцами!

А на что ты надеялся? — спросил он себя. Вряд ли загадочный сквалыга распахнет перед первым встречным свою утробу: проше пана до моей копилки...

Он уже вполне овладел собой. Даже вышел на кухню и сварил себе и Тонде еще по чашечке кофе, и они поболтали о том о сем: ужасная зима, мало туристов, проклятый кризис, продажи упали... Правда, есть кое-какие заказы на выездные спектакли. В Окорже праздник какого-то святого, в Кладне — плес-бал, и в Крживоклате на день Матек — фестиваль кукол, как обычно: циркачи, кукольники, фольклорные группы — короче, приличные деньги... Еще праздник вина в Мелнику, точно не помню — Магда записала, когда...

Да, пока не забыл: тут тебя искала Дагмар Кратохвилова из «Черного кабинета». Приезжают шотландские кукольники, она просила связаться и скоординировать время — что-то по поводу твоего номера с Эллис.

— Мы с Эллис были в Эдинбурге года три назад, — отозвался Петя.

— Ано-ано... Вот они, кажется, видели номер, и теперь приглашают в программу. Там речь о каком-то летнем фестивале, совсем новом...

Петя стоял у окна с чашкой кофе в руке, смотрел вниз, в глубину тесного двора, заполненного снежной кутерьмой, как стакан — молочным коктейлем. Там играли в снежки три разноцветные курточки, две красные и синяя.

— Тонда... ты когда-нибудь имел дело с «укладками»?

— Тайнички, же йо?

— Угу... куклы, что хранят тайны. Надо уметь такую распознать и понять, как из нее эту тайну вытянуть. И сто лет можно над этим биться. И не преуспеть.

— Все равно, — отозвался невозмутимый Тонда, опуская чашку в раковину. — Ломать старика не стоит, то нэ.

— Не хотелось бы... — задумчиво согласился Петя. — Но это и от него зависит.

Собственно, с чего ты решил, спросил он себя, что в этом брюхе что-то хранится? Может быть, в нем так же, как в Хабалке Казимира Матвеевича, лежит перламутровая пуговица или еще какая-нибудь ерунда? И что, собственно, ты ищешь? И почему думаешь, что кукла имела в семье какое-то иное назначение, чем просто старая игрушка? Только потому, что, так странно, так поспешно и окончательно сбегая из дому, Вися ее прихватила? Не деньги (она стояла на перроне, сирота сиротой, сказал Сильва), не украшения, не вещи... одну только старую куклу. Может ли быть, чтобы Корчмарь сам по себе что-то *значил*, вернее, что-то значило *обладание* им? Тогда почему все эти годы он валялся в подвале за мешком картошки — заброшенный, никчемный, забытый?

Он уже не мог не думать о Висе... Например, сейчас ему казался странным ее звонок буквально на другой день после похорон Лизиного отца, а еще более странным то, что это совпадение тогда его не насторожило (с его-то бешеной интуицией!)... Выходит, каким-то образом тетка узнавала о домашних делах... Каким же? Черт бы побрал все эти тайны семейства Вильковских!

Он вернулся к столу и добрых часа два бился над костяными пуговицами, на ощупь пробуя самые разные касания, сочетая одинокие ноты и аккорды, закрывая глаза, вслушиваясь в движения собственных пальцев, как слепой пианист... И каждый раз натыкался на злорадное молчание куклы. Корчмарь ухмылялся раненым ртом, будто мог бы, если захотел, выдохнуть заветный ключ сквозь отверстие... Кто же пробовал его расковырять? Неужто Вися? Неужто, отчаявшись, не зная ключа к тайнику, сама покалечила куклу?

Наконец он устало разогнулся, обеими ладонями размял затекшие мышцы шеи. Приподнял несговорчивого Корчмаря и усадил его на стол, оперев спиной о стену.

— Так цо е? — спросил Тонда, не поворачивая головы. Он раскрашивал рыцаря: выпуклая грудь в панцире лат, длинные тощие конечности — привет, Дон Кихот, ветеран нашего каталога! Тело уже было готово и безжизненно и страшновато свисало с крючка в ожидании головы. На столе перед мастером стояло несколько баночек со снятыми крышками, в каждой — тонкая кисть.

— Ну что твой «сезам, откройся?» И охота сочинять шпионские романы... По-моему, кукла как кукла.

— Это брюхо должно что-то скрывать! — с досадой возразил Петя.

— Нэ. Не обязательно.

Петя поднялся из-за стола, и Карагёз, терпеливо

сидевший под его стулом, немедленно вскочил, деликатно помахивая хвостом. Время, по его мнению, было подходящим для прогулки.

— Ладно, ладно, — буркнул ему хозяин. — Я же не против: всем пора отлить.

Он отлучился в туалет, и пес, чуявший близкую прогулку, скакал у него под дверью, перестуком деревяшки и умильным повизгиванием сопровождая ворчливый водопад старого унитаза.

Затем они копошились в коридоре, одеваясь, звякая поводком, бормоча что-то и поскуливая от восторга и нетерпения: «Снег! снег, собачья морда! ты увидишь снег в алмазах!..» Наконец входная дверь стукнула, и старая металлическая цепочка некоторое время праздно елозила по драному дерматину.

Тонда посвистал, макнул кисточку в краску, легонько отжал ее о горлышко банки и добавил микрон черного к левому усу рыцаря. Отстранился, похмыкал, припал к столу и посадил асимметричную морщинку у рта: вот так. Теперь неуловимая горечь будет осенять образ благородного рыцаря. Затем он отложил кисть, вставил свежераскрашенную голову сушиться в ячейку пустой упаковки от яиц и оглянулся на сидящего Корчмаря. Казалось, тот приоткрыл рот, чтобы ругнуться или проклясть кого-то, но задумался — какими именно проклятьями. Вот уж бабка Хана, усмехнулся Тонда, ему бы подсказала: ублюдок, курва, поц, засранец, быдло быдлянское — подобного добра у бабки для внуков было в избытке... Интересно: вроде и ухмыляется мужик, а глазки смотрят жестко и пристально. Тонда повидал в своей жизни немало кукол, в том числе и старых, но такой заядлой живости в порядком порушенных чертах, особенно издали, еще не встречал. И эта отсутствующая бровь тоже добавляет старику некоторую... осатанелость, что ли.

178   Он поднялся из-за стола, подошел к Корчмарю и, склонясь, приблизил к нему лицо. Некоторое время они молча друг друга рассматривали.

— Пане жиду, — наконец вежливо произнес Тонда, воспитанный своей киевской бабкой Ханой, — цо вас такхле наштвало[1], пане жиду?

Он выдвинул ящик стола и некоторое время что-то в нем искал. В многочисленных ящиках этой квартиры можно было найти все, что душа пожелает, и не в одном экземпляре. И нашел почти сразу: тонкое сапожное шило, которое, протерев тряпицей, осторожно вдвинул в отверстие в губах Корчмаря. Шило свободно проникло внутрь до самого затылка, — голова оказалась полой, склеенной из двух половин... Работа гораздо более заморочная, чем с цельным куском дерева. Но для чего?

Вернувшемуся Пете Тонда заявил, что тот напрасно теряет время, которое можно с толком использовать для реставрации куклы, и отлично заработать на антикварном салоне, тем более что отец, да и он сам знают по крайней мере двух серьезных коллекционеров, которые с удовольствием приобретут этого типа.

— Дураком валяешься... — заметил Тонда. — Ты за дело примись. Он же весь побитый-пошарпанный, один мундштук блестит.

— Мундштук, да... — рассеянно повторил Петя, сидя на корточках и энергично растирая мокрого от снега, веселого пса обрывком драного пледа.

— Я, наверное, пойду... Как-то не работается сегодня. И Лиза там уже проснулась...

— Да, что она? — вскользь поинтересовался Тонда. Слишком хорошо знал, как часто Петя предпочитает не

---

1   Что вас так рассердило (*чешск.*).

расслышать вопроса о Лизе. Но на сей раз расслышал и отозвался:

— Нормально... Просто не хочу надолго оставлять ее одну. Кстати, ты дал бы для нее какую-нибудь работенку. Пусть повозится.

— Так добрже, возьми лошадок из «Сделай сам»...

Набор «Сделай сам» был самым ходовым товаром в магазинах и Интернете. Гениальная идея Магды, блестяще разработанная Зденеком: покупатель должен сам собрать марионетку по прилагаемому чертежу. Поначалу продавали одних кашпареков и спейблов, затем семья сборных кукол стремительно разрослась. Особым успехом пользовались животные, «йежи-бабы» и всевозможные «страшидлы». Спрос на них никогда не падал: отличный подарок и ребенку, и взрослому, тем более что и цены были щадящими — все ж не штучная работа, а поточная линия.

Петя зашел в соседнюю комнату — она была мастерской Зденека в те дни, когда тот сюда наезжал, — и минут пять провозился, отбирая из коробок на полках части некомплектных кукольных тел. Еще минут десять продуманно складывал все это в рюкзак, так как сверху надо было усадить Карагёза. На длинные расстояния рюкзак служил тому своеобразным портшезом — пес любил рассматривать окрестности из-за спины хозяина.

Сейчас он перебирал лапами, взволнованный явным возвращением домой, тем более что, вытирая мокрую его спину, Петя трижды заговорщицки прошептал в лохматое ухо священное имя: «Лиза, Карагёз! Лиза, Лиза!!!» — а это было нешуточным обещанием блаженства. Поэтому, сдерживая стоны и пристукивая костылем, Карагёз готовился прыгнуть в рюкзак.

— Как там снег, все валит? — рассеянно спросил Тонда. Он сидел спиной к окну, развернуться ему было лень.

— Нет, перестал, — ответил Петя, и, будто в подтверждение его слов, зимнее солнце вдруг глянуло в комнату, намекая, что затоптанный деревянный пол мастерской недурно бы подмести.

В этот миг произошло следующее. Неизвестно по какой причине — может, все от того же дребезжащего по улице трамвая, — Корчмарь съехал по стене и завалился на спину. И с того места в коридоре, где стоял, уже одетый, Петя, открылось то, чего прежде не было видно: вялое солнце, на миг заглянувшее в комнату, одинаковым тусклым блеском высветило и медный мундштук трубки, зажатой в кулаке Корчмаря, и медное кольцо в глубине его рта.

Одним прыжком Петя достиг стола, схватил руку с трубкой, мягким и точным движением вставил мундштук в отверстие на губах и провернул, как проворачивают в замочной скважине ключ. В полой шее Корчмаря отозвался тихий щелчок — будто старик кашлянул, — и ряд костяных пуговиц, пришитых по тесьме, маскирующей шов, отщелкнулся разом, приоткрыв щель, которую Петя стал осторожно расширять под скрип внутренних тугих петелек (давно их не смазывали, ох давно, лет сто, возможно!). Тонда, испуганный Петиным воплем, с которым тот прыгнул к столу, тоже вскочил и топтался у него за спиной, что-то бубня, давая невнятные советы и прищелкивая языком.

— Почкей[1], не тяни... осторожно! Сломаешь!.. Так цо е там? Цо?

— Не знаю... — бормотал Петя, пальцами пытаясь нащупать содержимое укладки... — тряпье какое-то.

Сам себе он казался акушером, спасавшим ребенка, что застрял в материнской утробе.

Вот легонько поднажал, пальцами расширяя щель меж вертикальными створками живота, и... и вдруг эти

1 Погоди (чешск.).

створки раскинулись по сторонам и повисли на крошечных петлях, обнажив выстланную синим бархатом полость тайника, на дне которого лежала холщовая тряпица.

Несколько секунд оба они эту тряпицу недоуменно созерцали.

— И все? — подняв рыжую бровь, насмешливо спросил Тонда.

Петя молчал, отчего-то медля прикоснуться к странному улову...

— Стоило день терять, честное слово, — проговорил Тонда, вновь усаживаясь за свой стол.

Петя достал из открытого тайника тряпичную горстку с чем-то твердым внутри и, когда развернул и расправил, удивленно хмыкнул:

— Глянь!

Он поднял правую руку, на указательном пальце которой сидела крошечная перчаточная куколка: остроносая деревянная головка на тряпичной юбке. На темени человечка был приклеен клок выцветшей красной пакли.

— Кашпарек! — воскликнул Тонда.

— Петрушка, — подтвердил Петя. — Старинный. Только вот уж совсем не понимаю, что бы это значило.

— То значит философская идея: гора родит мышь, — проговорил Тонда. — Нэ блбни, дэй ми покой.

Но минут через десять, когда озадаченный Петя уже привел в порядок Корчмаря, вновь заперев крошечного узника в его узилище, когда со своей ухмылкой — ну что, ребята, взяли? — Корчмарь как ни в чем не бывало опять сидел на столе, небрежно опершись о стену; когда истомившийся Карагёз уже восседал в рюкзаке с видом индийского магараджи, — Тонда поднялся закрыть за ними дверь и на пороге, как бы между прочим, произнес:

— Вот тэн Кашпарку убохи, ну, которого родил твой бугай... я его где-то видел.

— Где? — Петя хмуро обернулся в дверях. — Он сто лет внутри сидит. Вряд ли когда его доставали. Это какая-нибудь смысловая начинка. Послание, что ли... А вот про что — никто уже не скажет... — Он помедлил еще, придерживая ногой входную дверь и думая, стоит ли здесь рассуждать о магических куклах или сначала как следует обдумать все самому. — Ты вот что, Тонда. Это кукла Лизиной семьи. *Может, бабки, а может, и прабабки... Ну и... помалкивай пока, ладно? Лиза не знает, что она у меня, и я не уверен еще — должна ли узнать. Понял?*

— Ничего не понял, как всегда у тебя, — сказал Тонда. — Но все понял. Добрже, иди уже, го́рье луково́е. У меня куча работы.

* * *

...В небе шла полным ходом большая уборка: в серо-молочной пелене расползлись голубые прорехи, оттуда, сметая пасмурное марево, шел ровный жестковатый свет, отрезвляя город и людей. Будто кто веником смел снежный покров с зеленой меди купола и башни Святого Микулаша, но еще не тронул плотного наста на черепичных крышах домов Малой Страны. Снег на тротуарах был крепко утоптан, но еще не обледенел, и Петя с Карагёзом за спиной шли, приближаясь к арке Малостранской башни Карлова моста. Абсолютно счастливому псу удавалось время от времени достать шершавым языком то мочку уха с серьгой, то косичку, то шею в вороте свитера; его протез торчал у Петиного уха дулом старинного мушкета, а клубни пара из хохочущей пасти бесшумно взрывались, как дымки́ от выстрелов...

Итак, что говорит нам о *магических* куклах та же энциклопедия Голдовского? Надо бы дома полистать. Помнится, там какие-то ужастики об африканских племенах: из своих мертвых вождей они делают кукол и управляют ими, как марионетками... Милые обычаи, попытки задобрить богов. Что еще? Ремесло даосских магов-волшебников: те отгоняют злых духов с помощью марионеток... Ну еще — магические обряды малайцев с Суматры: что маг сотворит с куклой, то и с человеком станет... Погоди, но при чем тут Корчмарь? Если в брюхе у него ты обнаружил крошечного Петрушку, еще не значит, что он — ритуальная кукла. Может быть, малютка просто еще более старая семейная реликвия?.. Хм, что ж это за остроумец придумал нашу мрачноватую матрешку?

И для чего?

Карлов мост уже вовсю торговал, предлагал, развлекал, рисовал, музицировал и представлял на каждом шагу. Его гигантская гребенка — все шестнадцать, облицованных тесаными камнями мощных арок — глубоко сидела в реке, процеживая тяжелые зимние воды Влтавы. Широкая снежная аллея вдоль гранитных парапетов обжита художниками на брезентовых стульчиках, музыкантами и кукольниками, а также целой гвардией керамистов и резчиков по дереву, что, покуривая, слоняются вокруг своих складней и мольбертов.

По центру полукилометрового променада неспешно двигается не столь густая, как летом, но все ж на удивление оживленная для такого холодного дня толпа туристов.

Где-то на середине моста, под статуей Яна Непомуцкого, должен наяривать Хонза.

— Мы только туда и обратно, а? — чуть повернув голову, спросил Петя. — А потом сразу домой, к Лизе!

Пес немедленно подтвердил согласие, умудрившись достать языком до хозяйского уха так точно, что Петя охнул и засмеялся от щекотки — да я с тобой оглохну! — и принялся отирать собачью слюну.

Хонза сидел-таки на брезентовом стульчике и наяривал, заглушая кроткий механический орган-шарманку старого Риши, промышлявшего неподалеку со своей плюшевой обезьяной. Вернее, наяривало караоке, а Хонза — лохматый, кудрявый, в огромном свитере и тощих вельветовых штанах, в старых альпинистских ботинках (на правом подвязана шнурком какая-то погремушка, что время от времени тоже идет в дело), — аранжировал мелодии в меру своих халтурных возможностей. На подтаявшем снегу под ногами на старом гуцульском коврике лежал игрушечный бубен. Обеими лапищами в митенках Хонза выстукивал ритмы по тамбурину, зажатому меж колен, хватал бубен, тряс им, как шаман, не слишком горюя о ритме, и упоенно завывал, зажмуривая глаза, мотая башкой и широко разевая рот с очень белыми ровными зубами.

У этого обалдуя было четверо детей от очень странной ученой жены, которая сейчас, кажется, получала третье высшее образование, не проработав в своей жизни ни одного дня.

Страдалец Ян Непомуцкий, с головой, склоненной в нимбе золотых звезд, возвышался над Хонзой с таким выражением на изможденном лице, словно умолял прохожих пощадить его и сделать что-нибудь с этим невыносимым типом под его ногами: например, скинуть в реку — так же, как скинули когда-то в нее самого Непомуцкого.

Петя с Карагёзом на закорках остановился против

Хонзы, дождался конца бурного пассажа из динамиков и, едва лабух открыл глаза, подмигнул.

— Ахойки, Петё! — обрадованно гаркнул Хонза, выдыхая вулканический залп пара изо рта.

— Давай, покажи класс!

И наклонился, щелкая кнопками, выискивая нужную пьесу на диске. Это была их давняя игра: если Петя оказывался на мосту, а Хонза сидел там со своим жалким инвентарем и довольно жалким уловом, тот врубал «Минорный свинг» Джанго Рейнхардта, и пару минут благосклонный Петя подтанцовывал, собирая публику. Толпа набегала сразу — он с первых же па издали притягивал туристов. Все-таки люди, самые разные, отлично чувствуют то, что Хонза называл «покажи класс!». Иногда, если не слишком торопился, Петя одалживал у Иржи, работавшего рядом, под святым Антонием Падуанским, печального гитариста — довольно топорную марионетку, брякающую по двум струнам раскрашенной фанерной гитары, — и импровизировал. Но в этот раз он отрицательно качнул головой, кивком указав на пса за плечами.

— Давай, давай! — умоляюще крикнул Хонза (видимо, деньжат сегодня совсем уж кот наплакал) и врубил свинг.

Странно, что эти несколько тактов вступления, несколько восходящих нот всегда действовали на Петю, как дудка заклинателя змей — на кобру. И в точности как кобра под дудкой, он медленно закачался под мелодию свинга — с тяжелым рюкзаком за плечами, с Карагёзом, что восседал сверху, как матрос, высматривающий землю на морском горизонте: его протез уже походил на подзорную трубу, к которой время от времени умница-пес припадал своим черным глазом. И пока звучала музыка, Петя плыл, кружа вокруг локтя невидимую Эллис, приотпуская ее и вновь привлекая на грудь...

И, как всегда, все больше народу обступало никем не очерченный круг, и, как всегда, в конце номера публика вопила и хлопала, а в коробку к Хонзе сыпались не только металлические кроны...

Оттанцевав, он небрежно махнул музыканту ладонью, подметающей воздух: собирай, собирай урожай! — и пошел себе, кивнув на прощание одиноко стоящему на ветру кукольнику Иржи. Черные солнечные очки у того диковато выглядывали из-под капюшона куртки, натянутой по самые глаза; марионетка, печальный гитарист — бездарная, увы, работа, — под музыку из динамика равномерно брякала лапой по струнам: блям-блям, блям-блям. Иржи даже перчаток не снимает — заледенел, бедняга. Оравнодушел...

Он шел по направлению к Малостранским башням, не доходя до которых следовало бы свернуть вправо. Но у спуска на Кампу помедлил, миновал его и... вернулся опять к этим ступеням. Танец на него, что ли, так подействовал... Да вот и шотландцы же, напомнил он себе в подмогу, — а вдруг надо буквально завтра показывать номер? Как раз неплохо проверить — все ли *там* в порядке с механикой. Глянуть на минутку, на единую минутку. В конце концов, возможно, что *та* еще не проснулась... И, торопливо заверив пса, что «вот только на минутку, на две, и сразу домой», он спустился по ступеням на остров.

Летом довольно часто давал здесь представления со своими *малышами*, небольшими марионетками, которых так любят дети. Куклы взбираются к ним на плечи, обнимают, общаются на разных смешных псевдоязыках.

Особенный успех имел **Самурай** — оскаленный, с озверелым лицом, — тот скакал, размахивая своим кривым мечом в дикой пляске, а напоследок делал себе харакири, растерянно глядя, как из живота выскакивают разноцветные стеклянные шарики, которые с криками «банзай!» немедленно бросались подбирать дети.

По аллее деревьев, высаженных прямо на каменке, мимо чугунных выгнутых скамеек, мимо барочных фасадов, образовавших стену вдоль Влтавы, он шел к магазину, то бишь к «галере́е», которую Хана, будем надеяться, уже открыла. Вообще старуха была не из ранних пташек и, несмотря на вечные нарекания семьи, магазин открывала не раньше двенадцати.

Эти две комнаты с подсобкой выходили большими витринами на обе углом сходящиеся улицы. В витринах стояла и висела *наша продукция* в наиболее полном ассортименте. На крыльце перед дверью горбато скалилась главная Страшидла — замечательная работа Зденека и Тонды, мимо которой еще никто спокойно не проходил. Тонда встроил в нее хитрейшую механику с фотоэлементами: оскаленная пасть Страшидлы распахивалась и клацала зубами, едва туристы протягивали руку, чтобы пощупать куклу.

И в тот момент, когда очередная, визжащая от восторга парочка была готова тронуться дальше, на крыльце магазина возникала толстая Хана: нет, пане, именно эта кукла не продается, она рекламная, но почему бы вам, пане, не заглянуть в магазин, у нас много чего найдется интересного, лучшие кукольники Праги... — и так далее, и в общем это чистая правда, и если закрыть глаза, то нежно-пригласительный голосок старой морщинистой сирены еще так хорош, что улепечет на изрядную сумму кого угодно.

Да, но мы же на минуту, Карагёз, клянусь тебе, и если дверь заперта, то мы немедленно почапаем на

Вальдштейнску, под «чернехо беранка», к Лизе, оглашая воздух паровозным гудком.

Ага, открыто! — табличка «open» — «otevřeno» висит на стеклянной двери косо, но приветливо. Однако внутри пусто. Древняя грудастая касса времен Масарика, с невероятным тщанием восстановленная Тондой, сиротливо кукует в ожидании продаж. Это похоже на старую разгильдяйку. С нее станется уйти в соседнее заведение на чашечку кофе, бросив магазин на разграбление. Магде наябедничать, что ли? У Пети был свой резон для опасений.

Он открыл дверь (звоночек удивленно тренькнул; пароходный гудок здесь нужен, а не звоночек, ротозеи!) и стал осторожно протискиваться с рюкзаком в узкую половинку стеклянной двери, дабы не задеть, не сорвать отовсюду свисающих кукол. Оказавшись внутри, снял рюкзак и пустил Карагёза на пол.

— Хана! — крикнул он. — Ты здесь?

Из глубин помещения — из туалета, конечно, — придушенный кафельным эхом, отозвался райский голосок Белоснежки:

— Петя, ты?

— Я, я...

— Дай же человеку душевно посидеть!

— Сиди на здоровье, — разрешил он. Обошел стол с кассой и устремился в подсобку.

В этой восьмиметровой комнатке, осевшей на четыре ступени и потому слегка подслеповатой, с трудом помещались швейная машинка, газовая плита на две конфорки и небольшая стремянка. Зато во всю ширину противоположной от двери стены воздвиглось нечто среднее между монументальным комодом и небольшим саркофагом — нечто дубовое, рельефно-лиственное, выпукло-виноградное, рассохшееся вкривь и вкось, с широкими выдвижными ящиками, ни один из которых не желал выползать из пазов добровольно. Все же назовем это сооружение шкафом (Магда уверяла — «страшно антикварным, из замка», — правда, не уточняла, из какого).

Лоскуты материи, бисер, пуговицы, стеклянные кукольные глаза и тесьму, а также кусочки кожи, парчи и замши, хранившиеся в каждом из этих ящиков, приходилось добывать с боем, со скрипом и визгом. Иногда с поколачиванием молотком. В редких случаях — со срочными ремонтными работами. Для комода сооружение слишком высокое, для гардероба — низковатое. Лучше всего этот зиккурат подходил для хранения бедной...

«Ты сумасшедший? — спросил себя Петя, как, впрочем, всегда спрашивал. — Нет, ты явно сумасшедший. Может, ты думаешь, что она тебя ждет, что она соскучилась, что у нее что-то болит?»

— А вот сейчас и проверим, — проговорил он вслух самому себе, придвинул стремянку и взобрался на три ступени. Ровный дневной свет из окошка под потолком освещал широкую крышку шкафа, на которой, как скульптура на саркофаге, лежал длинный продолговатый сверток из полупрозрачной материи.

Вот так она тут и лежит одна, изгнанная из дому бедняжка, и в полуметре от ее головы шастают за окном взад-вперед ноги туристов...

Петя молча быстро развязал тесьму и нетерпеливыми пальцами принялся разворачивать сверток. Слышно было, как, постукивая протезом по деревянному полу, Карагёз привычно обегает комнаты. Он частенько здесь бывал и вообще в трагические для него периоды отсутствия Лизы всюду сопровождал Петю. Не разрешалось ему только появляться на представлениях с

Эллис, так как, завидев Петю, кружащего *как бы Лизу* в упоительном танце, пес сходил от счастья с ума. Сходил с ума до тех пор, пока за кулисами, с разбегу не бросался на *нечто*, напрочь лишенное главного: *запаха Лизы.*

(*Господи, бедный мой пес, да ведь мы оба от этого сходим с ума...*)

Но вот уж повезло нынче кавалеру со светской жизнью! А ведь скоро его ждет волнующая встреча...

Откинув последние покровы, он помедлил со слабой улыбкой на остром лице... и, прежде чем приступить к проверке механики, осторожно провел ладонью по телу лежащей перед ним миниатюрной женщины: такой кроткой, молчащей, доверчивой; совершенно во всем ему подвластной.

— Ну... как дела, малышка? — пробормотал он.

И не чувствовал, не слышал — из-за стука деревяшки неугомонного пса, — как за его спиной в проеме двери возникла грузная старуха. Она стояла, ни слова не произнося, глядя в Петину спину с непередаваемым выражением жалости, осуждения и... бесконечной печали.

* * *

Глубокой ночью зазвонил мобильник.

Петя взвился на постели с колотящимся сердцем и, пока не осознал, что Лиза — она здесь, и вообще — *все дома,* две-три секунды в темноте ошалело шлепал ладонью по полке, откуда звенело. Расколошматить бы к черту проклятого звонаря, кто бы это ни звонил.

Но не расколошматил. Нащупал наконец мобильник, схватил его и удавил, нажав на кнопку. Сипло буркнул:

— Слушаю!

— Как это сказать... глаз за глаз, же йо? — Это был Тонда, конечно. — И как там еще дальше — что за что?

— Хер за хер...

Карагёз, развалившийся между ним и Лизой (первые несколько дней пес не отходил от нее ни на шаг), приподнял голову и вопросительно зевнул. Петя потрепал его за ухом, прилаживая лохматую башку опять на подушку.

Под босые ноги попались миниатюрные Лизины тапочки, но он уже не стал шарить свои, чтоб ее не разбудить, так и поковылял в мастерскую, ступая, как пьяная волосатая балерина на пуантах. Добрел, включил на ощупь одну из тишайших ламп-прищепок и рухнул на стул.

— Ну, чего тебе?

— Вспомнил, где видел того кашпаречка.

— Я же сказал тебе: ты ошибся.

— Не именно того, но таких точно. Их было... почкей... восемь. Нет, даже девять.

— Что ты несешь, Тонда? Про что ты говоришь?

— Иди умой свою глупую морду, — невозмутимо отозвался тот. — Мыслиш, звоню тебе в ноци ен так, из гадости?

— Погоди... — Петя отложил телефон, подошел к кухонной раковине, напился и щедро плеснул воды себе на лицо.

Полотенца под рукой не оказалось, так и вернулся к трубке с бегущими по груди ручьями.

— Ну?

— В Берлине.

— Говори толком! — разозлился он. — Что — в Берлине? Когда? У кого?

— Добрже... Вот теперь ты проснулся, поц, то я слышу. Так вот что: паматуеш, в прошлом году мы с отцом ездили в Берлин, сидели там три недели?

— М-м... какой-то частный реставрационный заказ? Помню.

— Да, большая работа, две приватные коллекции старых кукол... Так один из дядьков — он чех, историк-антик, и давно в Берлине. Очень симпатичный. Кудрнатэй, как цыган. Большая коллекция, собирал еще его отец. Такая стеклянная витрина во всю стену, и вот в ней я видел. Сидят в ряд. Удивился — зачем все одинаковые, да такая ерунда. Неинтересно. Он сказал — семейное наследствие, делал его... как это — потомкин? Потоник?

— Не потомок, а предок все-таки, — задумчиво предположил Петя.

— Ну, мне чихнуть. Просто вспомнил. Подумал — можно ведь ему продать, же йо?

— А телефон его есть?

— У отца, наверное, есть. А что, будешь продавать?

— Нэ.

— Ты цвоку или блазень, а? Можно продать отдельно куклу на салоне и отдельно этот зародыш-кашпарек.

— Я тебе уже сказал! — раздраженно отрезал Петя. — Я ничего не продаю! А даже если б и хотел, не могу. Все, завтра поговорим! — И в сердцах отключил телефон.

В ту же минуту его ослепил яркий свет. На мгновение он зажмурился, а когда открыл глаза, то увидел Лизу.

Она стояла в той же пижаме, в стае улыбчивых коралловых рыбок, в его, огромных ей, тапочках, с рукой, поднятой к выключателю.

— Чего ты не захотел продать? — отрывисто спросила она: бледная, с неистовыми, черными от расширенных зрачков глазами.

Он молча смотрел на нее, мысленно проклиная все эти Борькины лекарства, которые не берут ее ни хрена. Она их щелкает, как белка — орешки, а скорлупки на ветер бросает. И куда деться от ее потрясающей интуиции! Ведь она со вчерашнего дня... да нет, с Самары еще чувствует что-то и мечется, мечется...

— Что! Ты! Не продаешь!

— Ничего. — Он сузил глаза. Улыбнулся ей. — Ты же слышала. Ровным счетом: ни-че-го.

Из спальни приковылял Карагёз на трех лапах: так одноногий инвалид войны, хвативший со вчера лишку, выползает, держась за стены, на громкий скандал в коммунальной кухне.

— И потому прячешься от меня, и разговариваешь, будто тебя придушили!

Шаркая большими тапочками, она приблизилась... и вдруг отшатнулась с искаженным от боли ртом: мгновенная перемена, одна из мгновенных перемен ее подвижного лица.

— Ты плачешь! — Она схватилась за горло обеими руками, будто пыталась оторвать чьи-то невидимые, сомкнувшиеся на ее шее ладони, — жест, который почему-то всегда приводил его в ужас. — Ты плачешь, — повторила она, — плачешь... Я вижу. Значит, это правда!

— Что, что — правда? — Он нервно хохотнул. — Это вода, я просто плеснул немного на...

— Значит, я угадала: я все поняла! — прошептала она с безумной улыбкой. — Этот разговор... он был — о *ней*, да? Это *ее* ты не можешь продать!

— Лиза!!! — крикнул он, вскакивая. — Ты сошла с ума! Смешно, ей-богу, это ж вода, Лиза, во-да!!! С чего мне пла...!!!

Но она уже металась по мастерской, не слушая его бодрых воплей, уворачиваясь от его рук, шарахаясь от

стены к стене, сшибая кукол, повторяя, как заведенная:

— Ты плачешь, ты плакал, я вижу... Кто-то просил
ее продать, а ты... ты сам сказал, я слышала: «Не могу
и не хочу!»... Не можешь с ней расстаться... Да ты просто любишь ее, а я загромождаю твою жизнь...

— Господи, Ли-за! Да это же совсем не то, совсем о
другом, совсе-е-е-ем!!!

Они перекрикивали друг друга... Как обычно, он
напрочь забыл, что она еще полностью не выздоровела и что — терпение, терпение... Разом, будто в обморок грохнулся, забыл все наставления доктора Горелика, — ярился, умолял, обтирал ладонями свои лицо
и грудь, протягивал к ней руки, тряс ими и спрашивал:
разве можно столько наплакать, ты спятила? Постой,
я тебе все объясню... Замолчи на минуту, я все объ-
ясню-у-у-у!!! Да ты просто не хочешь меня слышать!

Внезапно она остановилась посреди комнаты, по-
пятилась от него, ударилась спиной о стену и застыла,
глядя отчаянными глазами. И вдруг, подавшись к нему,
проговорила осевшим умоляющим голосом:

— Мартын...

У него оборвалось все внутри.

А она упала коленями на пол, обняла, стиснула
его ноги, прижалась к ним щекой, бормотала, называя
его именем, какого не произносила уже много лет:

— Мартын мой, Мартын... продай ее! Умоляю, продай ее! А лучше — уничтожь! И все сразу кончится...
Все уйдет, уплывет, как мрак и ужас... Горе кончится!
Убей ее, Марты-и-ин!!! Я буду опять выступать, хочешь?! Я опять выйду на эту проклятую сцену, только
убей ее!!!

Все внутри у него онемело от этого хрипловатого
голоса, от дрожи ее горячих тонких рук, стиснувших
его колени, от ее безумного жалкого лепета...

Он побелел — мертвец мертвецом, — вытянул шею и, чувствуя, что еще секунда, и он убьет ее, и сам сдохнет, что сейчас лопнет в груди какая-то жила, взвыл:

— Ли-и-и-за-а-а!!!

Он вытягивал шею со вздутыми венами и выл, как волк на зимнем тракте. Шумно вбирал носом воздух и вновь завывал, мотая головой. Потом рухнул рядом с ней на пол, схватил за плечи, затряс ее, пытаясь что-то сказать...

Оба уже плакали, кричали, не давали друг другу говорить... Оба не могли, не могли ничего друг другу объяснить, стискивали и трясли друг друга под стоны и визг скакавшего вокруг несчастного пса, что пытался пробиться к ним, утешить, вылизать мокрые лица.

Минут через десять обессилели оба... Лежали, опустошенные, на холодном полу мастерской, среди сорванных кукол, разбросанных повсюду в уморительных, страшно живых человеческих позах... В ночной тишине суетился лишь беспокойный Карагёз, то поскуливая, то принимаясь деятельно вылизывать обожаемые лица, то вновь усаживаясь на пол у их голов в терпеливой тоске и ожидании, когда все снова станут прежними: куклы — деревянными, люди — живыми.

— Я нашел Корчмаря... — наконец глухо выговорил Петя.

Она молчала...

Спустя мгновение он повторил:

— Корчмарь нашелся, Лиза... Вот о нем я говорил с Тондой. Все!.. Поднимись с пола, простудишься.

И поскольку она не шевелилась, он поднялся сам, подтянул ее, как в детстве, за обе руки — «але-оп!», — перехватил в талии, перекинул через шею, как пастух — ягненка, и понес в спальню.

И там, сидя у нее в ногах, методично, в подробностях все рассказал, начав с Сильвы, — который даром что под мухой был, а вовремя вспомнил про куклу у соседских девочек, — и закончив щелчком запираемого брюха Корчмаря.

Он уже все рассказал, а Лиза по-прежнему молчала. Смотрела она не на мужа, а в окно, выходящее в другой, большой прямоугольный двор. Там, напротив их квартиры, настырным желтым светом всю ночь горел фонарь, из-за которого они обычно задергивали занавеску, а вчера забыли, заморочились, залюбились... Такой был вчера славный вечер: счастливый Карагёз, размягченная Лиза, раскуроченные коробки набора «Сделай сам», из частей которого Петя за две-три секунды свинчивал некомплектных нежных уродцев, и те на разные голоса провозглашали невозможно уморительные спичи, ссорились и дрались, и признавались Лизе в любви так косноязычно и с таким акцентом, что та в конце концов взмолилась в приступе истерического смеха: «Перестань, дурак, я описаюсь!»

Как хорошо было вчера...

Свет фонаря падал прямо на постель, не добегая лишь до изголовья, где в ночной тени неподвижно лежала на подушке Лизина голова.

Наконец она пошевелилась, отвела взгляд от окна — и он поразился, до чего этот взгляд полон ясной горечи. Ни малейшего следа истерики, ни капли удивления.

— Значит, Вися, — устало проговорила она. И Петя кивнул:

— Но она вряд ли знала про тайник в брюхе. Скорее всего, не знала. Тогда совсем непонятно — зачем, что ей было в этой кукле?

Она помолчала... Наконец с явным усилием произнесла:

— Знаешь... мне почему-то кажется... что каким-то образом от Корчмаря рождаются дочери.

— Что?! Лиза, не пугай меня.

— Да я не так... не то хотела... — Она запнулась, мысленно подбирая слова, и неуверенно — будто на ходу обдумывая пришедшую в голову мысль и не решаясь откровенно ее высказать — проговорила:

— В общем... я подозреваю, что Корчмарь приносит дочерей.

— С чего тебе взбрело, о господи...

— По всему так выходит, — живо отозвалась она. — Его же не зря в семье считали залогом удачи. Отец называл Корчмаря не иначе, как «беременным идолом».

— Ну, да это просто потому, что его огромное брюхо... это, понимаешь, такой гротеск, называется «кукла-укладка», и получается...

— Ты помнишь, — перебила она, — я ведь отца, когда он умирал, в ясном уме не застала. Сидела возле него в палате двое суток, до конца. И все эти часы, чуть не до самой агонии, он только одну фразу и повторял: «вереница огненноволосых женщин, в погоне за беременным идолом»... Я удивлялась: вот бред же, сущий бред, но откуда это и как он такую вычурную фразу выговаривает? Его же от инсульта перекосило, он лепетал, как младенец, шепелявил, задыхался... Затихнет на полчаса, и вдруг опять этим ужасным перекошенным ртом: «вереница... огненноволосых женщин...». Я тогда чуть с ума не сошла рядом с ним. Значит, это его как-то беспокоило, мучило? А папа был эстет, циник, ты же знаешь, — его трудно было чем-то зацепить... Что он в своем бреду искал, кого там видел?..

Она вздохнула и задумчиво проговорила:

— Вот и получается, что Вися выкрала Корчмаря, чтобы родить дочь. И ее можно понять. Уж нам ли не знать, что случается, когда мы рожаем мальчиков.

— Господи, Лиза, что ты несешь! — воскликнул он, хватаясь за голову. — Ну при чем тут! Что за дурацкие страшилки...

— Страшилки? — спокойно и холодно перебила она. Качнула головой на подушке и усмехнулась:

— Быстро же ты забыл своего сына.

Он схватил ее руку, сильно сжал, и Лиза притихла минуты на две. Но вдруг, рывком приподнявшись на локте, подалась к нему, улыбаясь болезненно, мечтательно.

— Помнишь, как он смеялся? — быстрым шепотом спросила она. — Помнишь? Внезапно, бурно, как будто вдруг увидел...

— Молчи! — сдавленно крикнул он, задыхаясь и еще больнее сжимая ее руку. Она молча откинулась на подушку, и так, держась за руки, они долго оставались неподвижными под желтым драконьим глазом за окном.

В тишине просипели «Милого Августина» ходики... Медленно мелела в аквариуме двора мутная белесая мгла, а еще через полчаса погас единственный фонарь...

Лизино лицо на подушке постепенно всплывало со дна серых теней: рельефно проступили скулы, испариной мерцал бледный лоб, темнели подглазья, и белки сухих лихорадочных глаз наконец блеснули слезой.

Тогда он лег рядом, пережидая, когда она успокоится.

Вот теперь она вернулась, думал он. Вот теперь вернулась по-настоящему...

Она же плакала легко, освобожденно, монотонным шепотом повторяя имя, которым звала его с детства, то ли его окликая, то ли себя:

— Мартын... Мартын... Мартын... — твердила она,
будто он не лежал рядом, ее обнимая, а оставался в их
прошлом — в городе, где оба они были детьми.

Как будто он отстал и хоть и силится, но не может
ее догнать. Звала и звала — почти беззвучно, — с на-
стойчивой отчаянной надеждой.

Глава шестая

«...Сегодня медсестра Шира спросила меня: «Как
поживает ваша малютка-жена, доктор?».

И смешалась: видимо, у меня была идиотская физиономия.

У меня-то слово «жена» по-прежнему, даже спустя
столько лет после развода, вызывает в воображении одну
лишь Майю: роскошную цельнокроеную — выражение
моего деда-портного — блондинку, которую ни возраст,
ни полнота не портят. Отнюдь не малютка, ростом под
стать мне, она с годами приобретает лишь терпкую гор-
чинку зрелости... Впрочем, она и в молодости любила
повторять: «К моему декольте идут меха и драгоценности». Этого я обеспечить ей не мог, особенно в первые
здешние годы (да и в мехах тут у нас не так чтобы острая
необходимость). Ну, и она со мной заскучала...

«Юж, Параню, по коханню», — говорили у нас в том
смысле, что прошла любовь, бай-бай...

Да ладно уж, мужик, признавайся: она ведь навещает тебя «по старой дружбе», а?

На ее откровенном веселом языке это называется
«перепихнуться». Увы, девушка не была готова к некоторым неприятностям, которые могут настигнуть муж-
чину в шестьдесят восемь лет, будь он даже бравым ге-
нералом и директором крупного военного концерна.

Так что — благородный, душевный и высокооплачиваемый — он только в одном ее и не удовлетворяет. А я, видать, удовлетворяю только в этом. И хотя сердце, рассудок и — скажем высокопарно! — честь велят мне гнать эту амазонку взашей, мое плечо, на котором столь удобно время от времени лежит ее голова, мои руки...

Ладно, доктор: сказано тебе — гнать взашей! Особенно если вспомнить, как, доходчиво и убедительно излагая причины развода, она восклицала: «Я говорила тебе — защищайся!» (Произносилось сие не в дуэльном, конечно, смысле: в диссертационном.)

Ничего, доктор, бодрее, веселее... не прибедняйтесь: зато после развода вам пришлось пережить несколько волнующих романов, не правда ли? Да и — положа руку на сердце — есть в соломенной доле еще нестарого мужика свои увесистые плюсы.

Так что по поводу моей «малютки-жены»: не сразу я понял, о ком речь идет. Конечно, правду я совершенно скрыть не мог, и о настоящем положении вещей знали в клинике два моих друга. Но медсестры в эту неудобную историю посвящены не были.

Поэтому я справился со своим лицом и сказал Шире:

— Спасибо, мотэк[1], она в порядке.

И задумался...

Мне никогда не нравилась Лиза... Имею в виду флюиды, предпочтения, влечение и тому подобные вещи. Очевидно, собственная физиология диктует и предпочтения. С высоты моего роста — а я быстро вымахал и в какие-нибудь тринадцать лет уже носил отцовы ботинки и свитера — такие крошечные женщины, как Лиза, казались мне недостойными внимания.

1 Милочка (иврит).

Я шутил, что не люблю рассматривать партнершу в лупу. Хотя, надо признать, была в ней какая-то хрупкая красота, как в изящной фарфоровой чашечке за стеклом витрины: дивной стройности и формы ножки, лепестки рук с серебряными колечками. Не по росту низкий — я называл его «пунктирным» — голос, будто после каждого слова она ставила восклицательный знак. Ну и, конечно, эта густая медная грива, в ореоле которой ее бледное лицо казалось прозрачным и освещенным изнутри, как газовая лампа...

Нет, увольте меня от описания женщин-камей и прочих ювелирных украшений. А никаких человеческих, личностных качеств до известной поры я в ней вообще не видел.

И как могло быть иначе, если она раздражала меня, да и многих из наших с Петькой общих дружков все детство и юность: она всем нам просто осточертела, болтаясь под ногами в самые увлекательные — летние — месяцы мальчишеской жизни!

Петька всюду брал ее с собой: в кино, на футбол, просто шататься по городу, — если удавалось договориться с Евой, самой *удачной* ее нянькой, пасущей ее, кажется, с трех и до семи лет. *Удачной* считал ее Петька: любвеобильная Ева водила в дом солдатиков, и девочка ей мешала, поэтому, пользуясь вечным отсутствием Лизиного отца, та отпускала Лизу «с Пётрэкем» погулять, даже если эти гулянья затягивались на весь день, — ему она малышку доверяла. Петькину же ненормальную тревожность, его помешанность на этой девчонке уже тогда мог диагностировать любой психиатр.

Однажды, помню, компанией пацанов мы сидели в «Пирожковой» на Словацкой — домашний был, славный такой уголок. Его держал армянин. Все так и говорили — «пошли к армянину», потому что он то ли заведовал, то ли сам поварил — бог весть, не помню. Но готовили там умопомрачительные дрожжевые пирожки: тонкое тесто, румяный бочок, полное брюхо изюма. А на запивку давали кофе с молоком, смешивая прямо в титане с носиком. Отворачивался кран, из носика лился кофейный напиток.

Из «Пирожковой» мы собирались идти по третьему разу на «Загнанных лошадей...», и надо уже было поторапливаться, а пятилетняя Лиза все сидела и жевала, вытаскивая из пирожка пальчиками по изюмине и аккуратно отправляя в рот. Из-за этой копуши Петька всегда чувствовал себя перед нами виноватым, поэтому сам вызвался сбегать за билетами: нога — там, нога — здесь. Времени до сеанса оставалось — кот наплакал.

Лизу он оставил с нами, предварительно взяв с меня клятву глаз с нее не спускать.

— Та шо з нэю будэ, — пренебрежительно заметил Тарасик. — Сопливка, трискай скоришэ! Запизнюемося чэрэз тэбэ!

И Петька умчался. Но буквально через минуту возник в дверях:

— Держи ее за руку! — крикнул он мне с тревогой в лице. — Она такая маленькая, ее в кармане унесут! — и исчез.

До сих пор у меня перед глазами это лицо несуразного подростка: длинная шея вытянута, в глазах — все сочиненные за минуту отсутствия беды, — и он кричит через головы сидящих за столиками людей, пытаясь взглядом еще раз нащупать, еще раз обласкать, оберечь медно-кудрявую головку...

Боюсь, что я очень многого о нем не знаю. Многого не могу вообразить. Даже после откровеннейшего письма, написанного им в Томари, под метельный шорох и свист. Например — как он жил там, на Сахалине, без объекта своей маниакальной привязанности? Как тянулись для него эти зимы, осени, весны — большая часть года? Как он справлялся с томительной неизвестностью, с этой огромной прорехой в его жизни и его душе, о которой он, с его косноязычием, не смог бы даже никому толком рассказать?.. И чем, черт побери, питалась эта фантастическая верность?

Знаю только, что, поставив себе целью приезжать во Львов каждое лето, он бросался на самые разные приработки: совсем пацаном разносил почту, а повзрослев, находил сдельную работу на рыбных станах.

Позже, когда мне пришлось стать лечащим врачом Лизы, когда случилось все то, что случилось, — когда пролетела половина жизни, — я много размышлял о них двоих. Что это было, вернее, что это есть — их навзрыд и насмерть болезненная связь? И лишь недавно понял: всем нам — тем, кто посмеивался над «слюнявой» Петькиной привязанностью, кто издевался над ним, кто крутил пальцем у виска, — посчастливилось взрослеть под сенью возвышенной и — сказал бы я теперь — трагической любви.

Короче, Лиза порядком попортила нам крови, особенно когда стала подрастать. В детстве-то она была довольно забавной малышкой. Лет до пяти Петька просто носил ее на закорках: подтягивал за руки (надо было видеть, с каким доверчивым сиянием она вручала ему ладошки!), перехватывал в талии и перебрасывал себе за спину, — это был у них отрепетированный номер: «Лиза: але-оп!» — и так ходил, как верблюд, с вечными ее локотками на тощей шее, на какое угодно расстояние, хоть целый день, — разве что в футбол с нею на спине не играл, — беззаботно повторяя, что она легкая, как перышко. Если требовалось ее как-то занять, ей просто покупали эскимо, и она весело и покладисто грызла мороженое, роняя кусочки шоколада на Петькину шею.

* * *

И вдруг за какой-то буквально год — ей тогда исполнилось четырнадцать — она из девчушки, из вечной малышки выросла в девушку. Роста по-прежнему была миниатюрного, но совершенно преобразилась.

Тут надо бы вспомнить, что именно Петька в один из своих приездов отвел ее на экзаменационный просмотр в балетную школу на улице Жовтневой. Его тогда уговаривали не мучить сестричку, подождать годик, «бо вона така махонька», но он пошел к директору и настоял на пересмотре решения приемной комиссии. Сейчас это звучит фантастически, но так оно и было, он добился этого: его упертость уже тогда потрясала даже взрослых. И Лизу приняли, и Лиза делала известные успехи, и потом, будучи студенткой «Кулька» (культурно-просветительского училища; там было неплохое хореографическое отделение, уклон скорее в народные танцы, но Петька уверял, что «школу» дают «классическую»), она танцевала в программе варьете на Высоком замке.

В четырнадцать лет это была грациозная капризуля — злючка с прямой спинкой, точеными чертами лица и повелительными интонациями низкого голоса очень взрослой женщины. Главное же, будто одним поворотом невидимого ключа изменилась между ними расстановка сил. Уже не она подчинялась ему, а он — ей, причем безоговорочно.

Это было странное меж ними время: ему исполнилось двадцать три, он учился в Ленинградском институте театра, музыки и кинематографии сразу на двух факультетах: кукольном и художественном, был ослепительно талантлив и внешне тогда очень привлекателен: отпустил романтическую шкиперскую бородку, накачал мускулатуру и, если появлялся в компаниях и его уговаривали станцевать, имел сногсшибательный успех у девушек, впрочем, абсолютно для него и для них бесполезный.

Так что в Питере у него была бурная жизнь.

Страна в то время уже начинала раскачиваться на похмельных лапах, и чувствовалось, что, рухнув, придавит, к чертовой матери, кучу народа. Все мы жадно читали публикации в толстых журналах, заглатывая статьи на экономические, исторические и прочие политико-преобразовательные темы. Все жили в том мутноватом, тяжелом для пищеварения бульоне, который в разные времена и в разных странах носит имя «Накануне».

Однажды я вырвался к нему в Питер дня на три. Собирался остановиться у двоюродного брата, но, кроме того утра, когда вошел в квартиру и выпил с родственниками чаю, у брата появился еще только раз, за полтора часа до поезда. Все остальное время околачивался у Петьки на кафедре кукол, торчал на репетициях и спектаклях или болтался с ним по разным компаниям, а оставшиеся от суток три-четыре часа мы отсыпались валетом на его хлипкой общежитской койке, рискуя грохнуться на пол от любого чиха.

Странно: он никогда не интересовался политикой и тем, что обычно именуют «жизнью общества»; ему вообще всегда было глубоко наплевать на общество и, боюсь, на людей тоже. Тем более непонятно — как мог он так гениально учуять главные мотивы общественной жизни тех лет... Короче: он сделал двух кукол, двух перчаточных кукол, которые, как я понимаю, должны были подменить образ традиционного Петрушки русского балагана. Вернее, он разделил Петрушку на два персонажа. Это были Атас и Кирдык.

Заполошный вздрюченный толстячок Атас вечно затевал какие-то «проекты», ратовал за реформы, выступал, убеждал, провозглашал, обличал и приветствовал, непременно попадая в идиотские комические ситуации. Его пылкая невнятная скороговорка, выкрики и взвизги напоминали речи каких-то полубезумных ораторов. Мрачный унылый Кирдык — длиннющая глистообразная физиономия, кепка на самых глазах — всего опасался, предрекал стране и народу ужас, катастрофы и гибель. Говорил внятно, редко, увесисто. Оба крепко пили и в конце каждой сцены от выпивки переходили на выяснение отношений с последующей дракой. Репризы с этими парнягами были смешными до слез, до колик, до поноса. Публика — сам видел — стонала и сморкалась.

Уже не помню подробностей, но самой смешной была сцена в вытрезвителе. Причем Атас выступал там чуть ли не государственным деятелем, случайно замеченным ментами в вытрезвиловку, а Кирдык — законченным бомжом. Просыпались они в одном и том же состоянии похмельной прострации, на одной койке, под одним одеялом. Вот этот диалог, от похмельной тошноты до глобальных философских обобщений, довел меня до истерики — впрочем, моя смешливость еще в школе была легендарной.

После одного такого представления я спросил: как он придумывает все эти убойные реплики? Он ответил, что ничего не придумывает, просто скопировал отца и его пьяные речуги. Ну, это — один, уточнил я, а второй? И второй тоже — отец, беззаботно ответил мне Петька. Только в разное время суток и в разном состоянии.

С двумя этими распоясавшимися типчиками он давал представления где придется — чаще всего на каких-то полуофициальных подмостках, в пока еще зашнурованной стране. Но постепенно шнуровка расслаблялась, сгнивший корсет распадался, вывалились там и сям отекшие телеса... И хотя вокруг распространялась вонь застарелого пота, парадоксальным образом дышать стало немного свободней...Уже можно было для представления снять зал в каком-нибудь Доме культуры. И если фильтровать базар, можно было даже протащить кое-что и на телевидение.

Итак, Петька в том году был на невероятном подъеме. Кем была Лиза? Никем: четырнадцатилетней сопливкой, избалованной несносной фифой.

Помню Петькины проводы из Львова той осенью: я привез его и Лизу на отцовском «жигуленке» в аэропорт. (О, наш домашний древнегреческий аэропорт, с его колоннами и портиком, со смешной трехъярусной башенкой на макушке...)

Петька уже сдал багаж, но никак не мог пройти на посадку, Лиза не пускала. Я изнывал, мне хотелось выйти покурить, хотелось, чтоб он благополучно сгинул за барьером, тем более что тетка в форменном кителе уже трижды кричала: «Ленинград! На посадку! Заканчивается посадка на Ленинград!» — но Лиза в последние минуты устроила настоящую истерику: никого и ничего не видя, кричала ему рыдающим голосом:

— Забери меня, Мартын! Забери меня отсюда!!!

И он, с потерянными глазами, что-то виновато бормоча, пытался обнять ее, успокоить, утешить... Она вырывалась, отбегала в сторону и, топая ногой, кричала оттуда, с залитым слезами лицом, с распатланной головой, никого и ничего вокруг не видя:

— Сволочь, Мартын, сво-о-олочь!!! Не бросай меня зде-е-есь!!!

Для меня, в то время легкомысленного балбеса, эта сцена была весьма поучительна. Именно в тот день я понял, что женщина становится женщиной не тогда, когда физиология взмахнет своей дирижерской палочкой, а тогда, когда почувствует сокрушительную власть над мужчиной.

Уверен — те, кто наблюдал эту сцену, ломали головы: кем могут приходиться друг другу эти двое? Не друзья же, не влюбленные же — она такая пигалица; и для брата с сестрой очень уж были непохожи... А это просто мучительно раскалывались, разлеплялись, разъезжались две половинки одной души; души явно болезненной, взбаламученной, мечтательной и страстной.

...И если вдуматься — ведь это ее, Лизы, правда, ее детская травма: он всегда уезжал, всегда покидал ее. Так обстоятельства складывались, так сложились их детство и юность — он вынужден был уезжать...

И вот в середине жизни они поменялись ролями: впервые она, именно она покинула его.

Я имею в виду ее первое пребывание в нашей клинике.

С самого начала мне удалось удачно подобрать ей лечение, и она довольно скоро вышла из обострения.

Когда в ее состоянии появились первые просветы и с ней уже можно было наладить контакт, я стал иногда вывозить ее часа на два-три в город — проветрить, поболтать, покормить: даже и неплохая больничная жратва может осточертеть до ненависти, если потреблять ее неделями изо дня в день. Да и общество наших пациентов не располагает к радостному настрою. Короче, мне хотелось понаблюдать за Лизой вне больничных стен.

Я выбирал какой-нибудь симпатичный ресторан в Эйн-Кереме и нарочно старался втянуть ее в обсуждение блюд и соусов, чтобы посмотреть — как она общается с официантом, проявляет ли интерес к еде, к интерьеру, к людям, — короче, проверить кое-какие ее реакции.

Именно тогда я стал исподволь знакомиться с ней по-настоящему и, честно говоря, был обескуражен, как если б при мне вдруг заговорила кошка. Я вынужден был признаться самому себе, признаться со стыдом, что всю жизнь воспринимал Лизу как Петькин довесок. Возможно, память о ней как о досадной помехе нашей с Петькой дружбе не позволяла раньше разглядеть ее, вслушаться в то, что она говорит...

Выяснилось, что она довольно много читала и хорошо, дельно о прочитанном говорит; что неплохо разбирается в музыке и любит отнюдь не расхожий набор классического репертуара; что всю их кочевую жизнь заставляла Петьку перевозить из города в город альбомы живописи, которые покупала, когда позволяли их скудные средства. Оказалось, что ум у нее приметливый, впечатлительный, отзывчивый; и если она не чувствовала в тебе насмешки, — вернее, если с течением беседы освобождалась от постоянной своей на-

стороженности, постоянного ожидания от собеседника эдакой галантной мужской иронии, — то увлекалась
разговором всерьез и, бывало, удивляла меня какой-
нибудь небанальной мыслью.

Впрочем, в начальной стадии обострения она была
способна говорить лишь о своей боли — то есть о нем,
только о нем: об их жизни и их отношениях. Вот тогда передо мной протянулась полоса их скитаний —
период, о котором я мало чего знал: бесконечная смена театров, ничтожные заработки, а вокруг — вечно за-
мордованная, пьяная, голодная провинция...

Слушать это было тягостно; но я старался, чтобы
она высказалась, чтобы — как говорят психологи —
«вышел весь негатив», хотя, Бог свидетель, в этих делах никогда не знаешь, где иссякает гной негатива и
начинается кровопотеря души.

Среди навязчивых идей любимой у нее была — его
помешанность на куклах, иными словами, его
сумасшествие.

— Боря, знаешь, — говорила она оживленным голосом, — зачем он прицепил Карагёзу этот идиотский
протез? — Выжидала короткую паузу, в течение которой я, рассеянно улыбаясь, просматривал в меню на-
питки, в надежде увести ее от больной темы; наконец
с удовлетворением выкладывала:

— Затем, что без протеза тот просто пес, живой
трехногий инвалид. А с протезом — кукла. Его инте-
ресуют одни только куклы, понимаешь, Боря? Согласись, что это — признак болезни.

В ее высказываниях было, разумеется, много чу-
довищного и несправедливого... но порой в них звуча-

ла такая пронзительная горечь, что мое сердце сжималось, и я забывал, что я — ее врач.

— Сначала он сделал из меня куклу, — сказала она мне однажды. — Потом он достиг наивысшего совершенства: сделал из куклы — меня...

Мы сидели на застекленной террасе ресторана «Карма», в одном из обаятельных полудеревенских пригородов Иерусалима, у просторного окна с видом на Горненский монастырь, чьи купола в лесистом склоне горы сияли, как золотые пробочки в мохнатом зеленом бурдюке.

— Я не нужна ему, Борис. Этому человеку нужны только куклы. В его империи нет места живой женщине...

Она помолчала, разглаживая скатерть узкими ладонями, с которых, как признался мне Петька, он скопировал неподражаемые руки самой лучшей своей тростевой куклы — Томариоры, сделанной для спектакля по одной японской сказке. И вдруг подняла на меня глаза без улыбки:

— Вот ты лечишь меня, Боря. Но если вдуматься: ведь настоящий сумасшедший, настоящий маньяк — это он сам.

... — А знаешь ли ты, — сказала она мне в одну из таких «обеденных вылазок», — что после свадьбы мы с ним месяца полтора жили, как два монаха-схимника? Что он никак не мог решиться на то, чего каждый нормальный влюбленный мужчина ждет с мучительным нетерпением? О нет, — она подняла ладонь и насмешливо покачала головой, — он абсолютно здоров в этом смысле. И не говори мне про какую-то особо трепетную любовь, меня тошнит от этого сусального вранья, так же как от его петрушечной болтовни, —

что, мол, он боялся: я, видите ли, маленькая, я такая крошка, я — хрупкая, как ребенок... — Она усмехнулась и проговорила: — Я всегда была здоровой девкой, а малый рост, уж прости за грубость, еще никому не мешал трахаться. Но скажу тебе, что это было. Что это было, когда он сжимал меня так, что я дышать не могла, и скрипел зубами даже во сне: он боялся расстаться со своей *главной куклой*. Ведь это означало перевести меня в ранг живой женщины, означало признать во мне живого человека. Молчи, Борис, я знаю, ты всегда его защищаешь!

И я промолчал. Я давно подозревал нечто подобное.

Еще тогда, в нашем давнем разговоре в кавярне на Армянской, когда я убеждал его «осмотреться и не торопиться», «все взвесить» и тому подобное, — будто речь шла не о многолетней его поразительной любви, а о случайной встрече на танцульках (до сих пор не могу простить себе этой пошлой благочестивой беседы — долбаный святой отец!), — он вдруг оборвал меня, заявив, что просто обязан наконец увезти Лизу из Львова.

— Ты не знаешь подробностей, — буркнул он. — Деталей не знаешь.

— О'кей! — Я пожал плечами (в то время я через каждые три слова повторял это идиотское «о'кей»). — Увози на здоровье. Но к чему тебе штамп в государственных институциях?

Он внимательно и насмешливо посмотрел мне в глаза и спросил:

— А разве тебе не известно, ин-сти-ту-ция, что женщине необходимо осознать себя женой, а не наложницей?

И тут я допустил ужасную ошибку:

— Но вы же и так давно?.. Вы — разве?.. В смысле, вы что, до сих пор не?..

— Ты хочешь знать, не растлитель ли я малолетних? — холодно перебил он и откинулся к спинке стула. — Нет!

И я заткнулся.

Никакой малолетней в ту пору она уже не была. Но я понял, что эти его слова были ответом на все наши взгляды, ухмылки и понимающие кивки, на все наши невысказанные мутные намеки, которые он молча тащил в своей душе все годы ее взросления.

Сейчас понимаю: то, что тогда казалось мне психозом, сдвигом по фазе, «съехавшей крышей», было не чем иным, как назначенным себе *служением*. Он просто с детства посвятил себя ей. Нечто вроде образа благородного рыцаря в кукольном театре: шлем и латы, никчемное копье, длинные ноги, мельтешащие руки, изможденное лицо из папье-маше...

Ну и что? — говорю я себе. Мы ведь сопереживаем Ромео и Джульетте, убившим себя во имя любви? И подобные случаи происходят не только на сцене. Да, говорю я себе. Но мы не знаем, что стало бы с Ромео и Джульеттой, а также с прочими, им подобными, спустя года три после свадьбы...

* * *

Нынешняя осень, октябрь...

К тому времени она торчала в клинике уже месяца два и — я видел, видел — очень по нему тосковала, хотя никогда не спрашивала, звонит ли он, какие у него новости, какие планы и как он живет. Но уже строчила ему надрывные ненавистнические письма и без конца обсуждала в беседах со мной — о, вечная тема! — как она станет жить самостоятельно.

Это было хорошим знаком: она приходила в норму. Я ведь не сразу понял, что надлом и надрыв, эта вечная война по всем фронтам и на все темы у них и есть норма, неистовая температура их любви. Любая эмоция накалялась между ними до стадии кипения и ошпаривала обоих до ожогов первой степени. Бешеный Лизин темперамент, с которым до конца не могли совладать лекарства, подогревал обоих до каких-то шекспировских страстей. Все переживалось с удесятеренной мощью. В этом, да простится мне подобное утверждение, тоже было что-то от кукольного театра.

Взять хотя бы их горе. Нет слов, рождение ненормального ребенка — большое несчастье в семье. Но он умер маленьким, не оставив по себе значительных воспоминаний...

Много лет живя в трагической стране, где родители в войнах и терактах теряют здоровых и прекрасных детей, где жены оплакивают безвременно погибших мужей, а дети не помнят своих молодых отцов, — я привык наблюдать бо́льшую стойкость в горе и упрямое стремление к обновлению жизни...

Эти же двое так и не оправились от своей беды. Они продолжали жить в бессловесной ауре своего больного мальчика, и как только я видел, что они внезапно схватились за руки, это значило, что в разговоре или в мыслях у одного из них — а значит, и у второго немедленно тоже — мелькнул образ их сына, рожденного с «синдромом Петрушки».

И про себя я винил в этом Петьку — это был его стиль: все то же истовое служение, на сей раз — памяти; то же монашество, та же, черт побери, никому не нужная святость.

Словом, мне захотелось чем-то порадовать ее, вывезти на природу, «на красоту».

В один из выходных я заехал за ней в клинику, и мы покатили в Эйн-Геди. Не в заповедник, с его чахлой растительностью, тремя козочками на крутых каменных тропах и тощими струнами водопадов, а в ботанический сад кибуца Эйн-Геди, который всегда возникает в моем воображении, если я натыкаюсь в какой-нибудь книге на слово «рай».

День был жаркий, сухой, желто-синий и засинел еще больше, когда на повороте дороги небесам отозвалось летящее, сверкающее, как огромный синий масляный блин, Мертвое море.

Она притихла и заулыбалась, хотя с утра была мрачновата, и заговорила о безжалостном здешнем свете, который раздает тебе оплеухи, вышибает слезы из ужаленных глаз и смещает фокус во взгляде на мир. Мы заговорили о пространствах разных мест, по-разному заполненных светом, и разговор, как часто бывало, перешел на город нашего детства. И пока ехали, мы вспоминали каких-то людей, с которыми прожили бок о бок много лет, какие-то случаи и судьбы, а заодно и наши давние загородные вылазки.

— А Брюховичи помнишь? — спрашивала Лиза, щурясь и заслоняясь от солнца насквозь просвеченной лучами рубиновой ладонью. При виде избыточной массы ее волос, с их шелковистым алым отливом — в этих-то декорациях! — в воображении возникало нечто пастушье, овечье, нечто библейское... Я даже залюбовался.

Брюховичи — да, это была курортная зона хвойного леса с озерами, километрах в двадцати от города: санатории, пионерлагеря... плантации для выращивания шашлыков. Боже, сколько же лет я не вспоминал о Брюховичах?

— Туда автобус шел с Лемковской, помнишь? И эта знаменитая «Чебуречная», барабан-гадюшник: вместо салфеток — рулон туалетной бумаги, бумажные тарелки, бумажные стаканчики... И все ели стоя.

— Но какие чебуреки там жарили! — вдруг возбудился я. — Ай, какие чебуречищи: хрустящие, сочные... После них майку — немедленно в стирку, не было случая, чтоб я не заляпался. А ты забыла, там еще подавали настоящие бочковые огурчики?

— Почему — забыла? Они их сами и солили...

...и наше прошлое, пусть и соприкасаясь в чем-то весьма немногом: разве что в топографии улиц и парков, разве что в детстве — точнее, в летних месяцах, проведенных ею на тощих закорках одного парнишки, — незримо неслось вместе с нами вдоль нависающих скал справа и слепящей синей полосы — слева, пока я не свернул на боковую дорожку и не стал крутить петли, поднимаясь все выше в гору, где посреди мертвой пустыни горстка романтиков выпестовала свой густой, глянцевитый, источающий ароматы, мечтательный рай...

Чего только не воткнули в эту скалу, чтобы она отозвалась на труд и ласку диковинными пришельцами: ажурными красавцами и бутылочными уродцами самых разных широт: одни только кактусы представляли тут целую армию всех своих родов и войск; разворачивали веера и опахала пальмы; тропические деревья с приземистыми тяжелыми кронами, с бутонами пунцовых цветов нависали над причудливыми семицветными кустами — от белого до лилового.

Но самым изумительным были «баобабы» — так их называли для туристов; в действительности они носили какое-то другое, почтенное научное имя. Жилистые, перевитые древесными венами светлые стволы (как вздутая рука пожилого грузчика), со свисающими до земли и так и вросшими в нее ветвями-корнями — они напоминали то ли дерево-многоножку, то ли стихийный непроходимый забор, то ли окаменевшую горсть гигантских, недослитых в дуршлаг макарон...

Среди всего этого узорного, густого пушисто-колючего великолепия бродили кибуцные коты — бесконечно свободные, давно достигшие предела своего сытного рая.

— А ведь у них здесь и зоопарк есть, — припомнил я. — Не то чтоб Московский или Берлинский, но на фоне этих пепельных гор — тоже картина. Хочешь посмотреть?

О, она всего, всего хотела. И часа полтора мы бродили по совершенно того не заслуживающей крошечной территории на склоне горы, с несколькими загонами и клетками, разглядывая не бог весть какой богатый животный мир кибуцного Ноева ковчега, полузаморенный здешним солнцем.

Самыми упитанными и франтоватыми выглядели павлины, целая стая крупных самцов с голосами разгневанных кошек: сапфировые груди, тяжелые опахала изумрудных хвостов с каскадом топазов. Еще тут жили еноты, две-три чопорные, как старорежимные гувернантки, ламы, три окаменевших на жаре запыленных крокодила, обезьянка, озабоченно грызущая какой-то лакомый кусочек в трогательно зажатом кулачке, колония желто-лазоревых попугайчиков в круговом голосистом павильоне, увешанном плетеными домиками, корзинками, качелями, а также несколько гигантских черепах.

Рядом с одной, самой старой, я Лизу сфотографировал: голова старухи то и дело устало опускалась на рогатину нижнего панциря, ловко подставленную предусмотрительной природой, и тогда эта лысая кожистая башка напоминала старика-конферансье в бабочке в ту краткую минуту за кулисами, когда он нечаянно задремал на стуле в ожидании выхода.

Лиза вдруг повернула ко мне сияющее лицо и проговорила с тайным ликованием:

— Они все живые!

Она была так счастлива! Более благодарного, более впечатленного посетителя этот ботанический сад вряд ли видел. Она ахала, оборачивалась еще на какой-нибудь, указанный мной кактус или куст, вспыхивала любованием и радостью — я даже подивился этим реакциям на фоне седативных препаратов.

Наконец мы вышли за ограду зоопарка и в сухом ветреном зное стали подниматься к кибуцной столовой. Глубоко внизу лежало, закипая в ярких и острых бликах, море. Наверху пепельным монстром дыбилась, глядя окрест черными зрачками подслеповатых пещер, гигантская скала с женским именем «Цруйя».

И тут со мною произошло... Черт меня знает — что со мной стряслось: помрачение от жары, помутнение разума, наваждение...

Она поднималась передо мной по крутой тропинке, легко и ловко, не задумываясь куда, ставя ноги в детских кроссовках: не пациентка, а просто женщина — в джинсах, в голубой маечке — очень гибкая, замечательно сложенная женщина... И ее маленький рост вдруг так тронул меня. Бедная девочка, подумал я, бедная больная девочка — в чужой стране, среди чужого языка, на птичьих правах, в отчаянной отваге начать какую-то нереальную «самостоятельную жизнь» (да верит ли она сама в эту самостоятельность?)... И мне захотелось приласкать ее, чтобы, пусть на короткое время, она почувствовала хоть каплю тепла...

А может быть, я лгу самому себе? Может быть, это мне, одинокому дураку, вдруг захотелось немного тепла?.. Короче, я нагнал ее на тропинке и коснулся плеча.

Этот жест при желании можно было истолковать по-разному: как попытку остановить, дабы обратить ее внимание на какую-нибудь еще птичку или ящерицу; как намерение снять с ее плеча сухую сережку, упавшую с дерева...

Интересно бы изучить психологию прикосновений. Сотни раз, осматривая ее, выслушивая и разговаривая с ней, я касался ее тела. И она относилась к этому доверчиво и спокойно — как пациент, собственно, и должен относиться к прикосновениям лечащего врача. Что же было в том моем жесте, в моей руке, лежащей на ее плече, что оба мы остановились как вкопанные и она все поняла, а меня обдало жаром, и я, наверное, побагровел, как-то сразу ощутив всю зряшность моего дурацкого порыва?

Она не дернулась, не сбросила моей руки, не рассердилась; только обернулась и спокойно проговорила, глядя мне прямо в глаза:

— Безнадежно, Боря. Я уже пыталась... Он сделал меня только для себя одного.

Она стояла на тропинке выше меня, я впервые смотрел на ее лицо снизу вверх, а это был иной ракурс, извечный ракурс запрокинутого женского лица, каким его видит мужчина в сокровенные минуты жизни. И меня как ледяной водой окатили: представил я Петьку, его нынешние дни и ночи...

Спустя мгновение мы уже поднимались дальше, разом заговорив о чем-то, незначимом для обоих, чтобы не молчать.

...Основным доходом этого кибуца был туристический бизнес.

Черепичными заплатами сидели в тропической зелени крыши разбросанных повсюду домиков для постояльцев. Летающей тарелкой приземлилось на самом темени горы огромное здание столовой. Где-то на отшибе — судя по долетающим сюда всплескам — работал открытый бассейн; а перед входом в отель, на деревянном помосте были расставлены в тени двух гигантских «баобабов» несколько плетеных столиков летнего кафе.

Лиза решила заглянуть в лобби отеля и значит, — если я что-то еще понимаю в женщинах, — могла надолго застрять в сувенирной лавке с украшениями. Я же уселся за столик в тени под «баобабом» и попросил меню у подошедшей девушки-официантки.

Та, видать, минуту назад явилась из бассейна: у нее были не просто влажные, а мокрые волосы, и с них на голые плечи и короткую маечку, не прикрывавшую упругий пупок в поджаром животе, бежали ручейки. Может, по совместительству она подрабатывала в бассейне спасателем?

Отсюда в просвете меж горбатых кактусов и ареновых пальм открывалось мерцающее море, розовые горы Иордании и латунное под солнцем, извилистое шоссе вдоль подножия скал.

Минувший эпизод с Лизой, моя самонадеянная жалкая глупость оставили по себе нестерпимую досаду, хотя в последние годы я привык как-то улаживать с самим собой разнообразные промахи доктора Горелика.

Сняв темные очки, отчего пришлось зажмуриться

и несколько секунд посидеть в оранжевом мареве при-
крытых век, я принялся за успокоительное — ладно,
доктор, мало ли что бывает меж старыми приятелями! — изучение легкого меню. Здесь — это я помнил
еще с прошлого приезда — подавали вкуснейшие гриб-
ные запеканки.

В этот момент небольшая компания внизу, на стоянке машин, распалась с прощальными возгласами,
трое уселись в серую «Субару» и уехали, четвертый помахал им вслед и стал подниматься по тропинке меж
кактусов. Поднявшись до середины тропинки, человек
поднял голову и вновь принялся размахивать руками с
удвоенным энтузиазмом. В чем дело, друзья вернулись? Нет, человек приветствовал меня, именно меня.
Вечная участь пожарной каланчи: прежде чем я кого-
либо успеваю заметить и узнать, узнают — причем издалека — меня, и не дай бог не начать немедленно в ответ ликовать и руки воздевать: обижаются все. Поэтому,
прежде чем я узнал доктора Зива из хайфской больницы «Рамбам», я на всякий случай тоже заулыбался и
приветственно поднял лапы.

Мы ежегодно встречались с ним на конференциях;
однажды столкнулись на каком-то шикарном приеме
в тель-авивском отеле и мило проболтали минут двадцать, а еще раз оказались за одним столом в доме общих знакомых, достаточно для меня дальних. Это был
обаятельный энергичный крепыш лет под семьдесят,
состарившийся такой Чарли Чаплин, с неожиданной
студенческой живостью в голубых глазах. Человек дру-
желюбный, легкий и, что редкость среди местной публики, — деликатный. Впрочем, если память не изме-
няет, он не вполне был местным, а вроде бы прибыл

222 сюда откуда-то из Восточной Европы — давненько, лет пятьдесят назад.

— Охо! Аха! Доктор Горелик! — Улыбаясь, он подходил все ближе, и по яркому, даже зловещему загару, по воспаленным голубым глазам в красных прожилках я понял, что доктор Зив отдыхает здесь уже дня три, не меньше, и принял изрядную дозу водных и солнечных процедур.

— Балует меня судьба, не дает скучать: только что проводил друзей, а тут и вы. Такая компания!

— Увы, — отозвался я, с удовольствием пожимая его руку и отодвигая стул напротив. — Я, к сожалению, не компания. Вернее, компания на час.

— Жаль, — сказал он, чуть передвинув стул в узорчатую тень листвы и усаживаясь. — А я здесь выжариваю свой псориаз и подыхаю со скуки. Проглотил за два дня три книги и радовался, что удалось выманить друзей из Иерусалима. Они архитекторы, милые люди, провели чудесный день... Возможно, вы их даже знаете: они тоже из Москвы, ваши земляки. Я ведь не ошибся — вы из Москвы, доктор Горелик?

— Борис, просто Борис... — Мое имя почему-то произносится здесь с ударением на первый слог, и я всегда педантично поправляю собеседника. — Нет, я из Львова.

Он молча откинулся на стуле, подняв бровь, будто ему сообщили некую чрезвычайную новость, мгновение держал паузу и наконец значительно проговорил:

— Аха... Охо... Из Львова, говорите. Как же это я не знал?

— А что бы это изменило? — улыбаясь, спросил я.

И он мгновенно улыбнулся в ответ и сказал:

— Ничего! Буквально ничего! — и вдруг, подавшись ко мне, заговорщицки произнес:

— Ничего, кроме того, что вы должны понимать по-польски. А?

— *Прошем пана!* — отозвался я. — *То пан зэ Львова?! А балак пан ешче памента?*[1]

И мы одновременно рассмеялись...

Из помещения кафе в нашу сторону выходило раздаточное окно с широким прилавком. В нем, как в раме, утомленно двигалась юная официантка, выдавая сигареты, соки в банках, орешки и прочую мелочь полуголым или почти голым разморенным отдыхающим: Эдем так Эдем! Процентов восемьдесят постояльцев лечили здесь свой немецкий, шведский или какой-нибудь иной псориаз недешевыми солнечными лучами, которые необходимо было окупить во что бы то ни стало.

Громко споря по-немецки, две морщинистые голенастые старухи в шортах долго что-то выбирали, и когда наконец отошли, официантка в окне улыбнулась мне, молча вопрошая, как насчет заказа. Распространенный жест местного населения: кисть руки как бы ввинчивает в воздух невидимую лампочку. Я отрицательно покачал головой.

Лиза наверняка застряла у витрин с сувенирами и побрякушками. А я хотел, чтобы она сама посидела над меню, выбрала, отвергла что-то и снова выбрала, короче — вступила в контакт с окружающим миром, например, вот с этой кибуцной русалкой.

— Вам приходилось бывать во Львове? — спросил я.

— О-о-о... — Доктор Зив провел ладонью по седому ежику на крупной ладной голове, тронутой на висках ржавчиной псориаза, достал из заднего кармана

---

1 Пан из Львова? А балак (*львовский польский диалект*) пан еще помнит? (*польск.*)

шорт коробку сигарет и бросил ее на стол. Затем принялся искать по всем карманам зажигалку.

— Львов! Это, знаете ли... видите ли... Забыл в номере! О, благодарю вас!.. Да, я жил там какое-то время. Хотя родился в Казахстане, где отец оказался за свой длинный язык, в должности, так сказать, британского шпиона, на лагерной баланде. Если будет интересно, расскажу. — Он встрепенулся: — Но это спасло ему жизнь, а заодно и мне — вы же знаете, что стало с еврейским населением Львова: немцы изничтожили его под корень, хотя первый погром был, по старой доброй традиции, произведен руками местного населения. Ведь Львов — один из немногих городов, где и гетто было, и концлагерь... Да что говорить, все это прекрасно известно...

Он склонился к острому огоньку моей зажигалки забавным поцелуйным движением губ, со вставленной в них сигаретой, затянулся и выдохнул вверх струю дыма, которая доросла до нижних ветвей баобаба, вспугнула птичку и некоторое время повисела на ветке седым лоскутом.

— Хотя об этом не принято было упоминать вслух, — заметил я, тоже закуривая. — Знаете, советский Львов всегда отталкивал прошлое. В наше время на месте Яновского концлагеря находился милицейский собачий питомник и какие-то вполне действующие лагерные бараки.

Он кивнул, задумчиво выдыхая дым, покручивая в пальцах стеклянную перечницу в форме шахматной ладьи; обернулся и подмигнул девушке. Та подошла, не торопясь и улыбаясь в ответ, убирая со лба пряди длинных, еще не просохших волос.

— Бутылку минеральной, — сказал он. — Просто чтобы чем-то тебя занять.

Она хмыкнула, повернулась и ушла, вызывающе перебирая загорелыми и длинными, как весла, ногами. Мы оба смотрели ей вслед.

— Да... Львов... — Он отвел глаза и сигаретой потянулся к пепельнице. — Загадочный город... Сырой климат, туберкулез, камень, узкие улицы... Сплетение показной набожности и скрытого порока — средневековая мораль. Помню, едешь в трамвае, и какие-нибудь тетки начинают друг с другом браниться. Вдруг — собор за окном! — и они истово крестятся. Мистические углы там встречались, прямо-таки пугающие закоулки...

Но я еще застал тот европейский Львов, с его неподражаемым польским шармом. Я еще помню чистые мостовые, розы, монашек на улицах — в том числе тех, что босиком ходили, из ордена «Кармелитанок босых»... Еще ездили брички по мостовым — прямо слышу их веселое дробное цоканье, — а у лошадей были подвязаны хвосты, и под зад подставлен брезентовый фартук, по которому навоз сползал в ведро...

Здесь, на вершине горы, даже в самый зной налетал ветерок, потренькивая сухими жесткими листочками «баобаба». А может быть, это птицы, голоса которых (звонкая чечетка, перестук, пересвист и заливистая нежность) выткали невидимый, но плотный звуковой шатер над всем кибуцем, дружно копошились в кроне, стряхивая вниз, на столики, сухие веточки и свернутых в колечки древесных червячков...

— У меня до сих пор перед глазами типажи львовских сумасшедших, — продолжал он. — И там немудрено было съехать с катушек: суженное пространство, много страстей, много ума, неудовлетворенные притязания. Городу, породившему фантазии и сны Захер-

Мазоха, вполне пристало быть до известной степени воплощением этих снов... А население, которое веками настаивалось, бродило, как вино? Согласитесь, довольно пряный рецепт: треть поляков, треть евреев, русины, немцы, армяне, цыгане... При зажатости и тесноте — какое могучее извержение жизни! А язык — певучий, не совсем польский, польский язык Львова...

Ему хотелось говорить о Львове, и нравилось — это видно было, — что мы оказались земляками, пусть косвенными, ибо я считаю, что по-настоящему земляками можно считать лишь людей, выросших в городе в одни и те же годы, — ведь суть и облик места столь же изменчивы, как и суть и облик времени...

— Но с приходом русских в тридцать девятом и позже, после войны, произошла... как это в компьютерных терминах? — *перезагрузка населения*: евреи были уничтожены, поляков выслали Советы «в рамках обмена населением» — симпатичная формулировочка, да? такая себе шахматная рокировка... А армяне где-то растворились, разъехались... К тому же Сталин решил превратить торговый, культурный, мистический Львов в индустриальный город... Ну, и туда хлынуло окрестное село, те самые крестьяне, которым «за Польски» вообще запрещалось появляться на центральных улицах, запрещалось ходить по ним босиком, так что сапоги они несли в руках до въезда в город, а там надевали. И не зря: моя тетка рассказывала, что сцены, когда деревенские бабы присаживались на виду у сконфуженной городской публики, были совсем не редки. А с предприятиями приехали советские спецы, и расселась повсюду напористая властная Россия — все пришлая публика, *другая компания*... Город стоял будто контуженый, сам себя не узнавая.

— Но... так всегда бывает при трагической смене населения, — возразил я. — Вы же знаете, приживление тканей вообще процесс сложный и медленный. Например, для моего отца — он родом из Одессы — Львов так никогда и не стал родным. Но я там родился, вырос, каждый переулок найду с закрытыми глазами... К тому же роль пуповины иногда играют самые разные вещи: звон бидона молочницы, или запах кофе из соседней кавярни, или польская нянька, которая поет тебе довоенные куплеты... И потом, евреям не привыкать к смене...

— Евреи, — перебил он меня, с неожиданной горячностью сверкнув голубыми глазами, — те немногие, что пережили Холокост, — боялись этого города как чумы, ненавидели его! Когда в первый послевоенный год возвратился из эвакуации идишский театр, актеры онемели: город был пуст. Блистательная Ида Каминская чуть с ума не сошла: бродила по улицам, бормотала что-то, все кого-то искала и не могла найти... Уже здесь, в Израиле, одна моя знакомая — ее монахини прятали в соборе Святого Юра — говорила, что не может поехать во Львов, не может ходить по его улицам: ей чудится, что она ходит по могилам. Вы, конечно, слышали про «Танго смерти»: как немцы согнали профессоров консерватории и оркестрантов, выстроили кругом и заставили играть какое-то знаменитое танго, отстреливая их по одному, нечто вроде «Прощальной симфонии» Гайдна, когда, помните, музыканты по одному задувают свечи и уходят со сцены, пока не остается гореть одинокий огонек последней свечи и звучать голос последней скрипки... но и те угасают.

Появилась наша длинноногая кибуцница. Так же лениво улыбаясь, поставила на стол бутылку минеральной воды, бокалы. У нее уже высохли плечи, но в обаятельном пупке с колечком еще сидела крупная радужная капля воды.

— Больше ничего? — спросила она.

— Пока отдохни, — серьезно отозвался доктор Зив. — Но будь начеку, я дам знак... Хорошая девочка, — заметил он ей вслед. — Похожа на мою младшую внучку Абигайль. Они, дай им только волю, снимут последний лоскут со своих прекрасных тел...

— Перемещенные поляки тоже не торопятся Львов навещать, — сказал я. — И кому охота любоваться потерянным наследством? Они ведь уходили налегке, оставив все имущество, прихватив только теплое белье, какую-нибудь старую картину и львовский акцент. Со слезами на глазах уходили и с этим своим «Lwow jeszcze bede nasz»...[1]

Мой отец — он-то как раз и приехал со Свердловским машиностроительным — рассказывал, что после войны в горсовете выдавали ордера на квартиры без указания адреса: ходи и выбирай. Покинутые дома стояли с мебелью, посудой, утварью... Отцов приятель, главный инженер завода, за пятнадцать буханок хлеба купил у отъезжавших для дочери белый рояль, «Бехштейн». И те были счастливы, что попался порядочный человек. А наша соседка Маня — она вселилась в особняк, где жили два брата-поляка, — всю жизнь любила вспоминать, как жена одного из братьев, перед тем как уйти, просила ее дать хоть какие-то деньги за уникальный фарфоровый сервиз. «Дай хоть что-то! — просила. — Я же все тебе оставляю. Хоть что-то дай!» Но с деньгами в то время было туговато, у Мани самой не было ни гроша... И тогда полька стала бить свой сервиз. Педантично: брала тарелку и бросала ее на пол; брала вторую и била об пол...

---

1 «Львов еще будет наш» (*польск.*).

— О да... да... — Доктор Зив докурил сигарету и загасил окурок в пепельнице. — Давайте я закажу кофе?

— Нет, спасибо. Я здесь со спутницей и хотел бы ее покормить. Вот только она, подозреваю, увидела ювелирную витрину и превратилась в соляной столп. Еще минут пять — и отправлюсь на поиски.

Доктор Зив задумчиво смотрел туда, где в просветах между колючими гроздьями кактусов блистала неистовая синева.

— Вы-то — мальчишка, — проговорил он с улыбчивым вздохом. — А я отлично помню середину пятидесятых. Вы тогда еще не родились, верно? А мы уже были стиляги, к нам приезжал «Голубой джаз» из Варшавы... В отеле «George» еще ездили старые лифты с красной бархатной обивкой, скамеечками и лифтером... Еще встречались на улицах странные польские пани с прозрачной кожей на лицах. Еще принято было приезжать во Львов шить костюмы и строить пальто у местных портных, это считалось шиком... Что там говорить! — Он вздохнул и снова провел ладонью по седой макушке, будто проверял — все ли там в порядке. Видать, были времена, когда на месте жидкого ежика произрастала упругая копна волос. — А потом мы с матерью уехали в Варшаву, на волне массовой репатриации в Польшу. Впрочем, оттуда мы почти сразу уехали в Израиль: в Польше процветал дикий антисемитизм, и честно говоря...

Он вдруг замолчал, будто споткнулся. У него как-то дрогнуло все лицо, голубые глаза потемнели, и этими мгновенно запавшими глазами, он молча смотрел на что-то или на кого-то за моей спиной.

Я обернулся. Из дверей сувенирной лавки вышла и направлялась к нашему столику Лиза. Это на нее молча смотрел доктор Зив.

— Что-то случилось? — спросил я его.

— Нет, — ответил он. — Ничего.

— Лиза, — сказал я, когда она подошла и неуверенно, как школьница у доски — она всегда напрягалась при незнакомых людях, — встала рядом со мной. — Познакомься: это мой коллега, доктор Зив, из Хайфы. С ним можно говорить по-английски.

— О чем мне с ним говорить? — осведомилась она с беспокойной вежливой полуулыбкой в сторону Зива. Спрашивала с готовностью выполнить любое мое указание. Могла и беседу поддержать, если б я велел.

Я успокаивающе улыбнулся:

— Ни о чем, если не захочешь, — и, не снимая улыбки с лица, сказал доктору Зиву на иврите: — Моя пациентка, жена старого друга. До полной ремиссии еще далеко. Зажата, напрягается при чужих.

Зив понимающе кивнул мне, широко улыбнулся Лизе, не подавая ей руки:

— Хай, Лиза, найс ту мит ю...

Хорошо иметь дело с понимающим человеком.

Я отодвинул для нее стул:

— Садись, глянь в меню — что бы ты хотела? Заказать тебе сначала воды? Или соку?

— Нет, погоди, я ничего не хочу... — она была както застенчиво возбуждена. — Знаешь, там потрясающий отдел серебряных украшений, очень тонкая работа. Я разговорилась с продавщицей... милая тетка, приличный английский... Уверяет, что отец их здешнего мастера был придворным ювелиром иранского шаха!

О господи, я совсем упустил из виду, что у нее, у бедняжки, нет ни копейки денег!

— Так купи себе, что понравилось! — вскричал я, доставая портмоне.

— Нет! Нет! Не смей! — завопила она с последовательностью истинной женщины. И схватила меня за руку. — Там страшенная дороговизна!

— Чепуха, возьмем в кредит. Обязательно купи!
— Умоляю, перестань...
— Нет, это ты перестань, я приказываю, я твой доктор!

Вот вам к теме прикосновений: мы с ней хватали друг друга за руки, чуть ли не боролись, не ощущая при этом ни малейшего напряжения. Зив внимательно глядел на нашу непонятную ему борьбу. Хотя почему же — непонятную? Он ведь, как только что выяснилось, должен хорошо говорить по-русски...

Наконец она сдалась и взяла карточку:
— А... что с ней делать?
— Дай тетке, она разберется. Поставишь какую-нибудь закорючку на чеке. Да — и в рассрочку проси, ладно?

И она пошла за своей серебряной радостью в рассрочку, а я, ужасно довольный собой, крикнул ей в спину:
— И переплюнь иранского шаха!

Доктор Зив внимательно смотрел Лизе вслед. Потом молча вытащил сигарету из пачки, закурил и отрывисто спросил:
— Эта женщина... Уж не из Львова ли она тоже?
— Вы угадали.
— Я не угадал, — без улыбки возразил он, гоняя рукою дым перед лицом. — Я узнал. Ее фамилия Вильковска, верно?
— Да...

Признаться, я был порядком удивлен. Мир — он-то, конечно, тесен, но не до такой же степени, чтобы профессор из Хайфы опознал женщину, которой наверняка никогда не встречал.

— Все просто, — усмехнулся он, глядя на мое обескураженное лицо. — Она до жути похожа на свою мать, в которую я, понимаете ли, был влюблен. Сильно влюблен и вполне безнадежно. Этот неповторимый цвет волос, миниатюрное сложение и... голос. Мы жили в соседних домах. Она чуть старше была... Впрочем, это неважно.

Я промолчал, отпил воды из стакана и оглянулся на дверь сувенирной лавки.

— Вы, должно быть, не знаете, доктор Зив, — вполголоса проговорил я. — Там в семье произошла ужасная трагедия. Лизина мать покончила с собой, когда девочке было чуть больше года.

Он придавил недокуренную сигарету в пепельнице.

— Я все знаю, — мрачно отозвался он. — И знаю даже более того, что хотел бы знать... Дело в том, что мой дядька был одним из известных в городе адвокатов. Залман Щупак — не слышали? Кроме прочего, он был знаменит своим острым языком. По Львову в качестве городского фольклора гуляли его остроты, шуточные эпитафии на могилы еще живых друзей и убийственные прозвища его недругов. Непростой человек, и не скажу, что добряк, и не скажу, что святой. Он вынужден был там остаться, как сам говорил — «в свирепых эротических объятиях Софьи Власьевны». Единственная дочь, знаете, вышла замуж за украинца, да еще партийного... Так что дядя Залман так и умер во Львове глубоким стариком, году в восемьдесят девятом. Перед его смертью я к нему приезжал — повидаться. Спустя тридцать два года после отъезда.

А в девяностом его дочь притащилась-таки сюда, с тремя сыновьями и со своим украинцем на поводке. Тот, оказывается, вышел из коммунистической партии и в корне поменял мировоззрение. Оно быстро меняется, мировоззрение, особенно когда надо делать срочную операцию на сердце, или снимать катаракту, или грыжу латать — одним словом, пристойно стареть... Так вот, дядька был отчаянным преферансистом, и вообще — поигрывал. Поигрывал, то есть *проигрывал,* так, что, бывало, тетя рвала на себе последние седые кудельки. Они с приятелями собирались компашкой чуть не каждый вечер у кого-нибудь на квартире. И много лет неизменным его партнером по преферансу, буре или секе был этот мерзавец.

— Кого вы имеете в виду? — спросил я.

— Да его, его, кого ж еще — негодяя Вильковского! — раздраженно отозвался Зив. — Тадеуша Вильковского, Тедди — как его все называли. Вот кто был темной лошадкой! Очень хорош собой — типа киноактера двадцатых годов, знаете: усики, косой пробор в темных волосах, томные глаза — дешевка, хлыщ, хитрован. Или, как у нас во Львове говорили, «фифак». Впрочем, умен и образован, этого не отнимешь. Он был уже не так молод. Его отец «за Польски» владел гипсовым заводом, и вообще семья была очень богатой. Это их особняк на улице Энгельса — красивый такой, красно-коричневый, с флюгером, — не помните?.. Ну, с приходом русских они, конечно, все потеряли...

Кстати, поговаривали о каких-то связях семьи и самого Тедди с немецким оккупационным режимом, но тут врать не стану, ничего определенного не знаю. Самое удивительное другое: в сорок шестом он, само собой, уехал в Польшу в рамках того самого обмена населением: состоятельные поляки уехали все. Но, представьте, через несколько лет вернулся! Как, что, зачем... Как ему удалось, на каком основании, а главное — зачем? С русскими в эти игры играть находилось мало желающих. Дело темное, разве что его возвращение было как-то обусловлено, подготовлено какой-нибудь из организаций, и тут я тоже не уверен — какой. Вполне возможно, он был двойным агентом. Уж до странности ничего не боялся, и в их картежном кружке сиживали, по дядькиным рассказам, *товарищи* из дома, что на улице Дзержинского.

Доктор Зив оглянулся на дверь сувенирной лавки: видимо, при Лизе ему не хотелось углубляться в воспоминания о «негодяе» Вильковском. В то же время ему явно не терпелось что-то о нем рассказать. Сейчас я припомнил, что в Петькином сахалинском письме тот тоже представал в довольно омерзительном облике. (Надо, надо найти и перечитать то метельное письмо!)

— Вернулся он якобы для того, чтобы стать опекуном двум своим сироткам-племянницам, — продолжал доктор, оборачиваясь ко мне. — Те жили с бабушкой: Яна, или, как ее дома называли, Яня, — старшая, а Людвика, Вися, — младшая. И вот...

— Постойте! — пораженно воскликнул я. — Так он приходился им дядей? Как же это... вы хотите сказать, что он женился на племяннице?!

Доктор Зив взглянул на меня с усмешкой:

— Вот именно. Что вас так удивляет? Вполне библейский поворот темы, вы не считаете? Казалось бы: что за странное опекунство — ну и забрал бы старуху с девочками к себе в Польшу, чего, спрашивается, ты забыл в советской России? Загадочная история... Не знаю, на какой такой крючок и кем он был подцеплен, и вряд ли кто-то уже это прояснит... А старуха скоро умерла, и они остались жить втроем: этот о-пе-кун... и две девочки. И едва только Яне исполнилось восемнадцать, он на ней женился. И как-то очень быстро обрюзг и постарел... Между ними была огромная разница, но она, представьте себе, безумно его любила. А я... странно, что я влюбился не в Висю, которая была моей ровесницей, — бойкая такая, очень жизненная и очень смышленая девочка, хотя и языкастая, — а именно в Яню. В той, знаете, и в юности чувствовался какой-то... трагизм. Не в том смысле, что она была печальной или нелюдимой, — нет, наоборот, у нее была редкой красоты улыбка: вначале возникала, как легкое удивление, в уголках губ, потом разбегалась по всему лицу: и глаза, и даже золотые брови улыбались. В соборах Европы в витражах можно встретить такие фигуры: ангелица с пылающими власами. Светлый и грозный образ небесных сфер. Напоминание — но о чем? О некой несовершенной миссии? О чьей-то смутной вине?.. Так вот, несмотря на улыбку, в ней обреченность была, понимаете? Она выглядела обреченной на заклание.

— Но, возможно, — неуверенно предположил я, — последующие трагические события наложили некий отпечаток на ваше...

— Нет! — быстро возразил он. — Мне так всегда казалось. Всегда хотелось ее спасти. Помню, я — еще мальчишка, лет четырнадцать мне, что ли... и я стою возле брамы, ожидаю мать: мы собрались в гости к одной из ее кузин. Вдруг открывается дверь и выходит Яня. В первые мгновения всегда казалось, что она распространяет сияние — из-за волос, конечно: редкий цвет красного золота. Но в тот раз она и вправду сияла.

«А, Куба! — сказала она. Так мое имя сокращалось, имя — Яков. — А мне, Куба, сегодня исполнилось семнадцать лет!»

Она была прелестна, как ангел в витраже. И одета в блузку — не белую, а, знаете, цвета старинных кружев... В ней вообще было что-то старинное, драгоценное, отстраненное. Будто она не имела отношения ни к переменам, ни к какой такой советской власти, ни к людям. Отрешенная, понимаете? Из другого времени. Сейчас спросите меня: в какой школе она училась, — я, боюсь, не отвечу. Но ведь в какой-то училась наверняка.

И вокруг нее все казалось отстраненным, особенным... Вот сейчас вдруг вспомнил: они обе занимались в школе верховой езды, представляете? Их дальний родственник до войны держал конную ферму, и

впоследствии та стала Конным клубом. Думаю, Вильковский поощрял эти занятия, он и сам гарцевал —
пока не растолстел. Однажды я видел, как втроем они
подъехали к дому, и едва не ослеп от зрелища великолепной кавалькады. Эти две наездницы... боже, — сон,
настоящий сон. Девочки были в костюмах: бриджи,
жакет, специальные сапожки — ничего в этом не понимаю, как там они называются... Да, две огненные
амазонки на шоколадных кобылах...

Он сощурил молодые голубые глаза, словно вглядываясь в давнюю картину.

— Несколько раз я бывал у них дома — то ли мать
за чем-то посылала, то ли я заходил за Висей — с той
мы дружили в детстве. Они занимали три комнаты с
кухней на последнем этаже дома по улице Ивана
Франко. Может, помните этот дом: там, на вполне за-
урядном фасаде, на одном лишь последнем этаже че-
редуются мужские скульптурные пары — и это выглядит внезапным, необъяснимым. Стоят они между
окнами по двое, высовываясь из стены по пояс. В
области головы и плеч совсем отделяются от стены и
внимательно смотрят вниз, на тротуар, словно в попытке разглядеть, что там, внизу. Молчаливые зловещие соглядатаи.

— Прекрасно помню этот дом, — отозвался я. —
Там жил наш семейный дантист. Никогда эти скульп-
туры не казались мне загадочными.

— Не загадочными, — поправил он. — Не загадочными, а зловещими.

Внутренне я удивился, но спорить не стал. Мне-то
жилье нашего дантиста Моти Гердера казалось забавным — из-за бормашины. В рабочие часы она тряслась и грохотала, как отбойный молоток, чуть не на
всю улицу; зато к вечеру ее в целях конспирации на-
крывали китайским халатом, придавливая сверху ши-

roким матерчатым абажуром пятидесятых годов с
развившейся бахромой.

— Так вот, их жилье было вполне типичной польской
довоенной квартирой: старая тяжелая мебель, тяжелые
портьеры, темные старые картины и этот, помните,
львовский фаянсовый рукомойник. И — всепрони-
кающий запах корицы...

И вот там, за стеклом больших напольных часов, я
и увидел эту куклу. И остолбенел. Поразительная была
кукла: явно старый еврей — ермолка, лапсердак, пейсы, — все как полагается, да так скрупулезно все сра-
ботано! И такое значительное, я сказал бы, мрачное
лицо, несмотря на то что еврей улыбался. Но во всей
этой фигуре — вот что меня особенно поразило — не
было ничего привычно пародийного. Кроме разве
большого живота, но и тот совсем не был смешным.
Помню, я ревниво спросил:

«Вися, с чего это вы держите еврейскую куклу?»

Она отрезала:

«Никакая не еврейская, а наша! Наша женская ро-
дильная кукла».

Я расхохотался и спросил:

«Почему женская, это же мужчина!»

Она разозлилась и ответила:

«Не твое дело, *глупчэ*, я сказала — женская, значит — женская!»

Из-за поворота кактусовой аллеи тяжело выполз
автобус — он курсировал между кибуцем и принад-
лежащей ему лечебницей на берегу моря — и остановился у дверей отеля. Из автобуса повалила прожа-
ренная солнцем, отполированная тяжелой сероводо-
родной водой публика, и мы с доктором Зивом некоторое время молча смотрели, как расползаются вос-

вояси изможденные отдыхом, прихлопнутые шляпами курортники.

— Самое интересное, — заговорил он снова, когда автобус уехал, — что мой дядя Залман однажды выиграл у Тедди эту куклу в карты. Говорил, что у него был такой азарт: оттяпать куклу во что бы то ни стало. И, знаете, выиграл-таки! Добился своего! И целых три года кукла сидела у нас за стеклом буфета. С ней играла моя кузина — та самая, что оказалась здесь на старости лет со всем своим украинским хозяйством... Обе сестры Вильковские ужасно оплакивали свою «женскую» куклу. А тут еще у Яни так несчастливо сложилась материнская доля: она одного за другим родила каких-то больных мальчиков, и оба они умерли... Я уговаривал дядьку вернуть куклу. Но он уперся: нечего, говорил, ей делать у гоев! Пусть среди своих сидит. Но все-таки потом, года через три, Тедди ее отыграл. И кукла вернулась к Вильковским. Вот только лапсердак кузина куда-то подевала, играя, — в то время она была еще слишком мала, какой с нее спрос... Ну а мы с мамой скоро уехали...

Наш столик почти целиком оказался на солнце, но это как будто не тревожило старика. Блестя малиновым лбом, задумчиво подперев ладонью подбородок, он едва шевелил губами, будто повторял давно произнесенные, посвященные кому-то и растаявшие в сыром воздухе Львова слова. И вдруг проговорил по-польски:

— Куба, я мам дзисяй дзень народзеня, мам сэдэмнащэ лят... — И очнулся: — Прошла жизнь. Понимаете? А я вижу Яню совершенно ясно: отворилась дверь, и будто ангел вышел из брамы.

И как нарочно, после его слов из дверей сувенирной лавки вышла Лиза. Судя по ее виноватой и одновременно удовлетворенной улыбке, иранский шах мог ей позавидовать.

Доктор Зив вдруг поднялся из-за стола и сказал:

— Не могу, не буду больше смотреть. До сих пор больно, вот что значит юношеская любовь. — И, перейдя на английский, пожелал мне и подошедшей Лизе приятного обеда, чудесного вечера и благополучной обратной дороги.

— Рад был повидать вас, доктор Горелик.

— Борис, — поправил я. — Давайте наконец остановимся на этой версии.

— Борис, конечно... Вы не возражаете, если я запишу ваш телефон?

— Само собой, Яков. Да и я ваш с удовольствием запишу, отчего же...

Мы продиктовали друг другу номера своих телефонов, и он пошел, не оглядываясь, по дорожке меж деревьями — к своему домику, наверное...

* * *

...На обратной дороге в Иерусалим — а мы возвращались в темноте, и я был сосредоточен на однополосном извилистом шоссе — Лиза то надевала, то опять снимала купленный кулон, подносила его к лицу и все любовалась камнем и тонкой ювелирной огранкой. И говорила без умолку. Она была в хорошем настроении, развлечена покупкой — я мог гордиться удачной вылазкой.

— Думаю, это бирюза, — говорила она. — Но продавщица назвала как-то иначе: «эйлатский камень», почему?

— Это местный камень, очень красивый. Бывает и красным, и синим, и зеленым.

— Но согласись, что мой — изумительного редкого оттенка! Похож на павлинью грудку, согласись!

— О да. Замечательная штука. Я рад, что он достался тебе.

— А главное, — продолжала она, — этот удивительный природный рисунок на нем — балерина на пуантах... Будто пером нарисовано. Ты обратил внимание?

— Балерина? М-м-м... — Я скосил глаза, но тут же снова перевел взгляд на дорогу. Сзади ехал какой-то борзый малец, который уже дважды пытался меня обойти, ничуть не опасаясь получить в лоб таким же встречным идиотом. — Я потом посмотрю, Лиза, ладно?

Она снова надела кулон на шею, откинула голову на валик кресла, покачала ею, удобнее прилаживаясь, и сказала:

— Я потому его и выбрала, хотя там были и другие изумительные вещи. Он мне напомнил... Ты же знаешь — это такая большая часть моей жизни. Все детство на трамвае в балетную школу, занятия у станка... А там вечная Татьяна Михайловна орет: «Лиза, убери задницу! живот развесила! сними живот! держи спину, коровище! держи голову!» А начинает так ласково, мелодично, под музыку: «Ак-кура-атненько, кра-асивенько, тондью-батма-ан, плие-е-е, дэми-плие-е-е», а потом вдруг как гаркнет: «Лиза, задница!»... А что творилось, когда мы приступили к занятиям на пуантах! Эти пуанты сначала надо было выследить, выбегать, выстоять, купить, потом они не подходили по ноге. А на мою ногу вообще никогда ничего невозможно было достать. Начинался процесс подшивания, прогибания, размягчения, привыкания... Ноги стирались в кровь. Я таскала пуанты в портфеле в школу, якобы чтобы тренироваться на переменках, но и, конечно, чтоб пофорсить перед ребятами. Зато моя популярность как балерины в школе была огромной.

— Тебя как-то показали по телевизору, помню...

Я решил не напоминать ей — *кто* именно летом закупал, кто прогибал, размягчал и так далее, короче, *кто* подготавливал ей пуанты на целый год, до следующего своего приезда...

— Тогда все смотрели один канал и тебя видели все. Я тоже видел. Ты просто была звездой школы.

— Ага, — она удовлетворенно улыбалась, глядя на дорогу сквозь смеженные веки.

— Лиза... — проговорил я, еще не зная и сам не понимая, зачем спрашиваю. — А ты... совсем не помнишь своей мамы?

Она не удивилась вопросу, даже головой не шевельнула.

— Голос, — отозвалась она спокойно. — Всю жизнь помнила мамин голос. Поэтому так испугалась, когда Вися позвонила, — у них были поразительно схожи голоса; тембр низкий, певучий. Только у Виси более жесткие интонации, — но Вися к тому времени много лет прожила в Самаре.

Она умолкла, больше не щебетала, и я ее не тревожил. В конце концов она задремала. Все же для нее сегодняшний день оказался очень насыщенным — после размеренной-то больничной жизни...

Я молча вел машину вдоль моря, догоняя свет собственных фар, вдыхая запахи соли и трав в сухом ветре, запахи нагретых камней и финиковых плантаций; затем свернул на новое шоссе, освещенное двойным рядом глазастых фонарей.

Лиза спала, откинув голову на изголовье кресла. По ее профилю витражного ангела волнами проходил свет желтых фонарей, точно она плыла, покачиваясь, в лодке, — в этом было что-то волшебное.

242   Надо бы еще вывезти ее на Средиземное море, думал я, пусть походит по песку босая, это расслабляет, успокаивает... И вдохновился: а что, снять два номера, переночевать в домиках на берегу, где ночами море шумит чуть не у самой подушки... И снова задержал взгляд на ангельском профиле, безмятежно плывущем в мерном колыхании света вдоль темных холмов Иудейской пустыни; ну что ж, вполне уместно: сюда-то и захаживали Божьи вестники...

И, поднимаясь к Иерусалиму, все поворачивал голову, задерживаясь взглядом на прозрачном профиле. Пока не спохватился.

Нет, сказал я себе жестко. Нет, дурак! Никуда ты больше ее не повезешь, и ничего ты не снимешь. Вот скоро ты ее долечишь, и пусть приезжает за ней ее муж, и пусть он ее увозит...

Мысленно пробежав минувший день, вспомнил, как, восхищаясь и любуясь всем вокруг, Лиза почти все время говорила только о *нем*, упрямо не называя *его* по имени. Яркий цветок заморского куста родом с Гаити или Таити вызывал у нее в памяти совсем другую картину: очередную жгучую на него обиду, какое-нибудь воспоминание, касающееся их обоих — их гастролей, их обиталищ, их жизни. И когда я уже готов был выразить некоторое раздражение этим, меня как обухом по башке ударили: да она же просто не помнит себя без него, подумал я. Он был в ее жизни всегда. Был ее учителем, ее тираном, ее рабом. Он просто стал ее создателем — в отсутствие остальных учителей. Эту девочку, которую по очереди опекала целая шеренга шалавых нянек во главе с сомнительным папашей, по сути дела, воспитывал — в том единственном смысле, который предполагает это слово, — один лишь мой несчастный, нервный, деспотичный и нежный — мой безумный друг...

* * *

...Бисерную трель своего нового телефона я услышал, поднимаясь по лестнице, и, пока доставал из кармана ключ и вставлял его в замочную скважину, телефон все переливался ксилофонными бимбомами, мгновениями как бы уставая, но сразу же опять требовательно возвышая звон.

— Борис?

Я не предполагал услышать этот голос так скоро. Мы ведь сегодня замечательно пообщались, а сейчас я устал, хочу пить и одновременно отлить, и лечь поскорее, ей-богу, поскорее лечь...

— Борис, простите, что я так навязываюсь. Вы, наверное, устали...

— Я только что вошел в дом.

— Ну... тогда, пожалуй, отпущу вас.

Нет, было что-то в его голосе, что не давало мне опустить трубку: сожаление какое-то, смятение.

— Назойливая глупость — звонить вам вдогонку, — сказал он.

— Погодите, Яков... Чувствую, вам необходимо выговориться. Отпустите меня на минутку, не больше, и я опять с вами.

Я снял туфли, носком одной сковырнув задник другой, и привычно нашарил ногами тапки под телефонной тумбой.

И только тут увидел женские туфли на высоких каблуках (опять новые!), небрежно скинутые — один привалился к другому, — под вешалкой. Черт возьми! Значит, она уже является без предварительного звонка, победительно уверенная, что никакой другой женщины здесь и быть не может. Какая беспардонность! Не дождавшись меня, преспокойно завалилась в мою постель, полагая, что я немедленно ее разбужу, едва переступлю порог дома. Нет, голубушка, тебе придется подождать...

— Яков? — я говорил приглушенным голосом. — Вот теперь я ваш.

Он осторожно спросил:

— А ваша спутница... она тоже с вами?

Я вспыхнул:

— Мне кажется, я упоминал, что она — жена моего друга и моя пациентка, а вовсе не любовница.

— Да-да, простите! И не вовремя я, и бестактно... А главное — все зря, все поздно, в том смысле, что все кончено много лет назад... — Он говорил с огорченной интонацией воспитанного человека, угодившего в неловкую ситуацию, но понимающего, что теперь уж легче продолжать, чем ретироваться. — Поверите: не могу заснуть, не могу читать, а забыть уж точно ничего не смогу.

Он виновато хмыкнул и заторопился:

— Так разбередила меня эта встреча, и ваша... жена вашего... ну, совсем живая Яня, прямо-таки живая, живая...И, знаете, то, чего я не успел рассказать, вдруг навалилось, сидит в самом горле... Чувствую, что должен, должен позвонить и окончательно выговориться. Я ведь не успел вам главного сказать: того, что узнал от дяди Залмана в нашу последнюю встречу и что мучает меня много лет. А сегодня увидел ее дочь, и она будто укор мне: мол, что ж ты молчишь? Вот так уйдешь, и вместе с тобой уйдет эта, поистине античная трагедия... С другой-то стороны, может, наоборот: надо ли дочери все это знать? Ума не приложу... И подумал: позвоню вам, расскажу, а вы решайте сами, как быть.

Не зажигая света, я вышел в кухню, включил кран,

спуская застоявшуюся за день воду, набрал полную чашку и стал пить большими глотками.

— Дело в том, — проговорил он в трубке, — что Тадеуш Вильковский проиграл жену в карты.

Я поперхнулся и закашлялся. Гневное лицо незабвенной бабуси так явственно обернулось ко мне, будто напоминая о давнем нашем разговоре.

— Я думал... это сплетни кумушек.

— Это произошло в доме у дяди Залмана. Они в тот вечер собрались для большого виста, и был там — дядя говорил — один из крупных чинов, то ли полковник, то ли даже генерал *из этих*, вы понимаете? — с которыми не стоит играть ни в какие игры... Дядька поставил хороший коньяк, и все постепенно разогрелись, а Тедди — тот был особенно на взводе. За первую половину вечера он спустил крупную сумму денег, а затем, пытаясь отыграться, спустил все до копейки, включая и квартиру... Он был белый, говорит дядька, как мука, совершенно белый, рыхлый, с дрожащим подбородком. И заявил, что больше ему ставить нечего, что он — нищий. Тогда этот крупный чин — то ли полковник, то ли даже генерал, — перегоняя папироску из одного угла рта в другой, лениво щурясь от дыма, проговорил:

«О, нет, вы ошибаетесь, Вильковский. У вас есть капитал. У вас есть настоящее сокровище — ваша супруга. Ну так что, — «пишем козачка́»? Боюсь, только это вас и спасет...»

Тогда Тедди вскочил, рванул галстук, закашлялся и выскочил на балкон — как бы воздухом подышать. И долго там стоял, хотя лил ужасный дождь. Он стоял и стоял под этим дождем на балконе и не возвращался... А остальные пили коньяк в уютно освещенной комнате, за столом под большим абажуром и ждали, когда он вернется...

Вдруг я вспомнил четверку преферансистов в доме нашего дантиста, куда однажды я относил по поручению бабуси какой-то сверток — для протезиста. Я попал в задымленную сигаретами, разогретую выпивкой неуловимо опасную атмосферу. Особенно странным казалось то, что смысл фраз, которые выкрикивали мужчины — каждый с карандашом за ухом и с бумажкой на столе, — был мне абсолютно непонятен:

— Под вистующего с тузующего!

— Под игрочка́ с семачка́!

— Жена и скатерть — враги преферанса!

— Хода нет — ходи с бубей!

Я быстро передал Моте пакет (для этого он заволок меня в «кабинет» с бормашиной, уже задрапированной китайским халатом) и с облегчением устремился в прихожую, потому что от дыма нестерпимо слезились глаза. Вслед мне неслось нечто вроде:

— Карты дым любят!

— А за это — канделябром бьют!

В нашей семье никто не играл в карты. Я вырос под другое: под «Полонез» Огинского и «Сонатину» Клементи маминых учеников... Задымленная гостиная дантиста Гредера недолго обитала в моей памяти. Но сейчас, когда я вдруг так неожиданно вспомнил этот вечер, я понял, что Мотя вполне мог бывать четвертым в подобных компаниях.

— И минут через пятнадцать Тедди вернулся: абсолютно мокрый, дрожащий, сел к столу и сказал, что согласен играть... — Доктор Зив закашлялся и перевел дух... Слышно было, как обстоятельно он высморкался.

Я открыл балконную дверь и с телефоном в руке вышел на воздух. Прямо передо мной над ближайшим холмом стояла неумолимая луна с плывущим лицом.

Какое бы выражение ни придавал ей дрожащий воздух пустыни или прозрачные лоскутья медленных облаков, это лицо оставалась мрачным, брезгливым, тронутым ржавчиной псориаза...

— Вы знаете, Борис, как проигрывают жен? — негромко спросил доктор Зив. — Играют один на один, и называется это «пишем козачка́». Карты раздаются на троих, но третью стопку открывает вистующий, и вистующий играет с двумя наборами карт... И вот они сели друг против друга — Тадеуш Вильковский и полковник, или генерал, или дьявол его знает, в каком чине была эта сволочь... и Тедди проиграл ему жену. Ангелицу с пылающими власами. Светлый образ небесных сфер.

— Но... погодите... в каком же смысле? — глухо спросил я. — Она должна была стать женой этого... гэбиста?

— Да бросьте! — презрительно, с силой проговорил он. — Кому нужна чужая жена на всю жизнь? Она нужна на вечер, на ночь...Что дальше делать с этим хозяйством, одни только хлопоты. У них там, надо полагать, не было недостатка в явочных квартирах, или как это называется. А диван — он везде найдется. Велел прийти по такому-то адресу, и все дела. Зато остальное проигранное широким жестом вернул.

— Но это какая-то чушь, простите! — вскричал я. — Простите, все-таки это звучит как-то... нереально. Боюсь, ваш дядя не только эпитафии и клички сочинял. Нет, в самом же деле: это не уголовный барак на зоне, не игра пьяных гусар! Дело происходит в конце шестидесятых годов, речь идет об адвокатах, людях закона, и о живой женщине, самостоятельной личности...

— Не кипятитесь так, мой мальчик, — тихо проговорил Зив. — Видимо, вы слишком молодым покинули ту страну. К тому же, назвав Яню самостоятельной личностью, вы... попали пальцем в небо.

Мы оба замолчали. Под балконом глухо жужжало машинами шоссе, пролегающее по ущелью. На окрестных горах передо мной висели в темном воздухе дрожащие кольца зеленых огней на минаретах. И весь наш разговор, все слова, улетающие к этим зеленым кольцам, к брезгливой физиономии холодной луны, с ее отточенными литыми скулами, казались мне совершенно нереальными, нездешними, невесомыми — ничьими...

— Мир полон мерзости, — так же тихо проговорил он. — Это Библия. Вот что никогда не устаревает... Понимаете, он ей представил дело так, что только она может спасти семью, стоит ей разок пойти к тому гнусному типу. Спасти семью. Женщине нельзя говорить таких слов. И она пошла.

— Откуда вы знаете?! — не выдержал я. — Это уж действительно домыслы. Вот этого ваш дядя не мог видеть!

Почему-то меня колотил озноб. Странно, что я был так взбудоражен этой давней и малоубедительной историей. Просто перед моими глазами возникла Лиза — такая, какой она поднималась сегодня по тропинке: миниатюрная, гибкая, беззащитная женщина с больной душой.

— Дело в том... — медленно продолжал доктор Зив, как бы раздумывая, рассказывать мне дальше или воздержаться от последнего ужасного свидетельства. — Дело в том, что у них была общая прислуга... То есть у Вильковских и у дядиной семьи. Девушка, русинка... дядя называл, не помню имени. Там она нянчила малышку, ту самую, с которой сегодня вы приезжали в кибуц, а к дяде ходила прибирать. Вот эта девушка оказалась невольной свидетельницей... Она ночевала в детской, обычно укладывалась вместе с девочкой, часов в девять. Но в тот вечер малышка капризничала, заснула поздно, а потом зарядил такой дождь, он так грохотал по подоконникам, что нянька едва задремала, как сразу проснулась. Хотя потом уверяла, что разбудил ее голос Тедди. Он завывал...

— Завывал?! — повторил я недоуменно.

— Да, это ее слова... Она поднялась, приоткрыла дверь и из-за портьеры увидела их обоих. Он ползал вокруг ног жены, хватал ее за руки, плакал и умолял спасти его честь... Так и говорил — «честь спасти»... Такой вот честный господин. Понимаете? Не стал ей правду выкладывать — подлую денежную правду. На честь напирал. Честь ведь — святое дело у подобных мерзавцев. А хозяйка, как рассказывала прислуга, просто стояла не шевелясь, и на лице ее была смерть. Так она буквально и сказала: «Вона стояла, и на йий облычу була смэрть»... — Он выдержал паузу, как бы давая мне представить эту картину...

— Потом Яня собралась, оделась и так же молча вышла в дождь — одна. И вернулась только утром... — Доктор Зив задумчиво добавил: — Дядя Залман считал, что подсмотренная сцена произвела на прислугу такое сильное впечатление из-за последующего самоубийства Яни Вильковской. Но я-то очень хорошо представляю себе лицо ее хозяйки в тот момент: просто вижу, какой она стоит: в глазах ее — смерть, в губах ее — смерть, на лбу ее — смерть...

Мы оба замолчали...

Он то ли шумно выдохнул, то ли всхлипнул. Проговорил:

— Ну вот, теперь это — все... Вот рассказал вам — и освободился, как кляп из горла вынули. Делайте с этим что хотите...

А я... что я мог с этим делать? Ни за что на свете я не посмел бы обрушить на Лизу этот страшный груз —

250 я, который пестовал ее и без того хрупкое душевное здоровье. Нет. Нет! Я даже не был уверен, что когда-нибудь расскажу об этом Петьке. Хватит с них собственных трагедий.

Я достал из шкафа на кухне бутылку виски, купленную в «дьюти-фри» в мой последний отпуск, вытащил ее на балкон, уселся на пыльный пластиковый стул, который не вытирал, кажется, с весны... и в то время как в моей постели спала, так и не дождавшись меня, женщина, которую, черт бы меня побрал, я до сих пор люблю, — просидел так часов до пяти утра, грустя и хмелея, наблюдая за небесным ходом обреченной луны в бисерном облаке вздрагивающих звезд.

Такая огромная с вечера, такая полнокровная, малиновая... медленно восходя, она бледнела и истончалась, как леденец, становясь все прозрачней и все трагичнее — в предчувствии конца, в ожидании неминуемого утра.

Она таяла, исходя предрассветной тоской. Она безмолвно вопила о своем отчаянии.

И в глазах ее была — смерть. И в губах ее была — смерть. И на лбу ее была — смерть.

Часть третья

Глава седьмая

Последний раз он был в Берлине года три назад, с театром братьев Ферманов.

Те обкатывали в Европе свой новый спектакль — «Lik-2-Lok» («Сны об острове чудовищ»), в котором у Пети было два самостоятельных номера, один из них — с Эллис, но в странном воплощении.

Режиссер спектакля Роберт Ферман дважды прогнал их танец, прищелкивая в такт музыке пальцами, крылышкуя локтями и с упоением обводя подбородком ритмы знаменитого свинга. Наконец сказал:

— Жаль. Не вписываетесь... А танец хорош! — И с внезапным оживлением: — Слушай, а нельзя ли придумать какой-нибудь... шабаш? Что-то бесконтрольное, разнузданное, что будоражит, как... — и пощелкал в воздухе невидимыми кастаньетами, — эротический сон, ну... с монстром, не знаю? У нас ведь чудовища, монстры, понимаешь?..

И на другой день Петя уже репетировал, облаченный в шкуру гориллы, — идея Роберта. Тот был ужасно доволен и утверждал, что номер от этого только выиграл, что танец «приобрел наконец эротическую терпкость и взрывает тухлую благопристойность обывательского сознания»... Одним словом, благодарение всем богам, что Лиза его не видела.

В то лето он вынужден был оставить ее одну на целых два месяца — контракт с Ферманами был жестким и выходных почти не предусматривал, зато этим мохнатым танцем с Эллис он за лето заработал (кормилица, кормилица!) вполне пристойные деньги: публика осаждала оранжево-клетчатый шапито как безумная, так что приходилось играть дополнительные спектакли даже в считаные свободные дни.

Однако, вернувшись, Лизу он нашел совсем одичалой. А ведь, казалось, все предусмотрел: завалил ее работой, накупил целый воз дисков с хорошими фильмами, обязал Тонду ежеутренне звонить, взбадривать ее; сам трезвонил каждую свободную минуту — даже перед выходом на сцену, тревожно вслушиваясь в отрывистые хрипловатые фразы, трижды повторяя один и тот же вопрос, чтоб вытянуть из ее голоса хоть на вершок наивной слепой надежды, хотя бы минуту успокоения.

Тогда и Хана сказала ему:

— Ты, Петя, больше не уезжай. Всех денег не заработаешь, а вот такую больную девочку лучше одну не бросать. Мало ли что ей взбредет!

Как выяснилось, в отсутствие Тонды Лиза дважды вламывалась в мастерскую на Кармелитской и переворачивала там все вверх дном. *Ее искала,* мрачно предположил Тонда.

Понимаешь, она ходит по городу — *ищет,* пояснила Хана, хотя он в ее пояснениях не нуждался. Но когда Хана проговорилась, что однажды Лиза полдня рыскала на Карловом мосту, останавливая туристов и приставая к продавцам поделок с вопросом: *не видал ли кто ее сестру, в точности на нее похожую...* — он смертельно перепугался.

— Как ты думаешь, — спросила его Хана, она догадывается, что *та* — здесь, у меня?

Он сказал ей:

— Хана, заткнись.

И, в отчаянии закрывая глаза, воображал, как обезумевшая его жена всюду рыщет, дабы лишний раз убедиться: там, в гастрольном кружении по городам Европы, где когда-то вдвоем они выходили на сцену, он ежедневно сжимает в объятиях *ту.* И с тоской вспоминал, как она в исступлении кричит: «Исчадие ада! Гладкая мертвячка, зенки стеклянные! Ведьма, ведьма, разлучница!»

И на другой день после его возвращения они с Лизой вылетели в Иерусалим — накатанной, будь она проклята, дорогой.

Так что на следующий сезон от выездного контракта у Ферманов он отказался. Сейчас позволял себе выезжать с Эллис только на день-два, на фестивали, на «дни города» или в ближние замки — Нелагозевес, Либоховице, Пернштейн, — где устраивали представления на деревянном помосте, установленном прямо в подворье замка, и где можно было затеряться среди сокольничих в средневековых костюмах, с обученными соколами на руках, среди фокусников на ходулях, извлекающих петухов и кроликов из-под пестрых своих хламид, среди бликующего разноцветья рядов керамического базара, в беззаботной толпе, поглощающей брамборачки, трделники с корицей, медовину и местное вино — не говоря уже о пиве.

Все это были довольно скромные заработки, но выступления в слепленных на скорую руку программах, да продажа кукол и небольшие доходы от «воркшопов» у Прохазок, да летний промысел на Карловом мосту или на Кампе давали возможность держаться на плаву.

* * *

...Он вышел из вагона на Хауптбанхофф и решил потратиться на такси — профессор Вацлав Ратт жил в восточной части Берлина, в районе Хакешер Маркт, недалеко от Александерплатц.

В блекло-сером от рассыпанного по дорогам и тротуарам тертого щебня, в потерявшем все краски, отмороженном Берлине было снежно и ветрено — как и по всей Европе. Картину спасали дружно теснившиеся на всех площадях деревянные, цвета медовых пряников, избушки рождественских базаров. С каждым годом те вылупляются все раньше, и, надо полагать, скоро публика уже в сентябре радостно кинется закупать традиционные марципаны и крендельки.

На площади перед вокзалом высилась елка, неутомимая музыка погоняла горбатую карусель, и гигантский огненный гриль уже печатал миллионный тираж стейков и местных сосисок «кэрри-вурстен». В зеркальных орбитах елочных шаров отражались искаженные панорамы потных лбов и мясистых носов, а кривые пещеры жующих ртов весело перемалывали тонны рождественской снеди.

В морозном воздухе над этими вертепными деревеньками прорастали, свиваясь в пахучие сети, пряные запахи корицы, гвоздики, жареного миндаля; и горячий пар глинтвейна — лучшего в мире горючего для замерзшей утробы — возносился к войлочным небесам.

Таксист — пожилой коренастый немец в дутой без-рукавке на плотном торсе, с надранными морозцем ле-тучими ушами — не умолкал всю дорогу. Петя имел глупость разок протянуть «о, йа, йа-а...» и за это угодил в непрерывный монолог. Судя по частому употребле-нию словечка «шайсе!» — это была жалоба на погоду. Когда надоело, он пронзительным сопрано *запел* арию Аиды. Дядька чуть не врезался в бампер впереди иду-щей машины, судорожно пробежался пальцами по кнопкам выключенного радио и вытаращился на пас-сажира в зеркальце заднего обзора. Тот невозмутимо вежливо улыбался плотно сомкнутыми губами, ария звучала... машина стояла, как валаамова ослица, хотя уже выпал зеленый...

— Езжай уже, блядь, — попросил Петя душевно, по-русски. И дальше они молча ехали до пункта назна-чения под пересверк ошалелых глаз водителя.

Аугустштрассе... Что ж, вполне логичный адрес для профессора-античника, если, конечно, речь идет имен-но об императоре Августе. Петя помнил эту улицу лет-ней: мощеную мостовую, пушкинские фонари, под-стриженные кроны платанов, чистенькие, пастельных тонов фасады зданий. Тем летним вечером над столи-ками, вынесенными на тротуары, витала тихая музыка, и жужжала-гудела-булькала сытная, маково-марципа-новая немецкая речь.

Сейчас нахохленная улица будто запахнула полы длинного заиндевелого тулупа.

Где это? Кажется, в «Элегии» Массне: «Не-ет, не верну-уть, не вер-нуть никогда-а ле-етние дни...»

Он поднялся по широким ступеням к дверям подъ-езда и помедлил, прежде чем набрать код квартиры.

Всю дорогу мысленно выстраивал предстоящий разговор, обдумывая стиль и стратегию, и в поезде все казалось довольно логичным. («Если возникнет такая необходимость, я ему объясню, что... но если он спросит о... нет, скажу: вот об этом я не хотел бы упоминать...») Сейчас тема предстоящей встречи с *человеком, как ни крути, научной складки* казалась ему нелепой и неуместной. Нечто вроде выступления студентов-кукольников в сталелитейном цеху во время обеденного перерыва. Такое тоже бывало в его карьере.

Хотя, судя по телефонной беседе — если это назвать беседой, — профессор мог оказаться и вполне *забавным*.

— Вот на таком-то английском вы собираетесь вести со мной деловые переговоры? — осведомился по-русски веселый баритон после двух-трех его вступительных фраз. — Уж лучше бы на чешском обратились.

— На чешском я говорю примерно так же, — отозвался Петя, и его собеседник на другом конце провода расхохотался.

— Вижу, вы настоящий полиглот, — сказал он. — Ладно, не тужьтесь. Я великодушен. Я тридцать лет прожил с русской женой, уж как-нибудь переварю и вас...

Дверь квартиры открылась рывком, и Петя внутренне ахнул: настолько *кукольным человеком* оказался профессор Вацлав Ратт. Начать с того, что он стоял в прихожей натопленной квартиры в рыжем канадском пуховике, в ботинках и в оранжевых вязаных перчатках на руках. Высоченный, тощий даже в зимней одежде, на журавлиных, в облипочку, джинсовых ногах...

— О, не-е-ет! — простонал с трагической гримасой. — Кто мог предположить, что человек вашей профессии окажется настолько точным?!

Петя молчал, не зная, как реагировать на подобный прием, в то же время откровенно любуясь: дикая свалка мелких седых кудрей колыхалась над огненной красоты и живости черными глазами, которые алчно впивались во все, что попадалось им в обзоре. Руки ни минуты не оставались в покое.

— Снимите капюшон! — воскликнул Ратт, дирижерским движением обеих рук показывая оркестру *tutti*. — Нет! Не снимайте! Так вы похожи на средневекового алхимика или даже на раби Лёва перед созданием Голема. Разве тот не был всего лишь гигантской куклой, а?

— Верно, — отозвался Петя. — Моя давняя догадка: Голем был сложным автоматом. — И под восхищенный плеск Раттовых рук: — Если уж тавматурги древних китайцев и египтян создавали своих андроидов, если деревянный голубь Архита Тарентского уже в четвертом веке до нашей эры «летал и опускался без малейшего затруднения», то отчего в средневековой Праге, при наличии в гетто искусных ремесленников, не соорудить нечто подобное?..

Тогда профессор Ратт, выпалив: «Не через порог!», — вышел на площадку, захлопнул за собой дверь квартиры и, приобняв Петю за плечо, вкрадчиво спросил:

— А было искушение влезть на чердак Старо-Новой синагоги, дабы проверить, лежат ли там его обломки, как это писано во всех идиотских путеводителях?

— Было, — невозмутимо ответил тот. — Но затея требует подготовки.

— Тогда, — воскликнул Ратт, увлекая его вниз по лестнице, — считайте, что нашли подельника! А сейчас шагом марш в бэкерай! Я как раз собирался за пирогом. Забыл купить по дороге из университета (в конце концов, профессор я или нет? имею ли право на

258 каплю маразма?). Надеялся, что успею сбегать... А теперь вам ничего не остается, как сопровождать меня. Постойте! — Он опустил руку, уже готовую толкнуть дверь подъезда. — Не придет ли вам, не дай бог, в голову, что я боюсь оставить вас в квартире наедине с моей коллекцией?

— Не волнуйтесь, — парировал Петя. — Сегодня в мои планы входит только разведка.

Профессор расхохотался, потрепал его по плечу и сказал:

— Пошли, потешник!

И пока они почему-то бежали до кондитерской (то ли холод гнал, то ли широкий шаг Раттовых ног), пока суматошно выбирали пирог и возвращались обратно (все заняло минут пятнадцать), Петя успел узнать пропасть самых разнообразных сведений. Профессор Ратт был словоохотлив, как берлинский таксист, с той только разницей, что каждое его слово хотелось запомнить, записать, утрамбовать в памяти и запустить в действие — после того, разумеется, как сделаешь из него куклу.

— Я, видимо, обречен всю жизнь иметь дело с людьми вашей профессии или вокруг нее... — говорил он, поршневыми выдохами напоминая Пете старый японский паровоз, раздувающий пары на пути между Томари и Южно-Сахалинском. — На днях подарил одной писательнице эпиграф для ее нового романа о сумасшедшем кукольнике. Она хотела взять ту известную цитату из «Ни дня без строчки» Юрия Олеши, да вы ее, конечно, знаете: «Он был кукла. Настолько кукла, что, когда униформа, забыв, что это кукла, переставал ее поддерживать и отходил, она падала...» Но я сказал: «Нет, голу-у-у-бушка, оставьте, все это слишком на поверхности. Тут требуется нечто глубинное, мистическое, стра-ашное...» Ведь, в конце концов, кукла с древнейших времен воспринималась людьми как персонаж потустороннего мира мертвых, не так ли? В древних захоронениях часто находят кукол, а в древнегреческом театре в финале спектакля из задней двери на сцену выезжала *эккиклема* — платформа с трупом, например, Агамемнона. Причем трупом служил деревянный манекен с подвижными конечностями, одетый в людское платье. Обратите внимание: деревянный. Тут символ: кукла вытачивается из той же колоды, из которой вырубается гроб. Из того дерева, которое корнями уходит в нижний, хтонический мир. Иными словами: впервые кукла возникает в мире смерти...

В этот момент они как раз вошли в тесную, но изобильную, как бы раздавшуюся в боках от пирогов и булочек, румяную кондитерскую, посреди которой стояла такая же, раздавшаяся на дрожжах, сдобная зефирная продавщица, и профессор мгновенно перешел на бойкий немецкий, тем более что дело касалось выбора пирогов.

Обращаясь к Пете по-русски и в то же время перебрасываясь игривыми немецкими фразами с продавщицей, профессор Ратт напоминал жонглера, который, непринужденно добавляя в работу кеглю за кеглей, продолжает рассеянно беседовать с кем-то за его спиною, при этом ногой подкидывая ту кеглю, что стремится выпасть из круга вращения... Ассистировать ему было истинным удовольствием.

— Это казнь египетская! — кричал он по-русски. — Ну, возможен ли добровольный выбор между «штройзелькухен», «кезэкухен» и «монкухен»?! А что делать с «апфельштрудель»? — спрашивал он у гостя с мученическим выражением в лукавых черных глазах...

— Значит, останавливаемся на «монкухен»! — это было последним в кондитерском диалоге, и, забрав у флегматичной продавщицы коробку, он продолжал, открывая тугую дверь кондитерской и вновь окутываясь клубами бурно выдыхаемого пара:

— Так насчет эпиграфа: что я придумал? Откопал для ее романа поистине лакомый кусочек — пальчики оближешь! Вы только послушайте:

« — *Однажды, силою своей превращая воздух в воду, а воду в кровь и уплотняя в плоть, я создал человеческое существо — мальчика, тем самым сотворив нечто более возвышенное, чем изделие Создателя. Ибо тот создал человека из земли, а я — из воздуха, что много труднее...*

...Тут мы поняли, что он (речь идет о Симоне Волхве) говорил о мальчике, которого убил, а душу его взял к себе на службу».

Как вам этот отрывок? В самую точку, а? В самую точку о вашем дьявольском ремесле. Душу, душу — на службу! И — бесповоротно, безвозвратно, до гроба. Если, конечно, дама не испаскудит своим романом мой чудесный эпиграф.

Черные глаза профессора Ратта казались самым ярким пятном на этой улице. Летящая сверху снежная труха посыпала пеплом его легкие вздыбленные кудри, и он поминутно стряхивал ее себе на лицо и на плечи, вскидывая голову, как взнузданный конь.

— Ну, что вы встали?

— Откуда это? — спросил Петя, не трогаясь с места.

Тот захохотал, потянул спутника за рукав:

— Идемте, идемте скорее домой, я подыхаю от холода! Это роман «Узнавания», голубчик, II век нашей эры. Вто-рой век! Принадлежит корпусу Псевдоклементин, то есть сочинений, приписываемых папе римскому Клименту. Там еще много чего есть. Климент был учеником святого Петра, и вполне мог существовать и даже возглавлять какую-то общину в Риме, но!..

Они вошли в подъезд и, минуя лифт, стали подниматься на четвертый этаж по лестнице, причем ясно было, что профессор сдерживает себя, чтобы не шагать через ступеньку: видимо, был приверженцем здорового образа жизни. Впрочем, он часто останавливался, чтобы, чуть не в лицо собеседнику выбросив указательный палец, подчеркнуть свои слова:

— Но! Романов Климент точно не писал, это типичная александрийская литература, вероятно, остатки былой еврейской литературы. Кстати, по преданию, этот папа похоронен в Крыму и потому почитается православием... Вот теперь снимите свой средневековый капюшон, а то я подумаю, что вы скрываете зловещие намерения...

— А как можно прочитать... это сочинение? — спросил Петя, откидывая капюшон куртки.

— Как прочитать, дружище? — рассмеялся профессор. — На каком языке? — Он остановился, склонился к Пете и мягко взял его под руку: — Не обижайтесь. Это писано по-гречески, затем переведено на латынь и вряд ли существует на русском... У вас очень интересный череп... Вообще в вашей внешности тоже есть нечто потустороннее. Глаза: подозрительно светлые. Уж не воронки ли это — в никуда? «Он не отбрасывает тени!» Повернитесь-ка в профиль... О, какой харáктерный нос, и этот жесткий римский подбородок, и непроницаемая улыбка... Вы сами могли бы играть Петрушку, божественного трикстера! Я вас не смущаю? А почему одно ухо длиннее другого? Это изысканно. Так надо?

— Серьга. Дополнительный контроль над куклой. У моих кукол всегда еще одна нить.

— Гениально! Так вот, о папе Клименте. Я работал в огромном барочном храме его имени неподалеку от Третьяковки, разбирал книжные завалы. Находил там потрясающие вещи, например — первое издание помпейских раскопок Винкельмана в телячьей коже, с золотыми лилиями неаполитанских Бурбонов на переплете. Да-да, поверьте мне на слово: я извлек его из-за батареи. Чем не романный сюжет?

Он вытащил из кармана куртки связку ключей и, сощурившись, принялся высматривать нужный, словно ему предстояло войти в незнакомый дом. И правда: раза три попытки вставить ключ в замочную скважину не увенчались успехом, и профессор невозмутимо пробовал следующий.

— Этот храм был депозитарием Ленинки и по самые купола завален книгами, конфискованными в самых разных местах, — думаю, с семнадцатого года. Например, там была библиотека князей Шаховских, библиотека патриархии... Завалы, говорю вам, — кромешные, непроходимые завалы! Иногда начальство производило операцию «обеспыливания», и тогда вытирать книги тряпками сгонялся чуть не весь персонал Ленинки. Лично я занимался тем, что раскладывал книги на кучки — по тематике. Да, забыл сказать, что все это охранялось алкашом-вахтером, который в конце концов в пьяном виде утонул в ванне...

Наконец они вошли в квартиру и, мешая друг другу, стали раздеваться в тесной прихожей. Пете выданы были мягкие тапочки с задниками.

— По мне-то, пусть бы каждый топал, в чем обут, — обронил профессор. — Но такие уж русские порядки жена завела.

— А где она? — спросил Петя. — В отъезде?

— Нет. Она умерла, — с той же улыбкой ответил профессор.

— О, простите... я не...

— Зачем же извиняться! Бросьте. Моя жена прожила бурную счастливую жизнь, сменила четырех мужей — я четвертый и самый пристойный, другие еще хуже...

Он занес в кухню покупки и принялся выкладывать их на стол, продолжая говорить. Судя по тому, что просматривалось в проеме двери, это была самая что ни на есть русская московская кухня: полки и шкафчики, ломящиеся от гжели, расписные доски по стенам, угол деревянной скамьи.

— Она была моим преподавателем в МГУ и значительно старше меня. Нам всегда было весело вдвоем, мы много путешествовали, много чего любили, и я никогда не омрачаю памяти о ней кислой физиономией.

Он возник в проеме двери, как бы раздвигая обеими руками косяки:

— Ну-с, герр Уксусов... Ох, извините, это вовсе не в связи с кислой физиономией! Случайный каламбур. Так что ж, как прикажете вас принимать — как гостя или как своего? Кофе-приемы или сначала...

— Сначала! — быстро отозвался Петя, уже убегая нетерпеливым взглядом из прихожей налево, туда, где в отворенной двери в большую залу увидел застекленные стеллажи с множеством кукол.

— Прошу, — кратко пригласил профессор, пропуская его вперед.

Петя шагнул на порог и увидел, что это сквозная анфилада из трех больших комнат, целиком посвященных огромной — даже дух захватило! — коллекции.

— Ой, ё-о-о!!! — простонал он.

— Да-да, друг мой, не смущайтесь, не сдерживайтесь, — подхватил польщенный коллекционер, — настоящий восторг профессионала может выразить только восхищенный русский мат! Позвольте мне возле вас душой отогреться: выражайтесь! Сквернословие Петрушку не портит. В древнем Риме табуированная речь почиталась настолько, что была частью похоронного обряда. Эдакий бранный, на равных, диспут со смертью. В те времена еще не уяснили обстоятельно, кто — кого, еще, было дело, спускались в царство мертвых и, как вы знаете, благополучно оттуда возвращались.

И поскольку гость столбом встал, теряясь — с чего начать, Вацлав Ратт, схватив его за рукав пиджака, потянул к витрине в левом углу комнаты:

— Начало — тут... Здесь самые старые приобретения отца. По образованию он был инженер-механик и очень неплохо, на мой взгляд, рисовал: любительство, конечно, но совсем не бесталанно. В свое время служил и по дипломатической части, поэтому мы много разъезжали. И всюду, куда ни попадал, первым делом он бросался на поиски местных кукол. Говорил ласково: «куколки»... Только потом я услышал, как часто произносят это слово настоящие кукловоды и мастера...

Он осторожно отворил стеклянную дверцу витрины:

— Смотрите-ка на эту пару: Принц и Принцесса. Индонезия, XIX век. Сколько в них нежности, а? Какие оба хрупкие — эти ручки-палочки, эта умоляющая о бережности худоба... И как целомудренно склоняют друг к другу лица, и оба смущены от любви. Куклы в отличном состоянии. Когда я пригласил Прохазок на реставрацию, мне казалось, что вот тут... на коронах у него и у нее... надо бы тронуть позолотой. Но Зденек отговорил, и теперь вижу, он был прав. Это тусклое золото не должно сверкать.

Он задержал влюбленный взгляд на куклах, помедлил и, стряхнув с себя задумчивость, перешел к соседней витрине:

— А теперь гляньте вот на этого — мой любимец, Тио — дух шахты. Симпатяга, а?

— Боливия?

— Верно. Плутовская физиономия, совершенно девичьи черты лица, вон какие брови длинные, миндалевидные глаза... А сам дубинку сжимает и аж присел в предвкушении удара. Вечная двойственность куклы. Обратите внимание: вышивка, бисер, стеклышки на одеянии — какая адски кропотливая работа! И даже крылышки у него усеяны камнями! Зденек чуть поправил ему грим: я боялся дальнейших разрушений; поэтому сейчас кукла не выглядит такой старой... — Он поманил Петю к следующей кукле: — А вот, не пройдите мимо этой бирманской бестии. То ли принц чудовищ, то ли кто-то еще. Какое богатство оттенков синей и зеленой краски в перьях... Отец купил эту куклу в Дели, у вдовы одного актера, и сам привел в порядок. Было это, постойте... в тридцать пятом году.

Несмотря на размахивающие руки, на ноги, выделывающие нетерпеливые крендели, коллекционер легко и бережно двигался среди стеллажей и витрин. Его движения, сопровождавшие быструю, чистую и удивительно выразительную для иностранца русскую речь, выглядели балетным контрапунктом, летящим арабеском — чем-то вполне естественным среди сонма существ «левого», как сам он несколько раз повторил, мира:

— Да-да, ведь человека, чья жизнь связана с куклой, вполне нормальным не назовешь, не так ли? Я вам покажу кое-что, но надеюсь на вашу скромность: держу пока эту куклу в укрытии, как партизана; еще не время ею хвастать.

Он наклонился и выдвинул из-под витрины плоский ящик, откинул крышку и сам залюбовался старой интерьерной куклой с изящно сделанными фарфоровыми руками, фарфоровым личиком. Впрочем, таких кукол во множестве делали в Европе в начале прошлого века.

— Ничего особенного, а? — подмигнул он. — Ничего особенного, если не знать, что это кукла художника Кокошки — та самая, знаменитая, на которой он чокнулся. Она, видите ли, была похожа на Альму Малер, вдову композитора; у Кокошки был с ней роман. Он даже предлагал ей руку и сердце, но проницательная женщина вовремя просекла, что имеет дело с ненормальным, и отказала. И Кокошка уж точно был сумасшедшим: он ведь, знаете, всерьез утверждал, что умеет летать! И вот отвергнутый художник купил эту куклу и повсюду стал таскать ее с собой — даже на великосветские приемы! — пока друзья не сочли это уже неприличным, и в один прекрасный день кукла исчезла. Ага — исчезла!

Профессор заржал звонким лошадиным гоготом:

— Я купил ее у некоего анонима, твердо обещая, что не выставлю ни на одном салоне, ни даже в своей коллекции до... почему-то две тысячи пятнадцатого года, он внес эту дату в контракт. — И лукаво улыбнулся: — Пусть будет так. Хотя это глупо: Кокошка умер в восьмидесятом году и вряд ли сильно огорчится... А наиболее полно у меня представлены, конечно, чешские куклы. Между прочим, две из них — авторства Йозефа Скупы, то есть те, что по его эскизам сделал Носек. Отец хорошо был со Скупой знаком, даже немного помогал с механикой...

Открыв дверцу витрины, коллекционер улыбкой

пригласил обратить внимание на сидящего в ней глаза-
стого персонажа.

— Вот эта кукла, Спейбл, она — та самая, что сидела в гестапо. Вы знали, что за спектакль «Да здравству-
ет завтра!» Скупа был арестован и заключен в Пльзень-
скую тюрьму, а куклы его хранились в гестапо, в сейфе?
Так вот, знакомьтесь: знаменитый узник... Слушайте... — Он слегка отстранился, будто бы заново рассматривая гостя, ощупывая его своими неуемными,
вдохновенными горячими глазами: — Зденек Прохазка
сказал мне, что вы — гений. Это соответствует действительности?

— Более или менее, — спокойно отозвался гость.

— Так покажите что-нибудь! — потребовал хозяин. — Понимаю, импровизация — всегда незадача, но
все-таки. Не могу смотреть на праздные руки кукольника! Всегда хочется их занять. — И радушно распахнул
собственные длинные руки, да еще и крутанулся вокруг
себя: — Выбирайте любую!

Петя оглянулся... помедлил...

В этой тщательно отобранной коллекции, судя по
всему, не было ни одного просчета. Его окружали куклы выдающихся мастеров разных земель и времен. С
каждой из них необходимо было прожить какое-то время, чтоб по рукам заструилась извечная горячая волна,
связующая его с куклой...

— Хорошо. Попробуем, пожалуй, вот эту, — и кивком указал на угловую витрину с установленной в ней
единственной большой марионеткой. — Это ведь доктор Фаустус?

— Именно! — подхватил профессор, бросаясь к
стеклянной дверце и бережно извлекая деревянную
марионетку в черном балахоне, в черном берете, с подробно расписанной маской: мрачное горбоносое лицо,
обрамленное черной эспаньолкой. — Ученый доктор,

собственной персоной. Венский кукольный театр, конец девятнадцатого века.

Марионетка была крупной, тяжелой, с металлическим штоком в голове, с массивной, удобной ручкой горизонтальной ваги. Петя принял ее на руки, как ребенка, и, как ребенка, спустил на пол. Расправил нити, поиграл в них, шевеля пальцами, — так медленная рыба ворочается в сетях.

Похожие марионетки действовали в спектакле «Дон Джованни» Национального театра кукол в Праге, на улице Затечка: высокая маленькая сцена, трогательный французский занавес с разводами от сырости, смешная бахрома и великолепный золотой барельеф ложи, сделанный по рисункам Йозефа Скупы.

Да и сама кукла Дон Жуана напоминала Фауста: то же угрюмое худощавое лицо, насупленные брови, черная борода и вечный берет. Эта кукла могла играть и Мефистофеля, и Нострадамуса, и зловещего нотариуса в средневековом фарсе: расхожий товар, но хорошие пропорции и отлично рассчитанный баланс.

Петя не очень любил больших марионеток — они были заведомо лишены той подвижности, которой обладали легкие небольшие куклы, — и не слишком жаловал чисто коммерческий этот спектакль, которым ребята из почтенного «дивадла»[1] вот уже лет десять бесперебойно зарабатывали на туристах. Впрочем, когда его приглашали на подмену заболевшего актера, не отказывался — все же деньги.

По мере того как его руки — правая на ваге, как наездник в седле, левая, веером разобранная, будто по струнам арфы, — начали едва заметно двигаться, по-

---

1   Театр (*чешск.*).

сылая кукле легчайшие сигналы (так мать осторожно будит ребенка, легонько дуя на лоб, чтобы не испугался), в куклу стала вкрадчиво проникать жизнь: дернулась, как от боли, рука; голова откинулась и повела глазами, меняя туповато-мрачное выражение на страдающее; неуверенно и устало шаркнули ноги в деревянных башмаках...

В этом было что-то неестественное, страшноватое — точно мертвец оживал. И с каждой секундой жизнь крепла и уверенно разбегалась по деревянному телу куклы. Вдруг что-то произошло — неизвестно как, неуловимо, непонятно: минуту назад безучастно обмякшая в его руках марионетка вдруг встрепенулась, подобралась, подпружинилась... и стала человеком. Доктор Фаустус поднял голову, оглядывая комнату с выражением горькой задумчивости в лице, и проговорил медленным густым басом, едва кивая в такт собственным мыслям:

> Я богословьем овладел,
> Над философией корпел,
> Юриспруденцию долбил
> И медицину изучил.

Чудо состояло в том, что персонаж почти не двигался, и все-таки в нем чувствовалась беспокойная внутренняя жизнь. Причиной тому был, возможно, рассеянный зимний свет — тот, что проникал в окно и обволакивал предметы, не оставляя на них теней, придавая и людям, и куклам равную тускловатую неопределенность, размытость объемов... Вся комната была заполнена этим зыбким подводным светом, и, колыхаясь в нитях, точно безвольный утопленник в сетях, кукла совершала множество неуверенных, рассеянных, но поразительно человеческих движений, ме-

270 няя свой облик и настроение от движений пальцев кукловода.

Вдруг правая рука доктора Фаустуса резко поднялась и гневно нацелилась в небо:

> Однако я при этом всем
> Был и остался дураком.

Профессор Ратт — в первые минуты он растерялся, как теряется человек, увидевший не то, что ожидал, — тихо воскликнул, выкатив черные глаза:

— Боже, да он ведь живой, черт меня дери! Не понимаю, как вы это делаете... Даже страшно! Мне страшно тут, рядом с вами...

На эту реплику доктор Фаустус резко обернулся, будто удивляясь, что, кроме него, в комнате есть посторонний, и, презрительно профессору поклонясь, продолжал, обращаясь уже конкретно к нему:

> И для тебя еще вопрос:
> Откуда в сердце этот страх?
> Как ты все это перенес
> И в заточенье не зачах,
> Когда насильственно, взамен
> Живых и богом данных сил,
> Себя средь этих мертвых стен
> Скелетами ты окружил?

— Потрясающе! Пот-ря-са-юще! Очуметь можно, как любила говаривать моя жена! И текст, текст — вы что, знаете всю роль?

— Лет сто назад, — обронил тот, — водил Фауста в Курганском театре. В памяти какие-то ошметки застряли.

Тут марионетка, обиженная, что от нее отвлеклись, подняла к Пете горбоносое лицо, решительно протянула руку и требовательно подергала его за брюки. Тот приветливо кивнул: «О, натюрлих, майн херц!» — и, внезапно *перейдя на немецкий* и напрочь стряхнув с Фаустуса всякую загадочность и тоску, выдал всевдо-монолог сегодняшнего таксиста, с непременным «шайсе» через каждое третье слово, мгновенно превратив почтенного средневекового доктора в турка-эмигранта (того, что держит лавочку, где за пять-семь евро вы покупаете курицу на гриле), да с соответствующими ухватками, с соответствующим акцентом; а когда турок решил, что пришло время намаза и повалился на колени, выставив в сторону профессора острый зад, тут уже обессилевший от смеха, плачущий Ратт лишь руками замахал, прося пощады...

Затем в течение полутора часов оба этих одержимца медленно переходили от одного стеллажа к другому, открывая дверцы, оглядывая и щупая на полках или совсем вынимая кукол из витрин; спорили, перебивая друг друга и хватая друг друга за руки, выдыхали, не стесняясь в выражениях, восторг, взрывались хохотом, категорически друг с другом не соглашались; возвращались назад, чтобы еще раз взглянуть на какую-нибудь амьенскую марионетку Ляфлёра конца XVIII века (очередного Петрушку в лиловом бархатном камзоле, коротких панталонах и красно-белых полосатых чулках); или чтобы вновь перетрогать целый отряд фарфоровой «китайской мелочи» конца XV века: потешных декоративных статуэток величиною в пять сантиметров; или, с выражением гурманов на лицах, восторженно обнюхать английскую восковую куклу, найденную профессором в развалах Амстердамского блошиного рынка в тысяча девятьсот, милый мой, семьдесят втором году, вот-с!

— А это, — восклицал Петя, тыча пальцем в стекло, — не седовский ли Петрушка?

— Его, его, причем Седова-старшего... Постойте, я свет зажгу, а то уж меркнет...

Он защелкал по клавишам выключателя на стене, как по клавиатуре компьютера, и пошли вокруг, и сверху, и по углам вспыхивать лампы, тихим светом озаряя изнутри витрины; куклы в них оживали, выступали вперед и прихорашивались, и каждая стремилась хоть на минутку выйти к рампе: засиделись, родимые.

— Седов, да-да, Павел Иванович. Лично купил в одной московской семье, потратив изрядную часть денег из тех, что жена выдала на съем дачи. Там он оказался вполне случайно, сидел на подушке младшего отпрыска, и тот обязательно его бы угробил. А я его спас! И вот он живет припеваючи.

Одним словом, профессор Вацлав Ратт оказался трепетным наследником отцовой коллекции: он не только систематизировал ее, хранил, пополнял, реставрировал и оберегал от любого сквозняка; он ее поэтизировал.

Очередная витрина, втиснутая между двумя высокими окнами, выходящими на улицу, в древесные скелеты зимней, уже сереющей в наступлении сумерек, Аугустштрассе, выглядела пустовато, — может быть, потому, что на просторной полке, на подставках рядком сидели (Петя молча сосчитал) девять маленьких, величиною с ладонь, петрушек: деревянные, искусно вырезанные и выразительно раскрашенные явно одной и той же рукой, остроносые головки на холстяных юбочках. В точности похожие на того, кого столь долго переваривал, но так и не переварил в своем ненасытном брюхе Корчмарь.

Только теперь стало ясно, что младенец Корчмаря, с его паклей выцветших от времени красных волос был, в отличие от петрушек коллекции Ратта, существом женского пола...

Поскольку Петя запнулся и умолк, разглядывая небольшой забавный взвод, профессор тоже остановился и с удивленной улыбкой произнес:

— А знаете, вы — первый человек, что не прошел мимо неказистых моих куколок. Обычно гости так увлекаются всеми этими, — он кивнул на витрины, — бисерными, шелковыми расписными чудесами, что пролетают мимо самого главного.

— Что же в них особенного? — спросил Петя, стараясь унять голос.

— О! Это — начало и причина отцовой коллекции. Однако рассказывать надо подробно, за столом, и хряпнув не кофе, а...

— Я принес, — торопливо вставил Петя. — Вы виски потребляете?

— Я все потребляю, — заверил его профессор. — Я же сказал: аспирантуру я оканчивал в добротной компании. Но сначала все-таки завершим осмотр. Пойдемте — в той комнате у меня Африка и Северная Америка...

.

... — «Монку-у-у-хен», — выпевал Вацлав Ратт, набирая воды в электрический чайник, — это маковый пирог, настоящее объедение! Уж в чем, а в выпечке немцы знают толк... Однако такому благодарному гостю, как вы, Петя, надо бы в качестве гонорара яичницу забабахать.

— Не хлопочите, Вацлав! — встрепенулся тот. После полутора часов упоительного и досконального путешествия по коллекции Ратта они уже называли друг друга по имени, хотя на «ты» еще не перешли. — Не стоит, и времени жаль. Я ведь уже сегодня — назад. И приехал по делу.

— Тогда садитесь. Пролезайте вон туда, в угол. Во-первых, там обивка на скамье протерта еще не до дыр, а во-вторых, я гостей всегда в угол загоняю. И у окна уютнее, это любимое место моей жены: видите, какая ель голубая у нас под окном? Какая она статная, плечистая... Здесь в солнечные дни происходят птичьи конференции: доклады, прения, отличные драчки...

Он поставил чайник закипать, вынул из шкафа чашки, тарелочки, приземистые бокалы, принялся разрезать пирог... В желтом фартуке с зеленой пальмой на груди, циркульно рассыпавшей свои ветви, коллекционер сам напоминал тощую трогательную куклу; он все проделывал с ловким долговязым изяществом, слегка потряхивая воздушными спиралями седых кудрей, словно бы в такт фокстроту, постоянно звучащему внутри. Откупорил бутылку привезенного Петей виски и разлил по бокалам.

— Итак, что у вас за дело?

— Но сначала, — напомнил Петя, — вы обещали о странных маленьких петрушках.

— Ах, да, да... обещал, — и голову вскинул, всматриваясь в памятливого гостя. — А вы въедливый! Ладно, обещал — расскажу! Только это, знаете ли, длинная семейная сага... нечто вроде «Собаки Баскервилей», разве что без собаки. Но предупреждаю: если вы хотя б единственный раз посмеете воскликнуть: «Не может быть!» — вы, несмотря на всю мою симпатию, вылетите отсюда кубарем. Идет?

Серебряной лопаточкой он въехал под испод пирога, поддел пушистый желто-лиловый кус, и осторожно колыхая, плавно понес его к Петиной тарелке, шепчущими губами уговаривая не падать, не падать... и, когда тот благополучно шлепнулся по месту назначения, облегченно перевел дух.

— Значит, так: маленькие странные петрушки... С чего ж начать? Открываем занавес. Середина XIX века. Действие происходит в городках и местечках Моравии, Богемии, Галиции... Декорации соответствующие: Австро-Венгерская империя, лучшая империя в истории человеков...

Он на мгновение задумался, помедлил и вдруг тряхнул гривой:

— Нет, не с того начал! — И решительно повторил: — Не с того, не с того. Давайте заново, и бог с ними, с декорациями и антуражем. Просто вообразите себе человека вашей профессии: одинокий бродяга-петрушечник со своим заплечным реквизитом — сундук с куклами да складная ширма... И ходит он себе по городкам и местечкам, по замковым подворьям, зашибая убогую копейку. В хорошие дни, возможно, и не убогую — у народа в то время развлечений было немного, а кукольный театр, с вечно орущим Петрушкой, или как там его звали в разных местах, всегда собирал публику. Но сколько их — хороших тех дней? А череда дождей, а собачьи холода? Вот и выходит на круг — копейки. И хорошо еще, если в каком-нибудь замке проживает большая семья, с детьми, с челядью. Тогда на Рождество и на другие праздники всегда зовут кукольников, и можно застрять там на недельку-другую, даже на месяц, подкормиться по-человечески — в тепле, а не в сарае...

Профессор потянулся к полке над Петиной головой, снял старую кофейную мельницу, засыпал внутрь пригоршню зерен и, прижимая ее к груди, принялся молоть с невообразимым треском, стараясь перекричать процесс:

— Айн секунд! Зато будет настоящий турецкий кофе! Эта штука принадлежала Герману Гессе, его подарок!

Старая мельница расстреливала в упор: несколько вылетевших из-под неплотно закрытой крышки зерен угодили в Петю, да и сам профессор крепко зажмурил глаза, — видимо, знал ее норов. Наконец все стихло, и под нос Пете было предъявлено одуряющее благоухание черного мельничного нутра. Старуха опять не подкачала, удовлетворенно отметил Вацлав.

— Знаете... моя жена долго умирала... — он улыбался, ложкой извлекая из мельницы кофейный порошок и засыпая его в начищенную до блеска медную турку. — Думала, что привыкнет к смерти, когда ближе с ней познакомится. И все же не привыкла. Нет, не привыкла... Говорила мне: «Вася...» Это она так меня звала — не Вацлав, а Вася, что, по сути, одно и то же. «Вась, — говорила, — как-то скучно умирать. И там мне будет скучно. Ну как, — говорила, — расстаться с нашей кофемолкой? Как же я утром-то проснусь и не увижу солнечного блика на ее медной шишечке?»

И, опрокидывая дымящуюся турку над чашкой гостя, все улыбался в жемчужном пару, опустив глаза, не отирая детской слезы, застрявшей в глубокой носогубной складке.

— Она недавно умерла? — негромко спросил Петя.

— Да, — коротко ответил Вацлав. — Пять лет назад... Ну, как вам кофе? — И на поднятый вверх большой палец гостя: — Моя гордость: моя коллекция и мой кофе... Так на чем мы остановились?.. Да! Вы видели эту храбрую роту маленьких забияк. Дело в том, что в семье моей матери хранилась одна такая куколка, забавный хулиган. Его помнила не только мамина мать, моя бабка, но даже прабабка: эту куколку для нее в детстве смастерил ее отец, как она говорила — буквально на глазах, в полчаса. В то время он был довольно известный в округе производитель игрушек, в его мастерской работало с полдюжины мастеров... Между прочим, насколько могу судить о нем сегодня, занятный типус был. В молодости как раз вот и шлялся с кукольным хозяйством на горбу, причем сам своих кукол и мастерил, — в то время искусство еще не отвернулось от ремесла...

Ну, жизнь — она большая, особенно в молодости, особенно у бродяги. Останавливаясь на постоялых дворах или в лакейских каких-нибудь замков — если его туда, конечно, пускали, — любвеобильный потешник очаровывал сердца многих девушек и дам... Пробыв в каком-нибудь городке или местечке неделю, месяц или два, он оставлял на память очередной пассии такой вот сувенир — вы видели эту бравую шеренгу. Так что мне не стыдно за предка. Вернее, немного стыдно: ведь, кроме игрушки, он, порой и сам об этом не догадываясь, оставлял девушке и более существенную «память» — судя по тому, что известно от других его потомков... Итак... — Ратт закончил открывать банку маслин, подвинул ее гостю: — Берите. Очень вкусные, греческие. Знаете, за что мы выпьем? За моего предка. За его неутомимые чресла, так сказать!

— Но... такое количество куколок? Откуда? — спросил Петя, не прикасаясь к угощению. — Вы что, их разыскивали?

— Не я. В основном отец, и, знаете, это просто чудо: казалось, не мы разыскиваем прапрадедовы любовные сувениры, а они — они сами к нам плывут... Началось с того, что однажды, году в сорок восьмом, кто-то из гостей, осматривая коллекцию отца (она еще не была тогда столь представительной), разглядел нашего старенького Петрушку и сказал: вот точно такого я видел в семье своих друзей, в Варшаве. Мой отец — ох, надо знать его! — был человеком бешеной энергии и целеустремленности, как и любой серьезный коллекционер. Представьте, немедленно сорвался с места, поехал в Варшаву и вернулся с пополнением. Мы с мамой даже не спрашивали — за сколько злотых люди согласились продать свою реликвию... Третий появился знаете где? В Чешском Крумлове. Отец читал там лекцию в местном обществе кукольников-любителей. Привез для демонстрации пятьшесть кукол из своей коллекции, а заодно нашего птенчика — тот любил путешествовать. После лекции к нему подошла одна из слушательниц и сказала: «Пан профессор, у меня есть для вас подарок. Недавно умерла моя близкая подруга, совершенно одинокая женщина; мне пришлось улаживать после ее смерти дела и разбирать вещи. Я раздала почти все, у меня самой квартирка небольшая. Но вот точно такого Кашпаречка оставила себе на память — знала, что он много лет хранился в той семье. А теперь вижу, что он должен быть в вашей коллекции...».

Вацлав вновь разлил виски по бокалам.

— В связи с чем предлагаю выпить за вездесущих любителей чего бы то ни было. — Он вилкой отвалил кусок от влажно поблескивающего бока «монкухена». — Без их надоедливого энтузиазма хрен бы что состоялось в этой жизни. Профессионалы — те угрюмы, ревнивы, эгоистичны, завистливы. Они — фанатики, они... короче, выпьем без ссылок: виски того стоит. А вы — что вы сидите, как засватанный? Смело орудуйте: масло, сыр... эти булочки называются «бротхен»... Да. Отец, помню, прилетел назад как на крыльях. И что он придумал после этого случая? Вот что значит организаторские способности: дал объявления в несколько местных газет. Знаете, мелкие газетенки, которые тем не менее от корки до корки прочитывают жители данного городка. Не поленился и, помимо Чехии, *осеменил* своими объявлениями подобные издания в Германии и Австрии... И семена взошли, и прорвало плотину времени! И к нам поплыла потусторонняя флотилия любви моего пылкого предка... Вернее, остатки флотилии: уверен, что спустя столько лет доплыли далеко не все... Тоже — история для романа, не правда ли?

Он умолк и затих, забыв обе заскучавших руки на краю стола, как пианист — на краю клавиатуры, будто раздумывал — продолжать рассказ или довольно с гостя. И видимо, решил, что — довольно. Ну что ж, это было его правом...

Какие крупные кисти рук, отметил гость. Крупные, выразительные кисти рук, созданные и разработанные природой вовсе не для научной работы.

— Вы играете на рояле?

— Бог миловал, — очнулся профессор. — В молодости бренчал на гитаре, завывал диссидентские песенки, у меня довольно авантажный, как жена говорила, голос... Ну-с, наливаю по... забыл, какой по счету, коллега, и дай бог, не последней. А почему вы пирог не доели?

— Оставил кое-кому, — внимательно и остро глянув на Вацлава, ответил Петя. И вдруг неизвестно откуда, скорее всего из-под стола, пронзительный скандальный голосок заверещал:

— Пусти! Пусти меня! А ну, пусти меня на свет бош-ший, негодяй-хорош-ший!!!

Конечно, это было жестокой шуткой: профессор подпрыгнул на стуле, вскочил и стал озираться: безумные черные глаза над желтым фартуком. Тогда Петя, чтоб уж не мучить его, распахнул пиджак, молча указав подбородком на внутренний карман, из которого, будто из-за ширмы, выглядывал маленький нахальный задира, продолжая выкрикивать:

— Сижу весь день, как пр-роклятый! Затоптанный! Захлопнутый! Свинья, паскуда, др-рянь и жмот: пиррог сам жр-рет, Петр-рушке не дает!

Рухнув на стул, профессор Ратт безмолвно глядел на крошечного узника, который норовил выпрыгнуть из кармана.

— О господи... — наконец пробормотал он, с силой массируя грудь. — Вы еще и вентролог! Предупреждать же надо... — склонился к Пете через стол, осторожно, двумя пальцами потянув на себя лацкан пиджака: — Позвольте? — Извлек из кармана фигурку, бормоча: — Да, да... похоже, наш... — Не глядя, нащупал на подоконнике очки и повторил, уже вооруженный линзами, уверенный, удивленно-счастливый: — Из на-а-аших... Только он... это странно: не он, а она. Да? Ай да предок, ай да прохвост! Жив человек в делах рук своих! Вот, значит, с каким делом вы явились...

— Не совсем, — отозвался тот. — Это лишь полдела. Правда, не уверен, сможете ли помочь в остальном.

— Вы продадите его? — нетерпеливо перебил Ратт. Петя покачал головой:

— Не могу, даже из уважения к вашей коллекции. Он принадлежит семье моей жены, и это лишь часть наследства. Вацлав! — Он налег грудью на стол, рискуя опрокинуть бокал или замазать маком пиджак. — Известна ли вам такая кукла: старый еврей во всем традиционном прикиде, с пейсами, с огромным брюхом... в котором я и нашел вот это странное существо.

Тут случилось то, чего Петя предположить никак не мог: Вацлав Ратт стукнул обоими кулаками по столу так, что пирог подпрыгнул, очки свалились на стол, а серебряная лопаточка вообще улетела в угол, и завопил:

— Корчма-а-арь!!! — голосом, вернее, ржаньем, в котором слилось сразу несколько чувств: потрясение, восторг, азарт и, кажется, даже благоговейный страх. — Так он существует?! Су-щест-ву-ет?!

Вскочил, потрясая кулаками, точно собирался отмолотить Петю на славу, выбежал из кухни и забегал где-то там, по комнатам, по коридорам, топая, как выпущенный на свободу конь...

Минут через пять он вернулся. Остановился против гостя, оперся обеими руками о стол и, склонившись к Пете, прошептал:

— Красная?

— Что? — Тот в замешательстве отпрянул.

— Жена, — тем же заговорщицким шепотом уточнил профессор. — Жена — красная?

— Э-э... в каком смы... ну... да!

Вацлав уселся напротив и сдержанно торжествующим тоном произнес:

— Значит, это ветвь Элизы! — И вдруг завопил: — Воры! Во-о-оры! Вот кто вы все: во-о-оры!!!

Петя обеспокоенно подобрался. Они с профессором выпили, конечно, и прилично выпили... но не до такой же степени... не до скандала же или, не дай бог, потасовки среди пирогов и гжели.

— Слушайте, Вацлав... — осторожно проговорил он. — Предлагаю взять себя в руки. Давайте успокоимся оба и... черт побери, выпьем еще по одной!

— Вам хорошо, — бормотал профессор, тренькая по ободу бокала горлышком бутылки. — Вам-то хорошо, вы — алкаш, а у меня хронический...

— Я не алкаш, — возразил гость. — У меня папаша был алкашом, а это наилучшая прививка... Не крути-

282 те, Вацлав: Корчмарь — у меня, никому я его не отдам, но имею право знать все. Романтика случайных связей вашего пра-пра... и оставленные им знаки любви — это красиво, конечно. Но ведь это не главное, верно? Давайте, гоните главную историю.

— Погнать бы вас к чертовой матери... — вздохнул Вацлав. — Или заманить к себе с куклой да и отравить. Или там голову отрезать. Ваше счастье, что мне Корчмарь как таковой не нужен.

— Почему же?

— Да потому. — Он опрокинул в рот содержимое бокала. — Корчмарь бывает нужен в детородном, извините, возрасте. Тогда он рожает дочерей.

— Как?! — воскликнул Петя. — И вы туда же? Ну что за бред? Как это он их рожает?.. Кого это он...

— Ну да, я не слишком точно выразился. Он, скажем так... *обеспечивает* рождение именно дочерей, по которым и бежит чахлый ручеек несчастного про́клятого рода: «по камешкам, по камешкам, с пригорка на-а песо-очек...» Он залог удачи, верно? Ну! Вы же сами знаете, ведь Корчмарь-то, он — у вас?

— Ничего я не знаю! — отрывисто проговорил Петя. — Вацлав, послушайте. У меня мало времени. Часа через полтора я должен идти — у меня обратный поезд на Прагу. Я не могу надолго оставлять жену, она нездорова... Корчмарь нашелся на днях, случайно, в доме родственницы, умершей скоропостижно, и... неважно, неважно, долгая история, все лишнее! Можно поговорить о том, что все это бред, и сказки, и суеверия, что мы — взрослые люди, к тому же мужчины, а не бабы... Но у меня просто нет времени. Послушайте. — Петя переглотнул так, что судорожно дернулся кадык. — У меня был сын, и он... он умер маленьким.

— Ну еще бы, — горько усмехнувшись, пробормотал профессор. — И родился он с так называемым «синдромом Ангельмана» или «синдромом смеющейся куклы». Есть у него еще одно, усмешливое такое название: «синдром Петрушки». Я угадал?

Петя молча откинулся к стене и сидел так, не поднимая глаз, со сведенными челюстями: серая маска, не лицо.

— Значит, угадал... — Профессор вздохнул. — Выходит, и у вашей жены тоже украли «родильную куклу»... «Вереница огненноволосых женщин в погоне за беременным идолом», — процитировал он неизвестно чьи слова; поднялся, подошел к окну и там остался стоять, всматриваясь в свое отражение и адресуя ему свои слова.

— Хорошо! Бог с вами, слушайте эту историю такой, какой она мне досталась. Знаете, так вот затертую фотографию, которую правнук обновил в фотошопе и отпечатал в современном ателье, вклеивают на первую страницу семейного альбома, как исток и корень, начало памяти рода: в размытых лицах ни черта, кроме усов и пенсне, не разберешь, зато бронзовый набалдашник прадедовой трости блестит как новенький... Надеюсь, уложусь в ваши полтора часа. Только учтите: эту историю я слышал от бабушки, маминой матери, а она была непревзойденной актрисой и большой фантазеркой. Я вообще всю жизнь считал, что именно она историю и придумала, исходя из ужасной семейной... наследственности, так сказать. Однако ж, видите, все оказалось реальным.

Он запустил обе руки в беспокойную копну седых кудрей и нервно там поскреб, словно пытаясь откопать корешки истории, а может даже, извлечь ее ускользающий смысл. И его солидарный с ним в жестах двойник рогатиной острых локтей отразил в окне смятение профессора Ратта.

— Все оказалось до ужаса реальным... Итак, кукольник, середина XIX века, время какое — сами знаете, в исторические даты и обстоятельства не вдаемся, да они нам и без надобности: дело сугубо частное. Бродягу звали Франц, а фамилия... Странно, что фамилии в памяти семьи не сохранилось. Впрочем, почему же странно? Ниточку рода тянули женщины, а женщина изначально обречена на смену имен, так что — затерялась фамилия предка, ниточка оборвалась. Однажды, году эдак в... сороковом, думаю, или около того, в своих скитаниях он прибыл в городок Броды — это под Лембергом, ныне Львовом. И там приметил дочку местного корчмаря. И не только приметил, а, скажем прямо, влюбился: красавица, надо полагать, была из первейших. Влюбился он по-настоящему, впервые в жизни, так, что ради нее готов был остаться там навсегда, забросить ремесло петрушечника: осесть, начать зарабатывать на пропитание чем-нибудь иным, чем скабрезный балаган. Однако девушка не могла или не хотела перейти в его веру (был он онемеченный чех), а его с порога и притом категорически отверг ее отец, человек желчный и угрюмый. Чужих он не жаловал, да еще таких чужих, как этот — балаганщик, актеришка, трепач. Что прикажете делать молодым? Куда деваться? Она ведь была уже беременна. И они решили драпать как можно дальше — довольно банальный выход из сложившейся ситуации... И они бежали... Пейте, пейте! Что вы застыли? История длинная...

Он отошел от окна, взял рюмку и разом опрокинул в рот свою порцию виски; двумя пальцами вытянул из банки жирную черную маслину величиной чуть не со сливу и принялся обстоятельно ее обгрызать. — Вы знаете, что для хорошей работы почек полезно проглотить две-три маслинных косточки? Ладно, ладно, не взвивайтесь! Я не нарочно, просто на ум пришло. Рассказываю дальше... Стоит ли говорить, что беглых голубков схватили на первом же постоялом дворе в соседнем местечке: обнаружив наутро пропажу, корчмарь все понял и кинулся с жалобой к местному князьку, а тот послал за беглецами своих молодчиков с собаками... Так что девушку вернули в дом к разъяренному отцу, а вот кукольнику удалось чудом смыться (не исключено, что его отпустили сочувствующие преследователи, — наверняка они же накануне ржали на очередном его представлении: «А что там, жена, у тебя под юбкой? Ба, да это господин доктор! Что вы там лечите своей длинной и толстой трубкой — га-га-га-а-а! Трах его по башке! Убил! Давай, жена, помоги спрятать тело...»). Вацлав Ратт развернул стул и оседлал его, обняв высокую спинку.

— Теперь представим ситуацию. Корчмарь вне себя от горя и позора — особенно когда выяснилось, что дочь несет ему в подоле выблядка, *мамзера*...[1] Да и вокруг все уже знают об этой истории и с удовольствием перетирают корчмарево горе; где вы видали, чтобы население любило корчмарей, да еще таких угрюмых? И тогда... внимание, подбираемся к леденящему повороту истории... Тогда старик прилюдно *проклял* прохвоста каким-то страшным еврейским проклятием... Между прочим... — Он откачнулся на стуле и вытянул свои бесконечные ноги так, что те коснулись Петиных под столом. — Между прочим, знаете ли вы, что существует кабалистический обряд-проклятие, древнейший и убийственный: «Пу́льса де ну́ра». Это как бы прямое обращение к Небесному Суду с конкретным обвинением в преступлении того или иного человека и с требованием для него самой суровой кары. Но, во-первых, для того чтобы проклятие *сработало*, нужны десять взрослых мужчин и знание самого ритуала; во-вторых, действует он только в среде еврейского наро-

1 Незаконнорожденный (*иврит*).

да, иначе бы Гитлер недолго гулял по земле... Наш корчмарь был, конечно, попроще, кабалы явно не учил, заклятий не знал, но понимаете... сила горя и ярости вкупе с невероятным отчаянием... возможно, и придает каким-то произнесенным словам мощь свершенья. Или скажем возвышенно: вопль его, его кровавая жалоба достигли ушей Всевышнего!

В кухне давно горела настольная лампа, освещая хозяина и гостя теплым неярким светом.

Замкнутый, утонувший в глубоких сумерках двор весь был усыпан веселыми электрическими заплатками, а за окном — кивая, размахивая руками, нацеливая на гостя палец, пожимая острыми плечами — рассказывал странную историю плывущий над верхушкой ели профессор Вацлав Ратт.

— Далее у нас — неизвестность, то есть антракт в спектакле. Хотите еще выпить? Нет? А я, пожалуй, продолжу... Да, у нас антракт лет эдак на пятнадцать. Ничего не знаем — кукольник продолжал бродяжить, расставлять свой балаган на любой площади, среди ярмарочных рядов, на постоялых дворах, в подворьях замков... старательно обходя в своих маршрутах тот самый городок, — тем более что слухи о проклятии и мести корчмаря до него окольными путями дошли. Да и к чему рисковать? О девушке он тосковал, это правда, но ведь, в конце концов, собственная задница куда более близкий родственник, чем самая распрекрасная женщина...

Но годам к пятидесяти подустал, решил угомониться и где-то осесть. Был городок такой, Станислав, там он и причалил. Купил домик, в сарае устроил мастерскую по изготовлению игрушек... и дело пошло, пошло: он мастер был, и, видимо, талантливый механик, да и вообще парень на все руки. Его игрушки нравились и детям, и взрослым. В конце концов приглядел он себе еще молодую бездетную вдовушку и решил жениться, ну, и родить детей. Нормальная скучная история... Кабы не корчмарь! Вы помните, что его кровавая жалоба дошла — дошла-таки! — до ушей Всевышнего? И вот в положенный срок родила вдовушка первого сына... Странный родился ребенок: смеющийся. Это мой отец уже потом доискался в энциклопедиях и справочниках и с друзьями-докторами многажды болезнь эту обсуждал. А в детстве бабка просто говорила мне: «Он смеялся». «Ну и что, бабуля, что смеялся? Это ж хорошо, когда дети смеются?» А она мне: «Не дай Бог!» Словом, когда они поняли, что ребенок родился ненормальным, то решили переломить судьбу. И через какое-то время матрона, хоть и стукнуло ей тридцать пять, родила кукольнику второго сына. Глянули они в его смеющееся лицо... и свет, как говорится, померк в их глазах.

Вот тогда петрушечник вспомнил о проклятии корчмаря, вспо-омнил... Значит, вот *чем и кем* пришлось отвечать ему за содеянное зло... Он бы, конечно, смирился, сломался, если б не жена. За что, спрашивается, бедной женщине страдать? В чем она виновата? Степень отчаяния — вот что в конечном итоге решает дело, скажу я вам. Степень отчаяния! Не решимость против решимости, а отчаяние против отчаяния... Стали они искать-спрашивать и разузнали, что где-то в селе живет некая старуха, и она, мол, в подобном несчастье *помогает*. Сейчас такую старуху назвали бы «экстрасенсом» или «ясновидящей», верно? А тогда говорили просто, как оно и было: ворожея, колдунья.

Ну-с, поехали к колдунье в то дальнее село... Я, знаете, в детстве, слушая эту бабкину историю (а она мне ее мно-о-ого раз перед сном рассказывала), любил представлять себе ту дорогу: на чем они добирались — на бричке, наверное? Я тоже ежегодно ездил на каникулы к родителям отца, в деревню Олешна — три километра от городка Бланско. У деда там было крепкое хозяйство: куры, утки, кролики, свиньи. Самое счастливое воспоминание: мой велик мчит по сельской дороге под рвано-зеленым солнечным пологом, сквозь запахи трав и невероятный птичий гвалт, сквозь могучую музыку леса, пахучую, телесную, влажную жизнь почвы... И я представлял, как едут *те несчастные* через лес на бричке, сквозь птичий гомон, сквозь жизнь... в попытке обмануть смерть и отвадить ее от дома...

Неизвестно, как и чем отплатили старухе за совет, но совет, судя по всему, получили — ибо, вернувшись домой, кукольник заперся в мастерской и неделю там провел один, как в заточении: вырезал, вытачивал, выпиливал, расписывал и клеил, придумывал хитрый замочек к тайнику... Моя бабка утверждала, что колдунья велела смастерить точную копию *проклятчика* и вдобавок ма-аленькую куколку «с красными волосами». Почему с красными? Вот это интересный вопрос... Оставим в стороне трактовку этого цвета на Востоке. Там — например, в Японии или в Китае — красный цвет означает смелость, мужество, жизнь. Но в Европе красный цвет всегда был знаком преступления, искупаемого на эшафоте. Поэтому и палач, проливающий кровь, обычно одет в красную рубаху. В европейской традиции красное всегда означало огненное, хтоническое начало, то есть нечто потустороннее: вспомните хотя бы красные колпачки всех петрушек.

Чего добивалась этим колдунья? Не знаю, возможно, пыталась пересилить проклятие корчмаря. Или укрепить жизненные силы рожениц. Будем счи-

тать, что она руководствовалась лишь подобными со-
ображениями, иначе догадки бог знает куда могут нас
завести.

Кстати, проклятие «Пульса де нура», о котором я
упоминал, в переводе с арамейского означает: «Удар
огня». Но это так — замечание в сторону... Кукольник
сделал все, что она велела. Говорю же вам: отчаяние
против отчаяния. Но и это была лишь половина дела.
А завершила его та же колдунья: к ней опять поехали
в несусветную даль, и она, как утверждала моя бабка,
Корчмаря, вместе с плодом в его чреве, *за-го-во-ри-ла*...

— Послушайте, Вацлав, — не выдержал Петя. — Я
все понимаю, история, чего уж там, остросюжетная до
того, что в воздухе серой запахло, и, по-хорошему, из
нее бы следовало кукольный спектакль сделать. Но...
может быть, мы с вами будем оперировать какими-то
другими понятиями? Магия кукол, само собой, — древняя отрасль нашего хозяйства: японские догу, индий-
ские катхпутли, говорящая голова Альберта Великого,
ну, и золотые служанки хромого Гефеста и прочие штуки... А есть ведь еще и так называемые «куклы-убий-
цы» — тоже прелесть. Я сам все это люблю, но... не сейчас. Не сейчас! Сейчас я бы хотел разобраться в
собственной судьбе: почему она должна была споткнуться о какую-то проклятую чужую куклу? Скажите мне откровенно: вы верите во всю эту ворожбу?

— Верю? Верю ли я?! Милый вы мой! — загрохотал
профессор. — А вы-то сами, вы-то — кто? Искусство
ваше проклятое, магическое — это что? не ворожба?
Когда расписная деревяшка в ваших руках оживает, это
как называется? не ворожба?

— Нет! — твердо ответил тот. — Не ворожба, а мои
руки, — и поднял обе руки над столом, вытянул их ла-

донями вверх, пальцами пошевелил: — Мои руки и моя интуиция.

— Руки! — повторил профессор. — А вы поглядите-ка на свои руки, — и насмешливыми глазами указал на стену за спиной гостя.

Гигантская тень на стене, отбрасываемая этими крыльями, полностью опровергала Петины слова: казалось, что пальцев не десять, а куда больше, и в каждом не три, а четыре фаланги.

— И что такое интуиция в вашем деле, если не предтеча свершения, созидания? — продолжал профессор. — Что это, если не энергия предвосхищения, которая и сама по себе уже — свершение? Интуиция, она и есть — ворожба... Обостренная и развитая, она и есть та сила, что «из воздуха производит воду, из воды — кровь и из крови — плоть». А уж душу для этой плоти добыть... — он наклонился над столом, приблизив свое острое лицо к ястребиному лицу гостя, и голос понизил: — ...душу добыть для созданной плоти... это уж как получится...

Он выпрямился, вскочил и встал над Петей:

— Или вы считаете, что древние были идиотами? Вы дальше-то будете слушать? Да? Тогда уж заткнитесь до самого конца. Придержите свое трезвое мнение, тем более что и вы тоже — человек, этой «остросюжетной» историей обожженный...

— Так вот, не прошло и года, — продолжал он, — как жена родила кукольнику здоровую девочку, с поразительного цвета волосами: цвета гудящего пожара. А затем еще одну: Элизу. И это стало главной его ошибкой! Я говорю: рождение второй дочери стало роковой ошибкой моего незадачливого предка.

— Почему?

— Потом что Корчмарь — он один, и приглядывать может только за одной из женщин. Поделить его между сестрами не представлялось возможным. Старшая — моя прабабка — первой вышла замуж, и отец ей торжественно передал заветную куклу. Муж ее — землемер, человек, подбитый ветерком, — на работу нанимался в самых разных землях, воеводствах и провинциях, поэтому после свадьбы молодая чета сразу уехала. И спустя какое-то время семья получила известие, что у молодых родилась дочь все той же завораживающей полыхающей масти. Брюхатый идол служил на совесть: как станок на монетном дворе, он печатал миниатюрных девочек нежнейшей фарфоровой красоты в ореоле бушующего огня. Этаких опасных *парселиновых* куколок.

Между прочим, эти волосы я помню по моей бабке. Представьте, она дожила до девяноста двух лет, под конец жизни вся была как печеное яблоко, так что по лицу невозможно было понять, смеется она или плачет; но волосы: тонкие, вьющиеся, невероятной молодой густоты... они создавали вокруг головы, особенно на солнце, интенсивное гранатовое свечение, из-за которого моя бабка, ругательница и клоунесса, смахивала на какую-то пламенеющую в витраже святую.

Но — вернемся к Корчмарю. Все как бы забыли, что подрастает Элиза, девушка в высшей степени решительная, которая не привыкла пускать свои дела на самотек, тем более что два трепещущих кавалера уже ожидали от нее окончательного ответа в отблесках ее пламени... — Он усмехнулся, покачал головой, будто бы любуясь следующим поворотом истории. — Вы догадываетесь, что произошло дальше? Правильно: умная и ловкая девушка поехала навестить сестру и познакомиться с крошкой-племянницей (в ту пору моей бабке едва исполнился годик). Приехала, нагруженная подарками, гостинцами и приветами, и... исчезла из дома сестры буквально на другое утро, прихватив

Корчмаря! И больше уже ее никто из родных никогда
не увидел, включая и двух трепещущих женихов. Ка-
кова решимость, а?! Как представлю одинокую девушку на перроне вокзала какого-нибудь незнакомо-
го ей города с единственным саквояжем в руках...
ей-богу, достойно восхищения!

*Вися... беглянка Вися на перроне самарского вокзала,
с одной лишь небольшой сумкой в руках, где спрятан украденный идол. «Она стояла одна... сирота сиротой...» И
больше уже никто из родных никогда ее не... Нет, она
дождалась смерти Тадеуша Вильковского и возникла...
Для чего? Мучило то, что совершила в день похорон своей
самоубийцы-сестры? Повиниться хотела... и не решилась? Загадочная Вися — ведь ты уже не отзовешься, ты
никогда не откроешь, зачем тебе надо было так поспешно убегать, кто мог преследовать тебя, кто представлял
опасность для твоего ребенка?..*

— Да, отчаянный шаг, одинокое решение, прыжок
в пустоту... — задумчиво повторил Вацлав Ратт. — Уве-
ряю вас, это все были опасные женщины, достойные
восхищения... Впрочем, моей бабке, когда та стала подрастать, не до восхищения было. Лет до тридцати она от
страха не выходила замуж, но в конце концов встрети-
ла моего деда, исключительно напористого, земного от
пяток до волос человека — он и юристом был, и несколько обществ возглавлял, и статьи в газеты попи-
сывал... На колдовство и прочую мистику, включая всех
этих «родильных кукол», ему было глубоко плевать. И,
знаете, своими уговорами он загипнотизировал про-
видение — то как бы уснуло, во всяком случае, при-
крыло глаза, а иначе я не могу объяснить такое везение:

тридцати трех лет от роду бабка родила единственную дочь, мою мать, — благополучную во всех отношениях девочку, ни в малейшей степени не похожую на тех огненноволосых фурий, которых исправно поставлял Корчмарь... И больше уже бабка не рисковала. Постепенно в семье вместе со спокойной радостью воцарилась уверенность, что — пронесло, пронесло, закончился срок проклятия, беда миновала и ушла в прошлое... Бабка всем рассказывала историю о Корчмаре, очень картинно, в подробностях, округляя глаза, повышая голос в нужных местах, при этом не забывая клясться, что все так и было на самом деле, потому что история в ее артистическом изложении припахивала, как вы правильно заметили, даже не серой, а какими-то трансильванскими вампирами или еще чем-нибудь в этом роде. Моя жена, к примеру, вообще в нее не верила. Моя жена была в высшей степени трезвым ироничным человеком... А моя мама... В юности моя мать была очень хороша. Если захотите потом взглянуть — в моем кабинете на столе стоит ее фотография. В ней была такая мягкая спокойная прелесть одаренной девушки из обеспеченной семьи. Она училась в Венской консерватории по классу фортепиано, много читала, была страстной поклонницей Шпенглера и в надежные объятия моего отца угодила согласно благоразумному выбору. И правильно сделала: он любил ее всю жизнь, как юноша, и страшно переживал, когда... Понимаете, они поженились, едва она окончила консерваторию, и затем полгода ездили по Европе: Италия, Португалия, Испания... Мама даже выступала — она была совсем недурная пианистка. Словом, все было прекрасно, безмятежно, волшебно... Мама говорила: «как по писаному». Она ждала ребенка, и они строили счастливые планы, хотя в Германии уже было нехорошо, и умные люди, доверявшие своему нюху, оформляли визы в

Америку. Но вы же знаете, что такое абсолютная слепота личного счастья. Ты просто не смотришь вокруг, ты ни черта не замечаешь. Ты и твое счастье — это и есть весь безбрежный мир.

И вот у них родился мальчик... — Вацлав Ратт грустно усмехнулся. Он поднял на Петю глаза, и по влажному их, чуть виноватому взгляду видно было, что профессор изрядно набрался. — Ну, вы уже поняли: ребенок смеялся. Он все время смеялся, пока не умер. Проклятый, давным-давно умерший корчмарь амнистий не раздавал... Отец перерыл всю медицинскую литературу, возил маму на консультации к светилам чуть ли не всех европейских столиц. И все светила в один голос уверяли, что она совершенно здорова и вполне может родить нормального ребенка. Однако, несмотря на отчаянные мольбы отца еще раз попытать счастье больше она не решилась. Ни-ког-да.

— Но... позвольте! — недоуменно воскликнул Петя. — Ничего не понимаю. А как же — вы?!

— Я приемный, — кратко отозвался Вацлав.

Несколько мгновений оба они молчали: один — обескураженно, второй — задумчиво и спокойно.

— Мама никогда не рассказывала историю моего усыновления, — пояснил профессор. — Это было странным табу в семье. Думаю, это связано еще с одной трагедией, о которой мне уже не суждено узнать. Но все приметы, учитывая военный год моего рождения да еще две-три смутные оговорки моей до конца жизни огненноволосой бабки, указывают на то, что я — цыганенок, чудом спасшийся в массовых расстрелах.

И как это с куклой бывает, когда в последнюю минуту мастер добавляет остатнюю черточку, и тогда мгновенно складывается детально продуманный образ, — все сразу встало на свои места: эти крупные руки лошадника и гитариста, кудрявая грива и горячие глаза, залихватские жесты и врожденная грация танцующего меж бутылками на столе цыгана...

Петя молча глядел на желто-оранжевые заплатки окон в лиловом воздухе замкнутого двора и вспоминал другой, недавний самарский двор с такими же прямоугольниками освещенных окон, с хрустящим снегом под ногами... И видел свою Лизу, что подкидышем свернулась на кровати знойной теткиной спальни.

Значит, вот кто ты, Вися, думал он, — злодейка Вися, воровка, укравшая у моей девочки не только «родильную куклу», но и само знание о ней... И когда погибла твоя дочь, неизвестно от кого рожденная, и Корчмарь оказался в тупике обрубленного рода, ты предпочла вышвырнуть «беременного идола» за ненадобностью в подвал, засунуть за мешок с картошкой — лишь бы только не признаться Лизе в своем давнем злодеянии; лишь бы самой навсегда забыть о проклятой кукле; о проклятой, но до сих пор животворящей кукле — о единственном ключе к продолжению жизни...

* * *

...Они топтались в прихожей: оба — нетрезвые, оба — потрясенные встречей.

Схватив за плечи уже одетого гостя, Вацлав Ратт поминутно встряхивал его, повторяя:

— Останься, дурак, останься, ночуй у меня! Мы еще толком ни о чем не поговорили!

— Не могу, прости, — бормотал тот. — Лиза у меня... Лиза...

Наконец вызвали такси, которое прикатило за полминуты, и Петя долго кропотливо спускался по лестнице (хотя мог мгновенно съехать в лифте), громко пересчитывая ступени по-немецки, потому как известно, что местные контролеры наряду с билетом всегда спрашивают в поездах количество пройденных за день ступеней...

Когда наконец он победил подъездную дверь, которая, с-с-сука, назло принялась открываться вовнутрь, а не по-человечески, и заглотнул целую стаю бритвенных лезвий в морозном воздухе; когда устремился в уютное чрево терпеливого такси (шайсе! вот именно, товарищ, шайсе!), — высоко над головой вдруг треснуло раздираемое, заклеенное на зиму окно, и в морозной дымке фонарей пронесся над спящей улицей мощный рык потомственного конокрада:

— Эй, поте-е-ешник! А на чердак синагоги за Големом — полезем?

Глава восьмая

«...Сегодня не удалось припарковаться на стоянке *заведения*, так что я изрядно протопал, прежде чем вспомнил, что забыл в машине торт.

Внук, тоже мне... Такой праздник сегодня, такой сегодня праздник, и как, о господи, ей самой объяснишь — до какого возраста она дожила?

Я вернулся и достал из машины большую круглую коробку, перевязанную лентами.

Вот на что он похож, этот торт — самый большой из тех, что красовались в витрине кондитерской: на миндальную водонапорную башню. На шоколадном поле — сливочно-победная, прямо-таки олимпийская дата. «О-о-о», — протянула юная кондитерша, обеими руками выдавливая из шприца тягучую лаковую змейку, и две округлые девятки маслянисто блеснули, как продолжение этого «о-о-о!».

Сама-то новорожденная всегда была равнодушна к сладкому, едва ли и сегодня попробует кусочек. Ну ничего, это грандиозное сооружение оценят санитары, медсестры и пациенты нашей славной богадельни.

Дома престарелых называются здесь возвышенно: «Дом отцов» — куда деваться в этой крошечной стране от библейской монументальности языка и истории? Впрочем, и этому дому скорби и анекдота в известной монументальности не откажешь: пятиэтажное, великолепно оборудованное здание, просторный мраморный холл, три лифта. Опять же, эстампы на стенах: радости жизни, уже недоступные обитателям заведения, — гремучие столбы водопадов, штормовая пасть океана, муравьиная дорожка альпинистов на ледяной вершине...

Я поднялся на третий этаж, миновал холл, где родственники выгуливали несколько инвалидных колясок с тем, что в них было погружено, и вошел в зал столовой с затененным барабаном окна, опоясавшим полукруглую стену. Весь оставшийся век старикам предлагалось наблюдать смену небесных настроений над сиреневыми грядами мягких холмов Иудейской пустыни. Я бы и сам от такого вида не отказался. Но только не сейчас, погодим годков, пожалуй... сорок.

Торт я водрузил на стойку медсестер, за которой кудрявился затылок *старшой* — Танечки, — она заполняла какие-то листы. Подняв на мое приветствие голову, увидела коробку и отозвалась всем лицом: и улыбка, и удивление, и удовлетворение, и полный порядок...

— Девяносто девять! — торжественно провозгласил я. Она аукнулась автоматическим здешним пожеланием: — До ста двадцати!

Ой, не надо, подумал я с грустью. Не надо... И сама виновница торжества — если б на миг удалось ей увидеть и оценить положение вещей с присущим ей незабвенным юмором — послала бы к чертям эти праздничные сумерки богов в благопристойных подгузниках.

— Она сегодня молодц-о-ом! — пропела Танечка. — Кушает только плохо. А так — разгово-орчивая...

Разговорчивая! Это здесь — показатель витальности пациента. Вообще-то мне спокойнее, когда она молчаливая; по крайней мере, тогда ее великолепный мат, легендарный среди коллег и рожениц, помогавший, как утверждала она, «в деле» и ей самой, и роженицам, не разносится по всем этажам этого культурного заведения...

Взглядом отыскав у окна седой затылок щуплого подростка, я направился туда, осторожно протанцовывая дорогу меж стариками в креслах. Инвалидная кадриль слона в посудной лавке.

— Ну что, — спросил, целуя серебристый затылок, — прожигаем жизнь?

— Гарик! Срочно мыться, у нас кровотечение.

— Уже иду, — спокойно отозвался я, пододвигая стул и усаживаясь напротив, привычно ощупывая взглядом ее мятое личико, как всегда пытаясь зацепить своим умоляющим взглядом остатки смысла в ее уходящих глазах...

— У нее совершенно чистая шейка матки!

— Я рад...

Подозвав санитарку, разносящую подносы с ужином, я повязал седому усатому подростку бумажную салфетку на шею и принялся открывать пластиковую упаковку с йогуртом. И, конечно, выронил баночку — к счастью, содержимое не успело полностью разлиться.

— Что у вас за руки, Гарик? — заметила бабуся. — Этими руками не швы накладывать, а могилы копать.

— Разговорчики в строю! — я придвинулся ближе к столу и удобнее развернул ее кресло. — Открываем рот, ну-ка!

Увы, день сегодня был из «разговорчивых». Значит, за тот час, что я здесь проведу, я услышу немало лестного в адрес какого-то, черт его дери, Гарика, за которого она меня принимает уже несколько месяцев.

Час ужина, благолепное завершение долгого дня: вокруг столов съехались коляски, чуть ли не возле каждой — штатив с капельницей. Сами орудовать ложкой могут немногие, поэтому санитары и сестры переходят от одного к другому, на иврите, арабском и русском весело покрикивая: «Ширале, открой рот! Это вкусно! Ицик! Нет! Плеваться нельзя! Это вкусно!»

Возможно, именно из-за уменьшительных имен, все ужасно похоже на детский сад, какую-нибудь спецгруппу недоразвитых детей. Спецгруппу необратимо впавших в детство.

— Вы женаты, Гарик? — Строгий тон, поощрительный подтекст, кусок непрожеванного мякиша, выползший на подбородок... Инвалидная кадриль: еженедельно мы с ней протанцовываем один и тот же круг тем. В основном это личная жизнь некоего Гарика, к которому я уже даже привык, и его ужасающая профнепригодность под началом незабвенной бабуси.

— Женат, Вера Леопольдовна.

— Как зовут вашу жену?

— Майя.

— Хм! Майя... Красивое имя.

Я усмехаюсь: еще бы не красивое. А помнишь, бабуся, как вы с ней друг друга любили, какими были подругами, обе рослые, сильные, обе заядлые хохотуньи и обе мотовки: уж прошвырнуться по магазинам так прошвырнуться, оставив там треть зарплаты мужей. А помнишь, как ты плакала горючими слезами, когда выяснилось, что *наша Майя* бездетна? Ничего, ничего ты не помнишь: сумерки богов... Щуплый усатый подросток, препоясанный огромным подгузником, бредет в полутьме, окликая Гарика, идиота-практиканта сорокалетней давности.

Благополучно осилили остатки йогурта, приступили к творогу.

— Гарик, вы заполнили историю болезни?

— Конечно, Вера Леопольдовна.

— А теперь идите... — Далее следовала непечатная фраза такой изысканной фигуры и мощи, что я выронил ложку, тем более что она опять заплевала мне творогом свитер, и я должен был оттирать салфеткой и себя, и ее.

— Бабуся... не знаю, чем тебя допек в свое время этот Гарик, но...

— Делайте свое дело и не болтайте! — одернула бабуся.

— И то верно, — пробормотал я, вздохнул и принялся срезать корочку с куска хлеба.

Санитар Махмуд, верзила араб с разбойничьим выражением лица, лучший санитар во всем здании, стал разносить на тарелках шоколадные утюжки торта с геологическими прожилками сливочного крема. Старики оживились и завертели головами. Возникла Танечка.

— Внимание, дорогие! — Профессиональная улыбка в сочетании с зорким сверлящим взглядом: не дерется ли кто, не впал ли кто в кому, не наделал ли кто в штаны, омрачив тем самым всеобщее благоухание... — Сегодня у нас праздник, дорогие! Сегодня нашей Вере исполнилось девяносто девять лет! Пожелаем же ей...

И так далее, о господи...

Повторила этот спич на русском и английском.

Старики загалдели — кто одобрительно, кто так, на всякий случай.

— Что она несет? — подозрительно сощурилась бабуся. — Болтают, болтают, а роженицу выбрить некому.

— Тебя поздравляют. — Я наклонился и чмокнул ее в сухую бумажную щеку. — Тебе сегодня исполнилось девяносто девять лет.

— Бред собачий, — отозвалась она. — Мне сорок восемь, и я еще в соку. Что?!

— Ничего. Ты в соку. Открывайте рот, Вера Леопольдовна... и не жуй ты, ради бога, часами один кусок. Глотай!

— Знаете что, Гарик... — О, сегодня она была в ударе... Стоит лишь удивляться, что я, ее внук, в быту крайне редко прибегаю к тому ряду слов, который иногда очень хочется из себя выплеснуть.

География в этом зале была представлена богато: Марокко, Йемен, Ирак, все созвездие постсоветских стран, Америка и даже Новая Зеландия. В последнее время, с приездом в страну большого числа французских евреев, появились здесь и две старушенции с хорошим маникюром, кокетливыми стрижками, каркающими голосами.

За нашим столом, кроме незабвенной бабуси, сидели: Ширале, кроткое создание восьмидесяти шести лет, бывшая узница Биркенау, с изрядным Паркинсоном и в полной прострации; Клава, девяностодвухлетняя чья-то русская теща, в ясном уме и с юдофобией такой неистовой силы, которая держала ее на плаву, бодрила и не давала спасовать перед возрастом; четвертой была заслуженная учительница Белорусской ССР Маргарита Витальевна (она подчеркивала отчество и не позволяла никому, даже Махмуду, не выговаривающему более двух русских слогов, называть себя, как порывался он, — «Марой»). Маргарита Витальевна была еще ого-го, ходила сама, опираясь на палочку, помнила школьную программу. Навещали эту абсолютно одинокую старуху две ее выпускницы шестидесяти восьми лет, которых она нещадно гоняла и жучила. Она враждовала с Клавой до того, что несколько раз их даже рассаживали по разным столам. Но положение *нашего* стола — у самого окна, над широкой панорамой городка и пустынных гор — считалось самым выигрышным, за место это сражались, так что заслуженная учительница стучала на Клаву — буквально, металлической кружкой по столу, — а та посыпала ее «жидами и масонами», ничуть не смущаясь, что и сама волею судеб вынуждена закончить дни в жидомасонском приюте.

После того как незабвенная бабуся послала Гарика по известному адресу, Клава проговорила твердо и ясно:

— Вот это наш человек.

— А иди ты в... — энергично отозвалась Вера Леопольдовна. — Я тебя погоню без выходного пособия! Не акушерка ты, а манда собачья!

— Так, бабуся... — Я вытер ей салфеткой подбородок и усы и решительно взялся за ручки кресла. — А теперь мы погуляем...

Тяжелый кус ее праздничного торта так и остался на тарелке, и, отъезжая, я видел, как с двух сторон к нему ринулись Клава и Маргарита Витальевна, чуть ли не фехтуя вилками.

В эту холодрыгу я не рисковал вывезти ее на улицу; осенью она перенесла из-за одной такой необдуманной прогулки воспаление легких. Пришлось тормознуть в холле, под резными опахалами какого-то деревца в большой керамической кадке.

Я придвинул стул, сел напротив нее и взял в свои ладони ее крупную, по-прежнему властную руку. Властную не по силе, а по автономно от мозга существующей внятности движений. Усталый израсходованный мозг уже устранился от процессов, упрямо влекущих организм изо дня в день, а вот руки, руки, которые всю жизнь милосердно и проникновенно делали свое дело, все еще удерживали ясный образ и логику жестов существующего мира... Бог знает, скольким людям эта рука помогла увидеть свет. Например, лично мне, ее внуку. Мама рассказывала: когда она, лопаясь по всем швам, играла зорю последним петушиным криком, бабуся, точно так же взревывая, кричала: «Давай, давай!!! Макушка показалась, можно шляпу надевать!!!»

И неизвестно отчего: то ли в ответ на прикосновение родных рук, — иное, нежели прикосновения сестер и санитаров, — то ли по иной какой-нибудь причине (когда это станет понятным, тогда и деменцию научатся лечить), — что-то произошло там, в глубине угасающего мозга. Ее сизые от времени глаза мигнули, обернулись ко мне, и вдруг она проговорила:

— Боба, что ж ты, го́вна, не появлялся полгода?

Само собой, я тут появляюсь каждую среду — у меня это более или менее свободный день, — но до известной степени бабуся права: ведь последние полгода она сама подменила меня неизвестным мне Гариком, балбесом и неумехой.

— Папа в командировке? — услышал я и, радуясь, что она, по крайней мере, *вернулась в семью*, торопливо ответил: «Да», — мельком подумав, что из своей бессрочной командировки папа глядит и, вероятно, удивляется живучести своей потрясающей матери.

— Знаешь, кто меня тут часто навещает, — спросила она, — в этом санатории?

— Кто же? — терпеливо осведомился я, следя за тем, чтобы логическая ниточка разговора вилась, не прерываясь: это ведь замечательно, когда на вопрос следует ответ. Это уже, можно считать, великосветская беседа.

— Глупая Бася, — доложила она.

Я вздохнул и покивал. Не узнавать собственного внука, которого вырастила и с которым не расставалась никогда, и вдруг вспомнить давно умершую старуху, что стирала по людям в городе Львове сорок лет назад.

— Глупая Бася, она — ангел. Она настоящий ангел, я ей это всегда говорю. Она мне чисто стирает. Никто так чисто не стирает, как Бася... — Обеими руками она приподняла полы вязаной кофты, под которыми виднелась мужская майка на святых мощах: — Смотри: загляденье, а не стирка. И крахмалит, и подсинивает... Я имею достойный вид.

— О'кей. Расскажи-ка мне, что ты сейчас ела на ужин.

— Никакого ужина тут не дают! — крикнула она. — Фашисты! Я не ела пятеро суток.

— Тихо, тихо, не скандаль. — Надо спросить у Тани, не забывают ли ей давать транквилизаторы. И не стоит ли увеличить дозу.

Но она вдруг успокоилась и умиротворенно проговорила:

— Вы, Гарик, мальчик способный, но еще маленький для *плацента превиа*. Давайте-ка я сама помоюсь...

После таких призывов она пытается приподняться в кресле и вполне могла бы сверзиться на пол, если б их не привязывали.

— Спокойно, Вера Леопольдовна, спокойно. Скоро все пойдут мыться.

Кто-то из посетителей включил телевизор. По огромному экрану забегали футболисты в синих и желтых трусах. Я развернул кресло, и минут пять бабуся с большим удовлетворением разглядывала бегущих и потрясающих воздетыми руками бугаев. Еще минут десять, и я, пожалуй, отвезу ее в палату: скоро санитары приступят к вечернему туалету и укладыванию стариков на боковую.

— Бегут как на пожар... Стремительные роды привезли... А! Вон сидит Глупая Бася! — Вытянув руку, бабуся показала на трибуны. Значит, там, в мозгу, невидимый шпенек угодил на невидимую бороздку под названием «Глупая Бася». Тут уж пиши пропало: оставшееся время мне придется слушать только о ней.

— И что там Бася? — поправляя воротник ее кофты, слишком широкий для морщинистой цыплячьей шейки, спросил я светским тоном.

— Она выводила из гетто еврейских детей, — вдруг повернулась ко мне бабуся. — И переправляла их митрополиту Шептицкому. Тот их распределял по монастырям, они там выживали... Говорю тебе — она ангел, она — святая. Но ужина тут не дают!

Хм... интересно. Кто еще говорил мне об этой стороне жизни тихой старухи? Нет, не говорил, а... я читал, что ли... Вспомнил: Петька. Именно он писал о Басе в том своем единственном письме, написанном в метельной сахалинской неволе.

— Бабуся, а ты Петьку помнишь?

— Ха! Петьку? Чего его помнить. Он ко мне каждую неделю бегает.

Отлично. Значит, теперь я буду, по крайней мере, не Гариком, а Петей. Это уже прогресс.

— Он женился на покойной жене Вильковского, — вдруг проговорила она совершенно ясным голосом, да еще заглянула мне в лицо, требуя согласия. Обрывки, лоскутки минувшей жизни плыли, цепляясь друг за друга и крутясь, как сухие листики в полноводной луже.

— Как это — на покойной жене? — спросил я. — Что ты такое придумала... Он женился на дочери Вильковского. На до-че-ри. На Лизе.

— Да. Потом уже ее звали Лизой... Я отказалась ей делать аборт, — сварливым тоном продолжала она. — Как это так? Одну похоронили, другая — делай ей аборт. Что за бардак? Он что — персидский шах, иметь двух жен? Вот поэтому одна из окна — прыг! Другая — ф-р-р-р! — улетела. Улетел воробышек, а в матке — зародышек. Подлец этот Тедди. Персидский шах...

Я почувствовал онемение в затылке, будто меня долбанули по голове дубиной.

В холле стоял ровный шум футбольных трибун, поверх него звучали обрывки разговоров. Я замер, боясь тронуть эту пластинку, эту безумную иглу на стершейся дорожке, ветхие куски истории, которую она хранила в себе так много лет, что выцвели все буквы, а то, что осталось, невозможно прочесть, невозможно постичь — все выглядит бредом.

Но рассказанные мне доктором Зивом жизнь и смерть молодой женщины, жизнь и смерть, которые до утра я запивал неразбавленным виски на своем затопленном смертной луной балконе, так глубоко меня разбередили, что и промолчать я не мог.

— Людвика... — негромко проговорил я, стараясь не вспугнуть тени в заплесневелой затхлой памяти. Так вор, забравшийся в темный дом, прижавшись к стене, следит за спокойными передвижениями слепого хозяина. — Вторую звали Людвика, Вися. Младшая сестра.

— Черт их разберет, сколько их там было...

— Откуда ты знаешь, — вкрадчиво спросил я, поглаживая руки, лежащие поверх острых колен в синих спортивных штанах. — Откуда ты знаешь, что Вися была беременна?

— Мой пирог, — упрямо проговорила бабуся, опустив голову и разглядывая китайские иероглифы своих перекрученных пальцев на ногах. Пока мы тут сидели, с нее свалились тапочки вместе с носками. Она худеет не по дням, а по часам. Она не умрет, а просто истает, вознесется... и спасенные ею души слетятся, подхватят ее под тощие локотки и понесут на тот строгий КПП, пройти который практически невозможно, а на вредного старикана с ключами прикрикнут: «Зенки протри! Не видишь, кого несем?»

— Те две суки украли мой пирог. Или вы его сожрали, Гарик, сволочь вы практикантская?

Я опустился на корточки, молча натянул на корявые ее лапки носки, надел тапочки. Поднялся и отправился в столовую. Там Махмуд безропотно выдал мне тарелку с куском торта — вполне вероятно, что эта вавилонская башня в честь почти столетней моей, незабвенной бабуси накормит и соседнее отделение тоже. Прихватил вилку и вернулся в холл. Бабуся продолжала внимательно следить за бегущим судьей со свистком в кущах рыжей бороды. Я уселся напротив и довольно удачно запихнул в ее черепаший рот два кусочка торта. Потом снова решил попытать счастья.

— Откуда ты знала, что Вися беременна? — повторил я — Она приходила к тебе на прием?

— Вильковская... красная, как пламя. Она тут всех подпалит...

— Она состояла на учете в вашей консультации?

— Черта с два! — гаркнула бабуся. — Тедди просил приехать, машину прислал... Дома, дома... Я ее дома осмотрела, у них... Девять недель, уже сердцебиение вовсю — ах ты, сука, какой аборт... Умолял прямо там делать, немедленно, деньги давал страшные... Та — которая из них? — плакала, не хотела: «Уеду-уеду...» Деньги прямо совал... постой... сколько... — Бабуся продолжала жевать пирог, выплевывая кашицу себе на колени. Я не шевельнулся, чтобы подобрать и почистить. — Пятьсот шекелей, вот сколько.

— И ты отказалась?

— Пятьсот шекелей!.. Никогда не была святой, но этот человек... от него преисподней разит... Я ему говорю: плевать на твои угрозы, Тедди, отправляйся к чертям вместе с твоими дружками из Большого дома. Я — полковник медицинской службы, блядь! И у гэбистов жены тоже рожают... Вера Леопольдовна еще пригодится... Плюнула и ушла.

Бабуся подняла наконец голову от своих тапок и спросила:

— Почему в браме стоит та, первая жена? Первая жена — стоит, смотрит... Заблудилась, что ли?.. Они все как в огне... головешки... огонь... Вслед мне смотрит. Все поняла. Я видела: она все поняла... Две жены. Скотина!

— Бабуся! — проговорил я. — С чего ты решила, что Вися беременна от Вильковского?

У меня зачастило сердце, хотя я говорил себе, что все это — дела давно минувших страстей, все умерли, все забыто, да и бабуся может нести полную околесицу. Но я чувствовал... нет, я просто знал, что каждое ее безумное слово — чистая правда, осколок правды, и мне почему-то необходимо было собрать из этих осколков подобие зеркала, в котором отразилась бы давно погубленная жизнь.

— С чего ты решила, — повторил я, — что она была беременна именно от Вильковского? Может быть, просто он, как опекун, не хотел разгла...

— Еще, — она показала на тарелку в моей руке. — Это не так уж плохо, Гарик, это вполне съедобно. Я никогда не умела печь пирогов...

Но меня уже невозможно было остановить. В отчаянии я запихнул ей в рот еще кусок и настойчиво повторил:

— Почему ты уверена, что Вися была беременна от него? Может, от кого другого?

— Глупая Бася... — прошамкала она полным ртом, и я едва не застонал: старая прачка толклась на пути, запруживая ручеек едва сочащегося рассказа, как камень в почти пересохшем русле.

Прожевав и проглотив наконец кусок, бабуся внятно проговорила:

— Не верите, у Бобы спросите. У моего внука. Он помнит. Он сидел на кухне, делал уроки. Вот у него спросите... Вдруг Глупая Бася: глаза вытаращены, задыхается... лепечет. Я показала на Бобу глазами, она перешла на идиш, чтобы ребенок не понял. У нас во Львове польская и украинская прислуга неплохо говорит на идиш... Бедная Бася... была красная от ужаса: «Безбожники, безбожники...» Ха! Бася, знаешь, где твой бог?! От я тебе сейчас покажу...

Бабуся открыла рот в ожидании следующего куска, но я не шелохнулся. Я просто двинуться не мог. Тогда она закрыла рот и с явным удовольствием выдала:

— Она их застукала...

— Кого? Когда?! — крикнул я.

— Гарик, не орите, здесь палата интенсивной терапии для недоношенных.

— Хорошо-о-о, — простонал я. — Ответь только: что значит — застукала?

— Бася несла чистые сорочки Вильковскому. Он франт, Вильковский, знаете? Дома носит шикарный халат... Каждый год халат шьет, вельможный пан...

— Да-да! Постой...Ты про Басю, про то, как она...

— Бася обвешана чужими ключами. — Она хмык-нула. — Все знают ее честность, все дают ей ключи. Она входит, раскладывает белье в шкафу, уходит, запирает двери... У Баси твои ключи как в сейфе... Ой, как чи-сто стирает Бася! Гарик, вы видите эту стирку? Где вы та-кое найдете, в какой прачечной? И крахмалит, и подси-нивает... Я имею вид.

— Ну?! Она вошла... и?

— Ну. Вошла и увидела Вильковского с его запас-ной женой... Уронила рубашки на пол, кинулась бе-жать... Гарик, а у вас сколько жен?

Неплохой вопрос, а? Неплохой вопрос, заданный мне в самое подходящее время. Честно ответить ей: две? Или ответить честно: ни одной?

Все посетители заведения давно уже разошлись. Трижды Махмуд выходил в холл, укоризненно пока-зывая мне на часы в виде зайчика на стене (на них, впрочем, никогда нельзя разобрать, — который час). И каждый раз я складывал руки на груди жестом моля-щегося перед иконой и готов был рухнуть в намаз квер-ху задницей, чтобы только мне позволили договорить с пациенткой. С полковником медицинской службы.

Наконец я выдал своей несчастной бабке амни-стию и с ветерком докатил ее до палаты, где была уже распахнута дверь в ванную и где привычные руки двух санитаров заученными движениями подхватили ее и завертели. Она успела только крикнуть мне:

— Ну, Гарик, не маленький, без меня зашьете! — и я вышел.

Вышел и потащился к лифту, еще не понимая — что мне делать со всем этим взрывоопасным кладом горючей тоски: с тем, что я выколотил сегодня из не-забвенной бабуси.

Ведь ясно, что я скорее сдохну, чем расскажу кому бы то ни было — тем более Лизе — о том, что сегодня услышал. Просто я не мог не думать о ней. Вернее, о них двоих... Да нет, о ней, конечно: о Лизе. Я уже не мог не думать о ней...

А когда сел в машину, то минут десять не мог поднять руки, чтобы включить зажигание. Сидел, уронив лапы на колени и тупо глядя на пепельные холмы перед собою, окаймленные шафранной полосой уходящего солнца...

* * *

...и вспоминал последний свой приезд в Прагу, два года назад. Хороший отпуск получился, какой-то... душевный. Возможно, потому, что Лиза была хороша: она недавно вернулась из клиники и радовала меня своим стабильным состоянием.

И лето стояло чудесное, теплое; по ночам сыпали дождики, а по утрам...

Я снял машину, и изо дня в день мы «калымили». Просматривали за завтраком план культурных акций в окрестностях Праги и выбирали, куда ехать.

Объезжали городки и замки, где проходили очередные ярмарки, «грнчирске трхи»[1], фехтовальные турниры, концерты средневековой музыки или выставки кактусов...

Нам было здорово втроем...

По обеим сторонам дороги лежали на лугах рыжие катушки прессованного сена, тянулись вверх зеленые струны хмеля на рогатинах, и черепичными кры-

1 Гончарные ярмарки (*чешск.*).

шами взбегали на взгорки то городок, то деревня, то ферма...

В спущенные окна «Рено» врывался тугой шелковый ветер, хватал Лизу за волосы и таскал, и вил из них жгуты — полоща, отжимая, выплескивая в окно. Она сидела рядом со мной, Петька с кофром и ширмой — сзади; он то и дело хватал отвеянные назад пряди ее волос и крепко тянул на себя, — как ставят паруса на яхте. И тогда она закидывала назад голову, сердилась, смеялась и — крепко пришвартованная — наугад колотила кулачками по его рукам...

В сущности, нам все равно было, куда податься. Мы выбирали удобную площадку в людном месте — перед воротами замка, в зубчатой фиолетовой тени башен и церквей, на асфальтовом островке возле автостоянки, на древних каменных плитах внутреннего двора — и обстоятельно располагались: расставляли ширму, вешали на нее марионеток, разбрасывали по кругу маленькие квадратные маты для детей и врубали музыку.

И публика быстро слеталась... Многие смотрели Петькины представления не по одному разу. Были и такие, кто приезжал специально, в надежде, что «тот самый кукольник» окажется тут снова. Сам не раз слышал счастливый детский вопль издалека: «Мама, наш кукольник!»

Мне доверяли обходить публику с войлочной Петькиной шляпой.

Я нацеплял сизый нос из папье-маше на резинке, нахлобучивал черную паклю парика, а в брюки подкладывал сзади две подушечки, отчего штанины вздергивались, а зад выпирал так дико и смешно, что, когда я, стеснительно вихляя бедрами, с постной улыбочкой, со шляпой в огромной своей лапище, обходил публику, это был отдельный аттракцион, доставлявший мне самому непередаваемое удовольствие.

Во время представлений Лиза сидела на земле, среди детей, скрестив ноги и опершись локтями о коленки. Она неотрывно глядела на Петю, напоминая ту забавную девочку, что таскалась с нами по городу все летние месяцы, из года в год. Я тоже глядел на него во все глаза. Петька работал в традиционном костюме кукольника из сказки: белые чулки, короткие штаны до колен, фрак, бабочка, лиловые туфли с пряжками, кудри до плеч и та самая шляпа на затылке.

Он цеплял в ухо тяжелую серебряную серьгу-прищепку — для дополнительной нити, которую незаметно пристегивал к какой-нибудь части тела марионетки, — и тогда происходило странное: эта изобретенная им дополнительная нить связывала его с куклой настолько, что нельзя было понять, кто кого ведет. Возникало впечатление, что кукла приноравливает шажки к хозяину, оглядывается на него, ища одобрения; и тот любяще кивал, и синхронно с ним, гордо кивала кукла, и топала ножками, и всплескивала ручками. Они улыбались друг другу, беседовали, пикировались, ссорились...

Движениями головы... нет, не так: вкрадчивым танцем вытянутой шеи, не диктующей, а следующей за движениями куклы, он сообщал ей такую пластическую убедительность и невероятную человечность жестов, что когда, отработав, кукла повисала на ширме, уступая очередь другой, то дети и взрослые, бывало, подходили осторожно потрогать, будто себя проверяли: правда ли, что это только кукла, а не живое существо?

Иногда он наказывал ту или другую, не оживляя ее неделями. Потом они мирились. Однажды я сам видел такое примирение, вроде бы шутливое (видимо, передо мной ему захотелось все обратить в игру, в сценку). Но я-то видел его лицо в тот момент, когда, проходя мимо висящей на стене компашки, он легонько тронул одну из кукол плечом и что-то с нею сделал. Та открыла глаза, и он насмешливо проговорил: «Ну? Отозлилась? Будешь еще выкрутасничать?»

Публика особенно любила номер с Фаюмочкой. Я и сам его обожал. Фаюмочка был добряком и лукавцем неопределенного пола и рода. Нечто среднее между лешим и домовым: вместо носа — клистирная трубка, толстый зад, острые шкодливые ушки и близко поставленные глаза. Обаяния этого существа хватило бы на вагон упитанных детишек.

У него была обстоятельная, деловая, как бы устремленная вдаль походочка; он все время куда-то стремился: нос по ветру, тело торпедой несется вперед. Видел я его в деле множество раз, и всегда это была импровизация. Фаюмочка шутил, танцевал и общался с публикой в зависимости от момента и настроения. С торопящейся физиономией обегая зрителей по кругу, мог вдруг тормознуть перед девочкой с подтекающим мороженым в руке и долго так стоять, лукаво и укоризненно на нее глядя под нарастающие смешки зрителей. (Клянусь, что в такие моменты его улыбочка росла и ширилась.) А затем в точно выбранной паузе внятно проговорить сытеньким и румяным голоском:

— А Фаюмочке?..

Тут публика валилась от хохота с ног.

После него — по контрасту — Петька выводил хриплую эстрадную диву Ариадну Табачник: приз Евровидения, пять пластических операций, последний муж — сталелитейный магнат... Это была оторва! Дебелая блондинка в открытом сарафане; из каждой подмышки у нее вываливалось по две поролоновых груди. По сигналу Петьки я нажимал на кнопку музыкального центра, в воздух взмывала «фанера», Ариадна выходила, кланялась... и у нее вываливалась грудь. Номер заключался в борьбе с одной из грудей, которая непременно вываливалась, и по ходу песни певица запихивала ее обратно в сарафан, в то время как с другой стороны от резкого движения вываливалась другая грудь... пока в вихре безумного миллиона алых роз певица закруживалась залихватской юлой, щедро обвешанная летящими раздувшимися грудями, как домохозяйка — авоськами...

В своей империи он был могуществен и абсолютно счастлив. Самый счастливый властелин самой счастливой из всех когда-либо существовавших на свете империй. Его несчастливость в реальной жизни, его неизбывная, неутоленная любовь к единственной женщине в эти минуты и часы полностью исчезали, едва он вступал под своды своего рая (так декорации гаснут во тьме перехода к следующей сцене спектакля), под картонные кроны знойных пальм, под бисерные радуги фонтанов, под акварельные позолоченные облака...

...Мы не гонялись за особенными заработками и после одного-двух представлений закатывались пообедать в какой-нибудь недурной ресторан.

Однажды накупили в супермаркете еды и остановились в лесу, на берегу одной из тех струистых, мелких, запруженных изумрудными валунами, золотоносных — в смысле прибылей — речек, в минеральных водах которых заключено благосостояние курортного края.

Это была окраина городка, уютнейшая поляна, опушка смешаного леса: бук, каштан, граб, береза, дубы, ну и хвойные разных пород и оттенков, от желтовато-салатного до глубокой темной прозелени лиственниц.

Неподалеку тянулась мшистая каменная ограда мрачноватой виллы, так и просящейся в фильм ужасов: с башенками, пузатыми балкончиками, островерхими крышами в виде сланцевых колпаков, с фигурными печными трубами и тремя флюгерами, смотрящими в разные стороны...

Мы расстелили плед на траве, крапленной мельчайшими ромашками — будто кто манку просыпал, — в тени огромного, эпической мощи дуба, с ветвями, отягощенными золотыми слитками солнца, и мгновенно раскурочили курицу, с голодным остервенением ломая ей поджаристые конечности. Райский обед под сводами зеленого собора...

— Очень кукольный замок, — заметил Петька, созерцая виллу и задумчиво догрызая куриное крылышко. — В таком уютно душить старых герцогинь. В надежде на жирное наследство...

— Мужики, кому последнюю ногу? — окликнула Лиза. Она стояла коленями в ромашках, держа куриную пулку перед собой, как тюльпан.

— Мне!

— Мне!!!

— Лиза, прошу вспомнить, что я твой муж, и рассудить по справедливости.

— Ха! Лиза, он — бывший муж, быв-ший! а я — законный, юридический, к тому же я — доктор, мне надо питаться, и...

— Считаю до трех. — Она подняла пулку выше, как кубок в спортивном соревновании.

— Кто быстрее: раз...

И мы с Петькой с боевым кличем впились в курицу зубами, пребольно стукнувшись лбами и носами...

После чего валялись, обсуждая важнейшие вопросы — вроде: откуда по речке плывут хлопья белой пены: следствие ли это богатой минерализации или экологические проблемы местных головотяпов...

Ветерок гонял по нашим физиономиям солнечное решето теней. Светоносная зелень пропитала окрестный воздух до консистенции кислородного сиропа: тусклая водорослевая глухота мха в тенях и его же, искрящаяся на солнце, ящерная шкурка меж старых камней ограды; прозрачная зелень яркой листвы берез и ковровая пестрота крапленой травы... Зеленые побеждали с большим превосходством. И только на взгорке, в теснине дружных сосен, клубился меж стволов пурпурный сумрак да две мшистые каменные вазы на столбах ворот изрыгали лиловую пену петуний...

Мы незаметно уснули и проспали, разморенные, часа два — в этом райском солнечном лесу, под стенами то ли маленького замка, то ли громадной виллы, заселенной вполне законопослушными людьми: сюда доносилась слабая музыка и шлепающие удары по мячу.

Я проснулся первым, и странно, что не проснулся раньше: на поляну давно пришло солнце. Я сел и огляделся... Эти двое все еще дрыхли. В разомлевшем воздухе рябила мошкара, изрядно парило; на пригорке пламенели сгрудившиеся стволы молодых сосен, и, словно перекликаясь с ними, пламенели волосы спящей Лизы, щекой лежащей в траве, — будто алую шаль кто-то с плеч уронил... Она во сне слегка откатилась с пледа, зато Петька раскинулся во всю ширину, разбросав ноги и руки, как пьяный боцман. В кулаке правой руки он сжимал подол Лизиной клетчатой рубашки: то ли цыганенок, вцепившийся в мамкину юбку, то ли Синяя Борода, что в последний момент ухватил беглянку. Он и во сне не отпускал ее дальше чем на шаг...

Мне подумалось: а ведь я никогда не видел, чтобы он приласкал ее даже мельком, как, бывает, давние супруги на людях метят друг друга мимолетными прикосновениями, летучими подтверждениями супружеской близости. Ни разу не видел, чтобы он, хотя бы шутливо, поцеловал ее, ущипнул или шлепнул... Я даже никогда не видел, чтобы он провожал ее спокойно-любящим взглядом, — а ведь во взглядах многолетних супругов всегда содержится нечто большее, чем любовь или бытовая привязанность: в них содержатся годы, тысячи проспанных вместе ночей... И никогда, никогда он не называл ее уменьшительным именем. Ласки этих двоих были заперты за стенами какого-то монастыря с особо строгим уставом; впрочем, за такими стенами частенько случаются взрывы страстей, о которых не подозревают приверженцы свободной любви...

Он продолжал оставаться строгим воспитателем, продолжал таскать ее на спине — «О, она легкая, как перышко!» — хотя легкой она давно не была, она была тяжелой, и не по части веса; она была тяжелой, невыносимо тяжелой, а он все нес и нес ее, не уставая...

Они были похожи на детей, что пережили оспу, выжили, но навсегда остались с изрытыми лицами. Эти двое стали жертвой особо свирепого вида любви: страстной, единоличной, единственной; остались в живых, но уже навсегда были мечены неумолимо жестокой любовью...

От нашего общего лета мне осталась тихо мерцающая в памяти вечерняя картина деревянной колоннады в центре Карловых Вар.

Мы прожили там два дня в пансионе — в двух комнатках на последнем этаже великолепного барочного дома, с рестораном внизу. Меж двух наших окон восходила к крыше водосточная труба, завершаясь раструбом с золочеными кружевцами, похожим на голенище ботфорта, который хотелось натянуть на ногу.

Каждый день в старинной колоннаде играл какой-нибудь ансамбль, осколок Карловарского симфонического оркестра. В первый день это был квартет, во второй — очаровательное трио: три молодые женщины — флейта, виолончель, кларнет — играли Моцарта, Гайдна, Сен-Санса и вальсы Штрауса.

Уходящее солнце вспыхивало на клапанах флейты и кларнета. Заросшая нежной паутиной белая лампа под потолком колоннады мерно покачивалась в вышине... Мы тихо разбирали в сторонке свое хозяйство, готовясь на смену музыкантам. Но когда возник Фаюмочка, флейтистка вдруг улыбнулась и кивнула нам, приглашая присоединиться.

А тот, со своим клистирным носом и обаятельной задницей, оказался на сей раз грустен — видимо, были у него на то свои причины. Минут сорок он кружился под Моцарта и летал, едва доставая ногами пола. Присаживался на пюпитры, листал ноты и снова тихо кружился в теплых оранжевых сумерках, предоставляя публике воображать некогда мелькавшие здесь турнюры, шиньоны, шляпки с вуалями, а также монокли, лорнетки, зонтики и ордена разных государств на шелковых лентах.

В тот вечер за ужином мы с Лизой вдруг заговорили о Моцарте — почему, несмотря на всю легкость, даже восторг, даже иронию... его музыка всегда — «мементо мори», всегда: «помни о смерти»? Наверное, потому, что он — гений, отозвалась она, а гений всегда видит конечность не только отдельной жизни, но и целого мира. Вот и Набоков, добавила она, утверждал, что смерть — это всего лишь вопрос стиля, разрешение музыкальной темы...

Тут Петька встрял, вспомнив, как однажды в Питере к ним на кафедру привезли из деревенской глубинки некую старуху-кукольницу. Дремучую неграмотную старушку, которая просто *трясла куклу*, и та была совершенно живой... Понимаете, повторял он в каком-то неистовом восторге, видимо, находя это волнующим и забавным, — та ее просто трясла, и все! И это было гениально! Вот вам и вопрос стиля...

* * *

Перед самым отъездом меня посетила удачная мысль: я придумал способ подкинуть им деньжат.

Это всегда требовало от такого медведя, как я, некоторой смекалки. Иногда я рассовывал деньги по карманам их плащей и курток, чтобы, наткнувшись, они удивились — надо же, забыли с прошлого сезона! Иногда удавалось запихнуть несколько крупных купюр в черепушку к Скелетику, но Петька уже дважды со скандалом разоблачал происки: шалишь, публика таких денег не дает!

А тут меня озарило: да надо просто купить тайком его куклу в галерее, а потом в Иерусалиме кому-нибудь ее подарить.

И в последний перед отъездом день я заявил, что

хочу сам пошляться по городу, скупить сувенирной мелочишки для коллег. Я знал адрес галереи Прохазок на Кампе, — у Петьки на столе лежала целая россыпь этих визиток, он раздавал их публике на своих выступлениях. И прямо с утречка, дабы успеть, как говорила незабвенная бабуся, «сделать базар» до самолета, я вышел из дома.

...На крыльце перед дверью в галерею стояла шикарная Баба Яга — кукла-великанша с аппетитным мясистым кренделем вместо носа, в который хотелось вонзиться зубами, и с таким седалищем, что, прежде чем толкнуть дверь и войти внутрь, я минут пять им любовался, обходя фигуру то справа, то слева. А когда открыл дверь и увидел там старуху, то понял, с кого создатели ваяли рекламную «страшидлу».

Ну и бабуська сидела за кассой, подперев ладонью бородатую щеку! Толстая, морщинистая, с пережженными черно-зелеными патлами, сквозь которые, как песчаное дно лесного ручья сквозь водоросли, сиял целлулоидный череп. На возникшего посетителя она уставилась циничными глазами старой сводни. Хорошенькую зазывалу Прохазки наняли в свою лавочку.

И тут она открыла напомаженную пасть... и я осел, я завяз...

У нее оказался ангельского тембра голос. Да, это был голос ангела — мечтательного, наивного, радостного; того ангела, что верит в бесконечную справедливость и в добрую природу человека — этого грязного сукина сына, миллион раз доказавшего всем, и себе в том числе, что он всего лишь грязный сукин сын, не более того. Я нырнул в сень этого голоса, как падают ниц паломники, истоптавшие ветхие сандалии в пыли бесконечных дорог, перед ликом деревянной Марии, встречающей путника в ладанной полутьме пустого храма.

— Мэй ай хэлп ю, пли-и-из? — пропел ангел, и я прослезился: этот акцент, эти удары русского топора по сухому полену ни с чем нельзя было спутать.

— Можете, — сказал я. И огляделся, давая ей возможность вступить на привычную торговую стезю. — Познакомьте меня с вашей галереей. У вас тут настоящее царство кукол!

На самом деле я просто жаждал слушать и слушать этот голос. Пусть еще поговорит, еще немного... О'кей, пусть поговорит о погоде, о бизнесе, о могучем клане Прохазок...

Я откуда? Я из Иерусалима: знал, кому говорю, и знал, старый спекулянт, приблизительную реакцию из этой, обведенной кровавой помадой, ужасной щели: да, да, все правильно, *нам* нужно жить в своей стране; да, *нас* терпеть не могут, не переваривают во всем этом блядском мире, поэтому *нам* надо жить именно там, на горе, *где возвышается наш храм* — у старухи в голове был какой-то бурелом из легенд, детских пасхальных куплетов и сомнительных баек, выуженных из популярных книжек. Между прочим, ее *тоже* зовут Ханой, чтобы вы знали. Очень приятно. Выходит, вы из самого святого Иерусалима... А вот у нее сложилось по-другому: дочка, понимаете ли, влюбилась в чеха. Нет, Зденек, он хороший парень и никогда еще никого не обидел, он настоящий мастер и порядочный человек, и у нее трое уже больших внуков и даже две правнучки, но... — Старуха перевесилась над кассой и приглушенным шепотом открыла мне секрет: — Но все они — чехи, понимаете? А! Чехи... Вот Тонда, ее внук. Он хороший мальчик, но — чех. Нет, если ты душевно скажешь ему: поц, ублюдок, мерзавец, можешь ты иногда проведать бабушку дома, а не в галерее, и просто так, а не ради денег, поц? — он, конечно, поймет. Но что вы услышите в ответ? Только одно: «Я-асне... Ясне, ясне», — вот что вы услышите...

Минут сорок я наслаждался музыкой небесных сфер. Само собой, мы коснулись всего на свете, в том числе и ямы, в которую можно выгодно упасть за секунду до выстрела, и украинских крестьян, о которых много чего говорят, но именно они ее держали — кто на печке, кто за печкой, а кто в хлеву — и этим спасли жизнь, так что про украинский антисемитизм при ней, пожалуйста, ни слова...

Наконец взглянув на часы, я понял, что пора сворачивать акцию. Обошел всю галерею, увешанную, действительно, очень добротным товаром. Стаи принцесс, *страшидл,* коней и кошечек, королей, и кашпареков, и пучеглазых гурвинеков, и ушастых спейблов, и прочего забавного люда, тихо покачиваясь, свисали с потолка на своих струнах: неслышная музыка волшебной мистерии...

Я не хотел спрашивать у Ханы, где висят именно Петькины куклы; сам хотел угадать, да и не стоило разоблачаться, дабы в один прекрасный день старуха не вспомнила при нем, что огромный такой парень из Иерусалима искал куклу именно мастера Петра Уксусова. Впрочем, скоро я обнаружил, что у каждого изделия с руки или с ноги свисает бирка с ценой, где на обратной стороне написано имя мастера. Но еще до того я опознал нескольких его кукол: двух *страшидл,* шута Кашпарека и нежную восхитительную зебру с невероятно длинной шеей и застенчивыми глазами. Зебра была очаровательна, но я склонялся к шуту Кашпареку. Во-первых, тот был клетчатым, дивного, озорного сбора цветов: лимонно-зелено-бордового. Во-вторых, у него были лунные глаза, глядящие всегда поверх вашей головы, с какой бы точки вы на него ни смотрели; у него были крепкие кулаки и крепкие коленки, и деревянные остроносые башмаки, и булава в руке, и деревянный колпак с двумя развесистыми по краям лица рогами и с таким количеством колокольчиков, что едва я снял его со стены, как он зазвенел и звенел всю дорогу, пока я пытался поставить его на ноги и провести хотя бы немного по полу...

Старуха, подняв со стула необозримую корму и обеими руками стараясь вызволить юбку, защемленную в ущелье между ягодицами, потащилась за мной... Ее колокольчиковый голосок звенел райской музыкой, и так они звенели оба — старуха и шут Кашпарек, — звенели по-разному: она как ангел, он — как насмешливый шут-бубенец.

Любая, любая кукла здесь — произведение искусства, твердила старуха. Вам будет не стыдно подарить ее ни ребенку, ни взрослому, не смотрите на цену, я дам вам скидку. Знаете что — за две куклы я дам-таки двойную скидку, вам обижаться на меня не придется...

Собственно, я уже знал, кому привезу шута. Я подарю его близнецам Рами и Ривке, восьмилетним детям одной нашей тяжелой пациентки, больной шизофренией.

Они приходили к матери через день, приносили фрукты или домашнее печенье, испеченное бабушкой, садились на диванчик, держась за руки и не сводя с матери двух пар спокойных черных глаз. Им велено было проследить, чтобы мать все съела, и они следили. Эти тоже были ангелами, посыльными — из тех, что неукоснительно и спокойно исполняют порученное. Отец у них умер, бабушка тоже вряд ли собиралась жить вечно, а им самим предстояло долгие годы иметь такую вот мать. И они сидели, держась за руки и глядя на нее спокойными черными глазами, — чернорабочие ангелы, из тех, на которых держится каждая минута этого мира... Вот кому я повезу куклу. Именно Кашпарека: опасного, веселого и лихого, с булавой и колокольчиками, с крепким утиным носом, острым подбородком и лунными глазами, знающими что-то такое, чего, возможно, еще не знали близнецы.

— Вы правильно выбрали, — сказала старуха. — Это изделие одного русского мастера, нашего друга. У него двух одинаковых не бывает. У каждой его куклы свое лицо и свой характер. Я сама всю жизнь водила кукол, и скажу вам, насколько это важно, чтобы у куклы были характер и лицо. Тогда она сама вам доложит — что она хочет и чего не хочет, что любит, а чего терпеть не может. Вот тут, говорит она вам, подержи подольше мне паузу, потому что, когда я так вот медленно и вопросительно поворачиваю голову, мой правый глаз очень выразительно смотрит в зал... Понимаете? Остальное доделает кукловод, если у него есть мозги и талант... И, между прочим, вот этот самый мастер — он еще и артист, да какой! Он артист такой, что на Карлов мост не выходит, чтобы не испортить день другим кукольникам. Из благородства! Потому что, если он появится — все, сворачивай удочки: пока он на мосту, ни один турист от него на шаг не отойдет и на остальных артистов даже не взглянет. У него такие руки, что едва он прикасается к кукле, та оживает. Можете мне поверить, она оживает и двигается, как человек... Я говорю ему: «Петька, когда я сдохну, приди и просто коснись меня своей животворящей лапой. Я тогда сразу поднимусь...» Помните, в какой это книжке мертвецу кричат: «Лазарь, пошел вон!» — и тот подымается и идет себе?

Я представил эту картину: мой друг в образе Иисуса, воскрешающего крашенную, как бордельная достопримечательность, нелепую старуху: «Хана, пошла вон!»

— Боюсь, это из евангелий, — сказал я.

— Что вы говорите! — удивилась она.

Я отсчитал новенькие еврокупюры, получил чек, и пока она быстро и ловко упаковывала Петькино изделие, мы еще потрепались... Я наслаждался ее ясным умом и изумительной памятью: старуха помнила номера киевских трамваев и их довоенные маршруты, помнила день вчерашний и позавчерашний, помнила свою яму и своих спасителей, всех своих кукол, все радости и обиды, всех погибших родственников. Она была в полном порядке; она была мечтой геронтолога, эта замечательная старуха, и я все стоял у кассы и слушал голос божественных цимбал, и медлил, и медлил...

— Ладно, двинусь, пожалуй, — наконец проговорил я с сожалением. — Рад был познакомиться с вами, Хана. Рад, что зашел и увидел все эти чудеса.

Когда я коснулся ручки двери, она сказала мне в спину:

— Стойте, черт бы вас побрал!

Выползла из-за кассы, переваливаясь, как танк на ухабах.

— В душу вы мне влезли, вот что. Хочу вам кое-что показать, если только это останется между нами. Никому ни звука, ладно?

Она стояла передо мной, таинственно и победно улыбаясь размазанным клоунским ртом.

— Говорите, все это — чудеса? — спросила она, махнув рукою вокруг. — Милый вы мой, разве это чудеса! Это просто честная работа. Пойдемте со мной, я покажу вам настоящее чудо!

Повернулась и, не глядя на меня, двинулась к закрытой, выкрашенной голубой краской двери в соседнее помещение, толкнула ее и вошла, а я встал на пороге. Несколько ступеней вели вниз. Комнатка как бы находилась на полпути в подвал, да еще занята огромным низким шкафом с выдвижными ящиками; я сомневался, что мы с Ханой вдвоем здесь поместимся.

— Спускайтесь, — сказала она, глядя на меня снизу вверх. — Не пожалеете.

Вытянула из щели между шкафом и стеной стремянку, расставила ее и придвинула к шкафу:

— Только ша... Видите, там, наверху... лежит? Поднимитесь и осторо-ужненько разверните покрывало.

Сейчас я заметил, что на уровне моих глаз, на верхней крышке шкафа лежит, судя по очертаниям, некто маленького роста, явно человеческих пропорций. Мне даже стало слегка не по себе.

— Но... я-то как раз покойников не воскрешаю, — заметил я со смущенным смешком.

— Вертайте, вертайте, только бережно. Иначе он голову мне снесет.

Я поднялся на стремянку и, едва не упираясь головой в потолок, принялся опасливо распеленывать сверток...

Странное дело! И позже, вспоминая эти минуты, я повторял самому себе — странное дело, странное дело: ведь я уже видел эту куклу, я видел ее в действии, восхищался ею, стараясь, впрочем, поскорее отвести от нее взгляд... Тогда почему, откинув последний слой полупрозрачной материи и увидев... — Лизу, Лизу, Лизу! — я почувствовал такое смятение, такой стыд и жжение в груди и даже... страх? Почему я умолк, уставясь на безмятежно лежащую миниатюрную женщину, вытянувшую абсолютно живые руки вдоль шелкового зеленого платья? Почему я остолбенел, глядя на фантастически точно воссозданные черты ее лица, на виртуозно затонированную кожу с крошечным прыщиком на подбородке и изумительно воспроизведенными бисеринками пота над верхней губой и у корней волос? И отчего меня вдруг охватила неуправляемая ярость — да, то была ярость, и ничего поделать с собою я не мог.

— Так вот где он ее хранит, — прошептал я, и Хана снизу спросила: — Ну как? Чудо?

— Да, — глухо ответил я. — Да.

— Жаль, не умею открыть ей глаза, — волнуясь, проговорила Хана. — Я вообще боюсь что-то тронуть: там сложнейшая механика — какие-то шарниры, тяги, кулачки... система каких-то эксцентриковых колес, и фотоэлементы, и миниатюрная гидравлика. Петька объяснял, я всего не запомнила. Он сказал: «Хана, если б ты могла заглянуть внутрь ее корпуса, ты бы в обморок упала». О, видели бы вы, как плавно она двигается! У нее на пяточках колесики. А глаза делал на заказ один из последних глаздуев Чехии, Марек Долежал: он настоящий гений, ему восемьдесят семь, живет в Брно. Петя говорит, что три дня они с Мареком бились над цветом и не могли подобрать точный оттенок, пока он не додумался просто пойти на рынок и обойти все медовые ряды. И знаете, это оказался молодой горный мед: черемуха, жимолость и клевер, богородская трава и шалфей... И тогда Марек выдул эти ее глаза. Жаль, что вы не можете увидеть, потому что это настоящие человеческие глаза со слезой... Я смотрела их танец раз восемь, и еще бы смотрела сто раз, и скажу вам: эти ее глаза под софитами сверкают и переливаются, как живые!

Слава богу, подумал я, что эти глаза закрыты, а то вообще можно было бы рехнуться. Мне — врачу, каждый день осматривающему больных, было не по себе стоять тут *над спящей Лизой* и говорить о ней с посторонним для меня человеком... В этом было... было нечто запретное.

Я вдруг вспомнил, как однажды на утреннем обходе, войдя в палату, застал ее спящей. Шира сказала, что у этой больной была беспокойная ночь и только под утро она заснула. Вот так и лежала, точно так — бессильно вытянувшись, с бисеринками пота над верхней губой, с протянутыми вдоль тела тонкими руками... «Не будем ее будить», — сказал я и перешел к пациентке на соседней кровати.

— Я вам скажу, но пусть все останется между нами, — вздохнув, проговорила Хана. Ее не прокрашенные на макушке седые волосы сверху выглядели, как тонзура монаха. — Тяжело произносить такие вещи. Это ведь его жена...

— Как — жена? — обернулся я, хотя понимал, что она имеет в виду, но что-то же заставило меня задать этот дурацкий вопрос. Не собственное ли смятение, скребущее душу?.. — Что значит — жена? Ведь это — кукла.

— Ну, да, да... Понимаете, жена у него — сумасшедшая, и единственная его радость — вот эта... это... существо. Он разговаривает с ней, знаете? И лучше не прислушиваться к этому разговору. Он говорит ей: «моя девочка», и «ну что, соскучилась?»... и «давай проверим ножки-ручки», и всякое такое... Я всегда ухожу, чтобы не слышать. Мне кажется, это очень интимно...

Я резко проговорил, чтобы сбить духоту, хлынувшую мне в грудь:

— Послушайте, Хана! Это просто кукла. Замечательно сработанная вещь. Произведение искусства.

330 Но это не человек, а кукла! И вы, как профессионал, это прекрасно понимаете...

Она как-то странно усмехнулась и сказала:

— Я-то понимаю... А вам случайно никогда не приходилось бывать в музее кукол театра Образцова? Не случалось заглянуть в их хранилище? Как они лежат там на полках, будто в морге, и из-под савана то рука свешивается, то нога торчит... Там смотрителем музея работала одна очаровательная дама. Так вот, рабочий стол она установила так, чтобы все тамошнее население держать под обзором. А то, говорила, стоит мне отвернуться, как они уже другие позы приняли.

В зале магазина зазвонил телефон, Хана стала тяжело взбираться по ступенькам, приговаривая:

— Сейчас вернусь, ни к чему не прикасайтесь, ни к чему!

По пути она палкой отворила окно — и хорошо, здесь в самом деле было душно.

Пока она говорила по телефону, я стоял над копией женщины — возможно, самой точной на свете копией женщины, — не решаясь притронуться даже к материи ее платья. Что с тобой, говорил я себе, что с тобой, доктор? Ты видел это диво дивное, произведение Петькиного мастерства и таланта, причем видел не безвольно лежащей, а танцующей под его руками. Так что же сейчас-то с тобой происходит, отчего ты столбом стоишь, не торопясь завернуть ее в покрывало и слезть со стремянки? Никакой тайны в ней нет, только талант и работа, Петькины талант и работа, он и сам повторял это много раз.

Что ж тут загадочного?

В этот миг ветер шевельнул отворенную раму окошка, влетел внутрь комнаты, и... кукла вздохнула.

Не знаю, как я не сверзился со стремянки... У меня похолодели руки, сердце заполошно зачастило, а в горле перекрыли кран. И прошло еще два-три мгновения, прежде чем я, взбешенный самим собой и своей идиот- ской паникой, положил ей на грудь ладонь и сразу же от- дернул: это была мягкая податливая плоть... Я потянул вниз декольте тяжелого зеленого шелка и все понял: он использовал медицинские силиконовые имплантанты, он *вживил их в ткани* не менее виртуозно, чем какой-ни- будь пластический хирург, — вероятно, для того, чтобы в танце грудь волновалась и дышала, будто живая...

Я вспомнил их танец, отточенный контрапункт без- укоризненно слаженных движений. Лишь сейчас, стоя на стремянке, я стал понимать, какими гениальными ухищрениями мой друг создал *такую* точность отзыва, только сейчас осознал по-настоящему, какого масшта- ба это художник... Ну хорошо. Все объяснилось. Черт! Черт! Послушай, доктор. Ты спокойно выслушивал эту грудь десятки раз, твой хладнокровный стетоскоп зна- ет ее наизусть, ты помнишь эти прозрачные, с лазоре- выми венками споднизу — там, где в поисках ясных то- нов сердца особенно настойчиво впивается в тело стетоскоп, — полукружья, с небольшими сосками цве- та того же... как та сказала? — горного меда... Так какого же черта ты стоишь здесь, как последний дурак, и ка- ких еще открытий ждешь?

Вот она лежала тут — немая, недвижимая и пре- красная болванка, пребывающая в ожидании начала творения, вечного начала творения; предназначенная к жизни лишь тогда, когда этого пожелает ее созда- тель. Я думал о туго натянутой властной связи между творцом и его созданием, о полном подчинении, пол- ном растворении создания в творце. Не это ли абсо- лютное владение Эллис, подумал я, было так дорого моему другу, так жизненно ему необходимо? Абсолютное владение, которого он так и не достиг с Лизой. Ибо при всей душевной, физической и житейской от него зависимости, при всей подавленности и подспудной — даже в хорошие периоды — болезни Лиза оставалась живой, отдельной, страдающей личностью...

Я тщательно запеленал драгоценный механизм, опустил покрывало на прекрасный лик и слез со стремянки. Покойся с миром...

Поднявшись в зал, подхватил своего Кашпарека и, извиняясь всем лицом, то прижимая ладонь к груди, то щелкая ногтем по наручным часам, коротко и молча простился с прилипшей к телефону старухой и — бежал...

Тем вечером, часа за три до выезда в аэропорт, взбудораженный встречей в магазине Прохазок, я поминутно переводил взгляд на Лизу. Я просто глаз не мог от нее оторвать, поневоле сравнивая *другую Лизу*, недвижно простертую на крышке шкафа, с той, что сидела напротив меня за столом, то и дело вскакивая проверить — «дошла» ли в духовке какая-то там запеканка — грибная, с кабачками, по особому, вычитанному в журнале рецепту.

В конце концов это и Петька заметил и, двинув меня кулаком в бок, шутливо гаркнул:

— Ты чего это вылупился на мою жену?

И я в тон ему отозвался:

— Не на твою, а на мою. Вот захочу — увезу ее с собой. Лиза, поедешь со мной в Иерусалим?

Она помедлила над горячим противнем... выпрямилась, обернулась к нам и вполне серьезно произнесла:

— Может, и поеду... когда-нибудь.

...Что за странные судьбы, думал я, сидя в машине и сквозь ветровое стекло наблюдая, как стремительно меркнут вдали черно-лиловые горбы Кумрана; что за трагические судьбы у всех этих огненноволосых женщин, будто их преследует по пятам пожар, будто они бегут от него в попытке спастись, сбить пламя за собственной спиною и никогда спастись не успевают? Что за проклятая матрица рода и почему всегда они — жертвы предательства? И почему даже мой друг — самый великодушный, самый талантливый и самый любящий из всех, кого я когда-либо знал, — почему даже он обречен на предательство?

Наконец я включил зажигание и выехал со стоянки в сторону Иерусалима. Долгонько ж я так просидел: гряда Кумрана вдали почти растворилась в черной пелене обложного неба, и едва я поднялся на перевал, в воздухе — как же редко это здесь случается! — уже вертелись, крутились винтом, танцевали мягкие белые мухи. Да неужто снег? Вот радость местным детишкам — если, конечно, он полетает еще с полчаса.

Надо найти то Петькино письмо с описанием сахалинской метели, решительно подумал я. Вот теперь надо найти его во что бы то ни стало!..»

Глава девятая

«Я заперт, Борька. Я в плену у метели... Вторые сутки на острове дикая свистопляска обезумевшей снежной стихии. Закрыт аэропорт, Сахалин отрезан от материка и замер, погребенный под мегатоннами снега. Вчера вечером заметало так, что освещенные окна дома напротив тлели слабыми светляками...

Я нигде не видал столько снега. Он набрасывается и пожирает все на своем пути: скамейки, столбы, подворотни, заборы и крыши, переметает дома и идущие на север составы. Он валит, валит огромными, сбитыми, слепленными воедино кулаками — никаких не снежинок, тут не место привычной зимней идиллии; это похоже на паническое бегство потустороннего войска, на разрушение, на распад самого мира. Он разваливается на куски, этот мир — его небо, его вещественная суть; распадается омертвевшая, оледеневшая гнилая плоть и, подхваченная ураганом, уносится прочь в хаос Вселенной...

Конец света я всегда представлял себе в грозном обличье здешней вьюги. Суровый сахалинский Босх дирижировал моими детскими снами, в которых я мучительно пытался преодолеть этот вой, этот вихрь, смертельную воронку белой всасывающей пасти. Так бедные людишки тщетно карабкаются по вздыбленной палубе уходящего в морскую пучину корабля — вверх, в пустоту и бездну штормового неба...

А приходилось тебе видеть грозу в метель? Косое лезвие молнии, что раздирает пелену мятущегося снегопада?..

Вначале кажется, что это просто короткое замыкание, тем более что в такие часы отключается электричество. Я и сейчас сижу с зажженной свечой, в призрачной от снега за окном темной кухне, что скользит в толще слепой метели, как подводная лодка — в какой-нибудь Марракотовой бездне; на столе — книга, и голубые молнии вспыхивают на ее невозмутимых страницах.

Книга открыта, но спроси меня о названии, о сюжете — я не отвечу. Я снял ее с полки, не глядя на имя автора. На ее развороте вспыхивает и вспыхивает нестерпимыми синими зарницами моя убийственная тоска. Эта мускулистая скользкая тварь, этот змей, пожирающий мое несчастное нутро, носит разные имена: мама, Ромка, Бася, Казимир Матвеевич... И главная, огнедышащая, высоко и грозно восставшая надо мною вина: Лиза.

Иногда я кажусь себе обессилевшим Лаокооном, который в конце концов сам себя скормит многочисленным змеям ненасытной своей тоски.

Вот сейчас сижу перед одиноким язычком огня и думаю об одном странном человеке — о себе самом. Я ничего в себе не понимаю. И никогда не понимал. И чем дольше пытаюсь разобраться, тем безнадежнее увязаю в противоречивых и ничтожных мелочах.

Позавчера я похоронил маму — добрую, слабую, очень обыкновенную, очень несчастливую свою мать. Я ее болезненно и жалостливо любил. Почему же опять я думаю только об отце? Снова и снова... Почему из них двоих только он, трагический шут, всегда занимал мои мысли — разве это справедливо? Не потому ли, что, как нож в масло, он вошел в мой кукольный мир и отлично там пребывает, со своими пороками, коварством, бесстыдством, неиссякаемым дивертисментом уловок и трюков и... внезапной нежностью в ярких глазах?

Уже на исходе последних сил, уже не вставая, мама призналась мне, что жалеет о своем попустительстве: мол, нельзя было в детстве пускать меня в Южный к Матвеичу, нельзя было позволять настолько «прилепиться» к кукольному делу, настолько в нем «пропасть».

336 Почему, спросил я, изображая удивление, хотя отлично понимал — сукин сын! — что она имеет в виду. Потому, сказала она, жалко и виновато улыбаясь, стесняясь и перед смертью сказать мне что-то, что может меня огорчить, — потому, что тебя унес Лесной Царь...

И я чуть не разрыдался от щемящей жалости — к ней, к себе, ко всей ее минувшей, затоптанной, изгаженной жизни.

И вот, вместо того чтобы выть от безысходной своей вины перед матерью, я сижу над свечой и думаю о Ромке, только о Ромке...

Вдруг вспомнил, что летящий снег он называл «прощенными душами». Вон, говорил, прощенные души летят... В детстве мне казалось, что он различает в устройстве мироздания что-то такое, чего не различают остальные.

Никто, кроме меня и мамы, не знал так хорошо его руку. Каждую неделю он доверял нам стричь ногти. Это единственное, чего он не мог делать сам. Остальное все делал быстро и ловко. Сейчас вспомнил случай (вот еще один укус змеи): отец очень любил лук; что бы ни ел, лук должен был присутствовать в больших количествах. Летом — зеленый, круглый год — репчатый. Я разрезал для него луковицу на четыре части, это была моя обязанность. Однажды мы поссорились, и он не стал просить меня. Я сидел за столом — там, где и сейчас сижу над валким огоньком свечи, — и язвительно наблюдал, как он справится. Не могу простить себе! Он стал у края стола, уперся «маленькой ручкой» в стол, прижал ею луковицу, размахнулся и ударил кухонным ножом. Луковица отлетела на пол. Он терпеливо поднял ее, принял исходную позу и ударил опять... Так и бился с ней, пока не перерубил.

Мне кажется, он стеснялся своей «маленькой ручки». Летом носил тенниски с коротким рукавом до локтя, чтоб прикрывал обрубок. На пляже всегда левой рукой держал обрубок правой. Он на всех фотографиях так стоит — вроде бы локоть почесывает. Так беззубые, смеясь, прикрывают рот рукой.

В детстве я любил прикасаться к «маленькой ручке»: она всегда была очень холодная — вероятно, недостаток кровообращения. Ему это нравилось, он говорил: «Согрей мне ее». Только до самого кончика дотрагиваться не разрешал — видимо, там были нервные окончания. Если же я случайно задевал, он вздрагивал, и «ручка» рефлекторно поднималась, как шлагбаум.

Его мучили фантомные боли... Ночью я открывал глаза и видел его мятущуюся изломанную тень на стене — эта картина сопровождала все мое детство: сольный теневой театр под стражей неусыпной луны. В такие ночи он маялся до утра, баюкая обрубок, расчесывая его до крови. Это мизинец чесался или ладонь, — которых не было. И тогда помогала только водка. Мама извлекала бутылку из очередного тайника и сама ее для него открывала.

В нем свернута была смертельная пружина; ее неуправляемый выхлест под действием алкоголя был опасен для окружающих и в конце концов погубил его самого. Страстный драчун — за своих, за чужих, за справедливость, по настроению, — он мгновенно закипал и мгновенно бросался в атаку. Несколько раз я видел, как отец дрался — это одно из сильнейших зрелищ, которые мне пришлось наблюдать. Левая рука у него была очень сильной — видимо, ей передалась сила правой, — но даже то, что от правой осталось, дралось не хуже левой. Это была серия резких точных

338 ударов, неожиданных для противника, которому до драки надо было еще дозреть. Ромка дозревал куда быстрее и стремился ошеломить, отключить, не дать шанса прийти в себя. Несколько раз на его драки приезжала вызванная свидетелями милиция, но обычно его не забирали: менты видели однорукого, уже погасшего после драки инвалида, с иронией смотрели на потерпевшего, крутили пальцем у виска. Впрочем, он мог и милиции врезать.

Отцовой драчливости я обязан своей относительной безопасностью в школе (все же учился среди изрядного сброда и к тому же был щуплым мальцом) — и беспощадной точностью, с какой дерутся мои петрушки.

Он всегда ухитрялся удивить меня, покорить каким-нибудь новым финтом, заманить в приключение, выкамарить такое, от чего я, пацан, замирал с потрясенным сердцем. Однажды, после особенно неистового их с мамой скандала, видимо, ощутив мое упрямое сопротивление и обиду за мать, он прилетел ко мне в школу на... вертолете. Уговорил дружка со своей заставы, и они явились в грохоте и блеске молний, как ветхозаветный Господь-вседержитель. Совершили несколько кругов над школьным двором и опустились на соседнем пустыре. И как же мы с Ромкой бежали друг к другу! Как билось мое сердце, да и его тоже — я слышал ухом, прижатым к его груди, — билось так же, как мое.

Тот полет на шумящей «вертушке» (это был «старичок» Ми-8) я часто вижу во сне.

Мы летим вдоль побережья и вдруг зависаем, будто в аквариуме: сверху тяжелый полог цинковых облаков, слева внизу — плотная маслянисто-мерлушковая шкура моря, справа до горизонта — лиственничная тайга, изрезанная полосками нефтепроводов. И когда огибаем сопку, прямо под нами открывается лесистый распадок, укромный спуск к тихой речке и огромные даже сверху, огромнейшие, серебром вскипающие тополя...

...Проснулся от удара огненных розог в небе. Оказывается, я заснул над свечой, заснул, даже не опуская головы на руки, взглядом растворившись в колеблемом, двоящемся пламени, из которого выплыла мама, вернее, ее голос... Очевидно, подсознание — или что там ведает нашими снами — благодарнее, теплее, слезливее, чем дневное сознание черствого сына. Вот, оказывается, могу плакать во сне... и плачу, с какой-то освобожденной болью, с прерывистыми детскими вздохами. Вроде бы, крутясь по хозяйству где-то за моей спиной, она говорит своим обычным тоном: «Сынок, ты бы сбегал на рынок, купил вишни. А я тесто поставлю».

И я побежал к железнодорожной станции — там на небольшой площади сгрудился наш рынок. Боже ж ты мой, сколько вкуснотищи скупил я в детстве с его занозистых дощатых прилавков: сладкий воздушный рис, палочки-тянучки, ромбики «чальтока» — корейского лакомства, по вкусу напоминавшего ириску.

И вот во сне я так зримо увидел стакан вишни на расстеленной газете. И вспомнил, что стакан этот стоит рубль и что продает его баба Настя, приехавшая сюда за мужем откуда-то из средней полосы России. Она ловко, двумя-тремя скупыми вертками, крутила кульки из газетных страниц. Я ее увидал совершенно ясно: круглое лицо с вишневой, как ягода, родинкой на подбородке, серый оренбургский платок, свалившийся с головы на плечи, гладкая сизоватая седина, парящая над горкой ягод — налитых, пунцовых до черноты, с зелеными хвостиками. А в центре, на расстеленной газете — обыкновенный граненый стакан, который одалживали у нее местные алкаши, — стакан, полный вишен.

И проснулся, разбуженный громом, — ни мамы, ни вишен, ни бабы Насти... ни моего старика Казимира Матвеевича, на которого так обижалась мама и который в награду за свои прижизненные горести получил легкую кукольную смерть: отыграв последний в сезоне спектакль, упал за кулисами навзничь, как падает марионетка из руки кукловода. Он даже не ударился — хотя и удар был бы уже нечувствителен: упал на огромный ватный горб Чудовища из «Аленького цветочка», что был нацеплен на нем вместе с клыкастой маской. («Так, Пётрэк, мастер проверяет, получилась ли кукла: бросаем ее на стол, и по тому, как она легла, определяем — живет ли кукла *своей жизнью*, вызывает ли она мысли своим обликом. Вот как в «Сатириконе» Петрония: кукла, брошенная на стол, вызывает у пирующих разговор о жизни и смерти...»)

Мой старик, между прочим, был образованнейшим в своем деле человеком — я это понял только в Питере, слушая лекции наших преподавателей. Клянусь тебе, для меня уже в то время особых новостей эти лекции не принесли. Потому что не было такой кукольной темы, которую мы с Казимиром Матвеевичем не обсудили за все эти годы.

Он, знаешь, любил меня какой-то грустной остатней любовью, не пригодившейся его убитой семье. Милосердный кукольный бог под старость послал ему меня, а мне соответственно его. Рассказывал ли я тебе когда-нибудь, как он впервые вывел меня на ширму?

Я тогда вернулся после первого своего львовского лета, совершенно контуженный младенцем Лизой. Наверное, я вообще — благодатный материал для любого психопатолога, но в детстве мои странности кустились какими-то огромными мечтательными лопухами (какие, кстати, растут здесь в изобилии, и местное население готовит из них вкуснейший салат).

Я вернулся из Львова в тяжелом состоянии: перестал спать и практически ничего не ел, в тихой панике представляя, как — в магазине, на улице, в парке — ее оставляет одну в коляске очередная няня, и ужасный темный, горбатый, лохматый... протягивает огромные заскорузлые лапы... Много позже пытался разобраться — что это было, что случилось со мною в возрасте восьми лет? Как назвать эту жгучую смесь восторга и тоски: восторга перед шедевром Главного Кукольника, а тоски — от невозможности смотреть на нее, не отрываясь... Как обозначить это неукротимое стремление быть рядом с бессмысленным и бессловесным младенцем, не способным еще на ответные чувства? И знаешь, не могу придумать более убедительного, более для себя утешительного объяснения, чем — любовь. А от каждого, кто попытался бы навесить на меня тот или другой комплекс или чего похуже, я бы только с презрительным недоумением отвернулся.

Каждый день после школы я взбегал по шаткому деревянному виадуку, соединявшему Нижний город с Верхним. Когда под ним проходили железнодорожные составы, он сотрясался в мучительных, почти человечьих конвульсиях.

Там, на взгорке, откуда открывалась вся бухта, ослепшим маяком стояла забытая всеми афишная тумба, тихо шевеля на ветру полусгнившими бумажными лоскутами...

Я часами стоял там и смотрел в голубую пустоту мира, неизвестно чего ожидая. Мир казался мне бес-

342 человечной бездной между мной и моим идолом, ее кудрявой головкой такого ликующего цвета, что едва я закрывал глаза, как она вспыхивала беззвучным салютом в роящейся искрами темноте. К тому же продолжала лететь распластанной птицей и никак не хотела во мне погаснуть ее миниатюрная, как девочка, мать, в своем решительном рывке с подоконника в небо. Я и сам — прости, Господи! — был близок к тому, чтобы прыгнуть прямо в небо, хоть бы и с деревянного виадука...

Сейчас подобное состояние ты бы назвал депрессией и прописал таблетки. Тогда никому и в голову не пришло тащить меня к врачу. Просто я был «какой-то снулый», по словам мамы. А вот Казимир Матвеевич — тот своим бывалым сердцем сразу учуял беду в первую же субботу, когда я к нему приехал.

— Сыну... — спросил он, внимательно меня изучая. — Ты мне слишком смирный, сыну. Что тебя пришибло? Ты там кого-то встретил?

Я кивнул, опустив голову.

— Это девочка, — сказал старик.

И я снова кивнул.

— И что, она тоже призналась тебе?

— Н-нет... — выдавил я. — Она не может говорить.

— Матка боска! Она немая?!

— Н-нет... Она... она очень маленькая, — выговорил я с трудом. — Она такая маленькая... как кукла.

И разрыдался.

Старик крепко меня обнял, и я трясся в его объятиях долго, сладко, целительно — (Казимиру Матвеевичу пришлось даже сменить рубашку), — так, что из меня вытопилась, выхлестнулась вся печаль.

Он решительно заявил, что нюни разводить совсем некогда, потому как не плакать надо, а деньги зарабатывать, деньги на «другое лето». Так поступают все взрослые мужчины, сказал он. Зарабатывать — это мужская задача, и зарабатывать следует тем, что умеешь делать. Ты, Пётрэк, сказал он, будешь мне ассистировать.

И в первые же — осенние — каникулы взял меня в недельную гастроль по острову.

Мы выступали в Корсакове, Александровске, Невельске и Холмске. Во дворцах пионеров, в школах и детских садах... С его стороны это вовсе не было благотворительностью. Он принял меня в рабочую артель, предварительно обговорив мои обязанности и мой заработок. Мы были равноправными членами артели — я и он. Я работал как черт: таскал сумку с реквизитом, расставлял ширму, навешивал «фартук», подготавливал кукол; я даже некоторых водил!

Короче, за каникулы я заработал огромные деньги — тридцать пять рублей; мы их спрятали в самое укрытное место: в шляпу Хабалки. Теперь мне ее глумливая физиономия казалась исполненной благодатной возвышенной тайны...

Как раз во время этой первой в моей жизни гастроли старик продемонстрировал фокус чревовещания. Он называл это «желудочным голосом». Мы ночевали в гостинице в Александровске, хотя вообще-то предпочитали ночевать по знакомым — все ж экономия. Но в Александровске у Казимира Матвеевича хороших знакомых не оказалось, так что пришлось разориться на две койки в четырехместном номере. И так нам повезло, что двое командированных, едва мы вселились, разъехались восвояси, и мы оказались в раю: ни тебе пьяной блевотины, ни аромата грязных носков, ни всенощной по каким-то договорам, ОТК, припискам и выбраковкам.

Дина Рубина

344   Казимир Матвеевич приготовил ужин — мы вози-
ли с собой кипятильник и кастрюльку, умудряясь, несмотря на запрет администрации, и картошку в номере варить, и яйца. Ведь нашим главным девизом было:
экономия на всем!

Когда уже погасили свет и легли и мой старик, как
обычно, вначале храпанул во всю ивановскую, а потом
тихо заурчал, как мотор, работающий вхолостую, вдруг
чужой голос в темноте — гнусавый, *подземный* — тихо
и хитро проговорил над моим ухом: «Я детина небога-
той, а имею нос горбатой, и зовут меня Фарно́с —
красной нос».

Я взвился с жалобным воплем и кинулся к выключателю. И когда комната озарилась сиротским светом обсиженной мухами гостиничной люстры, оказалось, что старик сидит на кровати и смеется. И тот же
голос, не имеющий отношения к нам обоим, продолжал
откуда-то, со стороны окна... нет, с потолка!.. нет, от двери: «Я три дни надувалса, а как в танцевальны башмаки обувалса да колпак с пером надел, так полны штаны
и набздел».

— Кто там?! Где это?! — заорал я, крутанувшись
юлой.

А Казимир Матвеевич:

— Тихо, тихо, Пётрэк. А то менты набегут. Это шут
Фарно́с, Красной нос, прапрадзядэк русского Петрушки. Не ищи, не ищи... его и под кроватью нет. Ты
слышишь — нет его; он жил в XVIII веке, шутом был у
русской царицы Анны Иоанновны. Не веришь? Я тебя
не разыгрываю. Итальяшка, буффон в труппе дель арте,
там есть такая маска — Петрилло. Пьетро Миро Иозеф
Регальский... Жуткий пройдоха был: и трактирщик, и
ростовщик, и шут... А то, что ты слышал, то ест — вент-
рология, чревовещание. Разговор желудком, не голо-
совыми связками. То ест искусство тонкое, искусство

жрецов, колдунов — тех, кому надо напугать человека, заставить его слушаться. Волшебница Эндора так предсказала гибель еврейскому царю Саулу. Говорила желудком, а он считал — то подземный дух пророчит. Поверил. И погиб в битве с филистимлянами. Потому нельзя тем щеголять, то опасно! Вот, иди-ка сюда... Стань прямо. Смотри на меня... Что у нас находится внутри? Мно-ого чего. Здесь — голосовые связки, здесь — трахея, пищевод... потом желудок. Между пищеводом и желудком — кольцо, и ты это держи в уме, пригодится...

Я стоял перед ним тощим солдатиком, в трусах и в майке, а он ворочал меня, нажимая большим пальцем то на цыплячье горло, то на диафрагму, то на живот, объясняя законы извлечения звука при помощи гладкой мускулатуры внутренних органов. Вдохни, говорил он, напряги мышцы живота и задержи дыхание... А теперь выдохни... И я задерживал дыхание, и напрягал живот, выдыхал ртом и выдыхал носом, и кажется, даже пукнул разок от усердия...

Разумеется, у меня ничего не получалось, ничего, кроме писка и мычания, из меня не вылетало, но я уже мечтал, как заговорю перед мамой таким же утробным гнусавым голосом и как она сначала испугается, а потом всплеснет руками и захохочет...

...Позавчера я обихаживал всех своих покойников. Местное кладбище находится на высоком холме над морем. Помнишь, у Свифта — летающие острова? Когда я прочитал в детстве эту книгу, у меня перед глазами возникло наше кладбище: мне всегда казалось, что по ночам оно поднимается в небо и летает там до утра. Может быть, потому, что над памятниками, крестами и пирамидками облака всегда проплывают особенно стремительно.

Уже занималась метель: в порывистом свежем ветре снег мягко обволакивал, забивался в складки одежды, таял на лице...Запах тающего снега в свежем ветре и был для меня в детстве — запахом метели. И вот, прикручивая непослушной отверткой подновленное фото Казимира Матвеевича к истертой ветром плите гранита, я думал, как хорошо здесь, как вольно лежать. Мало где людские души могут так славно парить над тяжелой водой.

Я ведь и души умерших представляю себе прозрачными куклами, вновь взятыми Всевышним на службу. Так и вижу, как мой старик уносится вверх в окружении целой свиты своих «лялек». Впрочем, вру: своих кукол он завещал театру: одна лишь Хабалка путешествует со мной повсюду.

Между прочим, знаешь ли ты, кто спрятал кукол Казимира Матвеевича, когда его посадили, и хранил все годы его отсидки, а потом пересылал ему посылками, едва тот перебрался на Сахалин? Моя Бася, моя любимая Бася. Вот еще одна моя тоска.

Бася, тихо угасавшая на больничной койке, сердившаяся, когда я прилетал ее повидать (*«Не трачь на мне часу и пенёнзы, Пётрусю, бо естешь таки бедны и таки бардзо заенты!»*[1]) — ведь это она спасла нас, меня и Лизу, одной только фразой, произнесенной серыми, почти мертвыми губами, уже не боясь оговорить, оклеветать, ничего уже не боясь, даже смерти.

Со смертью у нее были свои отношения...

---

1   «Не трать на меня время и деньги, Пётрусю, ты такой бедный, и такой занятой!» (*польск.*)

Однажды она рассказала мне историю, к которой потом не возвращалась никогда, несмотря на то что я прилип к ней как репей и донимал расспросами: меня в любом сюжете всегда интересовали только детали. Басин рассказ меня заворожил, ослепил до того, что я довольно долго боялся засыпать, и она должна была сидеть рядом, кляня свой язык, держа меня за руку и напевая какие-то дурацкие песенки времен ее молодости, чтобы отвлечь мое внимание от этой истории.

А история такова: война, Львов оккупирован немцами, и она, Бася, стоит на браме, так как вышла глянуть — будет ли дождь, то есть вывешивать белье на чердаке или на балконе? И видит она, как в конце улицы выныривает откуда-то и бежит к ней совершенно голый мальчик лет пяти-шести... Она говорит, что даже глаза закрыла — не поверила, что это не сон. Но потом глаза ей пришлось открыть, так как он добежал до нее и стал просить его спрятать. И она испугалась. Она побоялась спрятать ребенка у себя; навалился, говорила, такой ужас, такой ужас горячий... аж мороз по сердцу! И она посоветовала мальчику спрятаться в канализационном люке поблизости, даже сама помогла поднять крышку и помогла туда спуститься. Не успела отойти к браме, как видит: бегут от Лычаковского двое.

Подбежали, спрашивают: «Матко, гдже дзецко?» И она, трясясь от страха, махнула рукой дальше — мол, туда побежал... Постояла еще минут десять, дожидаясь, чтобы те скрылись из виду, потом подождала еще минут пять — не вернутся ли снова... Наконец пошла и отодвинула крышку люка...

Потом она плакала и повторяла: «Ты веришь мне, что прошло минут двадцать, только несчастные двадцать минут! Ты мне веришь?» И говорила, что, пока она стояла и ждала, чтобы скрылись те двое, она уже придумала, куда отведет мальчика и во что его оденет, ну и все такое... Короче: когда она подняла крышку люка, она увидела обглоданный крысами трупик ребенка. «То быу жидэк», — пояснила она...

Я тогда ничего не знал о Холокосте и буквально оледенел от ужаса. И долго в моих снах меня догонял голый мальчик и умолял спасти его, спрятать. Потом уже, гораздо позже, Басин рассказ обрел подлинный смысл, еще более ужасный. Я и в юности, знаешь, блуждая по львовским подворотням и темным уголкам, иногда останавливался и, глядя на слуховое оконце какого-нибудь чердака или залепленное паутиной и мусором окошко сырого и вонючего полуподвала, думал: вот здесь его можно было бы спрятать... Его... их... многих, многих, если захотеть...

Думаю, был какой-то страшный перелом в сознании, в представлении о мире у этой робкой женщины, если она преодолела свой страх настолько, что стала совершать неслыханные, невероятные вещи. Я имею в виду ее героическую деятельность по спасению детей, о которой мне рассказывала вовсе не она, а мама, и гораздо позже.

К сожалению, сейчас уже не выяснить деталей — как, например, она вышла на митрополита Шептицкого. Но полагаю, все через те же ее полотняные, льняные, крахмальные связи — она ведь многих обстирывала. Знаю только, что единственный человек, которому она открылась, был мой дед; тот смастерил ей такую хитрую тачку на колесах, якобы для перевозки белья. Под днищем этой тачки было еще одно дно, где мог спрятаться ребенок. Такой вот ящик Пандоры, тележка фокусника. В нем Бася и вывозила еврейских детей из гетто и отводила к Андрею Шептицкому — изрядный фокус, за который ее повесили бы в два счета, — а тот их прятал по монастырям.

Ты видел когда-нибудь фотографию этого человека? Она стояла у Баси на комоде. Внешность незабываемая: огромный седой орел в инвалидном кресле — белая грива, белая борода. Трагическая, между прочим, фигура: ведь он приветствовал Гитлера, когда тот пришел к власти, — ему казалось, что грядет избавитель от большевиков. Но когда начались массовые убийства евреев, Шептицкий понял, какому монстру пел осанну: видимо, это произвело переворот в его сознании. Он изрядно спас народу, пряча людей по монастырям или в соборе Святого Юра...

Но я, собственно, не о нем. Я — о Басе. Говорю — она и нас спасла. Одной только фразой оглоушила, встряхнула меня, заставила вырвать Лизу из грязного гетто ее дома.

Борька, ты ведь знал ее отца? Тадеуша Вильковского все знали. Он был, пожалуй, самым известным во Львове адвокатом по уголовным делам, членом коллегии адвокатов. Куртуазный, остроумный господин в безукоризненно отглаженных Басей сорочках. Великолепным был рассказчиком. Говорил с едва заметным польским акцентом, пересыпая свою речь латинскими фразами, не забывая их перевести. Кое-что даже я помню: «Ubi uber, ibi tuber» — «Где изобилие, там порок»...

Что касается порока — он был им пропитан, как ромовая баба — ромом. И если б я сам был по этой части более опытным... понимаешь? — если б я сам был не тем, чем я был, да и есть, а *нормальным взрослым мужиком*, переспавшим хотя бы с десятком блядей, — я бы раньше учуял этот запашок... Гораздо раньше. И без Басиной помощи.

А тогда я просто мысленно определил его в *подземные...*

Ты ведь знаешь мои странности. Я с детства умел различить эту породу... даже не могу произнести — «людей». Это тролли такие, подземный народец, с любопытством исследующий жизнь человека. И когда предоставляется возможность просверлить в человеке дырочку и заглянуть к нему внутрь, и пощекотать там палочкой или травинкой, или воткнуть щепку поглубже, чтобы ранить, или плюнуть в эту сокровенную рану, так чтобы человеку скрутило кишки, — они этой возможности никогда не упустят.

Я говорю не о добре и зле, ибо они и сами существа другого состава, и мир вокруг них определяется другими категориями. Ты вот знаешь, что яблоко, лежащее на прилавке, — оно продается, оно стоит денег, и если у тебя нет этих денег, то взять его просто так нельзя. Кроме того, ты знаешь, что хозяин яблока хочет его продать и заработать, и уехать домой с прибытком, и купить подарки детишкам... А эти, *подземные,* они думают только о том, какой румяный у яблочка бочок и прозрачная кожица, и есть ли кислинка в нем, или оно такое сладкое, что сок чудесно смешивается во рту со слюною... Ничего в этом нового нет. Это библейская притча о бедняке и овечке — та притча, которая никогда никого из *подземных* не трогала.

У меня с Лизиным папашей всегда были сложные отношения. В детстве он гонял меня, как приблудного пса, если я попадался ему под ноги. Однажды — мне было лет тринадцать — даже побил меня зонтом. Он припозднился, а я слишком рано явился, в надежде, что он уже ушел. Ну, мы и столкнулись в браме.

В свое время я был влюблен в их дом, очарован

им... Там было множество «кукольных» старинных вещей, с каждой из которых можно было играть спектакль, сотни придуманных пьес. Театр, как и положено ему, начинался... с вешалки в прихожей. Там был бронзовый фавн, несущий на голове широкий поднос, на который клали шляпы и шарфы. В углу стояла бронзовая дева, высоко над головою держа полную летнюю луну — стеклянную матовую лампу, всегда горевшую янтарным светом. В свете лампы сияли две обнаженные бронзовые грудки с начищенными до огневого блеска сосками; сияли мягкие бронзовые складки ее греческого хитона и три бронзовые — штопором — кудри на голом плече.

В зале возле книжного шкафа стоял шахматный столик того же, что и шкаф, красного дерева, со столешницей, инкрустированной слоновой костью, в виде шахматной доски.

Не знаю, кто играл в шахматы в этом семействе... Готовым к атаке войском выстроились на линии белые и черные. Белые — слоновая кость, а черные, вернее, вишневые, — деревянные, резные. Но самым пленительным были не шахматы, а высокая настольная лампа, произраставшая из столика. Вокруг ее ноги, как змей вокруг райского дерева, обвилась миниатюрная лесенка! И надо было видеть, какими ликующими бликами вспыхивали бронзовые шишечки на резных балясинах перил, когда лампу включали.

На этой лесенке были разыграны мои лучшие пьесы.

Знаешь, кто больше всех любил их? Ева, Лизина нянька, недотепа и прошмандовка, — добрейшая девка, не только терпевшая меня в доме целыми днями, но и кормившая меня и всячески опекавшая. Мы с ней были большие друзья. Говорила она на забавной и густой смеси польского, украинского и русского: гордилась своим стойким успехом у русских солдат, считала,

что знает их язык досконально, поэтому и мат упо-
требляла свободно, в равноправном ряду прочих быто-
вых слов. Еще у нее были два любимых словечка: «Гра-
тулюю!» — в смысле «Поздравляю!» — и загадочное, в
знак восторга: «Эвентуально!» Когда уставала от шума
и буйной возни, от нашей беготни по комнатам, она
кричала: «Хватит! Грайте чинно, а ну! Пётрэк, давай
театр!» Притаскивала из прихожей скамеечку с пух-
лым стеганым сиденьем из вишневой кожи и усаживалась перед шахматным столиком, обеими руками стис-
кивая на высоких коленях взопревшую дикую Лизу.
Как она смотрела! Каким гениальным зрителем была
наша Ева! Волнуясь преданным лицом, следила, как по
витой лесенке взбирается белая королева, оперным
голосом завывая: «О, горе мне, горе! Что делать! Я
влюблена в черного короля, и мой муж заточил меня
в башне!»

На грустных пьесах она плакала. Клянусь тебе: настоящими слезами. Эвентуально!..

...Так вот, мы с Лизиным отцом однажды столкнулись в браме. Он раза три уже предупреждал меня, чтобы я не крутился возле Лизы. И я его понимаю: мне бы
тоже не понравилась необъяснимая привязанность
мальчика-подростка к моей пятилетней дочери... Поэтому я всегда стерег из-за угла момент, когда, элегант-
ный, выбритый до латунного блеска (ежедневно брил-
ся у своего парикмахера), он удалялся по улице,
оставляя за собой — как женщина — шлейф парфю-
мерных запахов.

Но в тот раз я не рассчитал. И мы столкнулись.

Перед тем как огреть меня, он перехватил зонт по-
удобнее, чтобы колотить именно тяжелой деревянной
ручкой. Обстоятельность нападения, расчетливость

ударов, в сопровождении всех этих *пся крев подонок мразь лайдак держись от нее подальше...* — вот что меня поразило. Он знал, что может действовать безнаказанно: кто бы за меня заступился? Бася? Теперь я понимаю, что составляло основу характера этого человека: осознание полной своей безнаказанности — одна из типичных черт *подземных...*

Но я отвлекся. Так он и гонял меня — до определенного времени. И дело не в том, что, когда я вырос и окреп, он стал остерегаться распускать руки. Нет, тут другое, другое... Дело не во мне, а в Лизе. В Лизе, которая в один чудесный момент вдруг выросла.

Она выросла именно «вдруг», за какой-то короткий отрезок времени, будто проглотила волшебную таблетку, что добавила ей не только росту, плоти, ума... а полностью ее преобразила. Приехав после незначительного отсутствия, я увидел ее, обомлел и... испугался. Я всей кожей ощутил ее новую абсолютную беззащитность. Это была незащищенность сироты, за которой некому присмотреть. Такая бесшабашная безмозглая доверчивость ко всем и во всем, которая только и бывает у девочек, воспитанных не мамой, а черт знает кем. У этой девочки не было мамы, Борька. Ее мамой был я, но, как выяснилось, моего беспокойства и грозной охраны было явно недостаточно.

Помню тот тревожный приезд. Ее отец, к тому времени постаревший, но все еще — как это говорилось у нас — *интересный*, так и сыпал «забавными» историями из своей уголовной практики. Самые страшные преступления в его устах выглядели смешными выходками придурков.

— ...И вот так они квасили — бабушка и внучка, — пока не кончилась выпивка. Тогда девица потребовала у бабули продолжения банкета. Мол, гони, любимая бабушка, денежки, я сбегаю на угол за бутылкой...

Он рассказывал эти истории за обедом. В то время я был уже допущен (вероятно, за выслугой лет) не только в дом, но и за обеденный стол. Со мной здоровались за руку, мне говорили «вы», мне адресовали особенно пикантные анекдоты.

— Старуха уперлась: видимо, денежки были спрятаны в укромном местечке, и она не хотела, чтобы дылда узнала, где те лежат... Тогда внученька рассвирепела и стукнула бабку по кумполу. Старуха брыкнулась на пол, и вот то-о-о-гда-а-а... тогда и начинается самое интересное. Ведь что интересно: как один человек может забить насмерть другого таким невинным оружием, как каблучки-шпильки...

Все эти дивные истории рассказывались при Лизе; она в них выросла, как вырастают беспризорники в каких-нибудь ящиках с пищевыми отбросами, грязными тряпками и использованными презервативами. Однажды я невежливо оборвал некую захватывающую тошнотворную балладу об изнасиловании вокзальной шлюхи тремя солдатами в самоволке.

— Тадеуш Игнацевич! — взмолился я. — Вы уверены, что Лизе надо все это слышать?

Он захохотал, подмигивая дочери, кивая головой в мою сторону: мол, эх, простота, ну какие у нас жеманности...

— Лиза привычная, — проговорил он, отсмеявшись.

Я мрачно огрызнулся:

— Очень жаль!

Лизе было тогда лет пятнадцать.

И примерно с того же времени в наших отношениях с Вильковским возник дополнительный странный, едва ощутимый мною привкус. У него в разговоре появился некий заговорщицкий тон, будто между нами тремя происходило... вернее, не происходило еще, но готовилось, подразумевалось, что может произойти... Боюсь, не смогу обозначить словами эти мимолетные взгляды, брошенные на меня и на Лизу по отдельности и вдруг поволокой маслянистых глаз нас объединявшие: так шаловливая рука проводит по зеркалу мыльным помазком, заключая в шутливое сердечко двоих, отразившихся в нем.

Его руки — вот что всегда притягивало мой взгляд. Много лет спустя я даже захотел воссоздать эти руки у одной из своих *подземных* кукол, но не решился: Лиза бы их узнала. Это были женские руки — такой, знаешь, крупной, холеной развратной бабы: длинные полные пальцы сужались и сходились к подушечкам, которых почти и не было. У меня перед глазами его острые пальцы, сладострастно трепещущие над блюдом с пирожными: стрекозье подергивание на предмет — какое же выбрать. Казалось, сейчас они вонзятся в пирожное, как вилы в бок, как острог — в проплывающую в ручье форель...

Это счастье, Борька, что ничего, ничего в Лизе от него нет. Она — вылитая мать, что пугает меня, и очаровывает, и парализует; может быть, поэтому никогда и никто не заставит меня снять квартиру выше первого этажа...

Но я все время заговариваюсь: это метель меня кружит, белая сволочь; пурга, что грозно и бесстрастно мечется за окном...

Так о чем я? Да; он стал задерживать взгляд на нас обоих. Как будто мы вызывали в его голове какую-то забавную плодотворную мысль, какую-то увлекательную комбинацию, нечто полезненькое на будущее. И я не мог — при всей своей дьявольской чуткости и мнительности, — никак не мог определить, что там булькало. Раза три ловил его тягучие бархатные взгляды, когда — уже одетая, на каблучках, расчесав эти свои пламенные кудри, — Лиза выскакивала в прихожую и повисала у меня на шее. Однажды я встретил такой его взгляд, направленный ей в спину, и инстинктивно отшвырнул его.

В то же время я тяготился своей тяжелой неприязнью, корил себя, убеждал — все же это был Лизин отец... Что ж, говорил я себе, вероятно, все отцы так смотрят на вырастающих дочерей — взыскательно любуясь. Если б у меня была дочь, я бы тоже ее любил. Я бы свою дочь обожал, если б она у меня была! Ты просто дурак, говорил я себе, ревнивец, неутоленный волк, неврастеник: в чем ты смеешь подозревать отца! отца!!! Ужасно меня это мучило: я сам и мои — как считал я — «грязные мыслишки».

И однажды мы с ней вернулись в страшный дождь — мокрые, окоченелые. Лило как из ведра, да еще зонт у нас сломался...

Лиза поставила чайник на плиту и, обмотав головы полотенцами, мы сели чаевничать, как два падишаха — в махровых чалмах. Мне еще предстояло добираться к Басе, и Лиза уговаривала меня не экономить, а вызвать такси, чтобы не простудиться по дороге.

Тадеуш Игнацевич, сидя за пасьянсом в своем вельможном халате, вдруг проговорил, не отрывая глаз от карт, легко и просто:

— Да оставайтесь у нас ночевать, Петя. Что за проблемы.

Я никогда не оставался там ночевать. И дело не в том, что третьей кровати или сколько-нибудь пригодного канапе, топчана, раскладушки там не было. Дело в том, что Лиза выросла. Понимаешь ли ты: она выросла; и когда я думал, *насколько* она выросла, у меня начиналось сердцебиение...

Странно, что при моей биографии, моей профессии, моем цветистом и более чем вольном актерском окружении я, пребывая в эпицентре романов, мимолетных общежитских женитьб-разводов, да и просто ошеломительного распутства, оставался — во всем, что касалось Лизы, — чопорным идиотом, ханжой, блюстителем нравственности. И, по этому моему деспотическому кодексу, кавалерам полагалось провожать девушку до дому и топать восвояси. Я сам это всегда демонстрировал. Моя приятельница, актриса Ленинградского ТЮЗа Людка Растолчина (кажется, одно время она была ко мне неравнодушна), называла меня «сироткой Хасей» и, когда поддавала (была склонна к загулам и впоследствии спилась, бедняга), начинала злобиться и откровенно надо мной издеваться, обзывая импотентом, блаженным, «божьей коровкой»...

Да, у каждого свои странности. У меня — Лиза. Слишком много лет, сидя где-нибудь в сотнях, в тысячах километрах от нее, я жгуче наглядно представлял себе, как за ней приударяют шустрые ребята. И приударяли, будь уверен. Особенно когда ее приняли в кордебалет варьете на Высоком замке. Ну ничего: я приезжал и бил всех по списку. Список по моему требованию составляла Лиза. Она вносила в него — на всякий случай — «всех, кто посмел...». Помню забавные пункты, вроде: «5 октября Колпаков сказал мне: «Шерше ля фам»... или: «12 мая, когда я вышла из раздевалки, Гуревич Мишка подскочил и сказал на ухо: «Какой фасон трусов нынче носят в Париже?»

«Ля фаму» я отпустил грехи, черт с ним, а вот пакостник Гуревич за трусы больно ответил... Сезон-дру-

358 гой, и к Лизе больше не решался подвалить ни один козел: руки кукольника — они ведь неутомимые. Да, я —
монстр, тюремщик, дуэнья, придурок, ханжа... Но я ее,
знаешь, правильно воспитал. Она — хорошая девочка,
Борька.

— Нет, я пойду, — ответил я, стараясь не смотреть
на Лизиного отца. Я всегда старался избегать его насмешливого взгляда, чтобы не взбеситься. Взглянешь
человеку в глаза, и потом полночи думаешь — что ж
это так его во мне рассмешило?

— Оставайтесь, оставайтесь... Вон как льет!

— Но... где же я лягу? — спросил я в замешательстве.
В зале у них так тесно стояла великолепная старая мебель красного дерева: столики, секретер, горка, кресла...
Даже если б я собрался растянуться на ковре, то пришлось бы изрядно потрудиться с перестановкой мебели.

— Так у Лизы тахта широкая, — ласково проговорил папаша, впервые поднимая глаза от пасьянса. —
Как-нибудь поместитесь.

И тут наши с ним взгляды встретились.

Не могу тебе описать, что там роилось, под этими
припухшими веками: все *подземелье*, все ненавистное
мне *подземелье* повысунуло рыльца и томительно ими
поводило в ожидании сладенького. И затаенное пред-
вкушение, намек на сообщность... подталкивание... нет,
не сумею описать этой вонючей, этой горючей смеси!..
Чего он добивался, приглашая взрослого мужика в постель к своей шестнадцатилетней дочери? Каким таким зрелищем собирался насладиться в щелочку, в замочную скважину, из-за портьеры или как там еще?

Я оглянулся на Лизу. В этой съехавшей на ухо чалме из полотенца у нее был ошеломленный, озадаченный
вид. Она, которая — ты помнишь — всегда устраивала

дикий бенц, провожая меня на самолет или на поезд, вопя, чтобы я «взял ее с собой!», в конце концов, была в то лето лишь стремительно выраставшим подростком. Пусть ласковым, пылким, лукавым, но все же подростком. Я даже не уверен, отдавала ли в тот период она отчет в своих чувствах ко мне, думала ли о них, называла ли как-то их мысленно.

А уж в том, что моих мучений она и представить себе не могла, я просто уверен. И я был совершенно прав, дожидаясь ее так долго, хотя сейчас не понимаю, как мне удалось уцелеть и не спятить.

Мне ужасно не хотелось уходить. Но я снял с головы полотенце и поднялся.

— Ложись спать, детка, — мягко сказал я ей. Надел в прихожей свои мокрые туфли, вышел в обвальный дождь и шел пешком до Баси, чтобы промокнуть насквозь и устать, как собака, а потом лечь и не думать, не думать ни о чем.

Да, но я — о Басе. Я все время о Басе, о Басе, которую, уезжая, оставил еще вполне бодрую, самостоятельную, а приехав по Лизиной телеграмме, застал буквально на последних минутах. Она уже не говорила, была под уколами, дремала... Она уходила...

Но едва я присел на кровать и поцеловал ее серое плоское лицо, она вдруг открыла глаза и выдохнула: «Пётрэк...»

Она узнала меня. И когда я забормотал обычные в таких случаях бессмысленные, жалкие, нежные уговоры «не глупить», «держаться» и все такое, она нетерпеливо качнула головой, чтобы я замолчал и послушал. Я наклонился к ее губам и услышал буквально следующее:

— Лизу... Лизу хватай, бегите... от людоеда...

Почему, Борька, вместо того чтобы принять эти слова за предсмертный бред — что было бы наиболее разумным, — я принял их за указующий перст небес? «Учекай от людожерцы...» Знала ли Бася нечто о Тедди Вильковском, что считала невозможным унести с собой? О чем собиралась предупредить меня?

Я припал к ней и крикнул в ухо:

— Почему, почему?!

Она уже не отвечала.

Сейчас даже думаю — а была ли Бася жива тогда, когда шевельнула мертвыми губами, произнося эти слова, или послала мне знак уже с другого берега, уже отлетая и по-прежнему болея за меня своей горчайшей ангельской душой?

Минут через пять подошла сестра и равнодушно проговорила: «Померла...»

Помнишь наш разговор в кавярне на Армянской? Он произошел два дня спустя после Басиных похорон, и в то время, как ты уговаривал меня «все взвесить» и «не торопиться», Лиза была уже в Питере: я отправил ее первым утренним поездом, с Басиным ридикюлем в руках, похожим на допотопный акушерский саквояж. Самому мне нужно было еще остаться — сдать Басину квартиру в жилищную контору, продать кое-какую мебель, остальное раздать соседям...

Да, я отправил Лизу на рассвете, после ужасной сцены, произошедшей между мной и Вильковским.

Я ведь сразу примчался к ней, едва Басю накрыли простыней и увезли.

Почему последние ее смертные слова произвели на меня такое сокрушительное впечатление, я не знал, но все мое нутро возопило и отозвалось этим словам: все мои подозрения, инстинктивная брезгливая ненависть к Вильковскому, мои ночные кошмары (где это видано, чтобы сны о любимой заканчивались не тем, чем положено им заканчиваться в молодости, а воплем ужаса?) — все это вдруг слилось и воплотилось в предчувствие ближайшей и неотвратимой опасности.

Много раз потом я прокручивал в уме этот вечер, словно мне предстояло поставить его на сцене (ибо — уж извини мой «профессиональный сдвиг» — он был очень *кукольным* по своей ино-реальности); я так и этак прикидывал, как можно было бы поступить иначе: почему не дождаться утра, например, все продумать, составить толковый план, не переть на рожон, обмануть, в конце концов. Обмануть ради Лизы... И видел, что поступить иначе не мог. Возможно, в тот вечер я был просто невменяем.

Я вбежал в браму Лизиного дома, без передышки взлетел по лестнице на последний этаж и припал к кнопке звонка.

Дверь открыл сам Вильковский. Он был, как всегда, в своем халате — в этом умопомрачительном, со стегаными шелковыми отворотами халате британского министра на покое... То ли нездоровилось ему, то ли он был сильно не в духе, то ли уже собирался лечь, — халат был небрежно запахнут и не подпоясан, будто он только что его накинул.

К тому времени, после нескольких откровенно неприязненных перепалок, мы с ним пребывали в состоянии «холодного нейтралитета». Судя по всему, он уже понял, что ситуация со мной и Лизой гораздо сложнее и глубже, чем он предполагал, и что я представляю большую опасность, чем он думал.

— Где Лиза? — коротко спросил я.

362   — Добрый вечер, если не возражаете, молодой человек... — проговорил он, глядя на меня исподлобья. Возможно, я его разбудил. — Хорошие манеры — прежде всего. А Лиза... где-то тут... поищите... — И удалился к себе...

— Лиза! — крикнул я.

Она медленно отозвалась из глубины квартиры:

— Э-э-эй!

— Лиза!

— Иди сюда, — позвала она истомленным голосом сквозь плеск в гулкой тишине.

И я пошел на голос, уперся в дверь ванной и пробормотал в эту дверь сдавленным горлом:

— Бася умерла...

Она там охнула, заплакала и сказала:

— Войди...

Я толкнул дверь и вошел. Сердце у меня закатилось в горло, как бильярдный шар в лузу, и там застряло.

Она сидела в ванне, перед двумя глянцевыми островками приподнятых колен, глядя на меня милыми мокрыми глазами, — будто ничего особенного не было в том, что она сидит передо мной обнаженная, прикрытая одной лишь пенной водой. А я-то решил, что она тут — как обычно — накладывает на ресницы последние перья своей дикарской туши.

— Ты... с какой ста... — забормотал я, мгновенно вспотев и похолодев, и опять покрывшись испариной. — Бася наша... только что... надо завтра место на клад... — и заорал:

— Почему ты не заперла дверь?

— Дай полотенце...

Я подал ей полотенце; она окунула в него лицо и горько заплакала. Она любила Басю. Мыльная вода качалась, кружилась и лизала ее голые плечи, на которых лопались крошечные пузырьки. Волосы, черные от воды, облепляли маленькую изящную голову Коломбины, свисая, как водоросли, в кружевную мыльную пену.

Последний раз я видел ее голой в три годика. Ева, ее нянька, не всегда умеющая совладать с Лизиным темпераментом, просила помочь «искупать эту зассыху».

— Намыливаем складочки! — говорила она, энергично растирая девочку мочалкой. — Все ее складочки намыливаем! — Затем командовала мне: — Смывай! — Тогда я включал душ и поливал Лизу сверху. А та стояла в ванне, выкатив толстый живот, похожая на боровичок под малиновой шляпкой, — и безобразничала: в диком восторге топала ногами по воде, чтобы забрызгать наши с Евой лица.

— Почему... — задыхаясь, повторил я, — почему ты не запираешь дверь?

— Зачем? — спросила она с заплаканным лицом.

И словно в ответ на этот вопрос, дверь открылась, ее отец просунул голову внутрь и сказал:

— Ты опять брала мои маникюрные ножницы и не положила на место!

— Извини. Они на кухне, в пуговичной коробке, — отозвалась дочь. — Папа, Бася умерла.

— Прискорбно. А мои ножницы брать не смей.

Меня тут словно и не было... Похоже, я пребывал в сумасшедшем доме. Или в раю? Только вот потрепанный патриций в роскошном халате мало походил на Адама, тем более на Адама до грехопадения, если ему самому казалось вполне уместным мое здесь пребывание... А я, с пяти лет приученный своей старомодной опрятной матерью, выращенной истовой католичкой Басей, что купание — интимное дело каждого человека и что обнаженное тело — это сокровенная ценность, к которой допущен может быть только тобою избранный... — я чувствовал себя каким-то замшелым придурком.

Насмешка над тем, что он, подчеркнуто выпячивая губы, называл «чуйствами»; ироничное пренебрежение любыми границами, любыми запретами исходили от Лизиного вальяжного отца, пропитывая сам воздух этого дома. Кружащая опасная легкость превращений, проникновений, извращений носилась в воздухе, проникая в душу, как отрава, — так сырость проникает в легкие, вызывая чахотку.

— Ты что... никогда не запираешь двери ванной? — тихо спросил я с беспомощным истеричным упорством. — И к тебе каждый может наведаться?

— Не каждый, а папа, — сказала она просто, высовывая руку из воды и кладя полотенце на край раковины. — Он вообще любит смотреть, как я купаюсь.

— Что?! — от пара, вероятно, я близок был к обмороку.

— А что? — недоуменно повторила она с простеньким выражением лица. — Что тут такого? Я ему маму напоминаю...

Вот этой фразы ей не стоило произносить. Эта фраза скрутила мне кишки до икоты.

На мгновение я решил, что ее отец просто рехнулся от сходства выросшей дочери с покойной женой, что это поразительное сходство взбудоражило, возмутило самые *подземные* его инстинкты; но вспомнил прищур трезвейших глаз и отмел эту мысль. Нет, он не был сумасшедшим; кем угодно, но не сумасшедшим. Я представил, как, небрежно препоясанный, поигрывая кисточками на поясе своего халата, папаша одобрительно наблюдает *спуск на воду...погружение легкой субмарины...* И вдруг словно прожектор ударил на сцену, разом осветив то, чего я прежде не мог разгадать: все эти оценивающие взгляды, постепенное продвижение идеи, приближение к цели. К его цели. К его заветной цели. *Преступить* сам он боялся, понимал, чем дело пахнет. Он в *пробники* меня прочил, а уже после, отогнав опытными копытами, возможно, и посадив меня за растление, вступил бы в права собственности... В права окончательной и полной своей собственности: растерянной, беспомощной, обрыдавшейся («видишь, папа предупреждал тебя... теперь слушаться только папу!»).

Меня затошнило... Ненависть, омерзение, страх за Лизу, ярость какой-то разрывной силы подкатили к горлу; я кинулся к унитазу, и меня вырвало. Боже, как мне было хреново, Борька... Меня выворачивало и выворачивало под ее испуганным взглядом. И ничего я не мог ей объяснить. Эта девочка, моя невинная, безмозглая моя любовь, не видела того, что видел я: она не видела своей матери, лежащей на булыжниках мостовой: эта картина не снилась ей все ее детство...

Наконец я отблевался, спустил в унитазе воду, утерся ее полотенцем и сказал, не оборачиваясь:

— Ты, кажется, хотела, чтобы я тебя увез? Одевайся. Поедем.

— Куда?.. — напряженно спросила она, почуяв в моем голосе что-то новое для себя, незнакомое. Я не ответил и вышел из ванной.

Тадеуш Игнацевич смотрел соревнования по гребле. На экране по озерной воде летело каноэ, ровно взмахивая ладными лапками, как стремительный водяной жук. Словно впервые я увидел этот, всегда столь притягательный для меня, выросшего в советской хрущевке, в маленьком городке на краю земли, уютный, европейский, обставленный прекрасной старой мебелью, украшенный бронзой и фамильным серебром, хрусталем и *порцеляной*, пропитанный запахами жизни нескольких поколений благородного семейства, дом...

Этот дом, как питомник, как теплица, вырабатывал особое растлевающее зло, отравляя, убивая своих обитательниц — вышвыривая их из окон, изгоняя, отторгая, растаптывая...

Я миновал Вильковского и прошел в комнату Лизы.

Знаешь, Борька, у меня бывают в жизни такие озарения, когда я совершаю что-то помимо своей воли, особенно не рассуждая, зачем и почему это делаю. Но потом оказывается, что этот поступок, жест, решение были единственно верными. Ведь я мог сразу начать выяснять с ним отношения, мог бездарно все загубить, в ту минуту еще не представляя, на что он способен. Но я как ни в чем ни бывало миновал его седой затылок, уютно устроенный на подголовнике глубокого кресла, и оказался в комнате Лизы. Там, отворив дверцу платяного шкафа, я вытянул из-под стопки белья все ее документы: паспорт, свидетельство о рождении, аттестат об окончании училища... И, лишь засунув поплотнее пачку в задний карман джинсов, вернулся в зал, встал перед ним и сказал, сдерживая рвущийся голос:

— Я увожу Лизу...

Жук-каноэ, приближаясь к финишу, произвел несколько плавных завершающих махов ножками — это был механистический такой жучок — и мягко ткнулся в берег, прежде чем Вильковский отреагировал.

— Заслоняешь... — тихо проговорил он, не глядя на меня. — Сядь.

И вместо того чтобы выволочь Лизу из ванной, пока он не сгруппировался для удара, и немедленно отсюда свалить, я послушно опустился в соседнее кресло. Тогда, по-прежнему уставясь на летящее каноэ, он тихо проговорил:

— Гнида, падла кукольная, дешевка, я урою тебя!

Я видел его патрицианский тонконосый профиль, с мятым мешочком трясущейся кожи под челюстью, с неподвижным полуприкрытым веком, под которым мерцающий глаз следил за экраном: коршун, высматривающий цыпленка; варан перед пустынным тушканчиком. В то же время его тихий голос вязал цепочки слов на лагерной фене, из которых я понял, что меня сгноят в психушке, забьют на зоне, укокошат в подворотне, зароют в лесу, отрежут хер — если обнаружат его у меня — и воткнут мне в пасть; что никто, кроме ворон, не найдет моей смердящей падали. Что я сейчас же, и поскорее, уберусь отсюда так далеко, как только удастся мне убежать, чтоб никогда и никто во Львове меня больше не увидел и не вспомнил моего имени, и это мой единственный шанс, мое спасение, пока не поздно... И так далее. Все — монотонным тихим голосом, слегка вздымавшимся на слове «она».

Я молча слушал... Я вырос среди этих слов; половина моих однокашников других и не знала, да и звучали они так естественно — в деревянных бараках военной части, в халупах «Шанхая», в электричках, на рынке, в шалманах... Но в этом доме, в двух шагах от Лизы, из уст ее родного отца... Это было сильным впечатлением! Знаешь, что меня потрясло? Он ни разу не назвал Лизу по имени, не назвал дочерью, он говорил, как о подследственной: «она»: «Она тебе не по рылу — понял, гад? Она останется здесь».

И вот в этом оказалось спасение. Во мне вспыхнул Ромка — таким ослепительным блеском, как сейчас молнии вспыхивают на развороте книги. Я даже не догадывался, что он живет во мне — потаенно, страшно и спасительно. Все годы моей неутомимой стражи, мои мучительные сны, мое — ради Лизы — дурацкое, никому не нужное монашество слились и сплотились в ка-кой-то зрячий кулак. Трикстер во мне пробудился: вы-простался из самых нутряных глубин, взмыл из мошон-ки, просвистел сквозь желудок и легкие и вылетел через ноздри. И не зная, почему собираюсь произнести имен-но эти слова, кто мне их продиктовал, как и чем они свя-заны с самим Вильковским, я улыбнулся, подался к нему и проговорил так же тихо, как только что он:

— Не выйдет. А знаешь — почему? Вы все еще жи-вете на четвертом этаже. И все еще высоко отсюда ле-теть.

Он отшатнулся; мы одновременно вскочили на ноги. Он упредил меня и наотмашь ударил по лицу, не просчитав моей реакции, — был уверен, что не отвечу. Я же молча на него кинулся...

В этот момент в комнате появилась Лиза, а уже падали какие-то вазы и пепельницы, переворачива-лись стулья, сорвалась портьера, к которой он отлетел и за которую ухватился, пытаясь удержаться на ногах.

Завизжала Лиза: «Мартын-и-и-ин!!!» — с таким ужа-сом, что в моих ушах возникла потрясающая тишина, в которой не я, а Ромка бил точно и сильно, и лишь ког-да Вильковский свалился меж двух перевернутых кре-сел, а Лиза повисла на мне... я увидел, что избиваю ста-рика. К тому же это было гнусное зрелище — его мягкое волосатое брюхо в распахнутом халате, под растерзан-ной рубашкой... Но главное — моя бедная девочка, с этим пепельным бескровным лицом... Она трясла мо-крой головой и не могла выговорить ни слова. И я ниче-го не мог, не имел права ей объяснить. У меня текло по губам и подбородку, я утирал это ладонями, и она с ужа-сом смотрела на мои окровавленные руки.

— Лиза, — проговорил я, — ты знаешь, что я тебя люблю?

Мне, Борька, эти слова всегда казались такими маленькими, тусклыми киношными словцами. Разве могли они как-то выразить, хоть как-то передать... Наверное, поэтому я никогда их не произносил, чтобы не повторять, не уподобляться, не становиться в миллионный ряд упоминающих всуе. Но в тот момент я вдруг понял, что мои разбитые губы вообще впервые их произносят:

— Ты знаешь, что я люблю тебя?

Она продолжала как-то жалко трясти головой, переводя затравленный взгляд с меня на отца, который двигался там, за моей спиной, пыхтел, что-то отодвигая, и был мне уже совсем не страшен. Лиза — вот кого надо было победить, завоевать, чтобы увести отсюда. Но мне было не до песен трубадуров.

— Всегда, всю жизнь, до смерти... — угрюмо проговорил я в стиле бухгалтерского учета, стараясь поймать ее бегающий взгляд, остановить его на себе. Но она тряслась, икала и была в совершенной прострации. Тогда я крепко взял ее лицо в ладони, испачкав своей кровью ее щеки, тряхнул и тихо проговорил:

— Пойдем... Пойдем, моя любимая...

— Стоять!

Я обернулся и вначале даже замялся. Я чуть не рассмеялся — так это было нелепо: Вильковский, по-прежнему в распахнутом халате, тряся дряблым брюхом, стоял в дверях своей комнаты и на что-то указывал мне рукой.

В следующую секунду я понял, что ни на что он не указывает, а просто держит в руке пистолет. И это было так бездарно, так пошло... как в халтурном боевике. Еще два-три мгновения я не врубался в ситуацию, хотя лицо у него было отчетливо страшным, и ясно было, что пистолет настоящий — отчего б ему, с его профессией и его знакомствами, не держать у себя пистолета, дело житейское — и что все, о чем он меня предупреждал, вполне осуществимо.

— Отойди от него! — приказал он дочери.

— Папа!!! — крикнула она, пятясь. — Папа... папа...

— Руки! — велел он мне. — Руки, падла кукольная!

И я поднял руки.

— Спиной!

Я повернулся. Передо мною была прихожая, обжитая за все эти годы до малейшей детали. Все так же стояла в углу бронзовая дева, держа в поднятых руках стеклянный шар-светильник. С подноса у фавна тяжелым оранжевым удавом свисало кашне Вильковского; в бронзовом стояке для зонтов откинулись в тесном хороводе два черных мужских и один вишневый Лизин зонтик. А в неплотно прикрытой мною входной двери виднелась электрическая щель — на расстоянии броска от меня.

Скосив глаза, я увидел Лизу, мерцавшую в двух шагах сбоку и позади. Она уже не плакала и ничего не говорила. Думаю, она впервые видела отца *таким*, и эта картина, и незнакомый его голос, и оружие в его руке — были для нее ужасным потрясением.

— А теперь... — сказал он, — пошел вон. Пся крев! И никогда, не дай боже! Если хочешь еще в куколки играть.

Я стоял с поднятыми руками — вполне привычная для кукольника поза, — мысленно рассчитывая расстояние от Лизы до меня. Она ведь была очень гибкой, с сильным профессиональным прыжком балерины.

— Лиза... — сказал я, не оборачиваясь, и пошевелил поднятыми пальцами, как в нашем с ней детском «номере».

Она с детства была заворожена моими руками: когда я появлялся, первым делом смотрела не в лицо мне, а в руки, — они всегда заключали в себе какой-то сюрприз, какой-то номер — расписанные рожицами пинг-понговые шарики, или бой драчливых петухов, или батальную сцену двух рыцарей... Этих штук и приемчиков у меня было множество, я каждый раз придумывал что-нибудь новенькое. Мои руки были для нее в детстве величайшей тайной, которую она неустанно пыталась разгадать. Ты помнишь? Чтобы занять ее, достаточно было отдать ей руку, лучше обе, и она принималась плести из пальцев косы, составлять фигуры, играть ими, придумывать роли... Она как бы отделяла меня от моих же рук, и они становились ее безраздельной собственностью. А я нарочно расслаблял пальцы до абсолютной тряпичности, замирал, выжидал... И когда она, что-то щебеча, совершенно забыв обо мне, заигрывалась... я выкидывал какую-нибудь *фигуру*. И она вздрагивала и вскрикивала от восторга, дивясь на очередного оленя или змею.

Я пошевелил поднятыми пальцами и всем телом почувствовал, как она напряглась и качнулась ко мне.

— Пошел!!! — крикнул Вильковский. — Мразь, гнида, пошел, или я прикончу тебя!

У меня не было сомнений в том, что он выстрелит. У меня даже не было сомнений, что он метко стреляет. Я это знал: Лиза упоминала, что «папа любит тир». Выход был только один.

— Лиза! — приказал я негромко. — Але-оп!!!

В следующую секунду она уже сидела у меня на спине — умница, заложница, спасительница! — я ринулся вперед со своей ношей, шибанул дверь, сверзился с четвертого этажа и, вылетев из брамы, понесся по темной улице: конь, выносящий всадницу из горящего ада. Она вросла в мою спину, намертво окольцевав мой живот босыми ногами, и ее сердце громыхало о мое барабанным боем...

Так я мчал аж до Басиной квартиры. От меня пар валил; я ничуть бы не удивился, если б мое хриплое дыхание в конце концов извергло пламя. Во мне было тогда пятьдесят лошадиных сил. Я даже не мог спустить Лизу наземь — в прыжке с нее свалились тапки...

И ты не поверишь: едва я сгрузил ее на Басину двурогую кровать, как она отключилась, свернувшись в колечко, как древесная гусеница, что свалилась с ветки. Так бывает с детьми после сильного потрясения: они уходят в сон, ныряют в забытье, потому что не могут справиться с новой реальностью. И пока я двигал комод, баррикадируя входную дверь (я был уверен, что Вильковский не допустит Лизиного исчезновения, — заявит в милицию или спустит с цепи одному ему известных псов), пока задергивал на окнах плотные портьеры, — Лиза уже мертвецки спала...

Между прочим, я до сих пор не понимаю, как нам сошло с рук наше бегство. Понял ли Вильковский, что после той сцены Лиза уже не вернется, или, наоборот, посчитал, что, промаявшись со мной месяц-другой, она в конце концов вернется домой — виноватая и послушная? Или — что вполне возможно, если вспомнить его кошмарный вид после нашей драки, — ему стало плохо, и было уже не до погони? А вдруг, думаю я с надеждой, — вдруг в нем еще что-то теплилось мужское, настоящее, и он просто принял поражение, как подобает мужчине?

Знаешь, я и сейчас иногда об этом размышляю... Ведь много лет спустя выяснилось, что Вильковский (однажды в Киеве к нам после спектакля подошел растроганный старенький генерал, партнер Тадеуша Игнацевича по карточному делу; рассыпался в комплиментах, напросился вечерком на чай) — так вот, Вильковский, по его полунамекам, мог бы нас достать не то что из другого города — из другой галактики.

Он не агентом был, как это считали многие; он

там служил, и даже чин имел то ли майора, то ли подполковника. Впрочем, боюсь ошибиться, я никогда ничего в этих делах не понимал.

Но то, что он всегда знал, где мы, видно по тому, как мгновенно до нас дозвонилась его сожительница, та деваха, что обслуживала его в последние годы и которой достались и квартира, и все, что в ней было: все эти девы с шарами, бронзовые фавны, шахматные столики...

Но все это было потом. А в ту ночь я метался в поисках какой-нибудь для Лизы обувки и не находил — ты же помнишь Басины ножищи...

И до рассвета, до первого поезда, я, сидя в ванной, за ночь сшил Лизе из растоптанных Басиных сапог римские сандалии. Лиза спала и не чувствовала, как я подходил, прикладывал ладонь к ее миниатюрной ступне, измеряя длину и высоту подъема, а потом вырезал из старых сапог длинные кожаные ленты и обметывал их. Я исколол все руки; счастье, что Бася, которая ничего не выбрасывала, хранила ящик с инструментами деда, среди которых нашелся и острый сапожный нож, и шило, и толстые иглы, и даже мелкие обойные гвоздики, которыми я приконопатил ремешки к подошве.

(Между прочим, эти сандалии Лиза очень любила и носила года три: ремешки так ладно оплетали ее округлые долгие икры; а я ведь мечтал, чтобы они не развалились до Питера. Видимо, моя ярость и моя любовь, вместе с моим неистовым упорством, сотворили в ту ночь такое вот сапожное чудо.)

С вокзала я позвонил все той же Людке Растолчиной; она имела подходец к Гиене — так за глаза студенты звали Розалину Платоновну, коменданта актерского общежития. Людка выслушала мои бурные просьбы, похожие больше на приказы, обматерила меня, но не подкачала.

— Ты ж меня знаешь, — сказала она. — Кто б тебя послал за звонок в такую рань, а я с пониманием. Да и самой интересно: кто это тебя так захомутал, что ты прям как Железный Дровосек... Ладно, успокойся: уж не околеет тут с голоду твоя девчонка...

— Жена, — поправил я, пробуя это слово на звук, на вкус во рту, на стук сердца, на кровь, запекшуюся на разбитых губах. — Жена.

И сколько жив, буду помнить ее лицо на вокзале, ее бедное смятенное лицо: за одну ночь у этой девочки отняли дом, отца, привычную жизнь, друзей и город, обжитой до последней «газбудки»; у нее отняли все и сейчас отправляли одну, в самодельных сандалиях, в совершенно чужую ей жизнь. И — ни словечка жалобы, ни словечка упрека. Впрочем, вру: знаешь, кого она оплакивала, по ком долго убивалась? По Мартыну — замызганному обезьяну, по той первой игрушке, которую я для нее смастерил под чутким руководством Матвеича; той игрушке, что мне самому дала мое *другое,* мое *ночное* имя...

Да, это прощание на вокзале я буду помнить всю жизнь.

Сердца своего, сведенного судорогой, я просто не чувствовал. Но я должен был остаться и похоронить Басю и закончить все счеты со Львовом, в который — само собой подразумевалось — в обозримые годы возвращаться нельзя...

Это потерянное трагическое лицо я видел у нее еще только раз. Когда приехал в роддом забирать ее и ново-

рожденного сына. Но сначала меня провели к главврачу и после участливой беседы, в которой ситуация была доведена до моего сведения, я вышел в зал, куда выносили младенцев.

Она уже стояла там с медсестрой, которая пыталась отобрать у нее конверт с ребенком. По негласному правилу, вручать новорожденного отцу должна медсестра; я был предупрежден, и в моем кармане лежала пятерка — выкуп, такса за мальчика, девочка обошлась бы дешевле. Но Лиза не отдавала сына. Она стояла, прижимая сверток к груди, и смотрела на меня, как на далекий спасительный берег, к которому надо еще доплыть. А мне, у которого вместо внутренностей уже была огромная дыра, казалось: один мой ребенок держит другого, и оба они тонут в глубокой и гиблой бездне, а я бессилен их спасти.

*В этот кометой мелькнувший миг я вспомнил, как по улице Ивана Франко тащил ее к Басе — свою новую **настоящую** куклу — и как она сползала с рук и хныкала, а я подпихивал ее коленкой...*

Я подошел к ним на деревянных ногах, как марионетка в руках бездарного кукловода, приподнял уголок голубого свертка...

Она сказала, заглядывая мне в лицо и улыбаясь дрожащими губами:

— Он веселый, правда? Смотри, какой он... веселый...

И что же я дал ей, моей наезднице, моей единственной любви, не предавшей меня, храбро вскочившей на мою костлявую спину?

Для начала — скитания по захолустным кукольным театрам: лет пять, опасаясь ее отца, мы кочевали, заметая следы. Каждый год мы меняли театры. И в каждом я вновь садился на нищенскую ставку, — мне просто не успевали повысить категорию. Да и время уже было смутное, голодное, время распада империи — до кукол ли тут?

Мой профессиональный уровень, мое мастерство неизмеримо выросли; я вынашивал планы постановки «Макбета», «Процесса» Кафки... я делал впрок уникальных кукол, которые никому не были нужны... и в это же время в каком-нибудь театрике города Карши водил плоскоголового Алдара Косе, с его высокоинтеллектуальной песенкой: «Сундучок, ты молчок, язычок на крючок...» — Лиза, подперев кулаком щеку, меланхолично вставляла: «Дурачок!»

Лиза — я и раньше понял это — оказалась совсем непригодна к нашему делу. Увы, это бывает: прирожденных кукольников мало. Но она сопротивлялась любой моей попытке чему-то ее научить, ревновала меня к сцене и куклам, вспыхивала, когда видела мои вынужденные — за ширмой — физические соприкосновения с какой-нибудь актрисой во время спектакля (неважно, сколько лет этой бедной пенсионерке было, и неважно, в какой адской тесноте мы — вспотевшие, как лошади, толклись)... Главное же — Лиза, моя Лиза, моя «главная кукла»... вовсе куклой не была. Она, как и моя мать, была насквозь и до конца — человеком.

Что осталось от той жизни? Нелепые люди с неудавшейся артистической судьбой. Раиса Ефимовна, скрюченная кочерга, директор театра с выслугой в полвека.

«Что за актрисы у меня, — вздыхала она, — с ними сядешь поговорить — они ложатся...»

На старости лет она все забывала и, когда звонил

телефон, подходила к нему, властным тоном произносила, грассируя: «Театр!.. — и тут же пугалась: — Ой! Что это я говорю!» — и клала трубку...

В подавляющем большинстве это была компания пожилых, потрепанных жизнью, неухоженных женщин, только что, казалось, отстоявших очередь за сосисками. И если не видеть, как топчутся они за ширмой с куклами, пристраиваясь друг к другу в тесном пространстве и перебрасывая через ширму свои пронзительные «кукольные» голоса, в жизни бы не догадаться, что это «артистки».

Это был странный мир чуть ли не поголовных дураков. Непроходимых дураков... В кукольные театры до сих пор берут людей с улицы. Дураками были актеры, режиссеры, члены приемной комиссии управления культуры, один из которых все восклицал: «Где вы видели синих ангелов?» (Мы ангелов действительно слегка подсинили: белая материя «жрет» много света, поглощает его.)

Впрочем, случались среди актеров и выученики с отличной техникой кукловождения. Попадались и природные таланты, которые куклу ощущали как живое существо — разговаривали с нею, брали домой, часами стояли с ней перед зеркалом, репетируя. Попав на гастролях в другой театр, они первым делом устремлялись за кулисы — щупать тамошних кукол. Раза три я сталкивался с абсолютными гениями: когда кукла, совсем не двигаясь в руках актера, была все-таки живая, живая до невероятности...

Помню одного из них: старого алкоголика, чьи стальные зубы приходилось перед каждым спектаклем забеливать, иначе от них отражался свет. Он играл в одной пьеске Льва, который вдруг становился ребячливым. Заяц припрыгивал к нему и звонко спрашивал: «Дядя, что вы делаете?» Тот отвечал: «Скачу на одной ножке!» И однажды после этой фразы он остановился и тяжело задумался. Видимо, разверзлась перед ним вся бездна его ничтожного существования. И Лев вдруг произнес: «А на хера мне все это нужно?» И артист положил куклу и ушел из театра навсегда.

Я тоже был к этому близок...

И вот, уже на пределе отчаяния, я вырвался в Москву. Меня вытащил один мой сокурсник, к тому времени он работал в театре Образцова помощником режиссера. Уговорил меня приехать и показаться, договорился о просмотре. И в первый же вечер потащил меня на концерт Граппелли. Ты помнишь: виртуоз, джазовый скрипач Стефан Граппелли, — он в середине тридцатых создал знаменитый джазовый квинтет с великим Джанго Рейнхардтом? Я даже не знал, что Граппелли все еще жив; но он был не только жив, он был прекрасен: его скрипка звучала молодо и страстно; невозможно было поверить, что этот человек родился в 1908 году.

Четвертой, кажется, пьесой шел «Минорный свинг» Рейнхардта.

Не могу тебе передать, что произошло со мной, когда после вступления старый седой Граппелли поднял скрипку и заиграл... В течение нескольких минут — пока звучала музыка — я увидел наш будущий с Лизой номер. Вернее, я увидел, как она переступает через юбку, когда раздевается перед сном: эти два шажка с поочередно поднятыми тонкими коленями. Помнишь: «...не душа и не плоть — чья-то тень над родным патефоном, словно платье твое вдруг подброшено вверх саксофоном...»; увидел золотой отлив волос на ее виске, густые волнистые борозды, что тянутся вслед расческе, точеный локоть, занесенный над головой...

Вдруг увидел, как вмонтировать в нашу жизнь, в сцену, в кукольное пространство — в искусство! — ее гибкость, пластичность, ее грациозность и этот высокий подъем миниатюрной ступни.

Но дело не только в «постановочном озарении»: было что-то в той музыке, что имело к нам обоим самое прямое отношение, что больно и обнаженно о нас рассказывало: какие мы, когда нам плохо, и какие — когда хорошо; и какие мы, когда я — фавн, а она — нимфа, когда я — мастеровой, а она — неприкаянная сирота... Я был загипнотизирован этой мелодией: и грустной, и насмешливой, и такой чувственной, такой свободной...

Всю ночь чертил в своем блокноте, и к утру номер был практически готов. Но я и на другой день пошел послушать Граппелли: эти терпкие скрипичные взмывы, горько-меланхоличные удары по струнам, и бесшабашную тоску, и потаенную радость, что клюет тебя прямо в сердцевину души...

Затем вслед за Граппелли поехал в Питер, где аккуратно отходил все три концерта, данных маэстро. Теперь я знал каждый такт, каждую паузу этой пьесы, достал через знакомых старую (подлинную) запись 1937 года: Граппелли — скрипка, гитара — сам Джанго Рейнхардт, гениальный цыган... и, так и не показавшись в театре Образцова, уехал в Ашхабад, чтобы забрать оттуда Лизу и начать репетиции.

Через полгода наш номер получил главный приз на международном фестивале в Берлине... Еще через пять месяцев мы взяли Гран-при в Барселоне, и дальше посыпались призы, контракты, гастроли...

А однажды вечером после выступления — мы гастролировали той весной в Польше и в Германии — она, уже разгримированная, полусонная, теплая, лежа на моей руке тяжелой массой своих волос, вдруг потянулась всем телом, обмякла и проговорила с медленной загадочной улыбкой:

— А я, кажется, беременна...

И хотя при таком раскладе летели все наши осенние и зимние планы — фестивали, гастроли, мастер-классы, — я ощутил внутри нежный и требовательный толчок, будто это я должен выносить нашего ребенка; и, напрягая, перебирая внутренние мышцы, замяукал громким младенческим криком, заранее выпуская его на свет, так что она зашлась от смеха и припала ухом к моему животу. А я лежал, обеими руками перебирая ее дремучие Самсоновы власы на своем животе, разделяя их на протоки, смешивая, вытягивая по пряди, переплетая в огненные плети, и опять все ероша... улыбался в потолок и пытался представить себе, каким он родится — наш ребенок...

Вот и гроза перестала вспыхивать и бить в набат; ветер унялся, неприступное окно стоит, как рассветная крепость, что выдержала осаду. Но все кружит и кружит за ним белый зверь, сам себя за хвост ловит, выдыхает миллиарды крошечных комочков...

Может, и правда, это чьи-то души?

После того как я сделал Эллис, мне первое время снился мучительный сон: вроде она ожила и говорит мне: «Видишь, ты меня сотворил, ты вдохнул в меня жизнь, а теперь я хочу быть твоей женой». И я, во сне обуянный ужасом какой-то непреходящей силы, что-то лепечу ей в ответ — мол, прости, у меня уже есть жена... И тут появляется печальная Лиза... В какой-то момент я осознаю, что не в силах отличить одну от другой, и чувствую настоящее горе — где же, где моя Лиза, которая из них — Лиза?! И плачу громко, безутешно, как ребенок, протягиваю к обеим руки и кричу: «Лиза! Где ты, Лиза?!»

«Это я твоя жена!» — говорит одна, а другая: «Нет, я!»... Во сне все это — настоящая трагедия.

Вдруг я с облегчением понимаю, что выход прост: я совсем забыл, ведь Эллис — та, которая в зеленом платье. И она же подхватывает с неподражаемой «кукольной» улыбкой, единственной, что отличает ее от Лизы. «Выход прост, — говорит она. — Ту, старую жену надо просто убить. Ведь она больше с тобой не танцует. На что она тебе?»

Я просыпался в холодном поту и даже никому не мог рассказать об этих снах.

(Сказать ли тебе, когда я о них вспоминаю? Когда случайно приходится услышать Андреа Бочелли, поющего «Аве Марию» Баха—Гуно, то место — кульминацию молитвы, — где, взмыв своим необъятным тенором на запредельную вершину, он яростно и требовательно зовет: «Мари-ия! Мари-и-ия!!!» Он вопит о бестелесной и безличной мечте человечества. Потому что людям не нужна живая телесная женщина, родившая им Бога. Им нужна мечта о ней. И Бог им нужен — убитый, распятый, воскресший... какой угодно, но только — там, в недостижимой дали, пожалуйста, не здесь, не рядом. Ведь безличное так пластично в наших руках, в наших душах, и так нам во всем послушно...

Через эти ночные кошмары я понял, чего добился и что сотворил: я воплотил собственную бестелесную мечту; сварганил собственную бестелесную Марию...

И мое сердце с тех пор не уставало звать ее во сне все длящимся и длящимся воплем...)

Словом, наступил момент, когда я перестал спать, с ужасом ожидая очередного такого сна. Я совсем развинтился и — на фоне оглушительного успеха — был близок к тому, чтобы уничтожить мое замечательное создание, мою лучшую, самую искусную куклу, нашу с Лизой кормилицу — кроткое бездушное изделие, чистую радость зрителей...

Знаю, и ты одно время думал, что так оно было бы лучше. Но у меня не хватило духу. Если б ты только знал, сколько в нее вложено труда и искусства! Да и на что бы мы стали жить? Никакие сборы «с моста» или «с Кампы» не дают столько денег, сколько дает уже знаменитый, уже «фирменный» наш танец с Эллис. К тому же после смерти сына Лиза наотрез отказалась выходить на сцену... Даже если б я решился Эллис продать — а ее можно продать за большие деньги, — все равно на всю жизнь нас бы это не обеспечило; да и как подумаю, что моя бедная гениальная малютка навек обречена стоять за стеклом в чьей-то частной коллекции или в музее... и никогда больше — ни шажка по сцене, ни взмаха руки под музыку, ни единого грациозного пируэта...

...Пока я писал тебе это бесконечное, несусветное это письмо, наступило утро. Огрызок моей задутой свечи похож на пенек для Колобка, каким его мастерит художник кукольного театра.

Метель за окном не то что унялась: она «встала». Она стоит бесшумной стеной — миллиарды прощенных душ, и среди них — мой сын, что родился со смехом на лице и отказался всю жизнь его носить...

Иногда я вспоминаю лебедей в заливе Мордвинова. Они останавливаются там весной, прежде чем двинуться дальше, на Север. Вот что невозможно передать в кукле: сильный мах лебединого крыла в бездне простертого неба. Понимаешь? Все человечьи жесты, все чувства можно куклой выразить. Но этот вольный отлетающий мах — его передать невозможно...

Сейчас выглянул в окно: улицы превратились в узкие тропинки, и соседская девочка роет в сугробе пещеру высотою в два своих роста — как это делал в детстве и я.

Никогда не напоминай мне об этом письме. Моему сыну сегодня исполнилось восемь лет...»

Глава десятая

«...В третий раз перечитываю его письмо. Сейчас сомневаюсь, что лет пять назад у меня хватило терпения разобрать до конца этот невозможный, мелкий «колючий» почерк. И вот сижу над вопящими каракулями чуть не всю ночь, проклиная свое нетерпение, свою вечную занятость и свое благодушие...

...Где-то у Стивенсона, кажется: «Со стесненным сердцем, с волнением в груди продолжаю свои записки...».

А какого черта вы, доктор Горелик, вообще за них принялись?

Что искали в запутанных дебрях наиколючейшего терновника? Почему решили, что сможете — пусть на бумаге — распотрошить и исследовать под своим микроскопом чужие души? А?! Молчит доктор. Не дает ответа...

Вчера возвратился из Праги, куда понесла меня нелегкая на Рождество — «поразвлечься». Ну и развлекся: до сих пор в себя прийти не могу.

Честно говоря, мне просто хотелось повидать их обоих — уж очень неказисто мы расстались в последний раз. Иерусалим для Лизы вообще сплошное расставание всех со всеми, сплошная больничная палата. А этот... Когда — истосковавшийся, голодный, облезлый клыкастый волк — он является, весь сжатый и напруженный, готовый в горло тебе впиться при малейшем намеке на то, что Лизе не мешало бы остаться в клинике еще на две недели... — да я его просто боюсь в такие моменты.

Я еще колебался — ехать, не ехать. Решил позвонить, послушать их голоса, определить, как там настроение. Позвонил и попал на Лизу.

— Боря! — воскликнула она, и я вдруг так обрадовался ее хрипловатому «пунктирному» голосу. — Боря, ты приедешь?

Я подумал: так тому и быть. Понаведаем *«Чернехо беранка»*... Накидал в чемодан шмоток потеплее (Интернет показывал какие-то жуткие холода в Европе, а у господина Кукольника шкуру на мой циклопий размер не позаимствуешь) и вылетел ночным рейсом.

И угодил прямо в декорации к «Щелкунчику».

Много раз бывал в этом городе, неплохо его знаю, люблю... Люблю огромные фонари на площади Республики, препоясанные цветочными коромыслами, с бадьями, полными герани; люблю россыпь мансардных оконец, которые, словно почки весной, вспарывают кору черепичных крыш; люблю мелкое тряское цоканье копыт по брусчатке и запряженных в пролетки нарядных лошадей: голубая упряжь, голубые шоры, голубые колпачки на сторожких ушах...

Но заваленная снегом, волшебно освещенная гроздьями театральных фонарей Прага — это особый жанр:

смесь балета со сновидением в сопровождении стойкого запаха жареных шпикачек.

Над Староместской площадью столбом стояло ярмарочное веселье «Ваночных трхов», местных рождественских базаров — самое народное, самое бестолковое и самое аппетитное из всех видов веселья.

В центре был установлен огромный, украшенный гирляндами из еловых ветвей деревянный помост с экраном, и в снежную замять неба уносилась искристая ель, вокруг которой тесным хороводом стояли «станки» — рождественские избушки со всякой вкуснотищей. Все продавалось, все готовилось, точилось, ковалось, крутилось, жарилось тут же, на глазах у покупателей. В теремке, где выпекались пышущие трделники — круглые браслеты из теста, посыпанные корицей и сахаром, — летали белые руки разгоряченной, такой же пышущей от жара печи работницы, ладно катающей прямыми ладонями бесконечные змейки из теста.

И благоухание жареных шпикачек тянулось за тобой длинным шлейфом, запутываясь в волосах, щекоча усы, проникая за пазуху и оседая в карманах — так что потом, дома, им можно было поужинать...

Пете в эти горячие деньки явно было не до меня: мощно перли заработки; он был нарасхват. Звонили из театров, приглашали в программы, просили кого-то подменить, куда-то срочно приехать, а выступления-то расписаны заранее, так что приходилось что-то по ходу дела менять, переставлять даты и все время куда-то мчаться...

У него было отличное настроение: во-первых, некий их самарский ангел-распорядитель с опереточным именем Сильва умудрился продать теткину квартиру за весьма неплохие деньги. И теперь утро начиналось с того, что лохматая Лиза в пижаме, сильно раскачиваясь в кресле-качалке, роняя с босой ступни то правый, то левый крошечный тапок, очеркивала карандашом объявления маклерских контор в местной газете, возмущенно восклицая: «Вот гады! По три штуки за квадратный метр?!» — то есть была занята и увлечена, — признак хороший.

Во-вторых, после долгих переговоров и проволочек дирекция Пражской Академии искусств пригласила его на кафедру кукол — вести курс по актерскому мастерству.

И, наконец, в-третьих: шотландцы звали на какой-то грандиозный фестиваль в начале мая. Правда, он сдуру дал Лизе прочитать и перевести приглашение, а там было написано: «с супругой», и Лиза воспарила. А как их совместить — супругу с партнершей, при наших драматических обстоятельствах? Думай, Петрушка, думай.

Словом, было благодатное и плодоносное время зимних праздников, и между ним и Лизой — я видел — все было неплохо; пару дней понаблюдав ее, я даже снизил дозу лекарств.

Как выяснилось, зря.

Кстати, было еще мною сделано некоторое открытие. Загадочное.

В первый же вечер, извлекая что-то из необъятного беспризорного шкафа, доставшегося им по наследству от, как говорил Петька, лошадей, он приоткрыл дверцу, и на верхней полке — куда не положено было заглядывать посторонним, ну а мне-то, с моим ростом, видно было все как на ладони — я в полутьме заметил чем-то знакомую куклу, но не Петькину, а чужую.

— Постой... — вымолвил я, обернувшись в сторону холодильника, где на старой, прижатой магнитиком фотографии рядом с маленькой Лизой как раз сидит... Да не об этой ли «родильной кукле» семейства Вильковских рассказывал мне доктор Зив? Драматический приз, проигранный в карты, вновь возвращенный в семью и опять пропавший? А ведь, похоже, то был он — старый еврей в жилетке, с пейсами, с трубкой в руке, мягко поблескивающей медным мундштуком в полумраке шкафа... Где же он хранился до сих пор? И откуда выплыл?

— Постой, ведь это?..

Петька приложил палец к губам, мягко отвел мою руку от дверцы шкафа и притворил ее, буркнув:

— Потом... когда-нибудь.

С моим приездом, как обычно, из дворового сарая был извлечен «докторский тюфяк» — попросту матрас на деревянной раме, сбитой Петькой еще в мой первый приезд. Он замерз и задубел, мы внесли его в дом и стоймя прислонили к стене в мастерской, чтоб к ночи разомлел и оттаял.

Когда я вышел из душа, с алчностью обоняя запах жареного лучка в именном блюде «Восемь яиц доктора Горелика», матрас уже оседлали двое — лукавец Фаюмочка и эстрадная дива Анжела Табачник. Эти всегда работали дуэтом, выдавая потешные диалоги. Сейчас они пребывали в ссоре: сидели на приличном расстоянии друг от друга, свесив ножки и остервенело бранясь.

«Ты, тол-сто-жо-о-пая... — тянул Фаюмочка бархатным своим голоском. — Думаешь согреть доктору матра-ас? Хочешь ночкой подвалить к доктору, а-а?..»

Та визгливо обзывала его наглецом, убогим клистиром, тупицей, одновременно умудряясь хвастать обновками. «Ах, какой я купила чудный лифчик, — говорила она, меняя хамский тон на чистую поэзию, — бежевый, кружевной, с красными розочками...»

Мой друг в это время сидел за столом, с двумя карандашами, заложенными за оба уха, и, сосредоточенно хмурясь, вынимая то один, то другой, почесывал им в волосах — делал вид, что работает.

«У тебя сколько мужей было, а? — не унимался Фаюмочка. — Теперь доктора захотелось, бесстыдница!»

А та отбрехивалась и все хвастала — видимо, с дальним прицелом «на доктора» — соблазнительными красотами нового бельишка: кружавчики, застежечки, красные розочки... миллион, миллион алых роз... «Вот попаду под машину, — мечтательным голосом говорила она, — и медсестры в приемном покое станут меня раздева-ать и от зависти языками цо-о-о-кать...»

— Может, хватит? — наконец заметила Лиза, переворачивая на сковороде яичницу. Петька поднял голову от работы, уставился на кукол, как бы удивляясь — а эти что тут делают? — и гаркнул:

— Эй, ребята, а ну, заткнитесь!

Поднялся и развел скандалистов по разным стенкам.

— Боря, — сказала Лиза, ставя передо мной тарелку на стол. — Ты не находишь сходства между нашей обстановкой и твоей клиникой?

К ночи тюфяк возлег, где обычно: вдоль окна-двери, так что, лежа, я видел в просвете между занавесями спутанные жилы плюща на монастырской стене, жестяной дворовый фонарь на столбе, кособокую дверь сарая и ледяные горбы, сквозь которые в круговерти задумчивого снега парил призрачный Петька за призрачным столом...

Ко мне прибежал рассёдланный к ночи трехногий Карагёз, вскочил на тюфяк, свернулся, пригрелся на моей мохнатой груди, и в какой-то момент я заснул, и проснулся, и опять заснул... И снова проснулся, когда в половине четвертого пропела свою надтреснутую песенку пастушка из ходиков, к которым я никогда не мог привыкнуть. А Петька все сидел, сосредоточенно чиркая что-то в своих бумагах и тихо шурша.

Две лампы-прищепки, прикусив край стола, причудливо освещали снизу его лицо желтоватым светом. И таинственный этот свет, и пугливые огромные тени, скользящие по стенам от малейшего взмаха его руки, и куклы, терпеливо ожидающие во тьме знака к началу какого-то действа, но главное, его непривычно подсвеченное средневековое лицо: скульптурный подбородок, орлиный нос, высокие надбровные дуги — все это создавало картину нереальную, сновиденную, даже пугающую... Может, именно так, в глубоком подвале одного из домов пражского гетто, сидел когда-то над свечами великий и властный, ученейший рабби Йегуда Лёв бен Бецалель, размышляя о способах оживления своей огромной куклы?..

— Ты чем занят? — пробормотал я, чтобы развеять наваждение.

— Да так... поролон на песий костылик приклеил. Стучит очень, сил нет...

— Ты что, вообще не ляжешь? — сонно удивился я, и он буркнул, не поднимая головы:

— Дрыхни, дрыхни. Твое дело гостевое...

Потом все же поднялся, погасил лампочки и вышел. Слышно было, как в спальне что-то смутно-вопросительно бормотнула Лиза, и его голос шепотом ответил нечто вроде — «цып-цып-цып...». Затем дверь спальни плотно затворили, и я подумал в полусне библейской фразой: «и вошел человек этот к своей жене...»,

усмехнулся, поправил себя: «к моей жёне»... повернулся на бок, подгребая ближе к себе горячее щуплое тель-
це Карагёза, и наконец крепко уснул.

* * *

А утром — мы с ним завтракали рано, вдвоем, не
дожидаясь Лизы — та поздно вставала, — он спросил:

— Составишь вечером компанию? У меня халтурка
в одном клубе, типа кабаре. Живые бабки в руки, и кор-
мят, и жратва, говорят, неплохая. — Вопросительным
взглядом дождался моего кивка (рот был занят) и добавил: — Только учти, для Лизы это — корпоративная
вечеринка.

Я понял, что заказан именно его номер с Эллис.
Вспомнил мое с ней нечаянное свидание в галерее Прохазок и смутился, будто речь шла о тайной интрижке:

— А если Лиза захочет с нами пойти?

— С какой стати? Во-первых, приглашение на
двоих, а ты гость, я обязан тебя развлечь. Во-вторых,
она терпеть не может толкотню, в-третьих, утомляется
к вечеру.

— С огнем играешь, Петька! Давно ли мы не
слышали об украденной душе?

— Отвали, не каркай, — спокойно отозвался он,
намазывая масло на тост, — Лиза в отличной форме, —
вскрыл крошечную упаковку с жидким медом и, опро-
кинув ее над творогом в своей тарелке, медленной ян-
тарной струей вывел готический вензель — букву «Л».
Оглянулся на дверь и понизил голос: — Кроме того,
Лиза уверена, что Эллис безнадежно сломана: я, видишь ли, оступился, грохнулся с ней со сцены, так что
вся механика побита, глаз лопнул, и так далее, и ты хо-
рошенько это запомни... А в кабаре за пять минут дают

пятьсот евро. Что — отказаться? Охренел ты, что ли? Побойся бога!

И я благоразумно промолчал: пятьсот евро — довод убедительный.

Я смотрел на его руки, что совершали над столом самые обычные движения, и думал, что вечером эти руки будут совсем в другом мире: частью куклы будут, частью волшебного действа.

Это был мой последний день в Праге. Завтра на рассвете — улетать.

А он заторопился, вскочил, принялся метаться по мастерской, закидывая в рюкзак какие-то необходимые вещи, спотыкаясь о мой тюфяк, чертыхаясь...

Наконец заглотал свой остывший кофе и умчался.

Я остался бродить по мастерской в гостевом одиночестве. В стылом утреннем свете, совсем не таинственном, по стенам буднично висели куклы, и чуть не половину мастерской занимал невероятный, обеденно-рабоче-раскройно-чертежный стол, на котором и за которым у обитателей этого дома была сосредоточена изрядная часть жизни.

Я заглянул в одну из открытых картонных коробок на углу стола. Она была полна заготовками из папье-маше, теми, что Петька делал в свободное время для «воркшопов»: болванки лиц, нечто вроде головы Голема — полуфабрикат, из которого потом можно сделать кого угодно, расписав маску и наклеив парик...

Петька объяснял мне когда-то, что зрительская фантазия гораздо богаче готовой бездарной куклы и что в такой вот болванке уже заключен некий образ, который зритель может дополнить своим воображением.

Выудив из коробки одну болванку, я повертел ее в руках... Длинная вытянутая морда, едва обозначены рожки, бородка: черт? козел?..

В этой заготовке, в этой отдельной голове заключался целый спектр эмоций. Если глянуть анфас, то — оскаленная, с раскосыми узкими глазами — она выражает злобу и хитрость. Но если чуть склонить ее набок и немного опустить подбородок, оскал исчезает, и остаются полуприкрытые, очень печальные глаза...

Меня так и подмывало достать из шкафа и подробно рассмотреть старую куклу Вильковских. Ведь это ее, пропавшую из семьи на целых три года, так горько оплакивали сестры-наездницы, Яня и Вися? Впрочем, возможно, все было иначе, и то, о чем рассказывал доктор Зив...

Тут отворилась дверь спальни, прискакал оживленный Карагёз, прошлепала в ванную Лиза — дом ожил.

Затем я отлично позавтракал и с Лизой (завтракать могу раза три за утро, без всякого ущерба для организма); мы с ней вышли «прошвырнуться» и долго гуляли по центру, отогреваясь в магазинах, галерейках, книжных пассажах.

День и сегодня был серым и холодным, прихлопнутым крышкой подвального неба, зато вечер и ночь, как и вчера, обещали огни, волшебство, золотые шары и звезды на шпилях Тынского храма, пронзающих белую тьму.

Я затащил Лизу в симпатичный ресторан в Унгельте — «У мудрого орла». Мы уселись у окна, Лиза — так, чтобы видеть любимую аркаду в совершенно флорентийской галерее дома напротив, а я — лицом к небольшому камину, в глубокой утробе которого колыхались, вытягивались и потрескивали струйки огня. Сквозь Лизины волосы, влажные от тающих снежинок, огонь казался двоящимся и вспыхивал дружными искрами, перемигиваясь в тайной игре.

Кроме нас, в ресторанчике сидели только двое: мужчина средних лет и его маленький сын. Пока отец, рассеянно глядя в окно, одолевал под пиво свои картофельные клецки, мальчик, стоя коленками на стуле, рисовал портрет отца на выданном ему официантом листе. Он что-то быстро, страстно и ладно говорил сам себе по-французски, вскидывая пушистые брови и мелко штрихуя тени на портрете. И чем ближе к окончанию продвигался портрет, тем убедительней и эмоциональней сам с собою соглашался мальчик. В конце концов он перевернул на отца бокал с пивом, и две официантки захлопотали, устраивая папашу у камина; тот с полчаса еще сушил вельветовую брючину, совсем по-домашнему сидя в кресле и вытянув ногу к огню...

Я чувствовал, что Лиза оживлена и развлечена моим приездом, рада прогулять меня, да и сама рада проветриться. Выглядела она совсем здоровой. Шутила уместно, адекватно, без малейшего напряжения вспоминала наши иерусалимские вылазки — то есть была на удивленье хороша...

Впоследствии, анализируя то, что произошло тем же вечером, я пытался вновь и вновь проверить «задним числом» свое впечатление от Лизы. И каждый раз вынужден был повторять себе: ничего болезненного, возбужденного, тревожного в ней не было. Наоборот, вся она была полна неожиданным и новым для меня умиротворением: чуток поправилась, и ее тонкая, обычно бледная кожа изнутри была напоена смугловатым теплом, странным для такой долгой зимы, чудесно отзываясь по цвету и горчично-медовым глазам, и копне пылающих волос, и даже языкам огня в камине...

Я протянул через стол руку, сжал ее тонкую кисть и спросил:

— Лиза... все хорошо?

Она благодарно вспыхнула, улыбнулась и, глядя мне в глаза, проговорила:

— Да, Боря. Как ты почувствовал?

— Тут и чувствовать не надо, — отозвался я. — Достаточно на тебя посмотреть. На тебя, на него...

— Дело в том, — медленно проговорила она, — что у нас кое-что произошло... Одна вещь, очень дорогая, вернулась в семью. И как только он... как только она вернулась... — И спохватилась, перебив саму себя: — Нет, не сейчас! Не хочу — походя. Все — вечером, ладно?

Я догадывался, о какой вещи идет речь, но решил не тормошить Лизу. А про вечер вообще молчал, дабы не опростоволоситься. Пусть Петька сам выкручивается. И вдруг подумал с досадой — смешно: что это я рассуждаю об этом так, будто мой друг обманывает жену с любовницей? Бред какой-то: в конце концов, это его профессия, его заработки, его лучший номер, жаждущий публики, как прекрасная женщина жаждет выхода в свет — проветрить лучшие наряды. Не вмешивайся ни во что, доктор, предупредил я себя. Не вздумай лезть со своими проповедями в их дремучую чащобу — там серый волчок, хватит Бобу за бочок.

Подозвал официанта и попросил счет: дело шло к вечеру, пора уже было возвращаться. Мы оделись и вышли...

С неба все сыпалась и сыпалась мягкими комками снежная каша; брусчатку тротуаров, с утра чищенную от снега и льда, опять завалило и подморозило. Мы шли в ущелье тесной улицы, что ведет от Унгельта к Староместской площади, увязая в рыхлых бороздах свежего снега, и я взял Лизу под руку, для чего мне пришлось нагнуться.

— Ты такая крошка, — сказал я, — мне удобнее посадить тебя за пазуху, как Дюймовочку.

Она рассмеялась:

— Да уж, мы с тобой очень смешные, когда идем рядом.

А я подумал с внезапной горечью: если б эта женщина была моей женой, *моей настоящей женой*, я бы всегда, не только зимой, носил ее за пазухой; ей бы не пришлось убиваться из-за какой-то проклятой куклы, и никто не посмел бы ее обманывать, и я бы... она у меня бы...

— Сейчас время месс и концертов, — сказала Лиза. — Поют замечательные голоса. Хочешь, пойдем на концерт?

Я замялся и пробубнил, что мы с Петькой вообще-то сегодня... куда-то там... я не помню — куда. Кажется, корпоративная вечеринка. Очень жирные бабки в минуту времени.

— Ну и ладно, — легко согласилась она. — А я знаешь что сегодня приготовлю? — И загорелась: — Слушай, Боря, я сегодня совершу героический рождественский поступок. Правда! Когда, как не сейчас? У меня утка в морозилке! Догадайся, что ее ждет.

— Неужели танец с яблоками? — спросил я.

— ...и с орехами, и с черносливом. Так что вы там не накидывайтесь на их бутерброды, хорошо? Отвыступали и быстренько домой. Я буду ждать, потому что сегодня... — Она улыбнулась мягкой, очень значительной улыбкой: — Сегодня, знаешь... будет объявлена грандиозная новость.

Не иначе как отыскала что-то в своей газетке, подумал я. Обнял ее за плечи и сказал:

— Лиза, ты такой молодец! Ты самый грандиозный молодец из всех молодцов на планете!

И мы с ней вдруг остановились посреди улицы и троекратно расцеловались.

— А во сколько вам надо быть там? — уточнила она.

И я — расслабленный, растроганный дурак! — ответил:

— В девять, кажется. Но мы должны еще по пути
куда-то заехать, что-то забрать, а после, вероятно, воз-
вратить на место, так что...

Она резко обернулась ко мне. И я понял, что
допустил роковую ошибку.

— За чем заехать? — спросила она, с мгновенно
осунувшимся лицом. — И куда? Все куклы дома...

Я забормотал, отбрехиваясь и увязая все хуже и
тошнее, и в конце концов решительно объявил, что,
как всегда, все напутал.

Она молчала; так, в молчании мы спустились в метро и добрались домой. Там уже нас дожидался Петька.
Открыл дверь с утюгом в руке: видно, выглаживал
сорочку.

— Где шляетесь, злодеи? — добродушно буркнул
он. — Я уж решил, вы сбежали. Борька, шевелись, у тебя
только полчаса — набриолинить усищи.

Я, честно говоря, ужасно трусил: Лиза могла приступить к расследованию, и нам, по моей милости,
пришлось бы выкручиваться, как двум жуликам. У
меня в этом не было никакого опыта. Но она странным
образом утихла и была необычайно кротка все оставшееся время, пока мы собирались. Петька торжественно складывал в пузатый кофр кукол и реквизит:
как я понял — необходимая маскировка. Я торопливо
принимал душ и переодевался, радуясь, что догадался
прихватить приличный костюм.

Короче, расслабился... Петька же — что значит
жизнь на пороховой бочке — мгновенно что-то учуял.

— Лиза! — крикнул он из спальни. — Ты мне что-
то очень смирная, Лиза! Почему не бьются чашки, не
визжат тормоза?

Она ровным тоном ответила:

— Я размышляю об утке...

Я подумал — слава богу, пронесло. В общем, оказался не врачом, а типичным благодушным кретином...

Наконец Петька появился — одетый, в отблесках огней грядущей рампы.

Я взглянул на него и подумал: что значит — артист! Вот идут же человеку смокинги и фраки! Как ему идут эти бабочки, запонки-манжеты-трости! На мне вся эта униформа приемов и торжеств сидит, как брезентовый чехол на пирамиде Хеопса. А этот — едва натянет на плечи фрак и нацепит бабочку перед выходом на сцену, как происходит поразительное преображение: вместо подзаборного бомжа, с косичкой на рюкзаке, выплывает какой-то, черт его знает — итальянский актер в роли последнего отпрыска венецианского рода Монтичелли. И куда деваются сутулость, вечно мрачная физиономия? У него и жесты появляются другие, и вся повадка меняется: плечи развернуты, руки как у дирижера, взгляд спокойно-властный. На стильном некрасивом лице с орлиным профилем тлеет обаятельная косая улыбочка. И даже это нелепое ухо с серьгой, и сквозняковые глаза — тоже работают на образ. Ничего себе, сахалинский мальчик из дощатого барака погранзаставы, думаю я в такие минуты. И любуюсь. И горжусь им...

— Петька... ну, ты краса-авец...

Смущенно хмурясь, он провел рукой по волнисто рассыпанной гриве — «перец с солью», — хмыкнул:

— Сценический образ. Косичка к фраку не канает, ну и приходится... всю эту пошлость распускать.

А я, по правде говоря, втайне радовался: мне очень хотелось снова увидеть его номер с Эллис. Как Хана сказала тогда? «Я бы еще сто раз его смотрела».

Вышли уже в темноте. Я волок кофр с никому не нужными сегодня «малышами».

— Опаздываем, опаздываем, — озабоченно бормотал он. — Мы ведь открываем программу! Черт, где же такси?..

Тут оно как раз и выехало прямо к нам — точно Петька подманил его, как дворового щенка, щепотью.

Он буркнул водителю адрес: на Кампе, и я понял, что Эллис до сих пор лежит там, на шкафу у Ханы, смиренно дожидаясь своих выходов, своей тайной для Лизы и неподвластной ей жизни.

И мы поплыли в желтоватом, голубоватом снежном дыму, по объятой светом фонарей вечерней Праге, под мысленно мной напеваемую музыку из «Щелкунчика».

Я даже впал в какой-то тихий экстаз и готов был ехать и ехать, потому как мало что видел в жизни красивей этих притихших апостолов, королей и ангелов со снежными цилиндрами на головах; этих вспухших от снега раструбов водосточных труб; этих куполов, колоколен и башенок, что увязли по уши в искрящейся под фонарями и прожекторами крахмальной крупке, проникающей в складки мраморной тоги любого из молчаливых обитателей пражских крыш...

Но такси скоро остановилось у темного, запертого на ночь магазина Прохазок.

Петька, с кофром в руках, взбежал по ступеням крыльца — непривычно пустого без толстозадой Страшидлы, — отпер дверь своим ключом и будто канул в подземелье: он даже света не зажигал, зная помещение назубок.

Мы с таксистом сидели в молчании под рокот мотора, в густой каше вдруг повалившего снега. Дворники, переключенные на самый высокий режим, хрустким энергичным махом прессовали сухой снег по краям лобового стекла. Прошла минута... другая... Вдруг бесшумно возник на пороге Петька... (забавно, что мне уже хотелось называть его как-то иначе). Он вынырнул из снежной мельтешни — маг? дьявол? — в распахнутой куртке — белая грудь с черной бабочкой. На руках нес невесомую душу, спящую девочку, завернутую в покрывало.

— Халло! — нервно воскликнул водитель, когда он открыл дверцу, собираясь втиснуться со своей ношей на заднее сиденье, и встревоженным тоном стал, видимо, выяснять, что происходит. Петька засмеялся и что-то ответил, протянув ему Эллис для экспертизы. Тот неохотно потыкал ее указательным пальцем, охнул и так, озадаченно цокая языком и поглядывая в зеркальце на куклу, довез нас по нужному адресу.

— Он думал, ты труп из подвала вытащил? — спросил я.

— Ну, вроде того...Обычная история. Приходится давать им ее пощупать. Вот так все пальцем тычут и руку отдергивают, будто она кусается или жжется. Вообще, ее перевозка — такая морока. Хорошо бы новую машину купить. Мой пикапчик сдох еще прошлым летом.

Подкатили к входу в заведение...

Меж двух красных фонарей в красном же тулупе с капюшоном стоял высокий негр, внимательно наблюдая, как, переложив свою поклажу на плечо, Петька обыскивает карманы.

— Черт... — бормотал тот. — Пригласительный... где же... неужто выпал? В кармане куртки был, точно...

— Да ладно, — вдруг по-русски отозвался негр. — Артисты, что ли?

— Артисты, — подтвердил тот.

—Тогда вам к служебному. За углом — дверь, а там — прямо по коридору. Разберетесь.

Пока разбирались и отыскивали нужную дверь, Петька объяснял мне про этот клуб, вообще-то русский. Негр — тоже русский, загримированный; судя по всему, хозяева считают, что подобная экзотика в Праге способствует росту прибылей.

— Так это казино, что ли?

— Не совсем... Пара автоматов в лобби стоит, но тут другая э-э-э... специализация.

— В смысле — бордель?

— Ну-у... не так резко. Тебе на вывеске ясно сказано: «кабаре». Верь написанному. Стриптиз дают, но вроде бы легкий.

— А комнатки наверху все же имеются? Этакий пансион «Небесные ласточки», где пансионерки учат гостей приличным манерам?

— Возможно. Я не вдаюсь. Мне платят за мой номер.

— Кстати, ты помнишь, что Лиза готовит какой-то там рождественский сюрприз? Я к тому, что наедаться не стоит.

— О чем ты, доктор! Пару кружек пива, лечебного...

На служебном входе сидел полусонный или полупьяный тип в эстрадной, с блестками, жилетке и с такими же, как негр в тулупе, неуместными здесь баками, взъерошенными и взбитыми, будто каждый артист, проходящий через рогатку служебного входа, считал себя обязанным оттаскать его за баки по всему коридору. Этот страж даже не спросил нас, кто мы такие и куда направляемся.

Петька зря волновался о потерянном билете.

Время подходило к девяти, ему надо было готовиться к выходу, и я оставил его в артистической — неопрятной, перегороженной душевым занавесом комнате, пропитанной всеми запахами тела и грима, с длинной скамьей вдоль стены и с оконцем, глядящим в глухую улочку; а сам по коридорам и лесенкам пошел искать зал. Это оказалось не так-то просто: проплутав полутемными закоулками, дважды упершись в тупик и дважды сунувшись в странные пещеры с бамбуковым перестуком в приотворенной щели, я наконец вышел к медленной приглушенной музыке, гулу голосов и звяканью бокалов. Это и оказался зал: вместительный, квадратный, замечательных пропорций зал в стиле «ар-деко».

Признаться, я был поражен красотой густо переплетенных витражей и росписью высокого потолка, на котором хороводились три плечистых ангела (одна из них ангелица), ссыпая из огромных кулей фрукты и цветы как бы на головы посетителей. Соразмерность арок и колонн, изумительной красоты и сохранности дубовый паркет, единый стиль тиффани, в котором сделаны были настольные лампы и тяжелые ладьи четырех люстр по углам зала... Да что же это? почтенное пражское заведение «с традициями» попало в лапы моих бывших соотечественников?

Все столы уже были заняты хорошо одетой и вполне приличной на вид публикой — в основном мужчинами среднего возраста; на мгновение я даже засомневался, что где-то найдутся для нас места. Но тут я удачно споткнулся о метрдотеля — человечка едва ли не Лизиного роста, — назвал Петькину фамилию, и меня отвели к двухместному столику за колонной, недалеко от боковой двери в зал, откуда хорошо просматривалась маленькая, но высокая и глубокая коробка сцены, драпированная винно-красным бархатом.

Похоже, тут ничего не меняли с тридцатых годов прошлого века: старая темная мебель, ковры, бархатные диваны с деревянными резными спинками, уютные столы в окружении небольших изящных кресел. В углу под сценой притулилось старое фортепиано с бронзовыми подсвечниками по обеим сторонам резного пюпитра. Словом, зал был с историей и «атмосферой»...

Я заказал кружку «Карлсберга» и, решив, что успею вернуться до Петькиного выхода, отправился искать туалет, путь к которому оказался неожиданно долог, так что, когда я возвращался, уже звучало вступление к «Минорному свингу» и разъезжался занавес, открывая Эллис, сидящую в кресле в позе утомленного ожидания. И в ту же секунду из-за кулисы разогнался Петька, припал перед ней на колено...

Я так и остался стоять в дверях все время танца, который был одним движением, одним кружением, волнообразным перекатом фигур поразительной пластической цельности; я не мог отвести взгляда ни на секунду, боясь потерять хотя бы миг этой *радости зрения*, хотя б единый поворот, едва заметный взмах руки.

Несмотря на то что номер замыслен был «на Эллис», я глаз не отводил именно от Петьки: каждая часть его тела, каждая мышца, казалось, существовали для данного движения в данное мгновение танца. С чеканной легкостью и неуловимой иронией его тело отзывалось голосу каждого из инструментов квинтета и мгновенно преображалось, в глубинных ритмах своего существа становясь то скрипкой, то гитарой, то банджо...

И весь номер так стилистически точно вписался в этот полутемный зал, с его декадентской обстановкой, с бархатом занавеса и кресел, изогнутыми шеями сумрачных ламп, со всеми листьями, желудями и летящими амурами в свинцовых переплетах витражей; казалось, в коробке маленькой кукольной сцены двигаются в изящном кукольном танце персонажи комедии дель-арте...

Про Эллис я уже многое понимал: у нее, как открыла мне Хана, «колесики на пяточках». Но, черт бы меня побрал, это ничего не объясняло в его движениях! У него-то, у него никаких колесиков нет! Каким же образом осуществлялось это конькобежное парное скольжение? Каким, ради бога, образом добивался он шелковых, женственных, абсолютно человеческих движений партнерши — бездушного истукана? И, наконец, почему танец двух, вполне одетых персонажей производил впечатление столь откровенной любовной сцены, что томительно сжималось, завидовало и тосковало по каким-то несбывшимся страстям все твое естество?

Те, кто входил в зал, застывали и продолжали смотреть номер стоя. И за столиками все умолкли. Даже официанты с подносами застряли там, где их прихватил этот танец.

И лишь когда затих последний аккорд, и грохнули аплодисменты, и все задвигались, и за каждым столиком возопили «браво!», до меня донеслись и отдельные реплики:

— ...там написано «кукла Эллис»...

— ...да брось ты, ничего себе — кукла! Видал, как отжигают? Живая баба, конечно, но ка-ак отжигают!

— ...но ведь написано: «кукла»!

— ...глянь, мудак, вон твоя «кукла» кланяется...

Петька стоял, легонько обняв Эллис за талию, и время от времени оба они отвешивали благодарные поклоны публике. Аплодисменты все длились — восторженные, сокрушительные, требовательные... Однако повторять танец «на бис» он, само собой, не собирался.

Наконец — это было едва ли не главным в номере — он «ломал образ»: легко поднял Эллис — уже прямую, неживую, уже не женщину, а куклу — и так, подчеркнуто небрежно держа под мышкой, понес со сцены, как отработавший реквизит; и вслед ему понесся, накатывая и не спадая, вал новых аплодисментов: так это правда, — вы поняли? — правда, кукла!

Я пробрался к своему столику, сел и припал к бокалу с пивом. Меня одолевала жажда, меня трясло, я был откровенно возбужден увиденным. Понятно, что, как любой фокусник, любой мастер, Петька противится раскрытию профессиональных секретов; и все же мне хотелось задать ему два-три вопроса...

Минут через десять он появился в зале, пробрался к столику и уселся напротив, спиною к сцене.

— *Черне пиво*, да, — отозвался на вопрос официанта. — Неважно, можно «Крушовице», но лучше «Козел».

Уже заплел косицу... И вполне эта косица вяжется и с бабочкой, и с фраком.

— Петр Романыч, — сказал я. — Позвольте объясниться: я волнуюсь. Вы — страшно талантливая сволочь.

— Сцена хороша, — обронил он, отпивая из моего бокала. — Стильная удобная сцена, очень кукольная. Это второе, что меня, кроме денег, привлекло. Вернее, первое. Тебе правда понравилось?

— Слушай, ты, конечно, скрытник. Но скажи мне, и я сойду с этим в могилу. Как ты добиваешься синхронных шажков с ней?

Он ухмыльнулся:

— Ну, это самое простое. Когда я вначале к ней припадаю, якобы приглашая на танец, я пристегиваю ее правую ногу к своей тонким бесцветным ремешком.

— А потом?

— Потом незаметно для зрителей отстегиваю. Все скрывает длинная юбка. Зачем тебе все эти детали? Когда ты смотришь на картину Писсарро, ты что — разбираешь каждый мазок, чтобы понять, как он добивается вибрации цвета на холсте? Ты просто смотришь и наслаждаешься.

— Ну ладно, а вот эти волнообразные движения бедер?..

— Все, доктор. Шехерезада прекращает дозволенные речи. Пей свое пиво, и...

В этот момент из-за колонны к нашему столику выкатился Колобок. Некий господин с маленьким упругим и высоким животиком, с виду надставным: он торчал под вишневой бабочкой. И бритая голова была сама по себе глянцевым колобком, и круглый носик был крошечным колобком, и круглый, отнаждаченный бритвой подбородок...

Он налег животом на Петькину спину и ладошками стал оглаживать его плечи.

— Ну, Петюша... — повторял он, поглядывая на меня, — ай да Петушок! Это ж прямо ужас, а?! Это ж какой шикарный номер: после него у всех мужиков в округе неделю стоит, как на параде, никакой виагры не надо!

— Познакомься, Миша, с моим другом, — не оборачиваясь, невозмутимо проговорил Петька. — Он тоже из Израиля.

И вдруг все сложилось, щелкнуло и обернулось ясной картинкой. Тем более что Миша как-то сразу поскучнел и, протянув мне маленькую пухлую руку, пробормотал:

— Давно, давненько не был, что там у нас, как дела? Бузят арабы? Ну ладно, побегу там... еще разобраться... кое-что... — И, снова огладив Петькино плечо, покатился меж столиков, но вдруг вернулся: — Во дела! Гонорар-то забыл! — Голубой конверт переместился из кармана смокинга в карман фрака, а Колобок стал откатываться, приговаривая: — Ребята, заказывайте, что хотите, любую выпивку, любое блюдо, на здоровье! Я позвоню, Петюш, мы еще наметим кое-что...

— Что? — спросил меня мой приметливый друг. — Есть наблюдения?

— Еще какие, — отозвался я. — Твоего Колобка наверняка разыскивает израильская полиция. Я его сразу не признал — видел не в смокинге, а в шортах и в пляжных тапочках на босу ногу. Он когда-то заправлял у нас чуть не всем русским книжным бизнесом. Мне однажды послали из Москвы ящик со справочниками, и тот затерялся в контейнере какого-то оптовика. Ну, я поехал в Тель-Авив его разыскивать.

— И нашел?

— А как же. Вот этот самый Миша его и затерял, но вынужден был найти — я сказал, что пришибу его на месте, и он поверил на слово. Прямо перед глазами он у меня: весь такой уютный, славный; в резиновых шлепанцах — круглые пальчики... Спалил два магазина конкурентов и исчез при невыясненных обстоятельствах. Статья даже была в газете. А сейчас вон — смокинг, бабочка... Так он купил это шикарное заведение, что ли?

Петька с любопытством присвистнул.

— Не знаю, купил или арендует. Я не вдаюсь.

— А ты обернись и вдайся разок. Сразу поймешь, каким бизнесом он заправляет. И почему ему так необходимо, чтобы у всех мужиков в округе...

Петька развернулся и увидел то, что уже минут десять наблюдал я, поскольку в отличие от него сидел лицом к сцене. Там, вокруг шеста, поочередно и старательно, под шепотливую подвздошную музычку и оплеухи фиолетовых вспышек вращались *девочки* в одних лишь босоножках на гигантских каблуках. Впрочем, вру: были еще номинальные трусики, по сравнению с которыми листок на гениталиях античных статуй выглядел ватными штанами путевого обходчика. Если этот стриптиз считался «легким», то тяжелого я просто вообразить себе не мог. Это был парад местных планет *(«горячие чувства не знают выходных!»)*: блондинка сменяла брюнетку, за ней к шесту выходила рыжая, после чего возвращалась брюнетка. Разнообразие зрительного ряда исчерпывалось цветом волос, все «артистки» производили одни и те же движения: медленно истомно задирали ноги, покручивали задом, изгибались и прогибались (у меня при этом возникали исключительно медицинские ассоциации по части незабвенной бабуси). И на позах, и на самих *девочках* лежал отпечаток тошнотного штампа, унылого несоответствия этой сцене, всему прекрасному залу, с его витражами, колоннами, щедрыми ангелами на потолке, глядящими вниз с отрешенными лицами.

— Увы, — сказал Петька, отворачиваясь от сцены и пробуя принесенное пиво. — Они все губят каблуками. Надо, чтобы кто-нибудь объяснил им: обнаженная женщина на котурнах не может стать объектом страсти, это взаимоисключающие вещи. Она должна быть босой... Маленькие легкие ступни, которые хочется согреть в ладонях, а не убийственные каблуки, нацеленные на твои беззащитные яйца. Кстати, это отлично понимала Айседора Дункан, которая плясала босая, действительно разжигая этим мужскую половину зала. Ибо, видишь ли, женская ступня чрезвычайно эротична сама по себе... Между прочим, я как-то собирался сделать куклу, которая представляла бы из себя одну лишь ступню: такая трогательная пугливая ступня с вкрадчивыми пальчиками... Потом она превращается в Змея Горыныча о пяти головах...

И он пустился в рассуждения о сценическом несоответствии в пропорциях шеста и женских фигур, об отсутствии постановочной фантазии и о чем-то еще, что его занимало... Я же, поглядывая на кружение грудей и ягодиц вверх и вниз по шесту и вокруг него, переводил взгляд на безмятежное Петькино лицо, в который раз поражаясь герметичности сознания этой уникальной личности.

Его не касалось окружающее; он пребывал в абсолютном спокойствии — да и о чем стоило тревожиться? Лиза — его единственная забота в тутошнем, не кукольном мире — сейчас находилась дома, в безопасности, была на данный момент здорова. Все остальное не заслуживало ни малейшего внимания.

И неожиданно меня это разозлило.

— Послушай, — решительно перебил я, обрывая его рассуждения. — Я ведь как раз хотел поговорить с тобой о Лизе, пользуясь тем, что мы одни...

— А мы одни? — удивился он, мельком обернувшись на сцену, где у шеста не слишком синхронно крутились уже две одалиски. — И при чем тут Лиза? Она в полном порядке.

— Что ты заладил одно и то же! В порядке, в порядке... Для тебя «порядок», когда она не ходит по стенке, не мелет чепухи и не мешает тебе заниматься твоими делами.

Это было и грубо, и несправедливо, но мне вдруг захотелось основательно встряхнуть этого кукольного эстета во фраке. И видит Бог, я имел на это право.

— Кстати, из-за твоей самоуглубленности и всегдашнего желания спрятать голову в песок ты пропускаешь момент, когда надо срочно вылетать ко мне, поэтому и привозишь ее в тяжелом состоянии. А это — лишние недели и даже месяцы ее лечения. Ты поэтому и себе вредишь.

— Господи, — пробормотал он растерянно. — Какого черта ты затеял этот разговор? Все же хорошо, правда — хорошо...

— Вот и стоит думать, пока все хорошо, что дальше делать. Лиза должна быть чем-то занята. Не только поисками квартиры.

— Но она занята! — крикнул он. — Я все время даю ей работу, я слежу, чтобы...

— ...ты следишь, чтобы у нее было достаточно деревянных носов, — вставлять их твоим спейблам и кашпарекам. А где написано, что Лиза должна заниматься только тобой, твоими куклами?

— Борька... — ошеломленно проговорил он. — Ну что ты напал на меня! Ты же прекрасно знаешь ситуацию. Что ты предлагаешь?

— Определи ее на какие-нибудь курсы. В ее возрасте еще вполне можно приобрести профессию.

— Какую? — воскликнул он. — Бухгалтера? Да она с ума сойдет!

Последнее замечание выглядело — на фоне всей его жизни — даже забавным.

— Сойдет, сойдет... если все так и будет продолжаться. Послушай: она — не алкоголик на трудотерапии, чтобы клеить какие-то там носы или не знаю что еще. Купи ей компьютер! Ты — последний в природе, кроме племени австралийских бушменов, у кого нет компьютера. Определи ее на курсы какой-нибудь графики, дизайна или хрен там знает чего. Это интересно, и Лиза — способная девочка, она все отлично осилит...

Он долго молчал, опустив глаза и неохотно ковыряя вилкой принесенный салат. Наконец с усилием проговорил:

— Чтобы она ездила сама бог знает куда?.. Чтобы я отпустил ее — с ее доверчивостью, с ее видом растерянного подростка — в какой-то там кол-лек-тив, в группу, куда набивается всякий сброд?.. Чтобы она заблудилась где-нибудь, чтобы на нее маньяк напал?.. Чтобы случилось что-то ужасное?

Я изумленно смотрел на своего старого друга, даже не пытаясь найти какие-то подходящие случаю слова. Честно говоря, я не представлял, что ситуация настолько необратима. Это было новое его лицо, вернее, новое его выражение... Я вспомнил болванку из папье-маше, ту, что держал сегодня в руках: иной ракурс, при котором на лица и предметы иначе падает свет.

Несколько мгновений мы оба молчали. Наконец я тихо произнес:

— Ах ты сволочь... Сволочь, гад... Ты хоть понимаешь, что творишь?

Он поднял затравленные глаза, ускользающие от моего требовательного взгляда, и выдавил:

— А ты? Ты хоть понимаешь, что со мною станет, если с ней случится что-нибудь ужасное?..

Я наклонился над столом и внятно проговорил:

— С ней уже все случилось. Самое ужасное. Когда человек чувствует и говорит, что у него забрали душу, — ужаснее ничего быть не может.

Я знал, что это — запрещенный прием. Удар ниже пояса. И бил намеренно и точно, понимая, что сейчас шоковая терапия — единственный и последний шанс спасти Лизу. Спасти Лизу, а значит, и его самого, безумца.

— Ты и есть тот маньяк, что на нее напал, — сказал я. — Отпусти ее! Отпусти ее внутри себя. Она — твоя больная жена, но не твоя собственность.

— Собственность... — Он горько усмехнулся и **411** умолк. И вновь я вспомнил ту болванку, что меняет не только выражение лица, но самую свою суть в зависимости от ракурса и падающего на нее света. Чуть изменен поворот головы — и вот исчезли жесткость и угрюмый эгоизм творца, уступив место одной лишь страдающей нежности...

Он медленно проговорил:

— Месяца полтора назад я познакомился с отличным мужиком. Он — коллекционер кукол, историк, античник. Так и сыплет цитатами из древних... Цитировал старинный манускрипт, что-то из огрызков александрийской литературы... Там — об одном маге, что создал мальчика из воздуха и взял к себе на службу.

— Из воздуха?! — недоуменно переспросил я.

— Да. Из воздуха... — И продолжал, не глядя на меня. — Там даже процесс описан: из воздуха в воду, из воды — в кровь, из крови — в плоть... «Уплотненный в плоть» — очень образно, да? И, мол, это гораздо труднее того, что сделал Создатель, слепив человека из глины.

— Ну?.. — Я не понимал, зачем он сейчас рассказывает об этом, именно сейчас, в тот момент, когда мы наконец всерьез заговорили о нем, о Лизе. Я даже подумал, что он вновь пустился в рассуждения о своих куклах, все о тех же проклятых своих куклах, и поймал себя на том, что скоро, кажется, я так же, как и Лиза, возненавижу всех кукол в мире.

— Да, да... — заторопился он, видимо, опасаясь, что я прерву его, не дам договорить. — Да, он создал из воздуха мальчика и душу его взял к себе на службу, тем самым убив в нем человека, личность. Так вот... — Он поднял на меня свои удивительные, сквозные седые глаза, как бы глядящие не на тебя, а совсем в иные пространства, — бывают минуты, когда мне кажется... когда я чувствую себя именно тем мальчиком, созданным из воздуха и «уплотненным в плоть», чью душу Создатель или Тот, другой — кто-то из них двоих, — взял к себе на службу. А вот к кому из них я взят на службу, в чем этой моей службы смысл и, главное, чья я собственность... этого в отличие от Лизы не знаю...

У него такое лицо было, что мне стало страшновато. Мне стало страшно и очень тошно... Выходит, я все же полез в их колючие дебри: сам оцарапался и его шкуру в кровь изодрал.

— Ладно... — смущенно выдавил я. — Допивай уже пиво, едем домой. Сил больше нет смотреть на эти сиськи и зады. Там Лиза ждет... и мы ведь еще должны Эллис отвозить? Кстати, ты где ее оставил?

— В артистической...

Он сидел, по-прежнему не поднимая глаз от тарелки. Как он всегда умудрялся — в любой ситуации, в окружении любой публики — погружать себя в капсулу совсем иного воздуха, иного освещения, иной плотности пространства! Вот и сейчас, с этим своим средневековым желчным лицом, он выглядел настолько трагически значительным, настолько более реальным, чем пошлый задник с сальными вздохами музыкальной сопроводиловки стриптиза; казалось даже странным, что манекены за его спиною двигаются, словно живые.

— Ты ее, надеюсь, запер в этой обители святости?

Он невесело усмехнулся и сказал:

— Ее можно не запирать, к ней никто не приблизится. Ее боятся, разве я тебе не говорил? Ее люди боятся, как... сушеных голов на поясе у шамана твоих австралийских бушменов. Или как мумию... Восхищаются и предпочитают держаться подальше. Ее можно забыть на остановке трамвая, в супермаркете... Ничего не случится. Видел, как осторожно тыкал в нее пальцем таксист?..

Мы поднялись и пошли мимо сцены, мимо изящной кукольной сцены, оскверняемой жилистыми ногами на лошадиных копытах; мимо всего этого бесхозного, принадлежащего всем и никому женского контингента грудей, животов, пупков, сосков...

Он шел впереди меня по плохо освещенным коридорам закулисья, отрывисто бормоча:

— С компьютером ты прав, прав... Я куплю ей компьютер, завтра же куплю, вот на эти самые деньги... Я найму кого-нибудь, чтоб ее учили... Пусть приходят домой давать уроки...

Так мы дошли до артистической комнаты. Он толкнул дверь и вдруг остановился на пороге, и после секундной провальной паузы едва слышно выдохнул:

— Где...

И заорал диким голосом:

— Где-е-е-е?!!

Я отпихнул его и ввалился в комнатку. Да, скамья была пуста, и стол был пуст; за ширмой со спинки стула свисал чей-то лифчик, но Эллис не было.

Я выскочил в коридор и кинулся к выходу, где сидел за столом охранник с камердинерскими баками.

— Слушайте, — выговорил я, запыхавшись. — Там, в артистической, мы после выступления оставили куклу... И сейчас ее почему-то нет! Не видали вы случаем...

— Видал, — он апатично созерцал мои судороги. — Она ушла.

— Кто ушел? — тихо спросил я. — Кукла? Вы спятили, почтенный?

— Как же, кукла! — он ухмыльнулся. — Я смотрел номер, там все белыми нитками шито. Это ж ясно, что артистка!

— Ты, блядь, понял, что тебе сказали? — уточнил я, переходя на правильный тон, потому что времени было мало, а этот ублюдок заслужил весь арсенал незабвенной бабуси. — Это — кукла! Рек-ви-зит! Ты афишу читал?

— Понты, — сказал он. — Афиша, в натуре... За идиотов держат. Я вам чё говорю: она вошла, показала пригласительный: «Извините, я сейчас выступала и забыла одну вещь в артистической, а выходила через главный вход. Подскажите, я плохо ориентируюсь...» Ну, я ей показал — прямо и направо... Она пошла и минут через пять вышла... И все, — он усмехнулся и презрительно повторил: — Кук-ла! Совесть надо иметь...

Я попятился, повернулся и бросился назад в артистическую. Там уже толклись Колобок-Миша в бабочке, какая-то женщина с лицом Анжелы Табачник и с таким же количеством грудей и гномик-метрдотель... И отдельно от этого паноптикума на скамье сидел Петька, совершая руками такие движения, будто рвал воздух в клочья.

— Вызови полицию, Миша... — монотонно повторял он. — Полицию надо звать...

А тот подскакивал, и животик его под нос подскакивал, и он горячо убеждал:

— Петь, Петь... вот только это... ментов не надо, а? Я те возмещу. Все, сколько стоит она — триста, пятьсот евро. Даже штуку! Только скажи... но ментов не надо! Давай, говори прямо — сколько она стоит, твоя красотка?

— Да немного... — серыми губами проговорил Петька, продолжая ломать пальцы, — тысяч пятьсот... Звони в полицию.

Я подошел к окошку и толкнул его, и оно отпахнулось, впуская морозное облачко в затхлую комнату. Я выглянул наружу, в глухой переулок. Пушистый свежий слой снега под окном был примят, и вокруг этого отпечатка и из переулка на улицу вели маленькие следы. Будто совсем недавно там прилег на минуту кто-то нетяжелый, вроде ребенка, а потом поднялся и ушел.

И тут, рядом со своим обезумевшим другом, ломающим пальцы и в клочья разрывающим воздух, рядом с этим глубочайшим отчаянием я — стыдно признаться! — испытал дикий, подростковый какой-то восторг и гордость за Лизу, за то, что она *сумела это проделать*, за ее цельный страстный характер, за ее непримиримость...

Я аккуратно закрыл окно, схватил обмякшего Петьку под мышки, вздернул и поставил на ноги, как ставят пьяных.

— Никакой полиции, — через плечо сказал я Колобку. — И заткнитесь, и никому ни слова. Где его куртка, дайте сюда... И такси срочно. Срочно такси!

Потом обнял его и на ухо произнес только одно короткое слово, два слога, которые он знал лучше любых других. Нацепил на него куртку и потащил к выходу.

Всю дорогу в такси он сидел, катая голову по спинке кресла и тихо мыча. Только однажды внятно произнес:

— Она ее скинула с моста...

И я ровным голосом возразил:

— Не сочиняй заранее всех бед...

Когда остановились у дома на Вальдштейнской, Петька выпрыгнул из машины и как безумный метнулся к воротам. Но вдруг остановился, обессиленно привалился к ним и сказал:

— Иди ты... Я боюсь.

Лицо у него было такое же мосластое и предсмертное, как у «чернехо беранка» над воротами.

Я нажал на ручку, и мы оба ринулись в калитку, отпихивая и обгоняя друг друга, срывая куртки на ходу, — один бог знает, сколько судорожных и ненужных движений совершает человек в минуты аффекта! Пересекли двор и, добежав до двери, оба навалились на нее, чуть не рухнув в прихожую...

Я этой картины не забуду. В похоронно поскрипывающей тишине мерно покачивался в кресле кошмарный Тяни-Толкай о двух головах, одна из которых, как и положено, сидела на плечах, а вторая, раскинув багряные власы, лежала у Лизы на коленях, безмятежно глядя на нас с тихой улыбкой. А расколоченное, искореженное, распотрошенное тело уникальной куклы валялось на полу вместе с молотком, пилой, и еще какими-то Петькиными инструментами.

Я раскинул руки и уперся в косяки двери, преградив моему несчастному другу путь в комнату.

И не отрываясь смотрел на Лизу — на совсем незнакомую мне женщину...

У нее было лицо человека, исполнившего тяжкий долг: бесповоротное лицо *вынужденного убить*... Лицо палача в тот первый после казни миг, когда, объятый пламенеющей своей рубахой, он молча опускает руки с топором под еще не погасшей дугой сверкнувшего лезвия.

За моей спиной — вернее, о мою раскаленную спину — бился Петька, пытаясь прорваться в комнату. И от страшного высоковольтного напряжения между этими двумя у меня даже в голове звенело.

Глубоким хрипловатым голосом Лиза произнесла:

— Пропусти его... — тоном, каким велят пустить родственников к телу казненного; и убейте меня, если в ее голосе не звучало сострадание...

Для них обоих механическая кукла *всегда* была живой, и я даже боялся заглядывать в эту бездну...

— Пропусти его!

Я убрал руку, и Петька, издав лебединый крик, со страшным лицом ринулся мимо меня к Лизе.

Я подсек его и повалил на пол. Профессиональный навык: все ж не зря на заре эмиграции полгода пришлось поработать медбратом в буйном отделении.

Я удачно подсек его и повалил, и навалился сверху, да еще руку заломил на всякий случай. И по лужице крови, растекшейся под его щекой, понял, что перестарался: бедный мой Петька довольно крепко приложился об пол. Он молча лежал подо мной, длинными судорожными всхлипами втягивая воздух.

А Лиза спокойно проговорила:

— Оставь его, Боря. Ничего он мне не сделает. Все плохое кончилось навсегда...

Нет, я пока не был уверен, что все плохое кончилось — по хриплому стонущему дыханию подо мной, — и не решался слезть с Петькиной фрачной спины. По себе судил: я-то на его месте прибил бы ее непременно. Так что одной рукой я продолжал держать в тисках его заломленную руку, а другой успокаивающе поглаживал по загривку.

— Подними его, — продолжала она. — Я хочу, чтобы новость он услышал стоя. А Корчмаря больше прятать не надо, пусть среди нас сидит, он заслужил.

И вдруг, подняв голос до незнакомой мне торжествующе звенящей высоты, внятно, как герольд, она произнесла совершенно непонятную мне фразу:

— Ты слышал, Мартын? Он — уже! — сослужил!

И разом настала тишина: как сценическая, тщательно отрепетированная пауза. Я даже не сразу понял — почему: оборвалось Петькино сиплое дыхание.

Я рванул его за плечо, перевернул на спину и увидел закатившиеся глаза и жутко разбитый нос.

— Лиза! — рявкнул я, срывая с него дурацкую бабочку и расстегивая рубашку. — Брось эту чертову голову, ты что, Саломея? Тащи лед из морозилки! И, пожалуйста, не пугайся: это банальный обморок...

Теперь, не угодно ли, смена картин: рыдающая Лиза, скулящий нервный пес на костыле, вконец ошалевший от всех потрясений и драм этого дома, и — расквашенный бесчувственный Кукольник.

В довершение всего в тот момент, когда я наконец вытащил Петьку из на редкость глубокого, сильно меня напугавшего обморока, с кресла-качалки упала на пол забытая голова Эллис; подкатилась к хозяину и меланхолично закачалась у самого его лица, прощально вращая глазами — теми самыми, цвета горного меда драгоценными глазами (черемуха, жимолость и клевер, богородская трава и шалфей), которые с великим тщанием выдул для нее последний глаздуй Чехии Марек Должал...

* * *

...Ну довольно, пора закругляться. Надоело отдавать сомнительному занятию редкие спокойные вечера. Тем более что вряд ли я стану демонстрировать свои писания кому бы то ни было даже и много лет спустя.

Этот дурак не разговаривал со мной целый месяц. Он вбил себе в голову (идиот! *го́вна!* — как сказала бы незабвенная бабуся), что мы с Лизой были в сговоре! И после нескольких незадачливых звонков в Прагу, когда я пытался что-то объяснить, а он, давясь рыком, швырял трубку, я решил дать ему время прочухаться.

Меня беспокоила поздняя беременность Лизы, со шлейфом этого семейного «синдрома». Признаться, я был против нового рискованного эксперимента и все порывался звонить — наорать, погнать на генетический анализ, пока не поздно... Хотя... что-то удерживало меня от всех этих выяснений: сроки, анализы... что-то меня удерживало — совсем не по-врачебному — от того, чтоб вламываться в эту область их жизни.

А Лиза, с которой раза два удалось мне переговорить, была на удивление спокойна, насмешливо-деловита и на мои осторожные попытки что-то сказать повторяла: «Все будет хорошо, Боря, увидишь, — все теперь будет отлично!»

Странная уверенность! Вот уж действительно: связала судьба с двумя безумцами...

От Лизы же я узнал, что Петька на паях с Прохазками и еще с каким-то Кукольным акционерным обществом затеяли грандиозный проект: купили старую баржу на Влтаве и теперь переоборудуют ее в плавучий театр: экспериментальный синтетический — люди-куклы... Еще не все утрясено с бумагами, еще предстоит беготня и нервотрепка с добыванием разрешения от магистрата на швартовку баржи у одного из мостов, но уже объявлен кастинг актеров, и много талантливых ребят прямо-таки ломятся: целый курс выпускников Академии — ну, ты же знаешь, у Мартына все-таки репутация. А планов и идей у него столько, что башка раскалывается. И главное, Мартын обещал, что и ей будет работа в проекте: например, заниматься с ребятами хореографией — после родов, само собой, когда брюхо спадет. Боря, понимаешь, повторяла она, ведь это же моя, в конце-то концов, профессия, правда?..

Правда-правда...

В деловых подробностях была не сильна; только обмолвилась, что Петькиной долей в это самое Кукольное акционерное общество ухнули все деньги, вырученные за самарскую квартиру, так что, поживем еще в конюшне, и ничего страшного, скоро во дворике плющ по стене пойдет, как взметнется зеленой волной! а осенью заалеет. А по утрам — роса... Помнишь, как летом у нас хорошо? Ведь у нас хорошо, правда, Боря?

Правда, моя милая, правда...

Я слушал ее неповторимый голос, мальчишескую замшевую хрипотцу, и думал — а вдруг? Вдруг случится чудо, и — это бывает же, редко, но бывает — она никогда больше не вернется в клинику? И в таком случае не пора ли мне, соломенному вдовцу, снова затевать бракоразводный процесс...

* * *

И вдруг он сам позвонил.

Я был на обходе, медсестра Шира заглянула в палату и сказала:

— Бóрис, там звонит этот странный твой друг — русский, психованный.

И я побежал со второго этажа в ординаторскую, прыгая, как школьник, через ступеньки — и откуда прыть такая, скажите на милость...

— Борька!— крикнул он сильным, новым каким-то голосом, раскачивая этим ветреным голосом огромное пространство между нами. — У меня дочь, Борька!

— Как?! — растерялся я. — Родилась уже?!

— Да нет, еще долго, ты что — дурак, доктор? Но им уже видно. Я сам ее видел вчера на экране, Борька, видел! Плавает, как рыбка: еще страшилище, но такая красотка — просто куколка!

И тут как огрели меня.

— Нет!!! — заорал я в трубку, не стесняясь медсестры и сослуживца, прянувших от моего ора к дверям, как испуганные зайцы. Я чувствовал лишь слепящую ярость и желание отдубасить его, как собаку: — Нет, сукин ты сын! Не сметь!!! Не куколка! Ты слышал? Она — не ку-кол-ка!!!»

Эпилог

Резкий ветер вышибал слезу, выдувал с Карлова моста даже самых упертых туристов.

Весенняя угрюмая Влтава медленно вползала под мост лиловым питоном в оловянных бликах, и серое небо, отзываясь тяжелой реке, холмилось и бурлило тяжелыми валами облаков.

Лишь группка японцев с экскурсоводом, поводящим маленькой рукой окрест, да несколько старательных парочек, решивших выжать из своей внесезонной поездки в Злату Прагу максимум полезных сведений и видов для семейного фотоальбома, блуждали от одного складня с поделками к другому и фотографировались на фоне статуй.

Все мерзнут: художники со своими мольбертами и брезентовыми стульчиками, Иржи со своим топорным гитаристом; да еще, судя по звукам, на середине моста под многострадальным Яном Непомуцким отчаянно наяривает озябший Хонза со своим электронным джаз-бандом.

Каждый греется, как может: хоть костер разводи... Ничего, ребята, прошла голодная зима, и эта ветреная весна минует, и для нашей бранжи вот-вот распахнутся летние поляны, полные медовой кашки и питательных ягод на денежных кустах...

Дойдя до Хонзы, он остановился у парапета напротив.

Между ними как раз проходила японская группа, и горе-музыкант, схватив из-под ног детский бубен, заколотил в него, мотая башкой с пучком рыжих крученых косиц на макушке, упоенно отверзая белозубую пасть. Кто-то, особо жалостливый, проходя, бросил ему в картонку пару крон.

Петя дождался паузы и улыбнулся парню, и тот помахал в ответ...

Нет, Хонза — человек деликатный. Сейчас он не станет просить «показать класс!», уж сейчас-то он не станет наступать на больное; все знают, какая у Пети беда стряслась: его гениальную куклу, эту Эллис — почти человека, почти настоящую женщину, не отличишь! — какие-то мерзавцы украли прямо из ночного клуба, где он с ней выступал... Говорят, и полиция не нашла. Провалилась кукла сквозь землю. Иржи утверждает, что всплыть она может и в Америке, или еще где подальше, в какой-нибудь частной коллекции... Жаль Петю... Вон, стоит, рассеянно улыбаясь, будто ничего не произошло, странный человек...

А тот уже опаздывал к Тонде, с которым они уговорились встретиться у магистрата... но почему-то все стоял тут на мосту, на студеном ветру, улыбаясь многострадальному Хонзе. Подошел ближе, глянул в картонную коробку: так и есть — гроши. Ничтожные гроши...

— Давай! — Он подбородком показал на магнито-
фон. Странно еще, как тут работает электроника, в такой собачий холод.

Парень широко открыл глаза и замотал башкой:

— Петя? Нет... ты что? Не-е-ет...

— Давай, давай,... — кивнул тот, скидывая рюкзак
с плеча, куртку, оставаясь лишь в свитере и джинсах на
резком весеннем ветру. — Покажем класс... — и подмигнул, закатывая рукава, мгновенно хищно подо-
бравшись, даже ростом становясь выше.

И, уже не споря, Хонза наклонился, быстро отсчитал номера записей и нажал на кнопку.

...«Минорный свинг» Джанго Рейнхардта улыбнулся на ветру, прочистил горло шершавым кашлем смыч-
ка по струнам, откликнулся крепкой шуточкой толстя-
ка-контрабаса, канул в глубокую паузу, предвкушая
великолепное терпкое восхождение гитарных синкоп...

Опустив голову, он простоял все вступление, будто музыка не имела к нему ни малейшего отношения.
Но с первыми взмывами скрипки машинально, с отсутствующим расслабленным видом сделал три шажка влево...три шажка вправо... подхватил на руки чье-
то воздушное тело, и вдруг: ...пошли-пошли-пошли,
моя крошка, — нога к ноге, вправо-влево, вправо-влево: тара-рара-рури-рира-а-а... резко, всем корпусом —
резче, резче! Оп! — перехват! И снова оп! — перехват...
Тара-рара-рури-рира-а-а... И — вихревой ошеломи-
тельный взмыв отчаянной скрипки: «Джи-джу-джа-
джу-джа-а-а-а!»...

...Как всегда, при первых же звуках свинга — будто по волшебству — вокруг него стала собираться публика. Вернулись японцы, сбежались все парочки, возникали все новые, новые лица.

(Для Хонзы это всегда было настоящим чудом: как стружки на магнит, сюда сбегались люди со всего полукилометрового моста. Как, спрашивал он себя, могут они чувствовать издалека? Неужели этот человек, само его мускулистое гибкое тело, его мастерство, его талант на расстоянии излучают особую магическую силу?)

Он танцевал...

Невесомая тень погибшей Эллис плыла на его руке, запрокинув голову, полоща чуть не по самым камням свои бессмертные багряные власы. Как томный шелковый лоскут, она плыла на его руке, и он плыл, колыхался в такт с нею на весеннем ветру единым сдвоенным телом — правая рука согнута в локте, левая умоляюще протянута, — сквозь насмешливо-чувственный лабиринт «Минорного свинга», кружась, перехватывая, бросая ее на другую руку, перебирая сложный контрапункт мельчайших движений, будто вызывал, *вытанцовывал* духа из царства тьмы.

Его позвоночник, шея, чуткие плечи, кисти рук и ступни ног проходили каждый сантиметр ритмического рисунка сложного и упоительного танца; он кружился и перехватывал, и, выпятив подбородок, бросал на левый локоть невесомую хрупкую тень, то устремляясь вперед, то останавливаясь как вкопанный, то хищно склоняясь над ней, то прижимая ее к груди...

Он сновал вокруг нее в стремительном, изломанном и распутном танце, горячей ладонью оглаживая пустоту, привлекая эту пустоту к себе на грудь и застывая в мгновенной судороге страсти.

Звуки знаменитого свинга улетали, истлевая над Влтавой: последний привет драгоценной пустоте под его правым локтем; поминальный танец по малютке Эллис — погибшей, потерянной кроткой Эллис; по его совершенной кукле, по его шедевру, по его абсолютному, бестелесному, ничем не замутненному счастью...

...Сначала люди хлопали в такт — как оно обычно и бывало, — но, вглядевшись в его лицо, зрители умолкали, переставали улыбаться, опускали руки: это был страшноватый танец одинокого безумца с воздухом вместо партнерши.

Он танцевал...

Почему именно эта немудреная музыка так больно, так обнаженно и беспощадно повествовала о нем, о Лизе, об их любви; о той душе, что была *взята на службу*, и о другой, что не смирилась с отражением; а еще о той новой душе, что сейчас лишь готовилась прийти в мир, но уже была победителем...

Что такого заключено было в резком трепетании медиатора по струнам, в шаркающем ритме гитары, в умоляющем бормотании банджо, в насмешливой нежной печали по единственной жизни; и как эта музыка соотносилась с тем миром, что обступил его на этом мосту?

Он танцевал...

В его седых глазах отражалась толпа туристов, катера на реке, парящие в сетях водяных бликов, почерневшие от времени башни и статуи моста и зубчатый каменный шов стены в кудрявом боку Петржина... В них стремительно плыли закрученные неистовой спиралью облака в осколках синего неба; в них — над простором холмов — улетал Пражский град, отразившись в едкой слезе беззащитного ока...

Он танцевал... в забытьи, с отрешенным лицом, двигаясь так, будто и сам он — всего лишь *воздух, уплотненный в плоть,* всего лишь божья кукла, ведомая на бесчисленных нитях добра и зла. И, прошивая серд-

це насквозь, от головы его тянулась в небо бесконечная золотая нить.

Что ж, он рад был этим номером как-то скрасить
грандиозное одиночество Творца.

Он и сам поработал здесь на славу, он на совесть
служил, а теперь не прочь оборвать по одной эти нити,
до последней, единственной золотой, на которой взял
бы себя над мостом, даже если б не долетел до неба, а
только рухнул в оловянные блики волн...

...Но я останусь здесь.

Я здесь останусь.

Я должен здесь оставаться — покуда есть ты, моя
любовь...

Иерусалим, 2010 г.

Весь год, пока работала над этой книгой, я постоянно чувствовала поддержку и помощь моих друзей, самых разных моих друзей — и тех, с кем наша дружба насчитывает десятилетия, и тех, кого я никогда не видела, только «слышу» интонацию по электронным письмам, — и все-таки считаю своими друзьями.

Это люди самых разных профессий: кукольники, артисты, врачи, журналисты, ученые; это львовяне, пражане, самарцы, москвичи и питерцы; жители далекого Сахалина и еще более далекой Америки, и близких Иерусалима, Хайфы, Парижа, Берлина, Варшавы...

Я чувствовала их дружественные плечи, их симпатию, понимание; принимала их бескорыстную помощь... и потому работа, даже в самые тяжелые моменты, все-таки продвигалась.

Друзья, всем вам — моя искренняя любовь и глубочайшая признательность!

Содержание

Каждый новый роман **Дины Рубиной** — всегда неожидан, всегда «иной, чем прежде». Однако всем им присущи виртуозная стилистическая игра, парадоксальное совмещение смешного с трагическим, глубина постижения человеческой психологии.

Романы Дины Рубиной переведены на 18 языков, экранизированы, награждены престижными российскими и зарубежными литературными премиями.

«Перед нами классный профессионал... На крайнем острие издевки эта проза взлетает в поэзию...». Сложнейшая система кривых зеркал так виртуозно выверена Диной Рубиной, что вы ощущаете картину едва ли не патетическую...»

Л. Аннинский. «Дружба народов»

Дина Рубина
На Верхней Масловке

Дина Рубина
Адам и Мирьям

Дина Рубина

Дина Рубина
На солнечной стороне улицы

Дина Рубина
Почерк Леонардо

Дина Рубина
Белая голубка Кордовы

Дина Рубина
Миф сокровенный...

Дина Рубина
Больно только когда смеюсь

Дина Рубина
Синдикат

Литературно-художественное издание

Дина Рубина

СИНДРОМ ПЕТРУШКИ

Ответственный редактор *Н. Холодова*
Художественный редактор *Н. Ярусова*
Компьютерная верстка *К. Москалев*
Корректор *З. Харитонова*

В оформлении переплета использована работа
художника *Ф. Гойи*

ООО «Издательство «Эксмо»
127299, Москва, ул. Клары Цеткин, д. 18/5. Тел. 411-68-86, 956-39-21.
Home page: **www.eksmo.ru**   E-mail: **info@eksmo.ru**

Оптовая торговля книгами «Эксмо»:
ООО «ТД «Эксмо». 142702, Московская обл., Ленинский р-н, г. Видное,
Белокаменное ш., д. 1, многоканальный тел. 411-50-74.
E-mail: **reception@eksmo-sale.ru**

*По вопросам приобретения книг «Эксмо» зарубежными оптовыми
покупателями* обращаться в отдел зарубежных продаж ТД «Эксмо»
E-mail: **international@eksmo-sale.ru**

*International Sales: International wholesale customers should contact
Foreign Sales Department of Trading House «Eksmo» for their orders.*
international@eksmo-sale.ru

*По вопросам заказа книг корпоративным клиентам, в том числе в специальном
оформлении,* обращаться по тел. 411-68-59, доб. 2115, 2117, 2118.
E-mail: **vipzakaz@eksmo.ru**

Подписано в печать 19.01.2011. Формат 84х108 $^{1}/_{32}$.
Печать офсетная. Усл. печ. л. 22,68.
Доп. тираж I 15 100 экз. Заказ 3560.

Отпечатано в ОАО «Можайский полиграфический комбинат».
143200, г. Можайск, ул. Мира, 93.
www.oaompk.ru, www.оаомпк.рф тел.: (495) 745-84-28, (49638) 20-685

ISBN 978-5-699-45611-6

9 785699 456116 >